王充闾文学作品与研究（第二卷）

王充闾作品集锦（二）

王充闾文学研究中心 编
执行主编 王继鹏

北方联合出版传媒（集团）股份有限公司
春风文艺出版社
·沈阳·

图书在版编目（CIP）数据

王充闾文学作品与研究. 王充闾作品集锦. 二 / 王充闾文学研究中心等编. — 沈阳：春风文艺出版社，2022.8

ISBN 978-7-5313-6280-7

Ⅰ．①王… Ⅱ．①王… Ⅲ．①中国文学—当代文学—作品综合集 Ⅳ．① I217.2

中国版本图书馆 CIP 数据核字（2022）第 113850 号

编委会

主　任　王恩来

副主任　张　冰　雒学志　李秀文　戴　月

主　编　王继鹏

副主编　邢　瑜　隋林书

编　委　郭玉杰　李　阳　张金芝　孟秀敏

目　录

香港《大公报》篇

三道茶 ………………………………………………… 003

努尔哈赤迁都探赜 …………………………………… 006

陈桥崖海须臾事 ……………………………………… 011

话到沧桑句便工 ……………………………………… 016

放翁老去未忘情 ……………………………………… 020

人来燕赵易悲歌 ……………………………………… 022

狮山更比燕山高 ……………………………………… 026

土囊吟 ………………………………………………… 033

我漫步在纽约街头 …………………………………… 039

病须书卷作良医——疗疴琐忆 ……………………… 044

文明的征服 …………………………………………… 053

八公山下吃豆腐 ……………………………………… 062

濠濮间想 ……………………………………………… 065

诗卷长留天地 ………………………………………… 069

太原城引出的话题 …………………………………… 072

所贵者情 ……………………………………………… 078

千古兴亡，百年悲笑，一时登览 …………………… 081

就是盼着这一天 ……………………………………… 088

001

下午茶	092
战地子遗	094
洞府云迷	102
老觉人间岁月遒	105
鸬鹚的苦境	112
孤枕梦寻	118
《城东早春》诗别解	126
家　山	129
双城记	134
告　别	137
吊　客	144
为"好好先生"题照	148
山不在高	151
鳄鱼的悲剧	155
"马背上的水手"	159
莫漫还乡	163
溪　韵	167
想起了于谦	170
一路文缘	173
故园心眼	179
托物寄兴	183
落魄刘郎作帝归	186
马六甲纪游	191

目 录	
"少年版"福尔摩斯	196
剧作家的生命原版	200
废物——放错了位置的有用之材	204
《青山夕照轩随笔》序	207
回　归	210
害怕过年	216
成功者的劫难——小议嫉妒	220
化烦恼为菩提	224
神女仍无恙	228
诗人的恒久魅力	232
轻着力，转身时	236
忽闻佛地有仙山	238
流俗多误	242
可怜身后识方干	244
少帅诗怀	246
结　缘	262
崔溥其人其书	264
是"子都"非"伐子都"	268
村居酒趣	269
玉山倾	272
"明珠暗投"的悲剧	276
沧浪"三忘"	279
野　性	282

画中赏诗…………………………………………………………… 286

邯郸说赵…………………………………………………………… 289

津门赏艺…………………………………………………………… 293

来往亭前踏落花…………………………………………………… 297

奥运是个大学校…………………………………………………… 301

戏鉴人生…………………………………………………………… 304

山庄里的两对祖孙………………………………………………… 308

您说的"什么"是什么？………………………………………… 311

也说"尽信书，不如无书"……………………………………… 314

且与时人话短长…………………………………………………… 318

海陵王自毁都城…………………………………………………… 321

诗话金刚山………………………………………………………… 325

佛都里的仙山……………………………………………………… 329

乾隆帝御制《盛京赋》散谈……………………………………… 333

客子光阴诗卷里…………………………………………………… 337

古镇灵光…………………………………………………………… 341

《解放日报》篇

"文在兹""载鬼一车"………………………………………… 347

郭沫若问廖冰兄…………………………………………………… 350

有歌有酒春常在…………………………………………………… 355

《牡丹亭》中说澳门……………………………………………… 360

涅瓦大街上的俄国作家群………………………………………… 365

聂鲁达，聂鲁达	370
说轻道重	375
自荐与要官	380
古镇闲翻无字书	385
耶律家族与医巫闾山	391

《文汇报》篇

淹城纪闻	399
一探静中消息	404
黄裳先生与学者散文	408
人难再得始为佳	416

香港《大公报》篇

三道茶

写罢了"茶"字,忽然想起了鲁迅先生的一句话:"有好茶喝,会喝好茶,一种清福。"

由于我在苏浙闽皖都有一些文友,他们四时八节经常捎来一些佳茗,因此,除了《红楼梦》中警幻仙子的产于放春山遣香洞的"千红一窟"不知为何等物事以外,什么龙井、毛尖、大红袍、铁观音、顾渚紫笋、莫干黄芽等,都曾领略过。因此,前半句"有好茶喝"倒也当得;只是,喝则喝矣,对于茶艺却素少研究,所以,后半句"会喝好茶",就谈不上了。

我首肯这种说法,"酒为热闹的社交而设,茶则是为恬静的朋侣而设的"。因此,喝茶时总喜欢寻觅一个幽静的去处。我曾自嘲:如果饮茶也分型列派的话,我当属散漫型、自由派。一杯春露,两腋清风,畅怀适意,优哉游哉,尽半日之闲,涤积年尘腻,什么尘氛俗念,烦闷疲劳,都一股脑儿化解在清茶的色、形、香、味里。这种饮法有别于欧洲人那样解渴式的鲸吸豪饮,匆匆忙忙一饮而尽;也不像日本式的拘于礼仪,程序繁复,讲究茶道。

这次在大理下关,当接到"白族三道茶晚会"的请柬时,初始并未有太大的兴趣。我以为,这种表现民族风情的茶点,可能与藏族的酥油茶、蒙古族的咸奶茶、维吾尔族的奶子茶相似。既称为茶会,免不了要肩摩踵接,履舄交错,只有合尊促坐,吹弹悦客,不容意念回旋,从容品味。同时,我还把"三道茶"与所谓"三饮知真味"的三碗茶混同起来。我真怕三大碗茶下肚后，整夜兴奋无法入眠了。

实践证明，我犯了个主观臆想的错误。步入会场，便听得四壁风鸣，有一种四围波涌，身在浮舟的感觉。原来，下关这个地方，处在点苍山的风口，因此，"下关风"与"上关花、苍山雪、洱海月"齐名，组成"大理四绝"。未必是有意为之，但客观上显示了一种时代洪潮激荡、人生变幻不居的警世意味。

室内客桌做U形布置，有二三十人入座。开场前扩音器里鸣奏着江南丝竹乐，与室外的风号林啸恰成鲜明的对照，给人一种干戈化作玉帛，铁马秋风转作杏花春雨的安逸感与舒泰感，大家的心境随之宁静下来。

主持人简约致辞，略云：中国的饮茶艺术，一向注重情趣和韵味，追求一种悠然自得、回味无穷的心理境界。今天的晚会力求体现这一特点。

说着，三个头戴艳丽的流苏，身着红领褂、白衬衫，腰系丽花围裙的白族姑娘，已经端着头道茶穿花蛱蝶般地走了过来。这些"五朵金花"的后代，一个个美慧天成，端秀大方，分三路向客人彬彬有礼地献茶。我双手接过盖碗茶后，便仿效着古人的茶式，先闻茶香，再观茶汤色泽，然后，小口品尝，使茶汤从舌尖到两侧，再到舌根。原来，这是经过文火烹煮的浓茶，异常苦涩。客人们一边慢慢地品味着清苦之茶，一边观赏着白族男女青年表演的民族歌舞。第二道茶是甜茶，里面加了红糖、核桃仁等，喝上一口，甜中带香。根据事先对客人的摸底调查，漂亮的白族少女演出了几段远道客人家乡的舞蹈，令人感到分外亲切。第三道茶里添上蜂蜜、花椒、芥末等佐料，略一入口，麻辣酸涩一齐涌上舌端。可是，饮过几口之后，细加品味，却又颇像咀嚼橄榄，大有回甘之效，故称之为回味茶。

白族的三道茶会，由来已久，原是为欢送子弟外出求学、习艺、经商的一种礼俗习惯，后来，演进成现在这种富有生活情趣、饱蕴人生哲理的待客方式。它熔娱乐、审美、教化为一炉，为人们在紧张、喧嚣、粗犷、变动的现代生活中提供一方宁静的憩园和几丝温馨的抚慰。

三道茶会，对于初出茅庐、乍涉世事的青少年颇有教益。三杯酽茶入口，苦苦甜甜，回味无限，即使是粗心率意的钝根庸质，也总能从中得到启迪，有所感悟，从而减除几分稚气，增加些许成熟，不致把原本复杂曲折的社会生活简单地看作笔直、坦平的"长安大街人行道"。

它也有益于老年人。沧海惯经，风霜历尽，百般蹉跌过去，世事从头数来；绚烂归于平淡，浮躁化为澄静。丰富的阅历，多彩的生涯，翻过跟头、勘透机锋的智慧与超拔，使他们如窖藏的陈酿，醇醇然，味浓而香冽。三道茶，有助于这种幸福感——经过磨炼之后一种高扬的澄静——的形成。果如是，则这些老人的心境笃定是甘甜的。

身处逆境者不妨试饮三道茶。也许那种苦甜交替、忧乐相乘的意蕴，能使他们加深对"艰难困苦，玉汝于成"的妙谛的领悟。

对于万事亨通、志得意满的幸运儿，喝上一席三道茶，当可澄心静虑，少一些浮躁，多几分清醒，懂得危机感的不可或缺，忧患意识之可贵，增强经受挫折、战胜困难的应变能力。

健全的人生离不开真善美的发掘与弘扬。借鉴与吸收外面好的东西，无疑是极端必要的。但总不能脱离民族传统的土壤。而且，许多民族传统活动都具有清新活泼、意趣盎然、贴近生活的特点，使生活的艺术化与艺术的生活化浑然成为一体，因而得到整体的社会性认同与契合，有着旺盛的生命力。白族的三道茶晚会就是如此。

香港《大公报》1993年3月6日

努尔哈赤迁都探赜

上

我国历史上杰出的政治家、军事家,满族的民族英雄努尔哈赤,借助明朝后期东北地区的政治舞台,巧妙地利用当时阶级斗争与民族斗争形势,凭借人民群众的力量,统一了女真各部,促进了满族共同体的形成,加速了女真社会由奴隶制向封建制的过渡,推动了生产力的发展,为清代前期划定东北版图、抵御外敌侵略、保卫国家疆土做出了历史性的贡献。作为奴隶主军事贵族的代表人物,他尽管有阶级、历史的局限性,但较之同时代的其他人,确有其高超的识见,宏伟的抱负,坚忍不拔的意志和自强不息的精神。这不仅表现在身历数十次战阵,战胜攻取上,而且集中地反映在随着军事形势的发展屡次迁都的决策方面。

努尔哈赤于明嘉靖三十八年(1559年)出生在费阿拉(一说出生于赫图阿拉,两地均在今辽宁新宾县)。祖父、父亲皆以女真部首领世袭建州左卫都指挥使。他喜欢读《三国》《水浒》,受汉文化影响较深。年轻时,通过到处采集山货和参与马市贸易,结识许多汉人,学得多方面知识,稔熟辽东地区的山川形胜。万历十一年(1583年),父、祖被明军误杀,素怀大志的努尔哈赤以报仇为名率众起兵。四年后,在费阿拉筑城,建宫室,定国政,陆续统一了女真建州五部,征服了长白山三部。万历三十一年(1603年),由费阿拉迁往赫图阿拉,筑城居住。以此为中心,攻叶赫,灭辉发,并乌拉。在并吞异己，壮大实力的同时，对明朝明里称臣纳贡，互市通好，暗中蓄积力量，伺机而动。万历四十四年（1616年），努尔哈赤称汗登基，建立后金，建元"天命"。首先整顿内部，以巩固根基。两年后以"七大恨"告天，乘明不备，计袭抚顺，开始了同明朝的战争。明朝闻警，调动四路大军围攻后金都城赫图阿拉，被努尔哈赤各个击破。天命四年（1619年）三月，夺取萨尔浒之战大捷，使双方形势出现转折，明朝转攻为守，后金由防御转为进攻。接着，攻下辽北中心重镇开原。努尔哈赤决定由赫图阿拉西迁120里，建都界凡城，作为向明朝发动大规模进攻的前哨阵地。后来由于明廷派熊廷弼出任辽东经略，熊廷弼治军有方，形势出现转机，努尔哈赤暂避其锋，转向灭除叶赫，实现了女真全部统一。直到明朝统治集团内部发生重大变化，罢黜熊廷弼，自毁长城，后金又大举向明进攻。天命五年（1620年）九月，努尔哈赤自界凡迁都萨尔浒。

翌年三月，后金发动辽沈之战，连克沈阳、辽阳，下明70余城堡。四月迁都辽阳。第二年，占领广宁，连陷义州、锦州等40余城堡。天命十年（1625年）三月，后金迁都沈阳，奠定了大清（1636年后金改名大清）席卷东北，最后拥兵入关的基础。

最近，我偕同几位清史专家一道踏勘了后金努尔哈赤的各个都城及明清几个主要战场，"考其山川，按其图记"，结合研究清军入关前后金崛起的历史，我们注意到努尔哈赤历次建都、迁都，都是为了适应战争的需要，在军事进攻不断向前推进、取得节节胜利的进程中实现的，集中体现了他的宏伟政治抱负和居安思危、锐意进取、不惜一时劳苦以成百世盛业的远见卓识，这同其他人贪图眼前安逸、满足于既得利益、留恋家园、胸无大志恰成鲜明的对比。可以说，每一次迁都都曾遇到这种由短视与惰性所产生的阻力。

《清太祖高皇帝实录》《满文老档》等史料记载，其中很激烈的有三次：

一次是从定居16年之久的赫图阿拉迁都界凡。诸贝勒大臣由于缺乏战略眼光和远大抱负，以劳师久战、人疲马乏为由，共同向天命汗努尔哈赤乞请还都整顿，"息马浓荫之下"，"且使士卒还家，缮治兵仗便"。努尔哈赤力排众议，晓谕大家："今六月盛夏，行兵已二十日矣。若还都，二三日乃至，军士由都至各路屯寨，又须三四日。炎蒸之时，复经远涉，马何由壮耶？吾居界凡，牧马于此，至八月又可兴师矣。"实践证明，努尔哈赤的决策是正确的。他于当年七月自界凡率兵攻铁岭，八月取叶赫，均如所愿。

另一次争议，是由居住半年的萨尔浒迁都辽阳。当初修建萨尔浒城的确花费很多人力物力，努尔哈赤及代善、岳托等还反复安排过他们的住处，但形势发展极快，努尔哈赤感到萨尔浒作为都城已不合适，亟须迁都辽阳。因为辽阳人口众多，货财丰富，补给充足，是明代辽东首府，政治、经济、军事、文化的中心。可是，诸贝勒大臣对于形势发展的迅猛和辽阳地位的重要，并没有充分意识到，仍然习惯地认为，攻下一座城池，抢掠完毕，就满载而归。努尔哈赤严厉驳斥了这种想法，并说明辽阳既已攻下就应固守，"舍已得之疆土而还，后必复烦征讨，非计之得也。且此地乃明及朝鲜、蒙古接壤要害之区，天既与我，即宜居之"。凭借努尔哈赤无可动摇的权威，迁都之议遂定。接着因为要在太子河畔修建辽阳新城，浮议又起。诸贝勒大臣以辽民劳苦，不堪重负为谏，努尔哈赤指出："今既与明构兵，岂能即图安逸？汝等所惜者一时小劳苦也，朕所虑者大也。"原来他所虑及的是，辽阳城大而且破，年久失修，远征在外，恐贻后顾之忧，只有另筑新城，派兵坚守，才为万全之策。最后按努尔哈赤的旨意，建了新城，取名东京。

下

再一次大的争议，是4年后从辽阳迁都沈阳。诸贝勒大臣以东京城宫室新建，民居尚未修竣，迁往沈阳又将大兴土木，恐劳役过重，民不堪命为由，表示反对。努尔哈赤考虑的却是后金的发展和长治久安。他以为辽阳离海口近，深恐敌军从海上进袭。而沈阳进可攻退可守，附近的抚顺、铁岭、开原又是建州女真故地，乃满族共同体的核心部位。定都沈阳，有利于巩固后方，控制整个东北和将统治继续推进。

努尔哈赤通过分析沈阳在西征大明、北伐蒙古、南攻朝鲜中的战略地位以及经济资源方面的巨大优势，说服了诸王大臣。确如所料，沈阳建都后，迅速成为辽东乃至整个东北政治、经济、文化的中枢和清朝统一全国的奠基地。

以史为鉴，可知兴替。古今中外，一切民族和国家经济、文化的发展，往往借助于地缘与地理优势，军事、政治更不例外。而军事、政治的成败又突出地表现在定都与迁都的考虑与举措上。这个问题的妥善处置，需要主要决策人具备战略的眼光、卓绝的识见，瞩远瞻高，谋深虑远。

秦汉之际，西楚霸王项羽，"固一世之雄也"，但正如宋代文学家苏洵所评论的，他"有取天下之才，而无取天下之虑"。他的失误是多方面的，其中最重大的也许在于舍咸阳而都彭城，苏洵指出："方籍之渡河，沛公始整兵向关，籍于此时，若急引军趋秦，及其锋而用之，可以据咸阳，制天下。不知如此……而卒都彭城，使沛公得还定三秦，则天下之势在汉不在楚。虽百战百胜，尚何益哉？"项羽灭秦后，一位学者曾劝他定都咸阳，说"关中阻山河四塞，地肥饶，可都以霸"。而项羽却说："富贵不归故乡，如衣绣夜行，谁知之者？"于是，定都于靠近故乡的彭城。

据《资治通鉴》记载，刘邦开始定都洛阳，齐人娄敬劝他迁都长安，刘邦拿不定主意，组织群臣讨论。群臣多当地人，争言洛阳优势。唯独张良大讲关中在政治、经济、军事方面的重要地位，指出洛阳四面受敌，非用武之国。刘邦甚以为是，即日迁都长安。宋代学者胡致堂盛赞此举："高帝起兵四年，岁无宁居……至是天下平定，当亦少思安逸之时也……敏于用言，不自遑暇如此。其成帝业，宜哉！"（在这一点上，努尔哈赤何其相似乃尔！）清代诗人王昙有一首七律，专门评说项羽："秦人天下楚人弓，枉把头颅赠马童。天意何曾祖刘季，大王失计恋江东。早摧函谷称西帝，何必鸿门杀沛公。徒纵咸阳三月火，让他娄敬说关中。"可谓恰中肯繁，一针见血。唐代诗人李商隐把刘项二人拉在一起加以论列："乘运应须宅八荒，男儿安在恋池隍。君王自起新丰后，项羽何曾在故乡。"一正一反，对比鲜明：有"宅八荒"之志的刘邦，在建立了统一全国的大业之后，可以按照自己的意愿，另建和家乡一样的新丰；而"恋池隍"的项羽，到头来兵败身亡，又何曾能在故乡称王称霸，夸耀富贵！这是努尔哈赤迁都1800年前的往事。

再研究一番比努尔哈赤迁都稍后的闯王李自成的失败教训，也同样很有意味。李自成攻下北京后，虽然推翻了明朝，但大顺政权并没有根本建立起来。在封建社会里，"农民革命总是陷于失败"，这固属历史的必然，但和李自成的失策也有直接关系。确立明确的军事战略目标，及锋而试，勇往直前，这与努尔哈赤有相似之处；但李自成领导的农民军，没有很好地建设根据地，始终是流动作战，随得随失，重蹈历史上"流寇主义"的覆辙，这应该说是重大的失误。结果如民谣所说："朱家面，李家磨，蒸了一个大馍馍，送与邻家赵大哥。"最后，一败而不可收拾，被入关的清军摘取了胜利果实。

人生易老，史鉴常新。努尔哈赤迁都问题，虽然已是300多年前的往事，但它留给后人特别是史学工作者的研究课题，却是颇富价值的。

香港《大公报》1994年6月22、23日

陈桥崖海须臾事

人类从本质上说乃是一种记忆动物，也许是民族大文化背景下的传统心态建构并调节着创作主体的审美情趣，也许是以经验为主的认识机制过于强固，也许是像尼采说的存有过量的历史意识，常常不自觉地沉湎于过去的经验，总之，我对于研究史学、寻访古迹有着特别浓厚的兴趣。现在有种说法叫"跟着感觉走"，我外出旅游，寻访古迹，却往往是跟着诗文走。

由于脑子里装有无数古诗文辞、清词丽句，几乎同任何名城胜迹都能攀上关系，找到瓜葛，因此，每到一处，就有相应的诗文浮上脑际，任我去联想、发挥。换句话说，这些古诗文辞使我背上了一笔相当沉重的情思的宿债，急切地渴望着对于诗文中的实境的探访。那种情怀的热切，大概不亚于思念故乡、怀想亲友、眷恋情人，有时竟达到欲罢不能的程度。

这次我踏上中州大地，同样是被一些古代诗文典籍牵引着。记忆中，有这样两句诗：陈桥崖海须臾事，天淡云闲今古同。它把我引到了开封北面的陈桥驿。漫步古镇街头，想到诗中所说，从赵匡胤在这里兵变举事，黄袍加身，创建赵宋王朝，到末帝赵昺在崖山沉海自尽，宣告宋朝灭亡，300年不过转瞬间事。可是，看看大千世界，仰首苍穹，天淡云闲，仿佛古今都是一样，不禁感慨系之。有人评说，寥寥14个字抵得上一部《南华经》，这自是夸张之言，但发人深省，令人联想许多问题，却是实在的。元人有

这样两首七绝:

> 卧榻而今又属谁,江南回首见旌旗。
> 路人遥指降王道,好似周家七岁儿。

> 忆昔陈桥兵变时,欺他寡妇与孤儿。
> 谁知三百余年后,寡妇孤儿又被欺。

诗出两人之手,内容却不谋而合,都是讽刺宋太祖的。作为一代枭雄,赵匡胤"一条杆棒等身齐,打四百座军州都姓赵",纵横捭阖,睥睨一世。自后周世宗柴荣之妻和年仅7岁的恭帝柴宗训手中夺得了天下,随后又灭了南唐,唯一的理由是卧榻之旁容不得他人酣睡。

岂料300年后,赵宋王朝的寡妇孤儿谢太后和刚满6岁的宋恭帝,又逊位于元世祖忽必烈,重复了前朝亡故的命运。元将伯颜曰:"汝国得天下于小儿,亦失于小儿,其道如此,尚何多言!"历史上的惊人的相似之处,确是一个绝妙的讽刺。

进入开封市区,空间没有跨出多远,时间却仿佛越过了千年,有"一步走进历史,转眼似成古人"的感觉。整个汴梁古城,简直就是一座充满历史回声的博物馆,古色古香,典雅凝重,这在中国七大古都中是独一无二的。闲步街头,随时随地都能看到或者听到一些熟悉的名字。可以说,每一条街巷都深藏着一段生动的史实,每一处古建遗址都埋伏着一个迷人的故事。这当然和《包公案》《杨家将》《水浒传》等几部著名小说的广泛传播、深入人心有直接关系。

我常说,一个朝代给予人们的印象是深刻还是淡漠,未必和这个朝代的久暂成正比例,往往同事件的密集程度相联系。比如三国时期不足50年,可是人们觉得它沸沸腾腾,异常热闹,就是因为事件特别集中。但如果没有《三国演义》,也达不到这种效果。宋代也有类似的情况。在人们印象中,仿佛宋代尽多忠臣良将、英烈豪杰，一派治平景象。其实并非如此。

整个中国封建社会，到了宋代开始走下坡路。包括创业伊始，那些所谓的圣帝贤王，也并无多大的治绩。走笔至此，我倒想起了一则轶事：宋初道士陈抟乘白骡入汴州，途中闻赵匡胤登基，大笑，高兴至极，竟忘乎所以，以致从骡背上滚了下来。并说："天下于是定矣！"其实，北宋刚取得政权时，其统治区域只限于黄淮流域一带。当时，还有辽、北汉等几个割据政权。太祖、太宗两代，整整用了20年时间，才结束了十国割据局面。而后太宗7年间两度征辽，都遭惨败，不得不完全采取守势。真宗朝，辽军大举南下，直抵汴州以北的澶州，宋廷惊恐万状，拟议迁都，最后与辽国订立了屈辱的澶渊之盟，后期又面临着金人的大举入侵。就是说，终北宋之世也没有真正太平过。

有宋一代兼为古代中国修文之高峰与武备之谷底。开国初期，即接受五代几个短命王朝的教训，通过"杯酒释兵权"，将军事指挥权集于皇帝一身，同时削弱宰辅权力，形成互相牵制的机制。"宋朝名相半书生"，赵普、李沆、王旦等人，都主张守成持重，厌谈兴利除弊事体，赵普在他办公的地方放了两口大瓮，凡见有提改革意见的文字就扔在瓮中，瓮满了后全部烧掉。由此在政治上形成了一种严重因循疲沓的风气。北宋王朝特别是后期，正处于内忧深重、外患频仍的危急存亡之秋，生活方式极度奢侈淫逸。汴梁城内到处布满酒楼、食店、妓院、戏场。宋代诗人刘子翚有这样一首诗："梁园歌舞足风流，美酒如刀解断愁。忆得少年多乐事，夜深灯火上樊楼。"当时的樊楼三层高耸，五楼相向，彼此飞桥横架，明暗相通，为东京城内酒楼之最。据说徽宗赵佶私幸李师师，即在此处。当时，像这样的星级大酒店有七12座，每家饮客常在千人以上，工商店铺多达6400家。这从《东京梦华录》和名画《清明上河图》中也看得很清楚。刘昌诗的《上元词》："忆得当年全盛时，人情物态自熙熙。家家帘幕人归晚，处处楼台月上迟。花市里，使人迷，州东无暇看州西。都人只到收灯夜，已向樽前约上池。"备述故都太平景象，其中已隐伏着后日的危败之由。

《东京梦华录》作者在自序中写道:"太平日久,人物繁阜,垂髫之童,但习鼓舞,班白之老,不识干戈"。这里讲了一个重要的问题,就是北宋王朝采取了"守内虚外"的统治政策,对内严加防范,不准民间习武,对外消极防守,兵源很多却毫无战斗力,导致国家积贫积弱,无力抵御辽、金、夏的不断侵略。天灵盖对付不了人家的狼牙棒,最后便由"奉之如骄子"到"敬之如兄长",进而到"事之如君父",真是一蟹不如一蟹。马可波罗在其游记中追述前朝情景,说:"这片土地上的人民,绝非勇武的斗士。""皇帝本人满脑子里都是女人,他的国土上并无战马,人民也从不习武,从不服任何形式的兵役。"责任当然在封建统治者身上。

还说徽宗赵佶,宋史专家邓广铭先生说过,他"自即位以来,骄奢淫逸,其生活之腐朽糜烂,在历代的皇帝当中,是少有其比的"。他用了6年时间修起一座既有山林池沼、亭石楼阁,又有奇花异石、珍禽异犬的特大皇家园林,当时在世界上是独一无二的。为了让这座"万岁山"有一种云雾缭绕的氛围,亲信们叫人做了许多油绢口袋,弄湿后挂在山岩上,充分吸收水蒸气,然后把口扎上。待皇帝到来再打开口袋,水汽外溢,宛如云雾蒸腾,名为"贡云"。他们还专门找人驯服各地进贡的珍禽,皇帝驾临,几万只鸟一齐放出接驾。赵佶高兴万分,大加赏赐。这座园林后来毁于金人的战火。人们在一座建筑的盘龙柱上刮下的金屑就达400多两,其奢华富丽于此可见一斑。元代诗人李溥光咏叹道:"一沼曾教役万民,一峰会使九州贫。江山假说方成就,真个江山已属人。"诗句是说,万岁山建成之日,即北宋灭亡之时。这一假一真,讽刺深刻而感慨深沉。还有一首咏《万岁山图》的七绝:"万岁纲船出太湖,九朝膏血一时枯。阿谁种下中原祸,犹自昂藏入画图。"诗人的一腔怒气未敢直接发向皇帝,结果对着假山放了一通火炮,但其抨击的效果是一样的。

几次黄河泛滥,致使往日的千般绮丽,万种繁华,一股脑地被深埋地下。1000多年前,李白慨叹汉代的梁园转瞬成灰:"梁王宫阙今安在?枚马先归不相待。舞影歌声散绿池,空余汴水东流海."说的是山河犹是,人事已非。于今,不要说梁园、万岁山,连那滔滔滚滚的汴水也已荡然无存,淤为平地,只剩下"汴水秋声"四个字,作为"汴京八景"之一,留存在方志里。

香港《大公报》1995年8月8日

话到沧桑句便工

洛阳号称十三朝故都，历史遗迹、人文景观极为丰富，是我向往已久的去处。这次首先看了汉魏故城遗址。东汉、曹魏、西晋、北魏四朝以此为皇城，共330年之久。都城建筑规模宏大，经济繁华发达，是当时世界范围内第一流大城市。据记载，城内有纵横24条大街，长衢夹巷，四通八达。帝族王侯，外戚公主，争修园宅，竞夸豪丽。崇门丰室，洞户连房，飞阁生风，重楼起雾，极尽奢华之能事。可是，经过汉末董卓纵火焚烧，和西晋永嘉之乱以后战火的摧残，早已宫室为墟了。这在古今中外都是常有的事。

公元79年，大约相当于我国的东汉初年，坐落在古罗马东南部的庞贝古城，被突然喷发的维苏威火山埋没了。而后便杳无声息，被人们忘得一干二净，直到1000多年之后才被史学家从古书上发现，却又不知道具体位置在哪里。相形之下，中国的古都的命运要好一些。

据《史记》记载，殷商的遗民箕子朝周，路过安阳殷墟，见宫殿毁坏，尽生禾黍，哀伤不已，因作《麦秀》之歌。相传西周亡后，周大夫行役至于宗周，过故宗朝宫室，满眼所见都是庄稼，不禁触景伤怀，遂吟《黍离》之诗。这两首歌诗便成为后世有名的抒发爱国情怀的佳作。同《黍离》《麦秀》那孑遗的悲歌相对应，还有一首"铜驼荆棘"的预言的警语：晋代的索靖具有先见之明，经过分析，他觉察到天下就要大乱，于是指着洛阳宫门旁的两个铜铸骆驼，喟然叹道："人们将会看到你们卧在荆棘中啊！"

元人宋无诗云："不信铜驼荆棘里，百年前是五侯家。"说的是沧桑变化。

我站在故城遗址上，放眼四望，但见断续的残垣内外长着茂密的白杨，里面是一方广袤的田野，上面翻腾着滔滔的麦浪。白杨多悲风，更加重了废墟氛围和历史感。废墟是岁月的年轮留下的轨迹，是历史的读本，是成功后的泯灭，属于悲剧文化。《容斋随笔》中有这样一则逸事：宋初，工部尚书杨玢的旧居为邻居侵占，子弟递状告发其事，杨玢在状纸上批了几句话，有"试上含元殿基望，秋风秋草正离离"之句。当时距离唐朝灭亡未及百年，而含元殿就已变成这般模样，简直和《王风》中的《黍离》差不多了。看来，沧桑变化竟是人间正道。正如苏轼《凌虚台记》中所言：物之盛衰成毁，相寻于无穷，昔者荒草野田，狐兔窜伏之所，一变而为台囿，而数世之后，台囿又可能变成禾黍、荆棘，废瓦颓垣。"夫台犹不足恃以长久，而况于人事之得丧，忽往而忽来者欤！"当然，洛阳园囿之兴废，更有特殊的意蕴。宋代学者、李清照的父亲李格非认为："天下之治乱，候于洛阳之盛衰而知；洛阳之盛衰，候于园囿之兴废而得。"司马光有诗云："若问古今兴废事，请君只看洛阳城。"

魏晋时期是真正的乱世。连年战乱给人民带来无穷的灾难。魏晋递嬗，实现了90年分裂混战之后的重新统一。但西晋统治集团的骄奢淫逸，腐朽残暴，导致这个王朝仅仅维持了52年。特别是标志着统治集团矛盾全面爆发，持续了15年之久的"八王之乱"，杀人之多，手段之残忍，对生产力破坏之严重，在历史上都是罕见的。这场动乱发生在内部，司马氏诸王为了争夺天下，自相残杀，吞噬殆尽，只剩下少数几个成了异国刘聪、石勒的刀下之鬼，觉得前人所说的一部"二十四史"不过是"相斫书"，还真有这些道理。具有讽刺意味的是，皇城不远处便是荒冢累累的北邙山。这里自东汉以来就是帝王将相、王公大臣夜台长眠之地。东汉、曹魏、西晋、北魏四个朝代的皇陵，毗邻而依。上上下下，陵寝墓冢星罗棋布，俗话说，"邙山无卧牛之地"。唐代诗人王建诗云："北邙山头少闲土，尽是洛阳人旧墓。旧墓人家归葬多，堆著黄金无买处。"置身其间，确有一种与鬼为邻的感觉，当时我想，那些帝王公侯及其娇妻美妾，无论是胜利的、失败的、得意的、失意的、杀人的、被杀的，最后统统在这里报到了。"纵有千年铁门槛，终须一个土馒头。"留下来的只是一些"饥年何不食肉糜"与"蛙声为公还是为私"的千载笑料和争权夺利、滥杀无辜的万古骂名。在那动荡不宁、生灵涂炭、朝不保夕的年代，一些名士对司马诛锄异己，滥杀知识分子，杀君篡权，却又标榜名教甚为蔑视与不满。但他们又不敢正面反抗，于是纵酒谈玄，政治上不明确表示是非，却用猛烈抨击名教和礼法的行为，对司马氏假奉名教表示抗议。政治斗争的残酷性，鲜血淋漓的教训，使他们在生命形态和生活方式上有意无意地出现了一些畸形的变化。所谓"竹林七贤"，正是其中的佼佼者。阮籍旷达不羁，不拘礼俗。为母服丧期间，仍在司马昭的宴席上喝酒吃肉。邻居家的妻子有美色，在酒店里卖酒，他喝醉了就睡在这女人身边。他驾车载酒，漫不经心地向前行驶，突然马停了，原来路已到了尽头，他不禁放声大哭一场，看出他内心里郁积着苦闷。他尝登荥阳广武山，观楚汉战场，叹曰："时无英雄，使竖子成名！"这是愤世之言，因为生当乱世，空负英雄之志不得酬其夙愿。司马昭杀了狂傲不驯的嵇康之后，为了把阮籍拉近自己的身边，要娶他的女儿做儿媳。阮籍地不愿攀上这门亲戚，就从早到晚喝酒，醉倒就睡，睡醒又喝，连续醉了60天，媒人没奈何怅然走开，司马昭也只好作罢。嵇康与阮籍均不满时政，不拘礼法，但由于性格不同，表现形式各异，因而结局大不一样。当然，他们作为礼教宗法的挑战者，对于当时和后世的影响都是很大的。

　　这种所谓"魏晋风度"的形成，当然还有其更深层的原因。当时正处于由天然感应神学向理学的转型时期。旧的权威思想已经崩溃，新的权威思想还在探索之中。人们在信仰、追求、价值取向方面失去了依归，常常陷于精神空虚与紧张、焦虑、孤独之中，导致人与社会、人与自然、人与人之间关系的疏离和联系纽带的断裂。另一方面，随着儒家经术的衰落，老庄思想渐渐抬了头，玄学发展成为历史趋势。这样，种种任诞、反常现象的出现也就不奇怪了。政治黑暗，战乱频仍，社会动荡，民不聊生，这种社会状态反映到思想文化领域，是儒学渐近衰微，而文学家的思想比较活跃，个性大为张扬，加之各民族之间交流广泛，促进了文学创作的发展。所谓"国家不幸诗家幸，话到沧桑句便工"。一时间文坛荟萃，人才辈出，流派纷纭，风格各异。就在那些王公贵胄、豪强恶棍骸骨成尘的同时，竟有为数可观的文学家的诗文杰作流传下来，辉煌千古。诸如阮籍的《咏怀》诗，嵇康的《与山巨源绝交书》，陆机的《文赋》，左思的《三都赋》《咏史》诗，向秀的《思旧赋》，潘岳的《悼亡诗》，这些堪称文学史上的代表作，都是这一时期的作品。

古城东市是魏晋时期行刑的场所。这次，我特意到旧址去转一转，当年嵇康在这里弹奏一曲《广陵散》后，便引颈就刑，琴声久久地回荡着。当然，现在是什么也听不到了。有人考证，这个《广陵散》即是古时的《聂政刺韩王曲》。临死时还要奏这种曲子，说明嵇氏胸中的愤懑不平之气何等强烈！后世怀念嵇康的诗文不胜枚举。但真正撼人心弦的当推向子期的《思旧赋》。

在那闪烁其词、欲说还休的寥寥数语中，人们感受到一种欲哭无泪、深沉得近于心死的悲哀。这里还有一点很值得注意，就是《思旧赋》中有这样的话："叹《黍离》之愍周兮，悲《麦秀》于殷墟。惟古昔以怀今兮，心徘徊以踌躇。"竟将区区山阳故居的荒凉，与周室、殷墟之破败相提并论，显现出他虽身仕晋朝却心怀深沉的故国之思。

香港《大公报》1995年8月19日

放翁老去未忘情

陆放翁诗名千古震烁。人们都知道他是一位豪情似火、壮怀激烈的爱国诗人。他那"上马击狂胡，下马草军书""楼船夜雪瓜洲渡，铁马秋风大散关"的战斗号角般的诗句，那"脍鲸东海，刺虎南山""裂眦嚼齿""愤切慨慷"的豪情壮举，铸就了一个热血丹心、钢筋铁骨的英迈形象。但这只是一个侧面，当然是重要的侧面；他的胸中还饱蕴着似水柔情和绵绵愁绪，因而常常从另一角度抒写其丰富的感情生活，这方面同样是绚丽多彩、千古卓绝的。把这两个方面联系起来考究，就会看到一个有血有肉的完整的诗翁形象。

据史料记载，陆游20岁时娶同乡女子唐琬为妻。夫妇琴瑟和谐，情深意笃，但他的母亲却百般看不上这个儿媳，强令儿子休弃妻子，生生地拆散了这对情侣。在他31岁那年，一次去游沈园时与已经再嫁的唐琬相遇，陆游百感交集，填了凄琬动人的《钗头凤》词。据说，唐琬也曾和词相赠，有"人成各，今非昨，病魂常恨秋千索"之句，不久便郁悒以终。

纯真的爱，作为人类一种自愿的发自内心的行为，作为自由意志的必然表现，是不能施以强制命令的。外力无论何等巨大，也没办法强令人产生情爱；同样，已经产生的情爱也不会因为外在压力的强大而被迫消失。陆游，这个生当理学昌盛时期的封建社会的知识分子，没有也不可能鼓足勇气去反抗以母亲为代表的封建宗法势力，但在他的内心深处始终翻腾着感情的潮水，而且，一有机会便冲破封建礼法的约束，作直截、率真的宣泄。

诚如他自己说言："放翁老去未忘情。"为了追怀往昔，重温鸳梦，在伊人已杳的漫长岁月里，他年复一年地从鉴湖的三山来到城南的沈园，踽踽独行。旧事填膺，思之凄哽，触景伤情，发而为诗。这种情怀愈到老年愈是浓烈。

陆游在68岁这年深秋重游沈园，看到当年题词尚在，而人事已非，不禁怅然久之，当即吟成一首七律，有"林亭感旧空回首，泉路凭谁说断肠？坏壁醉题尘漠漠，断云幽梦事茫茫"之句。7年后，再游沈园，怀着更沉痛的心情，写下了两首七绝："城上斜阳画角哀，沈园非复旧池台。伤心桥下春波绿，曾是惊鸿照影来。""梦断香消四十年，沈园柳老不吹绵。此身行作稽山土，犹吊遗踪一泫然。"诗人感叹岁月飞逝，韶华不在，回思既往，益增唏嘘。81岁这年，他梦游沈园，醒后又写了两首七绝，其一曰："路近城南已怕行，沈家园里更伤情。香穿客袖梅花在，绿蘸寺桥春水生。"如诗如画，亦梦亦真。当残酷的现实扯碎了希望之网时，痛苦的回忆便成了最好的慰藉。第二年秋天，他又写诗追忆这段恋情。直到84岁高龄，他在《春咏》诗中还写道："沈家园里花如锦，半是当年识放翁。也信美人终作土，不堪幽梦太匆匆。"两年后诗翁辞别了人世。

犹如春蚕作茧，千丈万丈全都环绕着一个主体；宛似峡谷飞泉，千年万年不改其奔泻的活力。爱情竟有如此巨大的魅力，历数十年不变，着实令人感动。就一定意义来说，爱情同人生一样，也是一次性的。人的真诚的爱恋行为一旦发生，就会在心灵深处永存痕迹。陆游的爱情生活，在旧社会，最终的结局只能是悲剧性的。因为爱情所栖身的社会，首先是一种现实，然后才是理想。但是，正如郭沫若先生所指出的：陆游与唐琬却又是真正的胜利者。封建社会在今天已经被彻底推翻，而他们的感人诗章和美好形象，已经并将永远活在后人的心里。

香港《大公报》1994年9月25日

人来燕赵易悲歌

车出郑州，一过黄河大桥，华北大平原便摊开了它全部的浩瀚，风驰电掣般地向我涌来。无边的绿野，滔天的麦浪，像特大的银幕一样，不断地更换着画面。顿时，一种苍凉、豪壮、汪洋恣肆的情怀涌上心头。特别是登上赵国邯郸的著名古迹丛台，临风吊古，不禁感慨兴怀，悠然意远。战国时代发展一种高台建筑。魏襄王在都城大梁建中天台，期望达到天高之半；楚国建三休台，含义是至少要休息三次才能攀上台顶。赵武灵王为了阅兵观阵，习武宣威，修筑的丛台，自然也是高耸天际的。2000多年后的今天，登台四望，但见绿杨深处，车辆穿梭，楼群棋布，街上人流熙来攘往，一派祥和景象。当年的戈戟交辉、云旗委蛇之势，已付与苍茫的历史。高台上下显得寂寥空旷，只剩下青苍的雉堞、淡绿的苔痕，一任徐缓的清风和悠悠的淡日拂煦着。但历史恰是怪异得很，愈是清虚恬淡，往往愈是扣人心弦，令人临风神往。赵武灵王是一个很有作为的君主，著名史学家翦伯赞说他"无愧于英雄的称号"。他在北破林胡、楼烦之后，修筑了赵长城，以防备强敌入侵。在当时的物质条件下，以一个小小的赵国，竟能完成这样巨大的国防工程，而且没有像秦始皇那样受到责骂，不能不令人惊叹。

不仅此也，他还敢于发布"胡服骑射"的命令，响亮地提出"袭远方之服，变古之教，易古之道，逆人之心"的政见，与最顽固的传统习惯、保守思想做斗争。可惜，对这样一位勇于改革创新的历史人物，除了《史记》

中有所记载外，后世的论者很少注意，这是很不公平的。

"士慕原陵犹侠气，人来燕赵易悲歌。"漫步古都邯郸街头，清代著名诗人张问陶这两句诗，蓦地在脑际浮现出来。原、陵分别指赵国的平原君赵胜和魏国的信陵君魏无忌。他们礼贤下士，以善养士者著称。用太史公的话说，乃战国时代"翩翩浊世之佳公子"。说到"原陵侠气"，人们会想到"窃符救赵"的故事。公元前 257 年，秦军围攻赵国都城邯郸甚急。赵相平原君求救于魏，魏王派大将晋鄙率兵 10 万前往，却又惧秦报复，到两国边界处按兵不动。赵国危在旦夕，信陵君再三请示魏王发令进军击秦，魏王不听。信陵君遂采用大梁城夷门守吏侯嬴之计，设法说服魏王宠妃如姬，窃得皇上的兵符，然后带上勇士朱亥，到前线军中矫杀了晋鄙，夺得了兵权，率部击退秦军，解了邯郸之围。应该说，当时信陵君是担了巨大风险的。但为了行侠仗义，扶弱抑强，甘于履危授命。这也正是游侠家的本色。

燕赵古称多感慨悲歌之士。但是到了唐代以后，韩愈认为，风俗与化移易，现时情形将有异于古昔，因而表示了怀疑的态度。清代著名诗人吴梅村更是慨乎言之，有诗云："多见摄衣称上客，几人刎颈送王孙？"这里引用了《史记·魏公子列传》中的典故：信陵君到夷门迎请侯嬴，侯嬴着敝衣冠直坐上车中的尊位，毫不谦让，而公子却愈加恭谨。至家，公子引侯嬴坐上座，并向宾客一一介绍，客人都很惊异。侯嬴后来向魏公子献了窃符救赵之计。侯嬴因年老不能随信陵君出兵，送行时刎颈自杀。吴梅村通过引经据典，慨叹世道浇漓，人心不古，得宠者多而报效者少，再难以见到侯嬴那样以死相报信陵君的义举了。

古都邯郸另一处著名古迹是邯郸道和吕祖庙。这里有著名的黄粱美梦的传说，来源于唐人沈既济的小说《枕中记》。讲述了渴望功名富贵的卢生在吕洞宾所授瓷枕上入梦，梦见与富家女结婚，并因妻子的财富贿赂当道，飞黄腾达，扶摇直上，封侯挂帅，位及大臣。在统治阶级的激烈的倾轧斗争中，浮沉宦海，几十年荣华富贵，风云变幻，醒来却是一梦，而主人的黄粱尚未煮熟。说明富贵无常，人生如梦。吕公祠的一副对联把这一主旨揭示得更为清楚："睡至二三更时凡功名都成幻境，想到一百年后无少长俱是古人。"邯郸梦与邯郸道，后来成为虚幻之事和虚幻之路的形象说法。前人有诗云："只因旧日邯郸路，梦里卢生误着鞭。"类似的作品还有唐人李公佐的《南柯太守传》，叙述士人淳于棼居广陵东十里，宅南有一大槐树。一日醉卧，被二紫衣人引至槐安蚁园，招为驸马，生五男二女，位至南柯太守，二十多年备极荣显。后与敌战，败北，公主也死去，国王对他产生了疑忌，遂被放归。醒来方知是一场梦，踪迹蚁穴所在，一一与梦中所历切合。从而悟出人世倏忽，荣辱无常之理，于是出家做了道士。明代剧作家汤显祖根据这两篇传奇，写成了戏曲《邯郸记》和《南柯记》。由于都是通过梦境展开的情节，连同另外两部戏曲，被称为"临川四梦"。到了清代蒲留仙在《聊斋志异》中写了《续黄粱》，主旨大致相同。这类故事源于释道的出世思想，也有人为目的"酸葡萄心理的产物"，就是说，是渴望荣华富贵而终于不能得到的人写的。总的说，基调有消极的一面；但因作者是以否定的态度，通过梦境真实地再现当时统治阶级内部钩心斗角和士人们对功名利禄的热衷追求，客观上具有揭露作用、讽刺意味和一定程度的认识价值、警示效果。有些人确实把个人的名利得失、荣辱升沉看得过重，泥足深陷而不能自拔。如果他们能读一点庄子，懂得"平易恬淡，则忧患不能入，邪气不能袭"，"不为轩冕肆志，不为穷约趋俗，其乐彼与此同"；懂得"至誉无誉"，把浮名浮利这些身外之物看得淡些轻些，就可以减去许多无谓的烦恼。

闲翻古籍，看到关于宋代权奸、号称徽宗朝"六贼"之首的蔡京的一则资料。蔡京被贬南迁，"道中市食饮之类，问知蔡氏，皆不肯售，至于诟骂，无所不道，州县吏为驱逐之，稍息。元长（蔡京）轿中独叹曰：'京失人心，一至于此！'至潭州，作词曰：'八十一年住世，四千里外无家，如今流落向天涯，梦到瑶池阙下。玉殿五回命相，彤庭几度宣麻。止因贪此恋荣华，便有如今事也。'后数日卒。"是这么回事，又不尽然。他不只是贪恋荣华，而且是作恶多端，才有如此下场。

小时听父亲说过，我家祖籍在大名府。那里靠近邯郸，父亲每次回老家，总要到黄粱梦庙去转一转，他掌握很多关于黄粱梦的故事。他说，康熙年间有个书生名叫陈潢，有才无运，半生潦倒，这天来到吕仙洞，带着满腔牢骚，半开玩笑地写了一首诗："五十年来公与侯，虽然是梦也风流。我今落拓邯郸道，要向仙人借枕头。"后来，这首诗被河督靳辅看到了，很欣赏他的才气，便请他出来参赞河务。陈生和卢生有类似的经历，只是命运更惨，最后因事入狱，一病不起。说到这里，父亲读了一首自己唱和陈潢的诗：不羡王公不羡侯，耕田凿井自风流。昂头信步邯郸道，耻向仙人借枕头。吟罢，他又补充一句："还是阮籍说得实在，'布衣可终身，宠禄岂足赖'呀！"

我想在慷慨悲歌的燕赵大地上出现一个邯郸道、黄粱梦的传说，可能是偶然的。但他们竟能在千余年的历史长河里和谐地融会到一起，却颇为耐人寻味。因为鲁迅先生说过，孔子之徒为儒，墨子之徒为侠，作为墨派孑遗，游侠家为道义可以赴汤蹈火，死不还踵，他们和儒家同时主张进取，着眼于调节人与人的关系，这同以老庄思想为代表的，主张清静无为、崇尚自然、着眼于调节人与自然的关系的道家，各有旨归，各异其趣。但是，有趣的现象是，人们并不是互不相容、彻底分裂的，不仅出现相反相成的互补现象，而且会在不同阶段奇妙地统一在一个人身上，所谓"达则兼济天下，穷则独善其身"。避世与用世的对立统一，正是中国文人的典型心理结构。我父亲在年轻时，热心进取，行侠好义，迨至后来家道凌夷，亲丧子殂，一变而为心灰意冷，转向寄情山水，顿有看破红尘之感。这也算是一个显例吧。

香港《大公报》1995年9月26日

狮山更比燕山高

上

说起彩云之南的风景名胜来,人们会滔滔不绝地讲滇池,讲大观楼,讲石林,讲西山,讲苍山洱海,讲西双版纳。可是,十有九人忽略了滇中北部的武定狮子山,令人不免有遗珠之憾。狮子山不仅自然风景绝佳,而且颇富人文价值。我在这里住了两天,仅仅看了三大景区中的一个角落,就已觉得充盈丰满,美不胜收。应该承认,这对一个景区来说,并不是很容易达到的。

狮子山素有"雄奇古秀"之誉。在136平方公里的风景名胜区内,有四分之三的面积覆盖着郁郁葱葱的长林古木,登高望远,但见翠海接天,不知何处是岸。穿行其间,两侧有寒流啸壑,古树栖云,浓荫盖地。纵使外面溽暑炎蒸,燎肌炙肤,此地依然清爽异常,确是理想的避暑胜地。林间草地上,山花野卉,姹紫嫣红开遍,引逗得蝶舞蜂喧,把一个寂静的山陬,装点得霞拥锦簇,生意盎然。

我想,若说幽邃、偏僻,又是少数民族地区,生态环境保持良好,绝少污染,这里很像川西北的黄龙山、九寨沟,不同之处是这里具有无比丰富的历史积淀、人文景观,而且主要是围绕着一个传说遁入了空门的帝王行止、出处。这倒又一次为"天下名僧占多"提供了佐证。

山上的正续禅寺规模宏大,气势雄伟,始建于元代,当时似乎并没有产生太大的影响。不知从什么时候起，它同明代流亡皇帝建文帝朱允炆发生了联系，从此，便闹腾得沸沸扬扬，数百年持久不衰。漫步山中，几乎随处可见传说中建文帝的踪迹。过了山门，就看到迎面照壁上绘有"建文逊国"故实的大型壁画。高耸着一株树龄五百年的孔雀杉，传为建文手植。

天王殿南侧，有一处名为"帝王居"的宅院，顾名思义，乃建文帝当年栖迟之地，院内也有他的手植柏。在后山半腰的林木葱茏处，有"龙隐庵"遗址，据说这里是明廷搜索期间这位流亡皇帝的避难所。此外，陪同人员还一一指点了建文帝亲手栽培的白牡丹、虎头兰和木芍药。见我有些疑惑，他随手递过来一本古籍，原来是罗养儒《纪我所知录》，其中记载："建文住正续寺亦积有年，乃于寺之佛殿前植木芍药二本"，"此花在云南颇少，唯见鹤庆之朝霞寺内有此佳种，建文当日或由迤西移其种而来也"。

最引人注目的是藏经楼下的明惠帝祠阁。有丹墀、品级阶、九龙口，呈帝王宫殿式样。内有于康熙七年雕塑的建文帝身披袈裟、坐九龙椅的塑像。阁门抱柱子上，两条行龙作一升一降状。阁外廊柱上嵌有三副长联，都是充满诗情、理趣、禅机的史家上乘之作。其一曰："僧为帝，帝亦为僧，数十载衣钵相传，正觉依然皇觉旧；叔负侄，侄不负叔，八千里芒鞋徒步，狮山更比燕山高。"寥寥42字，概括了明初朱元璋、朱棣、朱允炆祖孙、叔侄三代君王的行藏、史迹与传说。朱元璋17岁在皇觉寺为僧，后来起兵做了皇帝。为巩固皇权，一手剪除了国初的功臣、宿将，一手定立了分封诸王的制度，而这后一手却为日后皇室争权埋伏下了隐患。西汉的七国之乱与西晋的八王之乱，已经提供了前车之鉴。这在老皇帝心中是有数的。但阴错阳差，偏偏太子早逝，没奈何不得不向年轻的皇太孙朱允炆交班。而这位皇太孙感到的巨大威胁也恰恰在诸王叔身上。于是，便与几位亲信重臣计议，颁布了削藩诏令。燕王朱棣援引"朝中如有权臣擅政，诸王有权举兵以清君侧"的《皇明祖训》，兴师"靖难"，爆发了一场持续四年之久的争夺皇位的内战，史称"靖难之役"。朱棣攻占南京，登了帝位，建文帝下落不明。《明史》记载："都城陷，宫中火起，帝不知所终。""或云帝由地道出亡。自后，滇、黔、巴、蜀间，相传有帝为僧时往来迹。"联语中说的"帝亦为僧"，本此。乃祖僧为帝，而孙帝做僧。这倒不是朱家与佛门有特殊的宿缘，更非一场简单的历史性游戏，其间存在着制度方面的深层的种因。那位以撰写大观楼180字长联闻名于世的清代诗人孙髯翁，在《登狮子山吊建文帝》一诗中，有"滁阳一旅兴王易，建业千官继统难"之句，凭吊兴亡，寄慨遥深。清代大诗人、史学家赵翼则从更深层次上进行剖析，有诗云："乃留弱干制强枝，召乱本由洪武起"。

联语中"叔负侄"容易理解；"侄不负叔"至少有两方面的论据：燕王朱棣起兵后，曾被朝廷的大军围困，但得轻易脱险，因为建文帝曾向部下交代，双方交战，不可伤害燕王，以免背上杀害叔父的恶名。而当燕王的靖难军攻入京师，建文帝逃身在外，也还有一定的抵抗实力。因为其时江南一带基本上还是他的天下，辽东仍控制在朝廷手中，孙岳、铁铉、梅殷等几个心腹重臣分别据守凤阳、山东、淮上，旦夕间即可开赴京师，举兵勤王。民间有个说法，建文帝为了解除内战中黎民之苦而甘愿逊位于叔父。这当然是臆测之说。但242年后，南明福王追谥建文为"让皇帝"，又似乎是个佐证。

"四十载衣钵相传"，讲的是祖孙递嬗，是从时间上纵论；而"八千里芒鞋徒步"，则是讲建文帝的亡命行踪，系从空间上展开。从现存史料中可以得知，关于建文帝的下落，最先是由朱棣一锤定音的，他在诏书上写道："建文为权奸逼胁，阖宫自焚。"后来，官修明史便据此做了记载。实际上，朱棣本人是深疑此说的。当然，在他看来，若是建文帝真的死于宫中大火，这是最理想的。不仅可以减轻他继承大统时舆论上的压力，而且也消除了前朝复辟的后顾之忧。因为他比谁都清楚，只要这个皇侄还活在世上，就无异于树起一面神圣的旗帜，埋下一颗威力强大的炸弹，对他的皇权统治随时都会构成威胁。为了寻觅建文帝的踪迹，他在永乐三年派遣郑和下西洋，目的之一就是在域外查探建文帝的下落。《明史》上说："成祖疑惠帝亡海外，欲踪迹之。"从永乐五年开始，又派遣亲信胡濙以颁布御制诸书和访察仙人张三丰为名，遍行天下州郡乡邑，暗察建文藏身之地，足足奔波了14年。永乐年间，成祖曾多次命礼部榜示天下，申明僧侣、道人"俾守清规，违者必诛"；还以对照度牒的办法，对出家人严加巡查。朱棣以篡杀夺位22年，竟被侄子的疑踪足足搅扰了21年，说来也是堪笑又堪悲的。

至于建文帝出逃究竟去了哪里，至今史学界也没有定说，可说是聚讼纷纭，莫衷一是。有的主张"在近不在远"，一直在姚广孝的庇护下藏身于苏州吴县的穹窿山皇驾庵；有的坚持流落滇黔说，武定狮子山即定居地之一。据清初《武定府志》的记载："帝（建文）乃先入蜀，未几，入滇。虽往来广西、贵州诸寺，止于狮子山正续寺者数十年。"史书及方志还存录了许多这位流亡皇帝遁迹禅林后的诗篇。有这样一首七律，当是初入空门时所作："阅罢楞严磬懒敲，笑看黄屋寄县标。南来瘴岭千层迥，北望天门万里遥。款段久忘飞凤辇，袈裟新换衮龙袍。百官此日知何处，唯有群乌早晚朝。"虽然已经厕身缁流，但对于往日的凤辇龙袍、早朝陛见，仍然流露出丝丝缕缕的眷恋，未能完全释然于怀。后来经过南北东西的流离颠沛、沧海惯经、风霜历尽，百般磨折过去，世事从头数来，虽然未能如太上之忘情，脑子里有时仍然浮现着朝元、长乐的影子，但一切一切毕竟已经是梦幻泡影了。这种情怀，充分反映在他的晚期的诗作中："牢落西南四十秋，萧萧华发已盈头。乾坤有恨家何在，江汉无情水自流。长乐宫中云气散，朝元阁上雨声愁。新蒲细柳年年绿，野老吞声哭未休。"忽忽几十年过去了，松风吹白了鬓发，山溪涤荡着尘襟。"绝顶楼台人倦后，满堂袍笏戏阑时。"旧梦如烟，岂堪回首；风光不再，漏尽灯残。漫步山野间，这位白头老衲不禁慨然低吟："杖锡来游岁月深，山云水月傍闲吟。尘心消尽无些子，不受人间物色侵。"这里与其说杂有某些颓唐之气，毋宁说是翻过筋斗、勘透机锋之后的一种智慧与超拔，是经过大起大落的一种高扬的澄静。后人也许正是根据这番诗意，撰写了一副对联刻在"建文祠阁"的廊柱上："沧桑变太奇，可怜一瓶一钵一袈裟，忽忽把君王老了，直到那华发盈头，面目全非，听夜静钟声，皇觉始归正觉；黄粱梦已醒，回忆走东走西走南北，处处都荆棘丛生，何如这昙云满地，庄严自在，看潭澄月影，帝心默认禅心。"

下

由于建文帝的下落是个极为尖锐、敏感的政治问题，在永乐年间被视为一个禁区。当时，本来知情者大有人在，但是，"国初杀气浑不除，越三十年还相屠"，人人都噤若寒蝉。明代中期以后，禁网渐疏，朱棣的后代已不再担心流亡皇帝会复辟，于是，士大夫中开始有人议论建文逸事，至正德以后，甚至有人上疏请求为建文帝追加庙号、谥号。就是这时，记载建文帝行止的书也陆续出现。其集大成者为刊行于顺治十五年的《明史纪事本末》，以专门一章系统记述了建文帝出亡过程和流落西南各地的行迹。因为作者谷应泰是一位颇有成就的史学家，而且这部书又是以正史面目出现的，所以影响甚大。但是，到了康熙十二年"朱三太子案"出现后，人们又开始讳言其事。京师有个叫杨起隆的人，诈称是崇祯皇帝的太子，谋划放火起事，事泄逃走。议论建文之事，颇有借古喻今之嫌，因此，人们都避开这一话题；有的则直接指斥出亡之说谬妄，以适应当时政治的需要。康熙十八年诏修明史，自然受其影响。后来时移世易，"朱三太子案"的痕迹逐渐淡化了，文士们才又旧话重提。乾嘉之际的赵翼在《金川门怀古》诗中，有"一领袈裟宵出窦，九江纨绮夜翻城"，"从亡芒屩千山险，骈戮欧刀十族空"之句，坐定了建文出亡之事，并敢于议论明成祖残酷杀戮建文遗臣的暴政，即是明证。

联语中"狮山更比燕山高"一语，寓意至为丰富，至为深刻。他涉及明初这场皇室夺权的流血斗争和建文帝与永乐帝的历史评价问题。作者采用这种句法，是从唐宋诗人那里学来的。唐人罗隐评价光武帝与严子陵，有"原陵不及钓台高"的诗句。范仲淹把东汉开国功臣拉出来和严子陵对比，结论是:"云台争似钓台高!""狮山"借代建文帝,"燕山"指是永乐。这场夺位斗争的胜利者是后者而不是前者。那么,为何要说失败者更高呢?这里面固然有"人情同情弱者"的成分,但若论高低,则必须"言之成理,持之有故",而不能单凭感情用事。揣摩联语作者的立论依据,当是考虑到朱允炆继位之后颇有一番作为,深得人心。他"天资仁厚""亲贤好学",对祖父的君主集权政治多所更张,注重发挥臣下作用,提高文臣地位;同时诏行宽刑薄赋,举遗贤,兴教化,重农桑,赈饥民。这一系列的兴革措置,对长期生活在高压、峻厉的政治环境里的官民来说,自然带来一种宽松、祥和的气氛,一时道化融洽,万民称治。不期这位颇得人心的青年皇帝,只维持了4年统治,就横遭惨败,饮恨终身,自然引起了当时和后世许多人的同情与怀念。

明乎此,就容易理解:当朱棣进入南京后,建文遗臣中除有四五百人纷纷逃亡外,竟有那么多的人抗命不屈,死得极为惨烈。史称,"建文诸臣,三千同周武之心,五百尽田横之客"。所表现的气节,简直比改朝换代还要厉害。对此,明人朱鹭借凭吊死难遗臣方孝孺做了真实的描述:"四年宽政解严霜,天命虽新岂忍忘!自分一腔忠血少,尽将赤族报君王。"

对于朱棣,明清两代文人则多有微词。人们当会记得,吴敬梓在《儒林外史》中曾借一位儒士之口说:"本朝天下要同孔夫子的周朝一样好的,就为出了个永乐帝,就弄坏了。"说句公道话,永乐帝在历史上还算得一位英主。他的名字将与郑和下西洋、营建北京城、修纂《永乐大典》的丰功盛烈同其千古。而且,我们评议历史人物的功过是非,也不能囿于封建伦理。无论叔侄谁做了皇帝,都是反动统治者当权。永乐之失,在于登位后大开杀戒,滥用刑罚,从开国元勋、硕儒、宿将,到诸司官吏、州县衙役,一直到平民百姓,凡有牵连,就要满门抄斩,直杀得朝野震怖,四海惊心,因而不免要受到后人的谴责。据史料记载,靖难之役中,有案可查的共屠杀了14000多人。有的灭十族,瓜蔓抄,转向攀染,村里为墟。持续十几年的血腥屠杀,不仅研丧了国家元气,而且在民族心理上造成了剧烈的创伤，以至清初有人总结明亡教训时，把这作为一个缘由。他们认为，朱棣残杀无度，毁坏了正气刚风，造成后来许多臣子只知持禄固宠，再也无心顾念社稷了。当然，联语中扬建文帝而抑永乐，也和古代中国崇尚隐逸的传统有关。几千年前的《易经》上就讲，"肥（飞）遁，无不利"；"不事王侯，高尚其事"。泥涂轩冕、归钓江湖的严子陵被捧得那么高，更是明证。

离开武定狮子山，已经3个月了。每当记起有关建文帝的种种传说和明初这场流血斗争，我总觉得，西哲的那句名言"历史，就是耐心等待被虐待者获救的福音"确是有些道理。

香港《大公报》1996年2月5、6日

土囊吟

上

幼年就从史书上知道，在东北的苦寒之地有个五国城。可是，只因为它太偏远、闭塞了，直到半个世纪之后，才有机会踏上黑龙江省依兰县的这块土地。这里地形很特殊。牡丹江、松花江、倭肯河从西、北、东三面把它围拢起来，南面却没有什么遮拦。远远望去，像个敞着口的土囊布袋。说是城，也只是把一些土堆起几米高来围个大圆圈，再开出个门洞而已。辽代，松花江下游两岸的生女真人的五个部落分别筑城据地，此间为会盟所在，故又称五国头城。开始有葛、卢、胡三姓居民以捕猎为主，直到明朝末年这里还是荒山漫野，遍地荆榛，人烟稀少。但这并不影响它的声名远播。原因在于北宋末年徽、钦二帝曾被长期囚禁于此。

那天傍晚，江天薄雾轻拢，半钩新月初上，除了一阵叽叽喳喳的细碎的鸟鸣，再没有其他声响。静静地，我站在颓残破败的城头，念及八百年前的陈年旧事，心想，真是世事无常，偌大的一个称雄160多年的威威赫赫的北宋王朝，竟被这个破破烂烂的土囊，"收拾乾坤一袋装"了。一时百感中来，遂吟成七绝三首：

造化无情却有心，一囊吞尽宋王孙。
荒边万里孤城月，曾照繁华汴水春。

艮岳琼宫已做尘，神龙一霎变囚人。
　　东风不醒兴亡梦，大块年年草木春。

　　哀叹秦人待后人，松江悲咽《土囊吟》。
　　荒淫不鉴前王耻，转眼蒙元又灭金。

　　诗的末一首，阐发了杜牧《阿房宫赋》中"灭六国者，六国也，非秦也；族秦者，秦也，非天下也"和"秦人不暇自哀而后人哀之；后人哀之而不鉴之，亦使后人而复哀后人也"的深义。

　　公元1126年，金军进围汴梁，徽宗赵佶退位，传于太子赵桓，是为钦宗。嗣后金人灭宋，通过北宋文武大臣中的败类，将开封城内的金银、绢帛、书籍、图画、古器等物搜刮一空。1127年四月，金人掳走二帝和皇室、宗戚，及伎艺工匠、皇宫侍女、娼妓、演员等3000余人，并将北宋王朝所用礼器、法物、教坊乐器和八宝、九鼎、浑天仪、铜人、天下府州县图全部携载而去。说来也十分可笑，本来明明白白是两个皇帝做了俘虏，可是，朝臣奏章、史籍记载却偏要说成"二帝北狩"。其实，即便用"巡狩"字样来表述，也不是他们麾旄出狩，而是作为会说话的两脚动物乖乖地被金人狩猎了。当然，这些都是现在的话。在古时，人们已经见惯不怪，因为春秋三传上就煌煌大书着"为尊者讳耻"嘛。

　　赵佶一生中最后九年的穷愁羁旅，就这样开始了。第一站是燕山府，时在早春，有《燕山亭·北行见杏花》词作。他以杏花的凋零比喻国破家亡，自己被掳北去，横遭摧残的命运，婉转而绝望地倾诉出内心无限的哀愁。"易得凋零，更多少无情风雨。愁苦！闲院落凄凉，几番春暮？""天遥地远，万水千山，知他故宫何处？怎不思量，除梦里有时曾去。无据，和梦也新来不做。"情绪低沉，音调哀伤，体现了"亡国之音哀以思"的特点。李后主词："梦里不知身是客，一晌贪欢。"至赵佶则连梦也不做了，其情岂不更惨！

以后，他们又被迁到中京大名城（今内蒙古宁城县）和通塞州。1128年秋，被押解到金国的都城上京会宁府。金人隆重地举行了献俘仪式，命令二帝及其皇后"均帕头、民服、外袭羊裘"，其余诸王、驸马、王妃、公主、宗室妇女等千余人，皆袒露上身，披羊裘，到金朝的祖庙外行"牵羊礼"。然后，又把这两个当日的堂堂君主拉赴乾元殿，身着素服，以降虏身份跪拜胜国天子金太宗。这也是很难堪的。年末，他们被流配韩州。此前，已将当地居民全部迁出。二帝及宋氏宗亲900余人，分地15顷，在金人武力的严密监视之下，被迫过着自耕自食的生活。他们原以为可以终老于此，没有料到，一年半之后，又被发配到更加辽远的穷边绝塞五国城。

在五国城，流传着徽、钦二帝"坐井观天"的遗闻。经人考证坐处就在慈云寺西北百余米处。我前后察看一番，倒以为，很可能是住在北方今天还偶尔可见的"地窨子"里。800年前，在寒风似剑的松花江畔，囚在井里恐怕是无法过冬的。相反，那种半在地上半在地下的"地窨子"，倒是冬暖夏凉。从流传下来的赵佶的一首诗："彻夜西风撼破扉，萧条孤馆一灯微。家山回首三千里，目断天南无雁飞。"也可以验证这种推测。因为井只能有盖不能有门。他还有一首七绝，也是感怀悲愤的："杳杳神京路八千，宗祊隔绝几经年。衰残病渴那能久，茹苦穷荒敢怨天！"

在中国的封建王朝历史上，不包括白旗高举、肉袒出降的帝王在内，单是类似赵佶父子这样沦为俘虏的，也指不胜屈。不过，像前秦苻坚，南燕末主慕容超，大夏王朝的废主赫连昌、后主赫连定等，被俘后很快就都成了胜利者的刀下之鬼，所谓"一死无大难矣"；真正长期惨遭活罪，"终朝以眼泪洗面"者，只有李后主和赵家父子了。历史确有惊人的相似之处。像宋太祖本来没有理由却要制造理由灭掉南唐一样，金太宗也是硬找理由攻占汴京，灭了北宋。而且，南唐的李后主和北宋的宋徽宗赵佶一样，都是"好一个翰林学士"，却没有做皇帝的才能，不免令人慨叹："做个词人真绝代,可怜薄命做君王"。巧还巧在,他们败降之后,又分别遇到了宋太宗和金太宗两个同样狠毒的对手。当宋太宗用牵机药毒死李后主时,他绝不曾想到,157年之后,他的五世嫡孙赵佶竟瘐毙在金太宗设置的穷边绝塞的囚笼之中。

说来历史也真会作弄人。它先让那类才情毕具的风流种子,不得其宜地登上帝王的宝座,使他们阅尽人间春色,也出尽奇乖大丑,然后手掌一翻,啪的一下,再把他们从生活的顶峰打翻到苦难的深渊,饱受着心灵的折磨,充分体验人世间的大悲大苦、大劫大难。

但这样说,绝不意味着赵佶之流的败亡,没有的自身责任。从上引的诗句中可以看出,连他自己也承认,实在是怨不得天的。孔老夫子说过:"天作孽犹可违,自作孽不可活。"赵佶的可悲下场,他的大起大落,由33重天堕入18层地狱,受尽了屈辱,吃透了苦头,完全是咎由自取。记得小时候读过一本《帝鉴图说》,据说是明、清两朝皇帝幼年时的史鉴启蒙课本。其中选载了50多个帝王的善政与恶行。在36件恶行里,宋徽宗自己占了三件。我印象最深的,一是任用坏人,听由蔡京等六贼害民乱政;二是穷奢极欲,搜刮民脂民膏,弄花石纲,建豪华园林,花天酒地,荒淫无度。他和几个奸贪残暴、无恶不作的贼臣,沆瀣一气,从全国各地征集花石竹木,在宫苑中兴建一所奢华侈丽的延福宫。又用6年时间,在平地修起一座万岁山(亦名艮岳),周10余里,最高峰达90步。山间的上下布满了亭台楼阁,还开掘了湖沼,架设了桥梁。他们确定了一条营造的标准:"欲度前规而侈后观。"就是说,不但要使其富丽堂皇达到空前,还要求它能够绝后。让这样一个骄奢淫逸的无道昏君,在荒寒苦旅中亲身体验一番饥寒、屈辱的非人境遇,也算是天公地道了。

下

其实,苦难本是一笔宝贵的财富,是锻造人性的熔炉。缺乏悲剧体验的人，其意识处于一种混沌、蒙昧状态，换句话说，他们与客观世界处于一种素朴的原始的统一状态，既不可能了解世界，也不可能真正认识自己。一则佛经故事说，徽宗皇帝出游来到金山寺，见长江中舟船如织，因问住持黄柏大师：有多少只船？禅师答说，只有两只，一只是寻名的，一只是逐利的。人生无他物，名利两只船。显然其中寓有讽喻的深意。但在当时的赵佶，是无法理解的。史载，李煜在囚紫中，曾对当年错杀了某人感到追悔。且不知赵佶经过苦难的折磨之后，有没有过深刻的反思。流传下来的钦宗赵桓《西江月》词："历代恢文偃武，四方晏粲无虞。奸臣招致北匈奴，边境年年侵侮。一旦金汤失守，万邦不救銮舆。我今父子在穹庐，壮士忠臣何处？"词的水准不高，但是，如果真的出自赵桓之手，从倒是中可以看出历经劫难之后的觉醒。

　　1135年4月，赵佶卒于五国城，年54岁。26年后，赵桓也在这里结束了他屈辱的一生。生前，他们都曾梦想能生还故国。《纲鉴易知录》载，在燕山时，徽宗曾私下嘱托曹勋，要他偷逃回去转告康王赵构：便可即位，救出父母。康王夫人邢氏也曾脱下金环，使内侍付曹勋曰：幸为我白大王，愿如此环，得早相见。勋归后，因建议募死士入海，至金东境，奉上皇由海道归。"执政难之，出勋于外，凡九年不得迁秩。"从这段内情非常微妙的记载中，不难看出赵构与秦桧一干人的真实心态。明人陈鉴有诗云："日短中原雁影分，空将镮子寄曹勋。黄龙塞上悲笳月，只隔临安一片云。"与这种委婉的批评相对照，明代文学家文徵明在《满江红》词中，则一针见血地对赵构等的卑劣用心进行了尖锐、直白的揭露："岂不念封疆蹙，岂不念徽钦辱，念徽钦既返，此身何属？千载休谈南渡错，当时自怕中原复。"郑板桥也写道："丞相纷纷诏敕多，绍兴天子只酣歌。金人欲送徽钦返，其奈中原不要何！"

　　不过，诗中的"金人欲送"的说法也不尽然。不要说活人他们不想放回，就是死者的灵柩，金人也无意遣返。徽宗见生还无望，临终时曾遗命归葬内地，但金廷并未同意。6年后，宋、金达成和议，才答应把赵佶夫妇的梓宫送回去。至于赵桓的陵寝，由于南宋根本无人关心，究竟埋在哪里已经无人知晓了。五国城的东门和南门外，有许多荒丘，传说乃赵氏宗室的墓葬。另外，20世纪30年代、70年代，在城内掘得许多用铁柜盛装的北宋通宝。考古学家认为，或是宋宗室携带的，或为金人掳获品，就是说，并非商业流通物。在依兰一带，还流行有所谓"徽宗语"者，其语法类似切音叶韵，传说系当时徽宗与从者所用之隐语。

有关徽、钦二帝羁身北国的情况，宋史、金史上只是寥寥数语，《松漠纪闻》《北狩行记》等几部个人著述，由于掌握资料有限，也都是语焉不详。诚如鲁迅先生所说，过去的历史向来都是胜利者的历史，失败者如果不遭到痛骂，也要湮没无闻。就我所见的史料钩沉，要推日人园田一龟的《徽宗被俘流配记》较为详尽。本来，赵佶的诗文书画都称上乘，宋人吴曾《能改斋漫录》中评说，"徽宗天才甚高，诗文而外，尤工长短句"。在书法艺术上，赵佶以其深湛的学养、悟性和独特的审美意识，跳出唐人森严的法度，选择和创造了能表现其艺术个性的"瘦金书"体。赵佶的画，同样站在了北宋绘画艺术的山峰上。他从宫中所存的万件绘画作品中精选出1500件，反复展玩赏鉴，又从中选出上百件，日日临习，直到每一件足以达到乱真的程度才肯罢休。从他当皇帝的第二年起，日日写生作画，长年不辍，终于成为一个绘画大家。举凡人物、山水、花鸟、虫鱼，以及其他杂画、风俗画，各色具备，技艺卓绝。九年羁旅中，他也未曾辍笔，仅诗词就写过上千首，但流传下来的极少，书画则已全部散失。这里有两个原因：一是金朝初期统治者对流人的钳制；二是作者惧祸，自动销毁。在他谢世前，曾遭到一子一婿以谋反罪诬告，后来事实虽然得到澄清，但釜底游鱼早已吓得惊魂四散，片纸只字也不敢留存了。就艺术方面看，李煜比赵佶的命运要好一些。

香港《大公报》1996年5月3、4日

我漫步在纽约街头

上

在我到过的独联体、东南亚、东北亚、北美的国家中,涉及那里的作家生活、文学创作活动,我印象最深的有三个地方:一个是圣彼得堡,19世纪上半叶那里活跃着一个作家群;一个是日本的北陆地区,著名诗歌总集《万叶集》产生在这一带;另一个就是美国的纽约,从18世纪初一直延续到当代,这里出现了一大批著名的作家,他们的作品在国际文坛上曾产生过重大影响。

我漫步在纽约街头,充塞于头脑之中的,不是那些触目皆是的"石屎森林",也不是那种光怪陆离的都市景象,而是那灿若群星的纽约作家群及其所创造的林林总总的文学形象。我首先想到了欧文,这位出生在纽约,堪称美国文学之父的小说家、散文家。人们当会清楚地记得,他的第一部文学作品《纽约外史》,淋漓尽致地讽刺了荷兰殖民者在纽约的统治,曾受到英国小说家司各特的激赏。当然,人们印象最深的还是纽约诗人惠特曼的《草叶集》。在恢宏、绮丽的诗章里,诗人创造了"人"的光辉形象,一种惠特曼式的新型的人。他们身体健壮,心胸开阔,有崇高理想,永远乐观,从事劳动创造,鲜红的血沸腾着,好像那消耗不尽的力量的火焰。

与惠特曼同年出生在纽约的赫尔曼·麦尔维尔的杰作《白鲸》,是一部绚丽多彩、蔚为奇观、充满艰难险阻而又英勇壮烈的长篇小说。作家通过象征、烘托、借喻、曲笔等表现手法，翔实地描写了19世纪捕鲸者的紧张、惊险的生活，叙述了曲折跌宕的故事，刻画了人物隐秘的内心世界，抒发了他对美与丑、善与恶、文明与野蛮、民主与奴役、命运与自由的独到见解，表达了他对普通人民特别是黑人的深挚的同情。但这部百科全书式的作品，由于思想超越了当时人们的理解能力，以致长期受到文学界的冷遇。直到作家去世30年后，人们才开始注意它，于是，又是出作者全集，写传记，又是拍电影，闹得沸沸扬扬。这也是古今中外文坛上常见的令人为之扼腕的现象。

过了将近一个世纪，在纽约又同时出生了两位作家，这就是赫尔曼·沃克和阿瑟·米勒。前者以长篇小说《战争风云》叱咤文坛，后者因创作出被观众称为"一枚埋在美国资本主义大厦下面的定时炸弹"——典型现代悲剧《推销员之死》而扬名于世。

纽约这个地方，对于一个现实主义作家是颇富诱惑力的。纷繁万状的世相，你死我活的争夺，随时发生在作家的身旁，刺激着他们的神经，触发着他们的灵感，为他们提供了取之不尽、用之不竭的创作源泉。这也许正是有那么多的作家从纽约起步，或者以纽约为创作背景的重要原因。在纽约市曼哈顿区南部，有个著名的格林威治村。说是"村"，其实并非乡村，而是这个大都会中一个比较幽静的所在，这里历来是作家、艺术家喜欢居住的地方。在这里的咖啡馆，你常常可以听到涉及文学艺术课题的交谈；漫步此间一些公寓和住宅的门旁，你会发现一个个铜牌，从而得知埃德加·爱伦·坡、托马斯·沃尔夫、亨利·詹姆斯、尤金·奥尼尔等曾经在这里居住过。

这些作家、艺术家的影响是深远的，以至漫步在纽约街头，无时无刻不感到他们的存在。诚然，这里有难以计数的齐云摩天的高楼广厦，有熙熙攘攘皆为利谋的各种肤色的人群，有经济、政治、军事、贸易方面看得见或看不见的激烈争夺，有五光十色的西洋景、众生相，但都掩盖不了文学创作的光辉。它们是现实的一面镜子。由于国情的差异、民族的隔阂、语言的障碍，我们这些他乡游子踏上这片神奇的土地之后，不仅"举目有山河之异"，而且在社会人情各个方面都感到生疏、隔膜，交往的圈子很窄，没有机会同平民百姓接触，加之时间短暂，行色匆匆，手抚一斑，难窥全豹。一条重要的沟通渠道，就是文艺作品，比如一些作家描写过的纽约的种种景象，一些摄影师、画家提供的市井风情，等等。这次身历其境，置身于百老汇街、时代广场、中央公园、五大道，居然有似曾相识的感觉，从而对生于斯、长于斯、歌哭于斯，将社会真实描述给我们的作家、艺术家，产生一种由衷的敬意。

我漫步在纽约街头，细心地寻觅"20号街"的踪迹，为的是想亲身体认一下出生在纽约的著名进步作家艾伯特·马尔兹笔下的《20号街的星期日早晨》的实况：大街上阳光灿烂，一群穿着节日服装的孩子正在玩球，跳绳的小姑娘发出踢嗒踢嗒的声响，一片繁杂的热闹景象。突然传出"有人自杀了"的信息。街坊邻居以及收尸工人对这种人间悲剧早已麻木得无动于衷。公寓楼上的窗口出现许多面孔，谁也不说话，谁也不走开，谁也不下楼。不久，房东太太在事主大门的玻璃上挂上了"空屋出租"的牌子。着墨不多，而人情世态毕现无余。

街头闲步，见到前面有一座歌剧院，刚好散场，人们挤挤撞撞，匆匆离去，我却久久伫立，深情地注目。心想，这也许就是美国女作家埃迪丝·沃顿《天真时代》中描写过的剧院哩，观众里面，有没有那位伯爵夫人奥伦斯卡呢？记得小说是这样描述的：某天晚上，纽约一家歌剧院的包厢里，大家不约而同地把目光投向了穿着与众不同的奥伦斯卡伯爵夫人身上。她的丈夫是个行为放荡的波兰贵族。为了摆脱他的羁绊，她返回了故乡，渴望离婚，却又慑于社会舆论压力，心情十分苦闷。她与新派律师纽兰·阿哈，通过频繁交往，由相知、相悦而相爱，却受到同样爱着阿哈的表妹的干扰。作家通过深入描写阿哈同两姐妹的"三角恋"，反映了由于习惯势力这堵墙的阻隔，真正的爱情无法实现的悲剧。

小说的结局是这样的：30年过去了，表妹和丈夫都已经去世，分处两地、久久离别的这对情人,有了结合的条件。这天,奥伦斯卡夫人邀请阿哈带领他的儿子前去做客。阿哈如约而至,但在最后一刻,他只让儿子进屋,自己却凝望着楼上的灯光,在窗外伫立着。他唯恐爱情的甜美回忆会无情地被历尽沧桑的自己的衰老形象所粉碎。小说具有优美、醇厚的艺术韵味。

下

我漫步在纽约街头。这里是国际金融贸易中心,富可敌国的豪商巨贾在进行着紧张、繁忙的经贸活动。然而,我想到的是两桩发生在纽约市区,微不足道却震撼心灵的"买卖"。

一桩是短篇小说《麦琪的礼物》中所描写的,圣诞节的前一天,住在与贫民窟相差无几的公寓里的德拉,正在愁着没有足够的钱为丈夫杰姆买一件圣诞礼物。她刚刚哭过一场,此刻站在镜子前,望着美丽的披肩秀发,毅然决定把它卖掉买礼品。这样,她为杰姆那块祖传三代的金表买了一条金表链。晚上,她煮好了咖啡,等待丈夫归来。可是,杰姆回来后,一见德拉的短发立刻怔住了,原来,作为圣诞礼物,他为德拉买了美观大方的镶着珠宝的高级发梳,但是长长的秀发已经不见了。德拉一边安慰着丈夫,说:"没关系,我的头发长得快。"一边拿出她为丈夫买的金表链。可是,她哪里知道,杰姆为了买这把高级发梳,已经把金表卖掉了。可贵的是,他们没有为日常生活的拮据而丧失美好的感情,都想为对方献上一份爱心。这种事情发生在物欲横流的社会里就显得弥足珍贵。作者欧·亨利与埃迪丝·沃顿同龄(看,又一对同龄的美国作家),虽然他不是出生在纽约,但曾长期居住在这里,经常出入于贫民公寓、小客店、小酒吧、下等剧院,广泛接触下层人民,一直自认为是400万纽约小市民中的一员。

另一桩"买卖"反映在短篇小说《灾星》里。作者杜鲁门·卡波特运用"意识流"的表现手法,把现实与梦幻交织在一起,展现纽约小市民、女主人公迪尔维亚的贫穷与孤独。迫于生计,她卖了妈妈送的手表,卖了獭皮大衣，卖了晚上出门用的金网银提包，待到手头再没有东西可卖时，就如美国著名作家辛克莱在《屠场》中借马利亚之口所说的："人到穷苦无告时，什么东西都会出卖的。"她就以五美元的代价出卖自己的梦。但失去了梦，也就意味着失去了幸福，失去了希望，失去了灵魂。因此，她又冀求再把梦找回来。作者就这样迂回曲折地用畸形怪诞的形象，表现了小人物的绝望与辛酸。

应该说，这是最为凄神寒骨，令人心灵震撼的。如果认为欧·亨利的小说是"含泪的微笑"，那么，看过《灾星》之后，恐怕是绝对笑不出来的。悲哀如果还有泪有笑，则人心尚有感有觉，此可谓悲哀之最初境界；若到了泪与笑都没有时，则为彻底的悲哀，自是悲剧的最深层境界了。

香港《大公报》1996年5月13、14日

病须书卷作良医
——疗疴琐忆

一

年轻时得过结核病，当时本已治愈，想不到三四十年后在原发病灶上又出了事。可怕的病魔竟然如"江东子弟"卷土重来，结果，肺部挨了一刀。此后，我便由"五花教主"变成"四叶亭侯"了。

平时，身强体壮，除了近视，确实体察不到病痛缠身的苦恼，也未能充分感受到至爱亲朋那种紧张、焦灼的心情和无微不至的体贴、关怀。一刹那，这一切都集中到了我的身上，忽然返老还童，变成了一个躺在襁褓中处处要人呵护的婴儿。鱼刺要人一根一根地摘，米饭要人一口一口地喂，转侧要人帮，下地要人扶。护士每隔两个小时要量一次体温，测一次血压，摸一次脉搏，还要详细记载便溺时间、次数、颜色。令人想起古代"起居注"，于是，一眨眼的工夫，又变成了皇帝。

几天过去，渐渐能下地走路了，护士又严厉警告：动作不能像从前那样速度很快、幅度过大。过去吃饭如风卷残云，蚕食桑叶，唰唰唰，一眨眼，整碗饭就进肚儿了。现在，受到了严格限制。但只要医护人员不在场，依然是我行我素。此无他，积习使然也。

然而最大的约束还是不准读书。理由是看书损耗精力，不利静养。因此，只要发现我在翻书，轻则警告，重则没收，直至把我床头所有的书全部收缴，令我叫苦不迭。从识字起，五十余年与书为伴，虽然没像古人说的那样"饥以当食,渴以当饮,欠伸以当枕席,愁寂以当鼓吹";未尝一日废离却是千真万确的。书之于我不啻怡红公子的通灵宝玉,成了名副其实的命根子。

手头没书,颓然静卧,又睡不着,急得我抓耳挠腮,心神郁闷。实在换不过去,就悄悄地把要看的书目写在一个小纸条上,趁护士不在,交给前来探望的亲友。这样,很快我就又有了新的给养。苏东坡、黄景仁的诗,梁遇春、余光中的散文,又都悄悄地跑来给我做伴了。我趁医护人员不在,抓空拼命地读下去,如逛宝山,如饮甘泉,直累得两臂酸麻,全身疲累。

这里顺便说几句。现在人们喜欢谈论人生感悟、亲情、人性的话题,我以为,专就这点来说,黄景仁的《两当轩集》也是很值得一读的。它伴我度过了寂寞的疗疴岁月,我很喜欢那些真情灼灼的诗句:

　　　　自嫌诗少幽燕气,故作冰天跃马行。
　　　　全家都在风声里,九月衣裳未剪裁。
　　　　似此星辰非昨夜,为谁风露立中宵。
　　　　千家笑语漏迟迟,忧患潜从物外知。
　　　　悄立市桥人不识,一星如月看多时。

他的《别老母》诗:"搴帷拜母河梁去,白发愁看泪眼枯。惨惨柴门风雪夜,此时有子不如无!"读了令人凄然涕下。所以,郁达夫说,要想在乾、嘉两代诗人之中,求一些语语沉痛、字字辛酸的真正具有诗人气质的诗,自然非黄景仁莫属了。

按说,用脑过度、积劳成疾这个惨痛的教训,我早就该牢牢地记取了。可是,痴情眷恋、爱书成癖,已经到了执迷不悟、之死靡它的程度。元代诗人聂碧窗有两句诗:"到底不知因色误,马前犹自买胭脂。"这是哀叹被掳少妇的。此刻,如果聂氏在侧,估计他也定会写出悲叹书痴的诗句。实际上,稍早一些的南宋诗人杨万里已经有了自画像,诗的题目比较长,把本事交代得很清楚：《淋疾复作，医云忌文字劳心，晓起自警》，原诗是："荒耽诗句枉劳心，忏悔莺花罢苦吟。也不欠渠陶谢债，夜来梦里又相寻。"说是自警，实际上看不出来，倒像是自辩，结果只能是故我依然。

卧病中最大的痛苦，不是刀口疼，也不是胃口不佳，而是失眠。有的人脑袋一沾上枕头就坠入黑甜乡中，心身都获得宁息，诸念全消，六根俱净。可惜，我没有这个福分。想望黑天，又怕到黑天。独卧床头，辗转反侧，一个念头接着一个念头，滔滔汩汩地涌来。过去多少年的往事波澜蓦然泛起，眼前的事情，未来的谋划，也都勾上心头。下狠心排除一切杂念，可就是办不到。在这万籁俱寂的秋宵，偏偏耳朵又出奇地灵敏。隔壁的鼾鸣，阶前的叶落，墙外的轮蹄，甚至腕上石英表的轻轻滑动，在我都成了空谷足音。此刻，我想到了宋代的陈抟老祖。这位华山道士，睡着了百日不醒，所谓"以一睡收天地之混沌，以一觉破今古之往来"。一天客人过访，正赶上他在睡觉，旁面有个异人，听其鼾息之声，以笔记之。客怪而问，其人曰："此先生华胥调、混沌谱也。"看来，陈老先生不仅能睡，而且会睡。因此，宋人有诗云："华山处士如容见，不觅仙方觅睡方。"我的要求不高，只要能美美地睡上几个小时就谢天谢地了。可是也常常是奢望，万般无奈，只好请出安眠药来帮忙。而负责护理的小护士，一到夜静更深，就困得上下眼皮不住地打架，却又不敢伏几而卧，一怕失于监控，发生事故；二怕被值班的发现而罚款。正如黄宗羲所说："年少鸡鸣方就枕，老人枕上待鸡鸣。"一面是有觉不准睡，一面是想睡睡不着，真是天大的不公平。

小护士喜欢诗，要我讲些和诗有关的故事。我就说，20年前，我在营口市工作，一个老朋友公出到此，突然扁桃体发炎，住进了医院。我把刚刚收到的吐鲁番出产的葡萄干给他送过去，并附了一首小诗："日晒风吹历苦辛，清新浓缩见甘醇。区区薄礼无多重，入口常怀粒粒心。"然后，我就下乡了。归来发现案头放着一封信，拆开一看，正是那位老朋友写的，内有一个纸包和一张信纸。说到这里，我卖了个关子，住口了。小护士忙问:"纸里包着什么?"我让她猜。猜的无非是粮票、饭票之类,自然不对。我告诉她,是七个蚊子和八个臭虫。信纸上写了一段话:病已痊愈。佳诗美味,受用已足,无以为报,献上近日俘获的战利品,并俚诗一首,借博一笑:

　　深宵斗室大鏖兵,坦克飞机夹馅攻。
　　苦战苦熬一整夜,虽然流血未牺牲。

说到这里,连我自己也憋不住笑了,小护士更是笑得睡意全无。

二

一天,护士长带队前来查房,量完血压、脉搏之后,大家央求我讲故事。我就说,王安石好抬杠,一天苏东坡拿过一个砚台让他看,说是花了很多银子买的。王问有什么特异之处,苏说,呵一口气就可以磨墨。王说,你就是呵出一担水来也不值几文钱,恐怕你一连呵上五年也不能把成本收回来。王安石虽然执拗,但才气纵横,而且观察事物非常细致。说到这里,我先问她们:"你们说,菊花枯萎了,花瓣是否落下来?"她们一致意见,花瓣不落,并指出花畦中的实物为证。我说,王安石的诗是:"黄昏风雨打园林,残菊飘零满地金。"苏东坡的看法和各位是一样的,马上写诗批评:"秋英不比春花落,说与诗人仔细看。"一般地说这样,也有例外。后来苏东坡在黄州就看到了落瓣的残菊,他认识到自己的孤陋寡闻。

接着我又讲,苏东坡每到一处总喜欢作诗,像我喜欢看书一样,无论如何也忍不住。可是,他身旁经常有人打"小报告"。结果弄得他被四处流放。他后来到杭州去做官,好友文与可力劝他:"北客若来休问事,西湖虽好莫吟诗。"但他还是吟了。结果,七年后又被人抓了辫子,说他那首咏桧柏的诗"根到九泉无曲处,世间唯有蛰龙知",是诅咒皇帝的。幸亏皇帝开恩，得免去一死，最后贬到了黄州。后来几经辗转，又流放到惠州，住了一段时间，他感到很舒适，人也胖了，脸也泛出红光，便情不自禁地又写诗抒怀，其中有两句："报道先生春睡美，道人轻打五更钟。"谁知又被人打了"小报告"，说他在这里享了清福，朝廷便又把他流放到更为荒远的海南岛。小护士们齐声说，那些打"小报告"的真可恨。我说，以后我看书，你们也不要告密了。大家哗的一声笑了起来，说："我们上当了，原来你绕着弯子来表示抗议。"

"一卧沧江惊岁晚。"转眼间过去两个月了，心情十分烦躁不安。手术后伊始，不间断地插管、换药、打针、拆线，体温升高，盼着降下，胸部阵痛，每天都处在紧张的企盼与热切的期待之中，腾不出心思来想其他事情。可是，当病情日见好转，体质逐渐复原，却还未能走向工作岗位之际，整天僵卧床头，无所事事，就开始心烦意乱了。苏东坡说过，"因病得闲殊不恶，安心是药更无方"。无奈闲则闲矣，心却安不下来。躺在病床上，心潮涌荡，百感中来，半个世纪的个人的欢乐与痛苦、成功与失败、骄矜与愧悔、得意与失落，带着一种辽远的时空感，忽剌剌攒聚心头。

过往几十年间，朝朝暮暮，绷紧生命之弦，"拼命三郎"似的，奋斗、拼搏、磨炼、积累，对于自己，总觉得不满足，总认为应该做出更多的贡献，取得更大的成功。而今，在毫无思想准备的情况下，突然遭遇致命的挫折、灭顶的风涛，面对着时时高悬在头上的达摩克利斯之剑，蓦然感到一切希望与抱负都失去了可靠的依托，顿时由原来的壮怀激烈变成了意冷心灰。一时间，困惑、忧郁、浮躁、压抑、焦虑、恐惧、失望、悲伤，铺天盖地般涌来。大概偶然的东西一多，人们就容易陷入精神的误区，难免在科学与迷妄、必然与偶然、存在与虚无之间茫然却顾了。

长夜无眠，我想得很多很多。本来，病是伴随着生命而来的。正如白居易所言："若问病根深与浅，此身应与病齐生。"获得生命之后，不能只知消费它，支配它，享用它，还需考虑怎样滋育它，调适它。应该想到，弄得不好还会失去它，有朝一日会像江淹的五彩笔那样被"造化小儿"索回。特别是人到中年，生命活力逐渐衰减，人生旅程进入了"事故多发期"。古人有"三过门间老病死，一弹指顷去来今"的说法，反映了老病相关的客观规律。可是，由于长期以来，我很少患病，甚至基本上不患感冒，就误以为自身体质绝佳，从而沾沾自喜，有时忘乎所以。其实，这是很不明智的。老舍先生说过一番哲理性很强的话："楚霸王不害病则没得可说，一病便了不得。生活是种律动，须有光有影，有左有右，有晴有雨，滋味就含在这变而不猛的曲折里。微微暗些，然后再明起来，则暗得有趣；而明乃更明，且至明过了度，忽然烧断，如百度电灯泡然。这个，照直了说，便是小病的作用。"得过一场大病，懂得一些生活的辩证法，也增强了承受能力。就这个意义来说，病床也是大学校。

卧病期间，常有一些作家、学者来探访，我们便海阔天空地讨论一些共同感兴趣的课题。我首先谈道：从前，人们常用"贫病交攻"来概述一个人的穷愁潦倒，习惯于把贫和病联系在一起，这本是客观实际的反映。但有趣的是，见诸文字的，只有汉代扬雄的《逐贫赋》、唐代韩愈的《送穷文》，而未见到有谁发出讨伐疾病的檄文。胡大川的《幻想诗》中倒是提到了："但愿百年无病苦，不教一息有愁魔。"不过这乃是近代的事。究其缘由，也许是因为古代大气、水文、土壤、食物污染少，生态环境平衡，各种噪音也不像今天这样严重，加上古时候人们思想单纯，所以发病率相对较低，人们对于疾病的威胁感受得不深。但这话一出口，我马上就感到有漏洞。果然一位朋友问难了：同在古代，为什么印度的和尚对病苦的反应那么强烈？这话是持之有故、言之成理的。据说，释迦牟尼为太子时，曾经游城四门，一门见生苦，一门见老苦，一门见病苦，一门见死苦。佛家说的四苦或者八苦，都包括疾病这个内容。他的结论是，其间的差异要从儒、释两家的不同宗旨上找原因。围绕着这个问题，文友们各抒己见，争论得脸红脖子粗，大有苏东坡说的"宾主谈锋敌两都"的气势。

三

　　生与死，这是文友们的另一个热门话题。佛教与禅宗常说，生死事大。宋儒批评说，"生死"放在一起论说，重点在"生"；连带说"死"是舍不得死。实际上，在重生、乐生方面，儒、释、道三家是大同小异的。庄子虽然讲了"死生惊惧不入乎其胸中"，但他也引述过古人畏死、讳死的故事：郑国有个神巫名叫季咸，能预知人的死生、存亡、祸福、寿夭，说的年月旬日非常准确，郑人见之，都远远避开。死亡意味着生命的终止，逃避死亡，这是人类永远解决不了的课题。700多年前，成吉思汗西征凯旋，踌躇满志地说："直到如今我还没有遇到一个不能击败的敌手。我现在只希望征服死亡。"但是，这话出口不久，他就在清水县行营一命呜呼了。近代著名的民主革命家黄兴，累建奇功，横绝一世，曾发出过"大丈夫当不为情死，不为病死，当手刃国仇以死"的豪迈誓言，可是，最后，他还是被病魔夺去了生命，年仅42岁。人类永远征服不了死亡，当然，死亡也同样战胜不了正义与真理。正如培根说过：死亡征服不了伟大的灵魂。人类心中有许多种感情，其强度足以战胜死亡——敌忾压倒死亡，爱情蔑视死亡，荣誉感使人献身死亡，巨大的哀痛使人扑向死亡。唯有怯懦、自私，使人在还未死亡之前就先死了。可以说，人生最美的挽歌，是他在社会进步、国家统一、民族发展等富有价值的事业中奉献了一生。

　　诚然，古代疾病相对地少，无疑这是先民的幸事。然而，许许多多在今天看来算不上什么的症候，在古代，却眼睁睁地看着它置人于死地而束手无策。《左传》记载，成公"病入膏肓"，疾不可为，意思是成了绝症。今天看来，所谓"膏"，系指心尖脂肪；而"肓"，按中医说法，在心脏与隔膜之间。病入此间，总不会是不治之症吧？现在，不仅许多病都能治愈，而且有些严重威胁人类生命的流行疫病，如鼠疫、脑膜炎、天花、霍乱等，已经被一一征服，而逐渐绝迹。无奈"道高一尺，魔高一丈"，疾病作为人类的一种独特的生命存在形式，现在简直到了无时无地都必须同它打交道的地步。打开电视，翻开报纸，走上街头，墙壁上、汽车上，甚至电柱上，随处可见治病售药的广告。人类与疾病，这大概是永远也消除不了的一对矛盾，只能听任它肆意吞噬无量数的旷世奇才，制造数不清的人间悲剧。单说一个肺结核，被它扼杀的中外著名作家，就能列出黄景仁、契诃夫、济慈、高尔基、鲁迅、萧红等一大串名字。每当人们提到这些作品比岁月还多的哲人，都痛惋不已。萧红10年时间留下了100万字的作品，黄景仁作诗达2000首，而他们都才刚刚活过而立之年。试想，如果他们寿登耄耋，其成就为何如哉！而李贺、梁遇春比他们还小，在27岁的锦样年华就被病魔抓走了。

当然，事情还有另一面的道理。我们也注意到了，正是疾病与伤残，诱逼一批天才人物同缪斯女神结下了不解之缘。他们以对宇宙人生的超常感知与体悟，以一颗经过灾难磨砺的敏感的心灵，去感受命运的残酷、人生的无常、世路的艰辛、生命的飘忽、生活的沉重，认知与体验情绪变化的微妙、心灵世界的奇异，以及创造的甜美、奋斗的幸福。深邃的文学作品，总离不开对于生命存在、生命价值的关怀与叩问，伤残病苦这些人间的不幸，会为人生之河增添无限色彩与波澜。而这一切，往往是构成文学艺术作品的精神内核，也有助于作家坚定创作的意志，迸发出创作的活力。

我常想，如果陀思妥耶夫斯基不是自己患有精神病，他对人类的深层的精神痛苦，就不会体会得那样准确，那样深刻，也就无法在《白痴》和《罪与罚》中描绘得那样淋漓尽致。正是癫痫病，使他以正常人的感觉难以达到的高度紧张的精神状态，去洞察隐秘的感觉世界和一般人体会不到的心灵境域。同样，安徒生的著名童话《牙痛大婶》，也得益于他晚年的一次剧烈的牙痛。美国评论家哈·阿顿说过，关于牙痛的描写，恐怕谁也比不上安徒生，他把主人公的牙痛比作一首交响乐，每一个痛苦的音符，都由智齿内的铜鼓、铜号、短笛和伸缩喇叭分别演奏出来。

四

前面谈到的那些情节与思绪，已经是 3 年前的往事了。今天，许多朋友看到我健旺如常，精神振作，都问我是如何破除迷惘、战胜疾病的。我说，解铃还须系铃人。身体上的病痛可以交给医生，而心灵上的病痛只能留给自己。但要我说说"自胜"的经验，却又讲不清楚，正是所谓"却顾所来径，苍苍横翠微"那种境界。有一点是明确的，中医治病讲究活血化瘀，软坚散结，讲究阴阳平衡；解除我的心理失衡状态，应用的是同一原理。就我切身体验，至爱亲朋的无微不至的体贴、关怀，一张笑靥，一束鲜花，一封亲切温馨的慰问信，一罐清香的甲鱼汤，一个甜甜的哈密瓜，灯前月下，情切切、意绵绵的耐心解劝，鞭辟入里、深中肯綮的开导，包括文友间的开怀畅叙，探赜发微，都对那些迷妄与失落的瘀结起到了消融作用。

我也颇得益于郊原闲步。我体会，在大自然里以自由姿态来往，很快就会融为它的一部分。每一个黎明都是一次愉快的邀请，每一个黄昏都是一场亲切的告别。当你沐浴着晨风，踏上一片新绿，你会惊异于生命自身的伟大。野草看去是那么卑微，柔弱，却异常顽强。任凭野火焚烧，牛羊践踏，只要春风拂过，照样绿意葱茏。

面对茫茫翠野，这雄浑壮美、涵容万汇的大自然，即使幽忧抑郁填胸塞臆，也会涣然冰释，还你一副潇洒、坦荡的情怀。

就我来说，书籍的疗效更是功莫大焉。一编在手，便可以沉酣今古，浪迹寰宇，不受时空限制，任情与异代、异地的知己倾心交谈，而且，读书能够把心理境界、生活情趣和艺术创造的第二自然作为三个同心圆联叠在一起，置身其间，可以达到物我两忘、得失消融的境界，什么失落呀，幻灭呀，就都一股脑儿地逃到了爪哇国啦。难怪陆放翁要说，"病须书卷作良医"。

香港《大公报》1996 年 6 月 26、27、28、29 日

文明的征服

上

出哈尔滨东南行，不远，就来到了阿城县的白城子，这里是金代前期的都城上京会宁府。像历代的所有都城一样，从宏观地理环境看，此间具有鲜明的优越条件。张广才岭屏障其南，阿什河环绕其东。松花江与拉林河在西面构成两道天然险阻，北为松花江干流，长河为堑。郊外土地平旷肥美，适于游牧畋猎，耕垦树艺。这里不仅山林与矿产资源丰富，而且"鱼鳖生焉，货殖兴焉"，富有灌溉与舟楫航运之利。从现存遗址看，京城由南北二城组成，中间以腰垣为限，四周有护城河环卫。南城内有皇城，行制仿北宋故都汴梁，却又保持着金代古城建筑的风格特点。当然，这个认识的形成，是借助于史籍与遗图的。由于人为的破坏与风雨的剥蚀，当年的宫观庙貌早已形影无存了。说来也是一个悲剧现象，因为地面遗存太少和文字资料欠缺，"金源故都"上京会宁府究竟在什么地方，曾经横绝一世的女真族究竟在哪里建都，数百年来竟成为一个历史之谜。明清以来，从宋濂的《元史》、顾祖禹的《读史方舆纪要》到《大清一统志》《盛京通志》，这些重要史书都以渤海上京为金上京会宁府，直到20世纪初，一些学者通过文献研究、实地考证、遗存发掘，才纠正了这些谬误，确认上京会宁府即今之阿城县白城子。这在当代史学界，已成为板上钉钉的定论。

当然，像金上京这样历经沧桑迭变的，在我国历代古都中并不是特例。

有人统计过，在中国历代的都城大约在200处以上。准确与否很难说，总之，非常之多就是了。由于年深日久，绝大多数古都已经荡为平地，湮没无闻，甚至踪迹无存。其中，毁于天灾人祸的占很大的比重。最著名的，像秦都咸阳、金代中都大兴府，都是毁于敌对势力的纵火。公元前206年，西楚霸王火烧了阿房宫，烈焰三月不息。唐代诗人杜牧感慨生哀，低回无限，以如椽的大笔写下了脍炙人口的名篇《阿房宫赋》。东汉末年，权奸董卓挟持汉献帝西迁长安，临行前纵火焚烧了洛阳宫殿，二百里内被焚烧一空。19年后，诗人曹植路过洛阳，也曾咏诗哀叹那惨烈、凄凉的景象。也有被水淹没的，像东京汴梁，黄河泛滥，淤积的泥沙把许多建筑物埋在了5米之下。至于因遭受兵燹炮火而沦为废墟的，更是难以计数。但是，不管出于何种考虑，像金代第四代皇帝海陵王那样，亲自下令彻底捣毁自己的都城的，在几千年的历史上尚属绝无仅有。

公元1149年，海陵王完颜亮联合各种反叛势力，谋杀了金熙宗，登上皇位。3年后，下诏迁都，修建燕京都城。这是他酝酿已久的一项重要决策。一次，在宫中宴饮，海陵王问及侍臣："我在上京栽莲200本，竟没有一株成活，这是什么原因？"侍臣早已查知他要迁都的意向，便说，自古淮南为橘，淮北为枳，并非栽种不得其法，乃地势使然也。乃燕京地暖，最适植莲。海陵听了特别高兴。其实，莲花与橘枳不同，对此，侍臣是清楚的，"地势使然"云云，无非是迎合这个暴君主的一个遁词罢了。文献记载，早于金代400多年的渤海时期，这一带就已栽植莲藕；现在，哈尔滨与阿城附近，莲花更是随处可见。历朝历代，迁都、建都都是一件震动全国的大事。这次也不例外。但是，海陵王志在必得、一意孤行，全然不顾一些宗室贵族的抵制。他考虑到祖坟、皇陵都在上京地区，尔后必然为女真人所追怀与向往。于是，迁都之后立即迁陵。为了消除女真人对上京的留恋情绪，打击上京的宗室势力，紧接着又撤销了上京的名号，并采取断然措施，彻底捣毁了具有象征和纪念意义的皇城宫殿、宗庙、宗室诸王、国公、元勋旧臣、世戚贵胄的宅第和皇家佛庙储庆寺，然后把旧址夷平，改为耕地。这样，由其祖父、金朝开国皇帝完颜阿骨打奠基，几代人惨淡经营40余年的龙兴故地，掺和着皇族宗室的伤心泪水、豪门贵胄的腹诽心谤，不到一个月时间，便沦为一片废墟。

数十年间，上京不仅是女真族政治、军事、经济、文化的中心，而且在某种程度上，也可以说是金代前期历史的一个缩影。上京的兴废，与女真族的汉化程度，同女真族旧制决裂的深度，存在着直接的对应关系。

关于这一点，说起来话就长了。建国之前，女真族处于部落联盟的社会形态。太祖伐辽时，尚无本民族的文字。与契丹言语不通，亦无文字可达其意，遇事以射箭为号，"事急者三箭之"。说明当时的女真文化还处于类似"结绳记事"阶段。从"皇帝寨""太子庄""国相寨"的名称也可以看出，金初的上京不过是一个较大的村寨和聚落。都是聚木为栅，十分简陋。当时外无城郭，内无宫室，"四顾茫然，皆茅草以居"。居民随意往来，车马杂沓而过，自"前朝门"至"后朝门"尽为出入之路，略无禁制。

北宋使臣马政等来到这里，太祖首先安排他们随驾出猎，归来后即令诸郎君家各具酒肴，款待南使。次日，金廷正式宴请，太祖与大夫人于炕上设金装交椅并坐。他对南使说："我家自上祖留传，只有如此风俗，不会奢侈；只住此类房屋，冬暖夏凉，不另修宫殿，免得劳费百姓。请勿见笑。"

太宗继位后，"有事集议，君臣杂坐，议毕同歌合舞，携手握臂，略无猜忌"。其时虽有君臣之称，而无尊卑之别，乐则同享，财可共用。至于车马、屋舍、服饰、饮食之类，都无大的差异。开始用兵，尚保有民族制的民主习惯，兵丁场上环坐，均可发表意见。战后论功行赏，有不公或者以为薄者，可予以更改、增益。

北方少数民族没有太多的文化积淀，自然也不存在着浓重的旧习的因袭和历史的负累。除了野蛮、落后的一面，在文化心理、社群关系上，倒有些健康成分的底蕴。苦寒的气候，辽阔的原野，艰难的生计，给予女真族以豪勇的性格、强壮的筋骨、质朴的民风和冲决一切的蛮劲、蓬勃旺盛的生命活力。他们刻苦耐劳，勇于进取，擅长骑射，能征惯战。因而在完颜阿骨打这只女真族的矫健的雄鹰的统驭下，铁骑所至，望风披靡，奇迹般地战胜了军事力量超过自己几倍甚至十几倍的强大对手，11年间，消灭了立国209年的辽。而并吞噬了已有167年历史的北宋，只用了两个年头。但是，与此同时，也同前朝的契丹、身后的蒙古一样，当他们从漠北的草原跨上奔腾的骏马驰骋中原大地的时候，都在农耕文化与游猎文化的撞击与融合的浪潮中，自觉不自觉地经受着新的文明的洗礼。

　　北宋时期，高度发展的中原文化对女真这个北方游猎民族的吸引力和融摄力是巨大的。灭辽侵宋，是金代社会发展的重要转折点。金朝的君主们逐渐地认识到，马上得天下，不能马上治之。要巩固已经有的统治地位，进而统一全国、君临天下，还必须在创建剑与火的赫赫武功的同时，及时而有效地饱吸汉民族的文化乳汁和历代中原王朝治国驭民的经验。使臣往来，战争推进，为他们了解汉文化提供了契机；政治中心的南移，大量女真户的内迁，也为民族文化的融合创造了条件。"靖康之变"后，随着北宋王朝的倾覆，徽、钦二帝的被掳，大量的中原文物尽入女真铁骑的囊橐。从显形文化范畴的礼乐、仪仗、典籍，到隐形文化范畴的封建等级制度、儒家正统观念以及排场、阔气的贵族生活方式，都受到了女真统治者的倾慕。他们并没有愚蠢地把中原文明付之一炬，而是毫不迟疑地主动接受了汉文化的浸染与熏陶。

　　金初，出于对文化载负的敬重和对汉文化的认同，采取了"借才异代"的特殊政策，他们多方延揽中原的知识分子，曾派专人赴山西访寻北宋名臣富弼、文彦博、司马光的子孙；还移文河北各州县"搜索举人"。对于宋入金的使者，特别是硕儒文士，他们都设法挽留。为了网罗人才，金太宗天会元年开科取士。汴京城破，金廷明令戒杀儒士，说"秀才满慝，忠孝为国，不要杀他"。其时，举凡文字的创立、教育、科举、官制、典章、礼仪的实施，都大量吸收了汉文化的元素。在最高统治者的倡导下，通过与汉文化的融合，不仅金源文化的形态与结构得以迅速改观，而且，政治、经济和整个意识形态都发生了深刻的变化。汉文化对于这个建立在马背上的帝国的成熟起了催化作用。当然，其间也包含着一定的负面效应。

中

太祖之孙，金代第三个皇帝熙宗完颜亶，幼承燕人韩昉和中原儒士教诲，"后能赋诗染翰，雅歌儒服，分茶焚香，弈棋象戏，尽失女真故态"。他见到女真旧臣，竟目为"无知夷狄"；而这些旧臣则说他"宛然一汉户少年子也"。登极之后，出巡燕京，长达17个月，流连忘返，乐不思归。古老而丰富的幽燕文明，包括中原皇帝威仪万方的无上尊荣，汉族士子诗礼蔚然的儒雅风流，楼阁的巍峨，弦歌的优美，街市的繁华，生活的潇洒，都使他如饮醇醪，如痴如醉，既愉悦了身心，又大开了眼界。

历史上，从陈胜到刘邦，这类草莽英雄初践皇位时，都曾遇到过如何制定礼仪以建威严的现实问题。陈胜刚称王，原来一起做佣工的伙伴跑来要见他，门卫不给通报，他们便拦住陈王的乘车并大声呼叫着他的名字，没奈何，只好载上车一起回来。进了王宫，看到宫室陈设，这些人又指手画脚，闹闹嚷嚷，羡慕它的华丽。不仅随便进进出出，而且讲些陈王旧事。为了维护王者的尊严，陈胜接受侍臣们的建议，把他们杀掉。结果呢，"故人皆自引去，由是无亲陈王者"。刘邦当了皇帝，虽然也遇到过类似的麻烦，但由于有知识分子帮忙，情况大不一样。当时群臣喝醉了酒，个个争功邀赏，有的狂吼乱叫，有的拔剑击柱，弄得高祖十分烦苦。儒生叔孙通于是依照先王旧制，明尊卑之序，定君臣之礼。礼仪一定，朝廷井然有序。那些共同起事的将领个个服服帖帖，跪拜如仪。刘邦高兴地说，今天我才领略到当皇帝的尊贵呀！

熙宗同样尝到了这个甜头。在燕京期间，接受群臣说上封号。初御衮冕，始备法驾，共用士卒14056人。左右诸儒日进诡谀，教以宫室之丽，府库之盈，服御之美，燕乐之侈，妃嫔之盛，乘舆之贵，禁卫之严，礼仪之尊。

回去后又在会宁府大修宫殿、亭台、社稷、太庙；始设仪卫将军，始有内廷之禁，禁止亲王以下佩刀入宫，出则清道警跸，入则端居九重，大臣勋戚要到规定时间方得朝见，拜伏墀阶，迥分霄壤。确立了皇帝的专制威仪，摈弃了建国之初君臣、尊卑、贵贱混同的礼俗。

此前，熙宗曾发布禁酒令，这时却嗜酒如命，以至宴饮辍朝，夜以继日。宰相入谏，辄饮以酒，说，我明白你的意思，先喝足了酒，明天再说。侈靡为政，理无久享，不久，就被觊觎皇位已久的海陵王完颜亮谋杀，篡夺大权。

完颜亮也是太祖之孙，从小就接受了系统的汉文化教育，有很高的文学修养。其父宗干为熙宗朝推动女真族学习汉制、改革女真旧俗最力的权臣政要。在这种环境下成长起来的完颜亮，掌权之后自然会在女真汉化方面迈出更大的步子。迁都燕京是其决定性的一步。这一举措，表明了他以最大的决心主动介入汉人居住地区，与汉族地主、官僚进一步结合，消除民族间的对立，彻底同女真旧势力决裂，走中原封建制的道路。

在改革旧俗、推行汉化方面，海陵王与熙宗是一致的，当然，他们之间也有某些差异。熙宗与南宋两次议和，眼光由对外转向对内，致力于社会改革，特别是礼俗、官制的改革。而海陵王在中原封建专制主义的思想影响下，加上女真奴隶主贵族固有的猛悍、凶残的性格特征，自幼便把当秦始皇式的中华正统皇帝、统一全国作为最高的奋斗目标。他野心勃勃，自命不凡，睥睨一切，而且贪残暴厌，荒淫无度。所为诗词，雄鸷、峻厉，铲尽浮华，语语本色。有《鹊桥仙·待月》一词："停杯不举，停歌不发，等候银蟾出海。不知何处片云来，做许大、通天障碍。虹髯捻断，星眸睁裂，唯恨剑锋不快。一挥截断紫云腰，仔细看、嫦娥体态。"逼真地再现了待月不至和由此引发的内心活动，一种剽急强悍、不可一世的野蛮之气跃然纸上。

海陵王为藩王时，曾为人书写扇面，有"大柄若在手，清风满天下"之句。还有一首咏竹诗："孤驿萧萧竹一丛，不同凡卉媚东风。我心正与君心似，只待云梢拂碧空。"《书壁述怀》的七绝，也是托物言志："蛟龙潜匿隐沧波,且与虾蟆作混和。等待一朝头角就,撼摇霹雳震山河。"都是这一代枭雄急于位登九五、君临天下的心态的展现。发动侵宋战争之前,他曾派遣画师随同使臣去南宋都城,嘱其秘密绘出临安的湖山、城郭图。回来后,令作画屏,并图以像策马于吴山绝顶,然后挥毫题诗:"万里车书一混同,江南岂有别疆封?提兵百万西湖侧,立马吴山第一峰。"所有这些诗句都露骨地揭示了他的政治野心。当然,从中也可以看出封建文化在他身上的深重影响,以及他对汉文化掌握的熟练程度。但是,完颜亮的政治狂想并没有实现,最后以自身的毁灭而告终,由完颜雍取而代之,是为金世宗。他也是太祖之孙。世宗对海陵王南迁和女真汉化所带来的种种后果是深感不安的,担心长此下去,女真族的子孙后代会"数典忘祖"。接受前朝教训,为了笼络宗室贵族,他即位伊始,即恢复上京名号,重建宫室、宗庙,并亲临上京会宁府巡幸,同据守在上京的女真守旧势力一道,排演了一折怀旧复古的大合唱。开展各种活动,倡导恢复女真古风。多次下诏禁止女真人改用汉姓和着南人衣装,强调宗室子弟说女真话,学习本民族文字。一次,南宋贺生辰使到达燕京,按惯例有宴射活动。宋使射中50,而金廷卫士只射中其7。世宗当场批评他们"饱食安卧,专务游惰",从这里可以看出他的良苦用心。

下

实际上,这种偃武修文的风尚,恰恰是由几代皇帝带动起来的。原来,在汉化方面,金朝与辽朝有所不同。辽朝吸收汉族士子,主要着眼于政治体制的改革,而不在于文化。在金朝官场,汉族士子对于吏治无多建树,只是在文学方面大显其才,金廷看重他们也主要在文学上。海陵、世宗、章宗都是才华横溢的诗人。他们带头吟诗填词,无疑会产生强大的号召力,成为风行全国的"诗教",从而逐渐形成劲健的尚文崇儒风气。这在当时也曾激起一些女真军事贵族的强烈不满。一天,金世宗正在与诸王、大臣赋诗唱和，著名军事家完颜兀术的儿子、武将完颜伟实在抑制不住内心的不满，闯进去叩首直言，说："我们国家起自漠北，君臣将帅凭借着强大的武力与雄才伟略，得以灭辽吞宋，诸番俱服。近年来，辽、宋亡国遗臣，以华文丽采坏我土俗。现在用兵已经不如昔时，可是皇帝只是让文士朝夕在侧，却从不谈论兵事。当前，南宋志在报复，蒙古不受调役，西夏亦复侵边，陛下抛开战斗之士谓其不足与语，难道要靠那些玩诗弄词的人去抗敌吗？"这一席悻悻之言，充分暴露一些军事贵族久积胸臆的愤懑情绪。

应该说，从女真贵族集团的切身利益出发，世宗的忧虑，武将的不满，都不是无谓的。尽管以他们所处的社会时代和认知能力，不可能解读深藏其中的文化价值、哲学底蕴和社会历史发展的规律，但直观的感觉在提醒着他们：作为胜利者，女真族在充分获取、享用文化硕果的同时，正在渐渐丢失一些固有的东西。是的，从茫茫塞野的"弓刀夜雪三千骑"到繁华都会的"灯火春风十万家"，对于一个祖祖辈辈生长在艰苦环境中的质朴的民族来说，无疑是十分严峻的生命与生存的考验。作为统治集团利益的代表，他们当然不能忽视在民族素质、文化情境、社会心理方面如何扭转文弱的趋势、克服晏安的积习、战胜礼教的侵蚀这样一些至关重要而又无法回避的课题。说来道理也很简单，人既是社会文化的创造者，也是社会文化的制成品。一方面，人们在社会生活中不时地接受一定文化的传播，又必然不时地摈弃着某种文化；另一方面，人类创造的文化，无一不包含着自我相关的价值、功能上的悖谬，并且随着时间的推移，不断地做反向的运动与转化。这种文化的悖论，似乎有意地和人类开玩笑，创造的结果、最后的效应有时正好与原初的目的、动机相悖逆，所谓"种下的是龙种，收获的却是跳蚤"。这里想到19世纪初发生在欧洲的一则逸事。在沙皇亚历山大的亲自率领下，俄军与奥、普等反法联军一起追击拿破仑的部队，驰骋在欧洲大地上，并以胜利者的身份进驻了巴黎，算是彻底打败了法国。可是，当俄军从法国凯旋时，却已被那里的新的思潮所浸染。战士们回到俄国，见到乡村里依然盛行着农奴买卖和严刑体罚，不禁为之义愤填膺，纷纷起来抗议。这又是沙皇亚历山大始料所不及的。

这也说明，弥漫于金廷上下的种种忧虑是无济于事的。一种文化世界一旦被创造出来，就不再以某些个人的意志为转移，它不为尧存，也不为桀亡。金章宗完颜璟是他的祖父金世宗在世时亲自指定和培养的继承人。完颜璟由金源郡王晋封为原王，以女真语入朝谢封，世宗力倡女真旧俗，见状大喜，劝群臣说："朕曾诏命诸王习本朝语，唯原王习之最力，朕甚嘉之。"可是，正是这个原王，即位后，大倡文治，崇尚儒雅，"谈经论道，吟哦自适，群臣中有诗文稍工者，必籍姓名，擢居要地"。他推行汉化最坚定，也最见成效。正是在他当政时期，最后完成了女真社会的封建化。这里反映了一种社会发展的必然趋势。

金人侵宋是野蛮的、非正义的，它给中原大地带来了一场灾难。而中原文化与北方文化的融合又主要是在战争过程中实现的，战争的胜利者在征服敌国的过程中接受了新的异质的文明。从这一点来说，却又是文明的征服。诚如马克思所说，野蛮的征服者总是被那些他们所征服的民族的较高文明所征服，这是一条永恒的历史规律。文明征服的结果，是加速了女真封建化的进程，直接推进了金源文化的发展，不过几十年时间，就从建国之初尚无文字发展到大定、明昌之际文化上的巨大跃迁，以至"自树立于唐、宋之间"，以文治见称于史。有金一代，不仅诗词创作达到了一个新的高峰，而且，院本杂剧与诸宫调也在后来的文学史上放出了异彩，为北曲和元人杂剧的发展与繁荣创造了条件。异质文化的融合渗透、优势互补，更使多元一体、具有丰富内涵的中华文明获得了不断发展的契机与活力，形成了兼收并蓄、集多民族文化之长的完整体系。

写作这篇文化随笔，我感到很累，现在终于可以长长地舒一口气了。呜呼，遐方禹域，依旧是天淡云闲，铁马金戈，都付与荒烟蔓草。谁是最后的征服者？不是拿破仑，不是亚历山大，也不是完颜三兄弟，而是文明。

香港《大公报》1996年9月4、5、6日

八公山下吃豆腐

今年初夏，接到淮南市的淮硖画院的一份专函，谈及该院定于1996届"中国豆腐文化节"期间，举行书画作品展览，"旨在弘扬民族书画艺术，展示当代名家风采"，特邀我为这次书画展提供一份诗词、书法作品。

我与这家画院向无联系，也没有任何熟悉的同道；而且，我的字也缺乏功力。本拟驰函谢却，但考虑到这样很没有礼貌，有负主人的一片诚意，便硬着头皮写了个条幅。至于内容，当然应该切近淮南这个特定环境。

我曾想到"淮南一叶落，天下便知秋""橘逾淮而北为枳"这些故事，也曾想到曾被王国维击节称赏的白石词中"淮南皓月冷千山，冥冥归去无人管"的名句。这些都可借来做些文章。但我还是选了豆腐这个主题。《本草纲目》记载："豆腐之法，始于汉淮南王刘安。"相传两千多年前，淮南王刘安与左吴、李尚等八人在都城寿春的北山（今八公山）炼丹，以求长生不老之术。结果，仙丹没炼成，却制出了豆腐。从此，淮南的"八公山豆腐"便出了名。其实，丹结黄白之术本属子虚乌有，服食成仙者绝无，而中毒致死的数不在少。倒是豆腐确有丰富营养，久食可以延年益寿。这也叫"歪打正着"。改革开放以来，为了扩大经济、文化交流，淮南市政府每年都举办豆腐文化节。因为索稿甚急，来不及自铸新词，我便采取了偷懒做法，把明代号称"景泰十才子"之一的苏平的《咏豆腐》七律书写出来，寄过去。诗云："传得淮南术最佳，皮肤褪尽见精华。一轮磨上流琼液，百沸汤中滚雪花。瓦缶浸来蟾有影，金刀剖去玉无瑕。个中滋味谁知得，多在僧家与道家。"一扣淮南，二扣豆腐文化，倒也贴切。

　　事有凑巧，前年秋末，因事道经淮南。当地主人说起了这件事，并热情地在八公山区举行了豆腐宴，招待我们一行。八公山的豆腐，洁白细腻，清爽滑利，不仅品种繁多，而且营养丰富。仅在那天的筵席上，我们就品尝了采用烹、炸、煎、烩、炖、氽、烧、扒、炒、煨等烹调方法做出的近二十种豆腐佳肴。尔后在寿县的八公山乡，我们又享用过有"三绝"之誉的奶汤、漂汤、鲜汤等多种花样的豆腐烧汤。席上有一味"凤阳酿豆腐"，主人给我们讲了这道明代宫廷名菜的来历。原来，凤阳离八公山很近，那里也盛产豆腐。朱元璋的父亲就曾卖过豆腐，但朱元璋小时候很难吃到。一天，在讨饭时，他偶尔得到一块豆腐里夹馅油炸而成的酿豆腐，吃了觉得特别香。当上皇帝之后，他还总是记怀着这味食品。于是，便从家乡请了一位厨师，专门给他做这道菜。这道明宫里的必备佳肴，色泽金黄，外脆里嫩，味道酸甜适口，鲜美异常。后来，中原战乱，这一带的居民迁移到广东东江地区，成为"客家人"，又把做酿豆腐的技术带过去，于是东江酿豆腐成了蜚声中外的一道名菜。

　　走遍了南北东西，吃过不计其数的豆腐，为什么同是大豆做原料，八公山的豆腐却最为鲜美呢？主人的回答是，一凭人工，二靠自然。所谓"人工"，就是原料挑选严格，黄豆磨得精细、均匀，豆渣淘得干净，这一条并不简单。理学家朱熹有一首五言诗："种豆豆苗稀，力竭心已腐。早知淮王术，安坐获泉布。"似乎做豆腐比种豆子容易，可以坐获财利，其实并不尽然，这里面有很精到的技术。主人说的"二靠自然"，是指借助地利条件，得天独厚。细细玩味朱老夫子的诗，也许包含这层意思。八公山一带有二十四名泉，其中以珍珠泉为最。自古以来，当地的人们就用这里的甘洌爽口的山泉做豆腐，做出的豆腐细如脂，白如玉，柔软细嫩，格外鲜香可口。那天，我们参观过淮南王刘安的墓之后，就近在凤凰山下，看了名扬四海的珍珠泉。明代御史杨瞻有诗云："清清灵脉发，闪闪瑞光浮。尘垢难污洁，珍珠不断头。"清池四周绕以石栏，水极清洌，无纤毫杂质，数米之下的硬币可以清晰地透视花纹。泉水滔滔汩汩从一石刻龙头中涌出。两千余年过去了，逝者如斯夫，不舍昼夜。

当年八公山的豆腐，早已跨过江淮，走向全国，走向世界。同名震寰宇的中国四大发明一样，制作豆腐的技术传遍了亚、欧、非、美各大洲。日本人传说，中国豆腐是由鉴真和尚传入东瀛的，时在754年。日本豆腐业一直奉鉴真为师祖，至今，豆腐包装袋上印有"唐代豆腐干淮南堂制"字样。1963年，日本纪念鉴真大师逝世1200周年，到古都奈良唐招提寺参加盛会的，各行各业都有，其中豆腐行业的人最多。中国四川的"麻婆豆腐"，风味独特，具有汁色红亮、麻辣嫩烫、肉末酥香的特色。日本人掌握了它的制作工艺之后，改为软罐头包装出口，深受东方及欧洲社会的欢迎。日本其他品种的豆腐，也以花色繁多、保鲜期长、携带方便而畅销世界，年销量达1亿公斤以上。中国近年曾引进了许多套日本豆腐生产线。而我们自己的豆腐老祖宗，只能在山乡僻巷里徘徊。此刻，尽管八公山的豆腐依然无比鲜美，但入口以后总觉得有些不是滋味，不免对那清冽爽口的山泉产生一种愧赧之感。

香港《大公报》1996年12月3日

濠濮间想

《庄子·秋水》记载：一天，庄周和他的朋友惠施同游于濠梁之上，看到鲦鱼出游。庄周说："鱼这样从容悠闲，它们很快乐呀！"惠施反驳说："你不是鱼，怎么知道鱼很快乐？"庄周回问道："你不是我，你怎么知道我不知鱼的快乐？"《秋水》篇还记述了庄子钓于濮水，楚王聘他为相，遭他谢绝的事。后以"濠濮间想"形容逍遥闲适、淡泊无求的思绪。语出《世说新语》。晋简文帝入华林园，顾谓左右曰："会心处不必在远，翳然林水，便自有濠濮间想。"康熙皇帝先后在北京的北海和承德避暑山庄建了"濠濮间"和"濠濮间想"的同名景亭，可见他对庄子的清高与玄想是很欣赏的。当然，也和他久居宸闱、向往林泉有直接关系。《庄子》旧注，濠梁在安徽凤阳钟离郡。秋初，因事道经其地，我想到濠梁遗址看看，通过体味庄、惠观鱼论辩的逸趣，实地感受一番别有会心的"濠濮间想"。

可是，实际碰到的是另一种风景。原来，凤阳是朱元璋的家乡，又是他的龙兴故地。所以，在这里随处可见这位"濠州真人"的龙爪留痕。街头充斥着"大明""洪武"之类的广告；甚至菜馆里的酿豆腐都表明曾是朱皇帝的御膳。还有凤阳花鼓，更是关系至大。朱元璋虽然平素并不喜欢娱乐，却对花鼓戏情有独钟，从小就喜欢哼哼几句。位登九五之后，家乡的花鼓队曾专程前去祝贺。皇上看了，乐不可支，特意下旨："一年三百六十天，你们就这么唱着过吧！"这些人得了圣旨，自是兴高采烈，一年到头唱个没完，谁还肯去出力种地！特别是由于连年劳役，土地荒芜，民不聊生，结果花鼓戏最后唱到了皇帝老倌头上："说凤阳，道凤阳，凤阳本是好地方。自从出了朱皇帝，十年倒有九年荒。"

这里就涉及两处工程浩大的"皇帝项目"：一是明代中都城。明王朝建立后，朱元璋决定在家乡建都。动用全国百工匠作、民夫、兵士达40万人，持续6年之久，"造作之费以万万计"。在即将竣工的前夜，因为万方怨愤，才以"劳费"为由下令中止。600多年后的今天，站在城池、宫阙基址上，依然可以感受到它的气象的宏阔和宫观的壮伟。另一处是朱元璋为其父母修建的皇陵。9年间，建了皇城、砖城、土城三道，皇城内有正殿、金门、廊庑、碑亭、御桥、华表，和36对石人石兽。现在，石雕群基本完好，刻工精细，宏丽森严，表现了明初强盛时期的恢宏气魄和劳动人民的高度智慧。两处都是国家级文物保护单位。作为文物，自有其不朽价值；从个人情趣来说，我却觉得索然无味。

我的兴趣还是在濠梁之上。可是，得知我的想法后，当地朋友劝阻说，2000多年过去了，时移世易，陵谷变迁，怕是什么痕迹也没有了，看了难免失望。我却认为，作为一种艺术精神，庄子的思想也包括所谓"濠濮间想"之类的意绪，属于隐形文化，它与物质文明不同。它的魅力恰恰在于能够超越物象形迹，超越时空界限。比如庄、惠濠梁观鱼的论辩中所提出的问题，看起来似乎简单，实际上却涉及认识论、逻辑思维、艺术哲学等方面的重要课题，同时也把两个大哲学家的思想、性格特征鲜明地表现了出来。鱼乐与否，庄子是凭自己的经验推测出来的。自己"出游从容"，感到心里愉悦，于是推测鱼必然也是如此。于人也是这样。如果没有这种"通感"，人与人之间便无从知解，失去了心灵沟通的可能性，艺术创造也就无法实现了。艺术家总是借助自己的感知和经验来了解外物，同时又把自己的情感移到外物身上，仿佛外物也具备了同样的情感。这种心理活动，在美学上叫作"移情作用"，例证举不胜举。比如，路上我看到一副联语："华灯一夕梦，明月百年心。"内容十分深刻。但是，何以华灯如梦、明月有心，它们也具有了人的思维和情感？原来，诗人在这里用了以我观物的"移情"

手法。正是在这个意义上，诗人阿米尔说，一片自然风景就是一种心情。

台湾著名学者徐复观先生说过，在濠梁观鱼中，庄子所代表的是以无用为用、忘我物化的艺术精神；而惠子所代表的则是"遍为万物说"，以"善辩为名"的理智精神。二人的辩难，悉由此不同的典型性格而来。这是颇有见地的。两人的志趣确实有异。情趣，本来是物我交感共鸣的结果。庄子把整个人生艺术化，他的生活中充满了情趣，因而向内蕴蓄了自己的一往情深，向外发现了自然的无穷逸趣，于是，山水虚灵化了，也情致化了，从而能以闲适、恬淡的感情与知觉对鱼做美的观照，或如康德所说的进行"趣味判断"；而惠子则异于是，他在进行理智解析，以他的认识判断来看庄子的趣味判断，所以就显扞格不入。当然，若做深一层的探究，他们之所以如此，又与其不同的人生观、价值观紧相关联。

还是在《秋水》篇，庄子记下了这样一个故事：惠子为梁惠相，庄子去见他。有人说，庄子此行意在取代惠子的相位。惠子听了很紧张，连续搜捕了三天三夜。庄子却主动求见，对惠子说：南方有一种鸟叫鹓鶵，发于南海而飞于北海，非梧桐不栖，非竹实不食，非醴泉不饮。当时飞过来一个猫头鹰，嘴里叼着一个死老鼠，见鹓鶵在它的上方飞过，吓得惊叫起来。现在，你也惊怕我来夺你的相位吗？另据《淮南子·齐俗训》载，庄子在孟诸垂钓，惠子过之，从车百乘，声势甚为煊赫。庄子看了，心里很不得劲，连自己所钓的鱼都嫌多了，一齐抛到水里。表现了他"不为轩冕肆志"，对当权者飞扬跋扈的轻蔑态度。由于他是高踞精神之巅俯瞰滚滚红尘，而以超拔自命，因而看轻俗人之所重，也能看重一般人之所轻。他不愿"危身弃生以殉物"，不愿因专制王权的羁縻而迷失自我、葬送自由，追求的是"逍遥于天地之间而心意自得"。这从濠梁观鱼中也看得很清楚。

见我执意要去濠梁，主人便请来一位文史工作者为向导，车出凤阳城，直奔临淮关，来到了钟离故地。我们谈到200多年前著名诗人黄仲则曾经到过此地，这从他的以《濠梁》为题的七律中可以看出："谁道《南华》是僻书？眼前遗躅唤停车。传闻庄惠临流处，寂寞濠梁过雨余。梦久已忘身是蝶,水清安识我非鱼。平生学道无坚意,此景依然一起予。"经过一番寻寻觅觅,我们终于来到了2000多年前的"庄惠临流处"。但是,不看还好,一看果真是十分失望。濠水滔滔依旧,只是太污浊了。当年如果竟是这样暗流翻滚,恐怕庄老先生就无法看到"鲦鱼出游从容",也就作不了那篇水清鱼乐的传世之文了。

香港《大公报》1997年1月6日

诗卷长留天地

像一匹奔腾不羁的骏马，万里长江挟着巫峡雨、洞庭烟、匡庐雾，穿过楚尾吴头，滚滚东来。进入当涂县境之后，由于天门山的拦阻，又扭转身躯向北狂奔。人们把江东采石矶与北岸和县相对的这一段江面称为横江。李白的诗句"白浪如山那可渡""涛似连山喷雪来"，都是写的这里。

作为金陵的咽喉，这里自古以来就是群雄角逐的战略要地，南北争衡的江防要塞、关津渡口，素有"险塞甲于东南"之称。

有人统计，从周灵王二年到清同治二年的2433年间，仅附近的芜湖一地，就发生过54起大的战役；而采石矶（古称牛渚）还要大大超过此数。最早见于史册的，是发生在2500年前（周景王二十年）的吴楚长岸之战。此后，战事就像连山列阜一般，绵延不断，史不绝书。其中密度最大或者说频率最高的时期是两晋南北朝。公元280年，"王濬楼船下益州，金陵王气黯然收。千寻铁锁沉江底，一片降幡出石头"。当日东吴兴于牛渚，此时全局已尽，又由于失去牛渚，唐代诗人杜牧题诗叹曰："孙家兄弟晋龙骧，驰骋功名业帝王。至竟江山谁是主，苔矶空属钓鱼郎。"凭吊兴亡，寄慨遥深，令人低回无限。当然，历史毕竟还不是一片虚无。

漫步采石矶头，放眼横江两岸，一个颇有意味的问题，始终萦回在我的脑际，就是为什么那些攻城略地的"一世之雄"，竟没有几个人留在后人的记忆里；相反，"青山明月夜，千古一诗人"，倒是那个名叫李白的无拳无勇的落拓文人，却能在这里独步千古。对此，太白楼一副联语做了更明确的概括："大江淘尽英雄,诗卷长留天地。"究其原因,也许白居易《李白墓》的题诗道出了一丝隐秘:"采石江边李白坟,绕田无限草连云。可怜荒垄穷泉骨,曾有惊天动地文。但是诗人俱薄命,就中沦落不过君。"

采石矶一带古墓葬很多,最负盛名的要算青山的李白墓,而且,里面实实在在地埋葬着诗人的骸骨。令人奇怪的是,离它不远的地方,采石公园里还有个李白的衣冠冢。古往今来,这类事例可说是绝无仅有。原来,对于太白之死,历来就有两种说法。一说,李白身着宫锦袍,醉酒采石矶头,跳江捉月,溺死横江,其衣冠被渔人捞出葬于采石。现今江心洲尚有宫锦村,相传李白衣冠即打捞于此。后来,不少诗人都在诗词中坐实其事。明人邱濬诗云:"当时落水非失脚,直驾长鲸归紫清。至人虽死神不灭,终古长庚伴月明。"李东阳说得更好:"人间未有升腾地,老去骑鲸却上天。"为此,千百年来,采石矶的衣冠冢与青山的李白墓长期并存,同样因墓主李白而闻名遐迩。这类跳江捉月、骑鲸上天的美丽动人的传说,广泛流传于民间,反映了人们的善良愿望,也有力地说明了这位伟大的诗人,不仅为世世代代的文人墨客、达官政要所倾慕,而且活在广大民众的心里。采石矶另一处著名古墓葬,是早于李白500多年的三国时期朱然的墓。朱然为东吴名将,北抗曹魏,西拒蜀汉,建安二十四年与潘璋在临沮生擒关羽,一生屡建战功,官位与周瑜不分伯仲。这在《三国志·吴书》中早有记载,但后来的《三国演义》并没有着力描写他,致使后世知之者较少。说来也很有意思,这样重要的一位名将,后人包括当地的父老,竟没有人知道他葬在哪里。直到1984年马鞍山市纺织厂进行基本建设时,才偶然发现了他的墓地,他无声无息地在地下沉埋了1700多年。这与李白墓的红红火火,沸沸扬扬,恰成鲜明的对比。

记得一位著名学者说过这样的话,"在中国人观念中,往往有并无事业表现,而其人实是十分重要的"。作为例子,他举了颜渊、伯夷等人。我以为,李白也是。因为"无论如何,这些人都是文化传统中的大人物,他们承前启后,从文化传统来讲,各有他们不可磨灭的意义和价值"。为了把问题阐述得更清楚一些，我想通过另外一个事例做进一步的引申。士有遇与不遇之别，山川也不例外。滁州的琅琊山有很高的知名度，一篇《醉翁亭记》使它名满天下，万世生辉。但是，假如欧阳修当年不到滁州，或者虽到滁州却无醉翁、丰乐二亭之记，那么，这座普普通通的琅琊山，就会像它的万千同辈一样，永远不为外人所知。琅琊山下有个西涧，欧阳修曾说："西涧无水。"可见宋代就已干涸。但因入了唐代诗人韦应物的诗篇，便与三光、五岳同其不朽。而且营造了一种意境，人们只要想起那草生涧边，莺啼深树，晚雨潇潇，春潮急涨，一舟浮荡，野渡无人的荒疏、幽静的景致，眼前便立刻展现出一种令人悠然神往的艺术境界。此之谓文章的伟力。实际上，琅琊名胜的开发始于唐代大历年间，早于欧阳修200多年，比韦应物题诗也要提前近20载。唐滁州刺史李幼卿凿石引泉，鸠工建寺，尔后经过数十任州守踵事增华，才有后来的隆盛。但是，因为他们没有"醉能同其乐，醒能述以文"，也没有留下《滁州西涧》之类脍炙人口的诗章，结果，只能让欧、韦二公后来居上，占尽了风流。

　　联系这些实例，觉得曹丕说的"年寿有时而尽，荣乐止乎其身，二者必至之常期，未若文章之无穷。是以古之作者，寄身于翰墨，见意于篇籍，不假良史之词，不托飞驰之势，而声名自传于后"，确是不刊之论。当然，话又说回来，也并非任何人、任何文都能如此。伟大与永生总是同社会发展、人类命运这些崇高的事业联系在一起。而且，时间无情，读者无情，存留下来的只能是精品，一部文学史，就是一条巨浪淘沙的大江。面对这"滚滚长江东逝水"，我不禁懔然怵惕了。

香港《大公报》1997年1月18日

太原城引出的话题

上

三晋名胜古迹甚多,特别是地上古建筑之多,在全国名列前茅。就中若论秀丽的自然景观与悠久的历史文物完美地结合在一起,自当首推晋祠。晋祠始建于公元5世纪北魏之前,原名唐叔虞祠。史载,周成王与其幼弟姬虞为戏,把一片桐叶剪成玉圭形状,赐给姬虞,说要封他为诸侯。身旁的史官立即请成王择吉立之,成王说那是开玩笑。史官正言相告:"天子无戏言。"成王无奈,只好封叔虞于唐。这就是历史上著名的"桐叶封弟"故事。叔虞死后,其子燮父以都城紧靠晋水,因改国号为晋,是为晋国之始。为了纪念唐叔虞,后人建立了晋祠。唐朝李渊父子起兵太原,拥有天下后,素有"太原公子"令誉的李世民曾亲祭晋祠,树碑制文,亲书之于石。晋祠古木名树很多,价值最大的是两株周柏,相传树龄已达2700多年。950年前,北宋文学家欧阳修就咏赞它们:"地灵草木得余润,郁郁古柏含苍烟。"现在,它们仍然是那么苍劲挺拔,桑皮黛干,苍苍覆于空际,与朱栏碧甍,杰阁层楼,鱼沼飞梁,相映生辉。古柏同涓涓涌流的难老泉、精美绝伦的宋塑侍女像一起被誉为"晋祠三绝"。

晋祠游罢,驱车50里,来到太原城区宽阔的迎泽大街。我同身旁的文物局局长谈道,原以为,既然太原为叔虞封地,晋祠又为纪念叔虞而建,肯定就在市区附近,不料竟离得这么远。这句话刚落音,就引起车上人们的热烈呼应。他们纷纷告诉我，太原古称晋阳，故城在古城营村，确实邻近晋祠，而现在的太原城是后建的。公元前403年，韩、赵、魏三家分晋，晋阳一度作为赵国都城。后来，东魏的高欢，隋唐的李渊，五代时期后唐的李存勖、后晋的石敬瑭、北汉的刘知远，都是依靠着雄踞晋阳而坐上了龙椅。宋太宗赵光义登上皇位两年后，调兵遣将围攻北汉的都城太原，经过两个多月的喋血鏖战，终于夺下了这座易守难攻的古城。有人说，这里有"龙脉"，北面的系舟山是龙角，西面的龙山、天龙山是龙身、龙尾，太原城正当这条蟠龙的腹心。宋太宗考虑到，隋唐以来这里出过多少个开国皇帝，确有"龙城"之兆，为了铲除这个地区滋生新的割据势力的温床，便下令彻底摧毁城池，撤销藩镇建制，改为平晋县，并纵火焚烧了城中的宫殿建筑及居民庐舍，老幼未及逃出者，多被烈火烧死；还引水灌城，削平城西系舟山，名为"拔龙角"，使千年故都化为一片废墟。尔后，在50里外的唐明镇修了一个小土城，以安置流民，这就是后来的太原。新城不修"十"字街，只筑"丁"字路，意在钉住"龙脉"。经过大家指点，看出现今的太原市区仍有许多"丁"字街，当为旧时遗迹。宋太宗在毁城的同时，却在晋祠大兴土木，以积功树德。他效仿唐太宗建"贞观碑"的做法，在晋祠也竖了一个"太平兴国碑"。但碑文全部被老百姓剥掉，一个字也没有留下，作为一个变形的无字碑，被存放在胜瀛楼北面的台基上。

　　车上，大家就这样，七嘴八舌，议论开了宋太宗。有的说，就功业来讲他是大醇小疵，有的说是功过参半。他最大的功业，一是结束了五代十国的分裂局面，基本实现了国家统一；一是重视发展文化事业，组织编纂了《太平御览》《太平广记》《文苑英华》三大类书。这对于当时和后世的社会发展，都产生了积极有利的影响。政治上，他大体沿袭了太祖时期的政策，重视择人选吏，惩治贪赃枉法者。但在军事方面举措失当，八年中打了五次大的败仗，丧失了军事优势，引发了财政危机，开始形成积贫积弱的局面。至于烧城祸众一事，在太原人民的心目中，则留下了恶劣的印象。往事越千年，时至今日，谈起他来，犹有余愤未平。其实，何止现在，太宗毁城200余年之后，太原的前代乡贤、著名诗人元好问过晋阳故城时，念及这座"天下名藩巨镇，无有出其右者"的北方屏障的惨遭毁坏，就伤情地悲吟："鬼役天财千万古，争教一炬成焦土！至今父老哭向天，死恨河南往来苦。""汾流决入大夏门，府治移着著明村。只从巨屏失光彩，河洛几度风烟昏。"诗人临风吊古，痛斥宋太宗焚毁晋阳城给国计民生带来了无穷灾难，深致慨于后晋与赵宋王朝的失策——由于石敬瑭割让了燕云十六州，赵光义又摧毁了这一北方的名藩巨镇，黄河以北成为敞开了大门的庭院，终于导致金人侵入，汴京失陷，北宋覆亡。

听着人们的议论，我虽然没有插言，但内心是赞同的。也许是先入为主吧。小时候看过一出名叫《贺后骂殿》的戏，剧情是宋太祖赵匡胤死后，其弟赵光义继位。赵匡胤的妻子贺后因其夫死因不明，令长子德昭上殿质问，光义大怒，欲斩之，德昭撞死。贺后乃携次子德芳上朝骂殿。唱词有："遭不幸老王爷晏了御驾，贼昏王篡了位谋乱邦家。把一个皇太子逼死殿下，反倒说为嫂我拦阻有差。"她把赵光义比作曹操、王莽、赵高等篡权谋国的奸贼加以痛骂，"只骂得贼昏王装聋作哑，只骂得贼昏王扭转身躯，闭目合睛，羞羞惭惭，一语不发。只骂得贼昏王无言对答，两旁的文武臣珠泪如麻"。看戏当时也觉得骂得痛快，真的呼出了一口闷气。

这出程派的名剧，是根据《湘山野录》中"烛影斧声"之说演义而来的。关于宋太祖之死历来有种种说法。有一些是荒诞不经的，如说，太祖生一背疽，光义入视，突然见一女鬼用手捶背，他便执柱斧向鬼劈去，结果鬼未击着反落在疽上，太祖疽破肉裂，遂致昏厥死去。有的说，太祖病重，光义入宫问疾，夜间见太祖睡熟，乘机调戏其宠姬费氏。太祖醒来，以柱斧砍地，气恼地说：你做的好事！广为流传的说法是《续资治通鉴长编》的记载：太祖知大限已到，夜召光义入内，嘱以后事。左右皆不得闻，但遥见烛影下，光义时或离席，若有所逊避之状，后来又看到太祖以柱斧戳地，大声对光义说："好为之。"次晨太祖就死了，终年50岁。从现存史料中，看不到太祖死前有生病和大臣入视问疾的记载，死得十分突然。最大的可能是被他的胞弟赵光义谋害的——宋史专家邓广铭先生如是说。宋史上的另一疑案是"金匮之盟",即杜太后临终前曾有太祖传位于光义的遗嘱,其真实性也已无从稽考。史学家张荫麟曾指出它的五大破绽,断为伪造。

下

对于这两个"千古之谜",官修的《宋史》皆避而不谈,所记只有9个字:"太祖崩,帝(太宗)遂即皇帝位。"封建王朝的史书向来是为尊者讳的。但即使如此,有的史学家还是提出了问题:"特书曰遂,所以别于受遗诏而继统之君也。"以致有的直斥太宗"褊急奸贪而攘天位"。后来兄子德昭被逼自杀,一年半之后,太祖的另一个儿子德芳也不明不白地死去,尔后胞弟廷美遭贬致死,心腹之患虽除,却招致了人们的种种非议。就连正史也不能为之讳,明确地指出:此数端,"后世不能无议焉"。这一点,太宗自己也是了如指掌的。《续资治通鉴长编》载,太宗曾对侍臣说,即位之始,"远近腾口,咸以为非,至于二三大臣,皆旧德耆年,亦不能无异"。为此,他采取了多种手段,以安抚人心培植亲信,稳定局面。

《贺后骂殿》的戏,正是针对赵光义这样一些龌龊的事来编的。作为一种舆情的真实而曲折的反映,它像《击鼓骂曹》《审潘洪》《斩黄袍》等剧目一样,在很大程度上代表了广大下层群众的心声和愿望。后来读了史书,才知道它与史实出入甚大。赵光义即位于公元976年,而贺后早在公元958年就已下世,骂殿之事当属子虚乌有;德昭也并非死于宋太宗攘位当时,而是在4年之后。但是,由于那慷慨激越、低回悲壮的唱词已经深深地印在脑底,再加上赵光义那些不义的行径,所以即使知道戏文失真,感情上也还是过不来,所谓"宁肯信其有,不愿信其无"也。

上了中学之后,开始欣赏李后主的词,尤其喜欢"春花秋月何时了?往事知多少""问君能有几多愁?恰似一江春水向东流"这些名句。为他未永其寿感到惋惜。尔后读书渐多,知道正是这首《虞美人》词使他获罪。

治罪的不是别人，又是赵光义！而且，手段之残忍毒辣，令人发指。原来，李煜沦为亡国贱俘之后，痛感往事如烟、人生若梦，造物者残酷无情，这些使他承受了忒深、忒重的苦痛与愁恨，于是写下了许多伤怀感旧、思念故国的词。不意这些作品很快就不胫而走，传遍了江南，也早被朝廷的耳目报告给了宋太宗，自然激起这狠毒、雄鸷的君主的深深的忌恨。联系"小楼昨夜又东风，故国不堪回首月明中""雕栏玉砌应犹在，只是朱颜改"这些词句，想到日前传来的李煜悔杀忠臣的自责，更使宋太宗敏感地意识到，李煜活在世上就是江南旧梦死灰复燃的希望，因此万万留他不得。当即传旨御医，配制烈性毒药，并要设法使李煜的尸体作俯首屈身之状，以示永世臣服。于是，一场令人惨不忍睹的悲剧发生了。这年七月初七，是李煜的42岁生辰。宋太宗派人前来给他"祝寿"，李煜奉旨饮下御酒，登时五脏剧痛，全身痉挛，头足相就，状如牵机，在次日凌晨气绝身亡。原来，酒中暗下毒药，乃是太宗惯用手法。据《烬余录》甲编，蜀主孟昶和吴越国王钱俶，都是太宗在酒中下毒致死的。李煜死后，太宗又极尽奸雄之能事，虚情假意地封王厚葬，辍朝三日，以示哀悼，上演了一出"猫哭耗子"的闹剧。

看来，李后主的机灵劲儿，比那个叫作阿斗的刘后主差远了。据《汉晋春秋》，司马昭与刘后主宴集，为之做故蜀技，他人皆甚为感怆，而后主喜笑自若。异日，司马昭又问他："颇思蜀否？"答复是："此间乐，不思蜀。"这样就蒙骗过了司马昭。《三国志集解》引于慎行说：刘禅之对司马昭，未为失策。思蜀之心昭所不欲闻也。左右虽笑，不知禅之免死，正以是矣。可是，这韬晦之术，李后主却不会。一则他不是枭雄之子，没有掌握刘备那套"闻雷失箸"的家传；二则终属诗人气质，极其悲慨，忽忘形骸。当然，由于宋太宗必欲其死，即使李后主安分守拙、隐忍苟全，宋太宗也不会放过他的。所以，其结局较之刘后主更惨，也和所遭逢的对手较之司马昭更阴鸷、更明察有关。

对于李煜来说，死也许是一种解脱。亡国被俘以后，他饱谙屈辱之苦。

最为难堪的是，与他朝夕相伴、相濡以沫的小周后，经常被宋太宗召去陪宴侍寝，"江南剩有李花开，也被君王强折来"。宋人画有《熙陵（即太宗）幸小周后图》，明人沈德符《万历野获编》中曾有记载。小周后每次入宫，辄数日不归，李煜痛苦万端，彻夜不睡。一个是"向君歌舞背君啼"，一个是"此中日夕，只以眼泪洗面"，自是苦不堪言。但是，宋太宗哪里料到，一个半世纪之后，他的嫡亲子孙徽宗、钦宗落到金太宗手里，他们所遭受的屈辱与苦难比李煜还要惨重。有的书在评论"靖康之祸"时，说这正是历史老人对于乃祖所施加的惩罚与报复。宿命论不足取，从中却反映出来一种舆情和民意。

香港《大公报》1997年4月5、6日

所贵者情

杜甫没有到过皖南，当地人深以为憾。但当在皖南说到文人相重时，我首先想到的却是李白和杜甫的真挚友情。

闻一多先生曾把李杜相逢比作两曜遇合，认为意义极为重大。"我们该当品三通画角，发三通摇鼓，然后提起笔来蘸饱了金墨，大书而特书。"我则更加欣赏两颗诗星无比纯真的本性与至情。每番诵读他们互相忆念的诗章，我都激情喷涌，心灵久久为之震撼。

公元744年，二人在洛阳首次相会，情意相投，备极欢洽。次岁，他们又在山东的齐州、兖州重逢，相偕游览，亲如兄弟。"醉眠秋共被，携手日同行。"（杜甫）凄然话别时，李白写诗相送："飞蓬各自远，且尽手中杯。"别离日久，怀想殊深，李白又有"思君若汶水，浩荡寄南征"之句。杜甫回到长安后，也写了《春日忆李白》的名篇："白也诗无敌，飘然思不群。清新庾开府，俊逸鲍参军。渭北春天树，江东日暮云。何时一尊酒，重与细论文。"可惜两位诗坛巨擘此后再未重逢。公元757年，李白因受永王牵连，被捕入浔阳狱，翌年流放夜郎。杜甫万分悬念，结想成梦，写成《梦李白》二首和《天末怀李白》，中有句云："死别已吞声，生别常恻恻。江南瘴疠地，逐客无消息。故人入我梦，明我长相忆。"感情至为真挚。

"感人心者，莫先乎情"，这是白居易与元稹论诗时提出的观点。首先在做人、交友上，元、白二人就身体力行了。每番掀开他们的诗集，都为那种真挚的深情所感染。公元809年，元稹奉命入蜀复查刑事案件。白居易时在长安，饮酒中忆起他来，写道："忽忆故人天际去，计程今日到梁州。"与此同时，元稹在梁州驿舍中做了一个梦，梦见他和白居易同游曲江和慈恩寺，就写了一首诗相寄："梦君同绕曲江头，也向慈恩院院游。亭吏呼人排去马，忽惊身在古梁州。"表面上看，似乎有一点神秘色彩，实际恰恰说明二人真挚友情是何等之深！

6年之后，元、白先后被贬谪到通州和江州。元稹听到白居易亦遭贬谪的消息，不顾自身的困难处境拖着病弱之躯，写了一首七绝："残灯无焰影幢幢，此夕闻君谪九江。垂死病中惊坐起，暗风吹雨入寒窗。"

白居易见到这首诗之后，在给元稹的信中说："此句他人尚不可闻，况仆心哉！至今每吟，犹恻恻耳。"稍晚一些时日，元稹又写了一首题为《得乐天书》的诗："远信入门先有泪，妻惊女哭问何如。寻常不省曾如此，应是江州司马书。"诗人手持远信，流着泪走回内室，引起了妻儿的惊疑。因为诗人已经伤心得说不出话来，她们只有猜测：是谁一封信竟引他如此悲伤，看来肯定是白乐天了。如果没有深厚的情感做基础，这一种情态是绝对不可能出现的。

情，是文学的生命。凡是传世的名篇，无不文自情生，贯穿着一根真情灼灼的红线。曹丕当过皇帝，但在政治上并没有什么突出的建树，倒是在文学方面成就为一个建安时代的重要诗人，而且也是文学批评史上早期的一位重要人物。他的散文语言流利琬转，感情色彩浓重，《与吴质书》是这方面的代表作。

建安二十二年，疫病流行，"建安七子"中的徐干、刘桢、应玚、陈琳都在这时病死。曹丕在给他的文友吴质的信中，一方面深情悼念死去的朋友，同时也满带感情地表现出对过去友朋相聚、觞酌诗咏的生活的怀念。感情悲怆恳挚，文笔哀婉动人。一开始就引《诗经·东山》，说征人三年不见亲人，尚且叹恨离别太久，何况我们已"别来行复四年"。下文转入对故友的思念，追怀昔日相聚情景："行则连舆，止则接席，何曾须臾相失！"

聚会时，互相巡回劝酒，还有丝竹相伴，"酒酣耳热，仰而赋诗。当此之时，忽然不自知乐也"。可是，现在呢？既把昔日无限的情趣表现出来，更把今天深深的孤凄与怅惘诉于笔端。叙事、抒情交融互汇，可谓至文至情。据《三国志》裴松之注引《魏略》，此信写于建安二十三年，其时曹丕为魏太子。以他当时的地位和身份，能够做到这样，也是难能可贵的。

香港《大公报》1997年5月18日

千古兴亡，百年悲笑，一时登览

上

　　大凡人们普遍向往的名城胜迹，总是古代文化积淀深厚，文人骚客留下较多屐痕、墨痕的所在。千百年来，这些诗人赋客，凭着对大自然的特殊感受力、丰富的审美情怀和高超的艺术手法，写下了汗牛充栋的诗文，为祖国的山川胜迹塑造出数不尽的画一般精美、梦一样空灵的形象。他们登临远目，抚今追昔，超越历史与现实的时空限制，泯除种种界隔，化解由岁月迁流所引起的怆然寥落之情、无常幻灭之感，直接与古今情事取得沟通。远者如近，古者如今，活转来的经史诗文给了我们"当下"一个时空的定位，更给我们一个打开的不再遮蔽的视界。在这里，我们与传统相遭遇，又以今天的眼光看待它，于是，历史就不再是沉重的包袱，而为我们思考"当下"、思考自身提供了无限的可能性。此刻，无论是灵心慧眼的冥然会合，还是意象情趣的偶然生发，都借由对历史人事的叙咏，而寻求情志的契合、精神的辉映。这种情志包括了对古人的仰慕、鞭挞、惋惜与悲歌，贯穿着历史的神经、先哲的魂魄和华夏文明的汩汩血脉。因此，当你漫步在布满史迹的大地上，看似自然的漫游，观赏现实的景物，实际却是置身于一个丰满的有厚度的艺术世界。如同诵读着古人的诗书，倾听着中华传统文化的回音，通过一块情感的透镜去观察历史，从而获得了以一条心丝穿透千百年的时光，使已逝的风烟在眼前重现华彩的效果。那民族兴衰、人事嬗变的大规模过程在时空流转中的留痕，人格的悲喜剧在时间长河中所显示的超出个体生命的意义，对存在与虚无、永恒与有限、成功与幻灭的不倦探寻，以及在终极毁灭中所获得的怆然之情和宇宙永恒感，都在新的境遇中展开，给了我们远远超出生命长度的感慨。这是历史，也是诗章，更是哲学，是天人合一的美学境界。人们既从历史老人手中接受一种永恒悲剧的感怀，今古同抱千秋之憾，与山川景物同其罔极，又同时从自然空间那里获取一种无限的背景和适意发展的可能性，感悟到人不仅由自然造成，也由自己造成；不仅要服从自然规律，也能利用自然规律；人死复归于自然，又时刻努力使自己的生命具有不朽的价值。就这个意义来说，赏鉴自然，实际上也是在观书读史，在感受沧桑、把握苍凉的过程中，体味古往今来无数文人墨客留在这里的神思遐想，透过"人文化"的现实风景去解读那灼热的人格、鲜活的情事。当然，人们在欣赏自然风物的同时，也是在从中寻找、发现和寄托着自己。

现在有一种说法，叫作"跟着感觉走"。依我看，对于那些诗人作家来说，倒往往是跟着诗文走。我们中华民族的文学遗产实在是太丰富了，几乎每到一地，都有相对应的诗文在头脑中涌现出来，任你展开垂天的羽翼去联想与发挥。而这无数诗文的积蓄，又使你不期而然地负上一笔情思的宿债，急切地渴望着对诗文中的实境的探访，情怀的热切有时竟达到欲罢不能的程度。这样，即使是乍到，也都如游旧地，如晤故人，仿佛踏进了重重梦境，返回了精神家园。此刻，那些名章妙句如春风扑面，纷至沓来，尘封已久的记忆被拂去了时间的尘埃，一个个都鲜活起来。它们已不再是可有可无的点缀，通过它们的参与，历史意识和人生感悟汩汩流出，从一个景点、一桩事件走入历史的沧桑。你会觉得人文、历史、自然浑然聚合在一起，启动着内心的激情与联想。

也正因为这样，一些作家总习惯于凭借自己的游踪，对一些名城胜迹做历史性的考察与观照，对社会、人生做哲学性的反思和叩问。他们不肯停留在一般的记游、写景、述感、抒怀的层面上，不满足于只写耳目所及的事物，只写一个横断面，而是追求历史与现实的有机结合，既写现在，又写过去，既写现实的发展，又写历史的变迁。他们喜欢饱蘸历史的浓墨，在现实风景线的长长的画布上去着意点染与挥洒，使自然景观烙上强烈的社会、人文印迹，努力反映出历史、时代所固有的那种纵深感、凝重感、沧桑感。喜欢结合现实风物的描述，对历史背景做审美意识的同化，以敏锐的、现代的眼光去观照、思考和发掘已知的史料，给予历史人物、历史事件、历史生活以新的认识、新的诠释，体现创作主体因历史而触发的现实的感悟、渴望与追求，努力使作品获得比较博大的历史意蕴和延展活力。同时，也在历史和现实之间，撬动起作家人格力量的杠杆，让自己的灵魂在历史文化中撞击，从而产生深沉的人文批判，留下足够的思考空间。

一部文学史告诉我们，凡是伟大的作家，都具备很强的历史选择能力、判断能力、结构能力和想象能力。既写历史的崇高、壮烈，又写历史的沉重与苍凉；既写创造的伟力与成功，也写世事的沧桑与人生的悲剧意识。

诚然，历史留存着人类以往一切活动与成就，使它们不致因时空条件的限制而趋于消逝；但是，时空条件也造成个体生命的割断、隔绝与消逝，它使人们的情志需求部分落空，也使人类在宇宙中自觉的地位与作用受到局限与压缩，因此，时空条件的限制本身就足以给人一分难喻的怆怀。他们总是着眼于民族灵魂的发扬与重铸，或敞开传统文化和现代文化双重渗透下的自我，对文化生命做真正的慧命相接，将灵魂的解剖刀直逼自我，去体味焦灼后的会心，冥思后的渐悟、凄苦后的欢愉；或关注历史上递嬗兴亡、人事变迁的大规模过程在时空流转中的意义，强调人情物事的文化价值，而使某些特殊人格与精神的象征挺立于时间长河之中，显示出一种宇宙的乐感与恒定感；或是夸张时间的销蚀力，以致一切人事作为都隐现了终极毁灭的倾向，如此而引发出一种宇宙的悲剧性与无常感。我从个人的创作实践中也体会到，散文中如能恰当地融入作家的人生感悟，投射进史家穿透力很强的冷峻眼光，便能把读者带进悠悠不尽的历史时空里，从较深层面上增强对现实风物和自然景观的鉴赏力与审美感，也会使单调的丛残史迹平添无限的情趣。

中

去年初夏，我有中原之行，访问了三座历史名都，回来后给《大公报》写了一组题为《面对历史的苍茫》的散文。开封、洛阳和邯郸，这些曾经繁华绮丽的文化名都，历经世事沧桑，许多当年的胜景已经荡然无存，但在故都遗址上，还存有沉甸甸的文化积淀。漫步在这些地方，我脑子里涌现出很多诗文经史，翻腾着春秋战国以来几乎整部的中华文明史的烟云。这些作品记叙曾经发生过的一切，也想努力揭示作者对于具体生命形态的超越性理解。

"陈桥崖海须臾事，天淡云闲今古同。"300多年的宋王朝留在故都开封的是一座历史的博物馆，更是一面文化的回音壁，是诗人们从中打捞出来的超出生命长度的感慨，是关于存在与虚无、永恒与有限、成功与幻灭的探寻。

邯郸古道上，既有燕赵悲歌，也有黄粱美梦，两种似乎截然不同的价值取向和人生意旨，竟能在千余年的历史长河中和谐地汇聚在一起，这不能不引发人们对于悠远的中国文化深入探究的兴趣。

在《活到沧桑句便工》中，我通过凭吊洛阳的魏晋故城遗址，写了《黍离》《麦秀》那子遗的悲歌和铜驼荆棘的预言警语，写了废墟这悲剧的文化、历史的读本、岁月年轮留下的痕迹，写了搏斗后的虚无、成功后的泯灭；但着眼点在于阐释文学的代价。魏晋时期留给后人可供咀嚼的东西太多。一方面，是真正的乱世，统治集团内部斗争激烈，政治腐败，社会动乱，民不聊生，"名士少有存者"；而另一方面，这个时期又是继春秋战国之后另一思想大解放的时代。儒学独尊地位动摇，玄、名、释、道各派蜂起，人们思想十分活跃。部分文学家呈现出十分自觉自主的状态和生命的独立色彩，敢于荡检逾闲，抒发真情实感。一时诗人、学者辈出，留下了许多辉耀千古的诗文佳作。恰如清人赵翼所言："国家不幸诗家幸，赋到沧桑句便工。"这正是时代塑造伟大作家所要付出的惨重代价。尤其是魏晋时期文人以艺术风度所造就的诗性人生，给文化发展留下了一笔宝贵的财富。他们将审美活动融入生命全过程，忧乐两忘，随遇而适，放浪形骸，任情适性，完全置身于生命过程之中，畅饮生命之泉，在本体的自觉中安顿一个逍遥的人生。他们的诗酒生涯，他们的文学创作，为后世留下了一个永远说不尽的话题。

人们一般的印象，文明之花盛开于中土，古代蛮荒塞外的历史似乎是一片空白，其实并非如此。从公元前几世纪的西周开始，生长在北方的一个个少数民族，就拨开洪荒的流云，燃起文明的爝火，相继跨上奔腾的骏马，闯入了历史的疆场。他们的铁骑越过荒原、翻过长城、跨过黄河，踏上中原大地，以其沉雄的呐喊与滴血的哭诉，共同叙述着那从梦幻走向现实的艰难历程，叙述着历史的无奈与无情；更以其蓬勃的朝气、锐不可当的攻势，给予每个从励精图治到骄奢怠惰的中原王朝以致命的冲击。而每一回合的搏斗，都昭示着中华民族从分裂、对抗走向统一的融合的历史时空，装订着一个漫长历史时代的苦难与辉煌。

带着探求与揭示这类社会文明继承、发展的规律的渴望，我访问了女真族的发源地三江平原和金代的早期都城阿城，撰写了文化历史散文《土囊吟》与《文明的征服》。女真族原是十分落后的，立国当时，尚无文字。但是，他们以其冲决一切的蛮勇精神和蓬勃旺盛的生命活力，铁蹄所至，望风披靡，奇迹般地战胜了实力超过自己数十倍的强大军事对手，先后灭辽蚀宋，直到把北宋的两代君王都俘获到五国城下。与此同时，他们也同前代的北魏、契丹，身后的元、清一样，当从塞北草原跨上奔腾的骏马驰骋中原大地的时候，都在农耕文化与游猎文化的撞击与融合的浪潮中，接受了新的文明的洗礼。令人深思的是，人类的文化无一不包含着自我相关的价值、功能上的悖谬，有时创造的结果正好与原初的动机、目的相背反。金朝的结局也不例外。他们在充分享用"全盘汉化"的文明硕果的同时，也在丧失自己固有的优势。从茫茫塞野的"弓刀夜雪三千骑"到繁华都市的"灯火春风十万家",对于一个世世代代生长在艰苦环境中的民族来说,无疑是一场十分严峻的生命与生存的考验。诚如马克思所说,野蛮的征服者总是被那些他们所征服的民族的较高文明所征服。这是一条永恒的历史规律。

下

我以为,散文应体现一种深度追求,以对社会人生和宇宙万物的深度关怀和深切体验,抒发内心的真实情感,表露充满个性色彩的人格风范。我也试图在状写波诡云谲的历史烟云时,以一种清新雅致的美学追求和冷峻深邃的历史眼光,渗透对生活的独特理解。在美的观照与史的穿透中,寻求一种指向重大命题的意蕴深度,实现对审美视界的建构,对意味世界的探究。

文学创作的实践表明,实现史学与文学在现实床笫上的拥抱,不仅是必要的,而且是可能的。对于历史的反思永远是走向未来的人们的自觉追求。文学从来就是一种历史,是一个民族的精神追寻史。文学家与史学家都是凭借内心世界深深介入种种冲突,从而激起无限波澜来打发日子、寻觅理性、诠释人生的人,都是通过搜索历史与现实在心中碰撞的回声,表现他们对人生命运的深情关注,体味跋涉在人生旅途中的独特感悟。因此,它们在人生内外两界的萍踪浪迹上,可以和谐地结合在一起。文学的青春的笑靥,可以给冷峻、庄严的历史老人带来欢快、生机与美感,带来想象力与激情;而史眼、哲思的晨钟暮鼓般的启示,又能使文学倩女变得深沉、凝重,在美学价值之上平添一种沧桑感,体现出哲学意境、文化积累和心灵的撞击力,引发人们思考更多的问题,加深对人生的认识和理解,感到生命的沉重。特别是一些悲剧因素,更能使读者对往事的流连变成深沉的追寻,在对历史的核勘中也多了一层苍凉。

当然，写游记散文，既要把历史收在笔下，把读自然、读诗、读史融为一体，又不能为历史所累。史学与文学毕竟是两股道上跑的车，一个是"堂上谋臣尊俎，边头壮士干戈"，一个是"醉失桃源，梦回蓬岛，满身风露"。一个是把激情隐在冷峻的后面，要述往事思来者，探因果求规律；一个是用意象营造情感的空间，探索艺术的弹性"空筐"。特别是当我们面对风光胜迹，同时又记索古人的名篇佳作的时候，对书卷与历史的多情，往往会加重情怀的负累。这时，设法走出古人，摆脱局限，找出一片"阶前盈尺之地"来创出自己的辉煌，就是一个非解决不可的课题了。

香港《大公报》1997年5月21、22、23日

就是盼着这一天

诗，是和情感的脐带紧紧地联系在一起的。古人说，诗人感而有思，思而积，积而满，满而作。又说，诗者，诗人胸中之轰然一声雷也。近期，各地报刊陆续登载一些迎接香港回归祖国的抒情诗，诗人满怀着激情，将长期凝聚起来的苦闷、狂喜、渴望之情，一一诉诸笔端。作为读者，我的情感便也随之而涌荡起春潮，久久地沉浸在兴奋、温馨的气氛中，心中升腾起一种自豪感。

美籍华人连文山先生的《自度曲》，是抒写自豪的心态和爱国情怀的："问南海潮头，可知今夕何夕？风翁华灯，龙翔彩焰，共庆金瓯完璧。""数强梁霸业，终成尘迹。今日巨人奋起，岿然屹立。顿衣冠更正谱，续我炎黄史页。猎猎红旗，轻飐星岭，笑指西天落日。"看了令人心神为之一振。可惜我不会喝酒，不然，真应"浮一大白"。诗，也是史，它是心灵史，更是历史的歌吟、时代风云的记录。我很喜欢著名作家峻青的一首七绝："曾将泪眼望山河，残缺金瓯遗恨多。欣看神州完璧日，那堪再唱后庭歌？"寥寥四句，概括了鸦片战争以来的整部中国近代史，里面蕴含着往日的斑斑血泪、奇耻大辱，也寄寓了胜利的今天的喜悦和必不可无的警示与惕戒。一位美籍华人在《伶仃洋的咏叹调》中，深沉地吟道："一百年的羞辱／一百年的期待／一百年的风霜雨雪啊／一百年的愤傲在胸怀／是现实嘲讽了历史／是历史对现实的无奈／一百年后的今日啊／好一辆直通车——／纡纡缓缓地开过来／送来了一车的阳光／送来了满天的霞彩。"

从这里也得到一种启示，解诗必须联系背景。背景就是历史。特别是解读这类饱蕴沧桑之感的诗篇，还应同近代诗词结合起来。从1842年8月28日，耆英、伊里布代表清王朝，璞鼎查代表英国政府，在"汉华丽"号英舰上订了城下之盟，就在南京静海寺签订了中国近代史上第一个不平等条约《南京条约》开始，中国大门就被列强打开了。神州各地，到处是帝国主义角逐的战场和杀人的屠场。野蛮的侵略者的暴行和广大人民的苦难，激发了诗人的爱国主义情感和民族意识。许多人认识到，诗歌创作再也不是歌舞升平、给统治阶级歌功颂德的"大雅之什"，也不是躲在象牙之宫里吟风弄月，作为茶余饭后的消闲品。他们以笔为枪，以诗歌为号角，开创了爱国主义诗歌的新纪元。爱国主义成为近代文学最光辉、最集中的主题之一。

鸦片战争之前，爱国主义文学基本上还属于中华民族长期融合、发展、形成过程中掠夺与反掠夺、压迫与反压迫的性质，它有侵略与反侵略、正义与非正义之分，长期形成的这一历史事实不能抹杀。但如从近代国家多民族这一新的角度来考察，它基本上还是属于中华民族大家庭中带有民族矛盾性质的。而鸦片战争之后，爱国主义文学的基本主题是中华民族团结起来共同反对世界殖民主义、帝国主义的侵略，争取民族的独立与解放，这是过去所没有的。近代诗歌最鲜明地体现了这一特点。

中日甲午战争后，清廷与日本签订了《马关条约》，割台湾给日本。台湾诗人丘逢甲奋起组织义军抗日保台，但终遭失败，乃潜往内地。诗人引颈南望，故乡掩映于苍烟暮霭之间，忆家国之遭逢，独怆然而涕下。于是，题《春愁》一首："春愁难遣强看山，往事惊心泪欲潸。四百万人同一哭，去年今日割台湾。"与此同时，著名思想家、诗人谭嗣同也写了一首七绝："世间无物抵春愁，合向苍冥一哭休。四万万人齐下泪，天涯何处是神州？"两诗可以看成是姊妹篇，但后者感情更为激越，以悲愤与悲壮取胜，意境亦更为深邃。

甲午战争后，帝国主义掀起了瓜分中国的狂潮。他们纷纷划定势力范围，向清政府强行租借。光绪二十三年（1897年）冬，德国派海军强占了胶州湾；沙俄派舰队强占了旅顺口和大连湾。随之，法、英等国接踵而来，分别强迫清政府租借广州湾和威海卫。近代资产阶级著名政治活动家、诗人黄遵宪，面对这一惨痛的现实，悲愤异常，于1898年写了《书愤》五首，第一首是："一自珠崖弃，纷纷各效尤。瓜分唯客听，薪尽向予求。秦楚纵横日，幽燕十六州。未闻南北海，处处扼咽喉。"诗人愤怒地谴责清政府唯列强之命是听，而列强瓜分中国没有止境，此刻正像秦楚纵横之日，契丹占据燕云十六州之时。但即使那时，也没有听说连南北咽喉要地都被控制住的。悲愤之情，溢于纸上。这种把清政府的卖国妥协行径同帝国主义列强瓜分罪行联系在一起加以揭露、谴责，是特别有力的。正如毛泽东主席所说："中国人民所以要革清朝的命，是因为清朝是帝国主义的走狗。"在当时，不推翻帝国主义的走狗——反动的清王朝，也就无法真正地反对帝国主义。类似内容，还有康有为作于1901年的一首七绝，"魏绛和戎岂有功？只愁云雾蔽辽东。凭将士气扶中夏，泪洒山河对北风"。这年9月7日，庆王奕劻与李鸿章代表清政府，同英、美、俄、德、日等十一国代表达成和议，签订了丧权辱国、出卖民族利益的《辛丑条约》。诗中感情跌宕多姿，慷慨遒劲，与五律《书愤》有异曲同工之妙。

早在1870年，即黄遵宪写《书愤》的28年前，当他来到已为英国租占的香港时，曾写过十首《香港感怀》。其中一首曰："遣使初求地，高皇全盛时。六州谁铸错，一恸失燕脂。凿空蚕丛辟，嘘云蜃气奇。山头风猎猎，犹自误龙旗。"诗中说，乾隆帝在位时英国就曾提出过租用香港的要求，当时被断然驳回。可是，道光朝却签订了《南京条约》，丢失了"燕脂"，铸成了大错。"凿空"句是说中国人开辟香港的艰辛。"嘘云"句形容它今日的繁华。尾联摇曳生姿，通过风中误认龙旗，寄托诗人对香江割离母体的悲怀。凑巧，康有为也有一首《八月十四夜香港观灯》，尾联写得也是非常凄婉动人。这是一首七律："空蒙海月上金绳，又看秋宵香港灯。曼衍鱼龙陈百戏，参差楼阁倚高层。怕闻清曲何堪客，便绕群花也似僧。欢来独惜非吾土，看剑高歌醉得曾。"前四句写景，后四句抒情。做客难堪，情怀落寞（即使群芳环绕，也像个六根俱净的和尚），为什么？最后两句是答案。一腔爱国衷肠，令人深受感染。

  好在这一切都已成为往事。当万众腾欢、载歌载舞、共庆香港回归祖国的时刻，当五星红旗猎猎高扬于"会展中心"之上的时刻，我们这些后来人又该是如何欢欣，如何自豪，又如何感喟无限啊：100多年来，无数近代诗人悲歌呐喊、愤切慷慨，不正是为了争得这扬眉吐气的一天吗？

香港《大公报》1997年6月17日

下午茶

《新民晚报》副刊有个版,名为"下午茶"。究其何所取义,我不太清楚,但很欣赏这个名字。据说,英国人每天下午4点都要喝一次茶,下午茶已经成为生活中的一部分。邀约人赴茶会,时间一般都安排在午后4点到4点半左右,因此请柬上往往写着"某某先生暨夫人将于某日下午某时在家恭候"。英国小说家吉辛说到饮茶,把安排在下午的家庭红茶小聚看成是一天里最大的乐事。而以英国为精神故乡的美国小说家亨利·詹姆斯,则更加推进一步,在其名著《贵妇人画像》中写道:"人生最舒畅的时刻,莫过于饮下午茶。"

其实,应该说,饮茶、品茗原是我们中华民族固有的传统文化,茶,"开门七件事"之一,说明自古以来,它一直作为人生的必需品。17世纪初,中国人的这种嗜好,由葡萄牙人传到了欧洲,现已遍布世界。起码可以说,凡有中国人的地方,就有饮茶的习俗。如果喝咖啡足以代表西方人的生活情趣,那么,表现东方人独具中古气味情趣的,则非饮茶、品茗莫属了。

久别重逢的友朋相聚,最向往的是开怀畅叙。在这种情况下,喝酒不如饮茶,因为酒宴往往为热闹的社交而置备,茶会则是为恬静的朋侣而张设的。且不说,倾樽轰饮,醉拍栏杆,难以欢然道故,即使安然对坐,只要频频举杯,轮番劝进,也难以静下心来,款叙衷情。如果席间遇上一位打通关的猛将,不甘英雄的寂寞,摆台设擂,叫吼不停,善饮者忙于应战,固然腾不出空儿来谈心,而怯饮者避之唯恐不远,就更没有悠闲的心绪来叙话了。所以，茶会就成了朋友畅叙首选的形式。古人有诗："寒夜客来茶当酒"。我想，这并非全是由于灶头乏酒，与其说是解渴，莫如说是赏鉴其色、香、味，觉得饮茶是一种享受，一种情趣，一种闲适。不是吗？比如，那位说"人生最舒畅的时刻，莫过于饮下午茶"的小说家，显然不只是为了润喉、解渴。

林语堂先生说过："茶有一种本性，能带我们到人生的沉思默想的境界中去。"这种体验，许多人都有。时逢炎炎夏日，午梦初回，趁节假之暇，邀三五知己，或凉亭憩息，或雅座消闲，一壶沸水，数盏新茗，在紧张、喧嚣、变动、浮躁的现代生活的间隙，寻得一方恬静的憩园和几丝温馨的抚慰。此刻，澄心静虑，意兴悠然，伴着袅袅茶烟，畅叙着万般情事，在粗犷里品尝细致，在浮荡中享受宁静，在刹那间体会恒久。确实是，暂得半日消闲，可抵十年尘梦。

香港《大公报》1997年7月11日

战地孑遗

整个三晋地区就是一座艺术宝库，这次漫游晋北，本意是上五台，赴大同，走浑源，过代朔，饱游饫看古代建筑的瑰宝和欣赏精美绝伦的雕塑艺术。可是，一路上谈得最多的是这里的山川形胜和遍布全境的古战场。

上车后，任职省上、全程作陪的G兄突兀地问一句："你喜欢崔曙的诗吗？"

我说："感觉一般，作为盛唐诗人，崔曙产量很少，传世的更没有几首。最有名的是那两句'夜来双月满，曙后一星孤'——这是他进士及第时写的。"G兄接上说："可是，我倒特别欣赏'三晋云山皆北向'这个律句。"

"为什么？"我问。

他说，这句诗概括力很强。在神州的版图上，素有"表里山河，称为完固"之誉的山西省，地理环境是很独特的。太行山脉和吕梁山脉，自南而北，逶迤千里，屏障一般壁立在东西两面——这就是所谓"云山北向"吧？（我本来想说，崔曙讲的"三晋"要比今天的山西范围更广一些，但怕阻断了他的思路，就没再开口。）黄河蜿蜒纡曲，千里来龙，南下而东折，像一条玉带围住了西边和南边。中部的地形地貌尤为特殊，自西北而东南，依次为大同盆地、忻定盆地、太原盆地、临汾盆地、运城盆地；一条古驿道像红线穿珠一般，纵贯南北，成为沟通中原与塞外的重要通道。其间，自古以来即有煤、盐、良马之利，是北方的一条主要的农牧业经济带。

北部面对着阴山、朔漠，那里自周、秦以来，相继聚居着匈奴、鲜卑、突厥、契丹等多个强悍的游牧民族，它们虎视眈眈地觊觎着秦、汉、晋、隋、唐、宋的皇权。而这些中央集权的王朝分别建都于咸阳、长安、洛阳、汴梁，又都在这条南北通道的附近。由于山西的地势北高南低，中部的五个盆地呈阶梯状顺势而下，所以，对于古代车、骑、步旅作战，自然是有利于南下而不利于北上的。无论是西出汾河河谷，直抵关中，还是沿沁河、丹河河谷南下，威逼中原的河洛地区，都是势如破竹、锐不可当的。其形势之重要，恰如清初顾祖禹在《读史方舆纪要》中所言："因势乘便，可以拊天下之背而扼其吭也。"因此，山西特别是晋北的中部地区，从古至今都是兵家的必争之地。这里，每个大盆地都曾是锋镝遍野、烽火连天的战场。

说起山西的古战场，自当首推平城（今大同）。我们一起吟哦着李太白"汉下白登道，胡窥青海湾。由来征战地，不见有人还"的诗句，驱车来到了大同市东郊20里外的汉初古战场白登。原来，殷周以降，匈奴就一直是北境的强敌。为了防备其南侵，秦始皇派遣大将蒙恬，在秦、赵、燕旧有长城的基础上，修筑了举世闻名的万里长城。

秦汉之际，匈奴冒顿自立为单于，武力空前强盛，控制了北方大部分地区，步步侵蚀长城内的边地。汉初，在降将韩王信的配合下，匈奴一度夺取了晋阳（今太原）。兵力所及，最近处距离西汉都城长安仅700里。面对这一十分危急的形势，汉高祖刘邦于公元前200年，亲率32万大军北上征讨。初战告捷，在晋阳击败了韩王信及匈奴大军之后，极想乘胜直追，扩大战果。由于错误地判断了形势，加上过分轻敌，没等后面的大部队赶上来，他就率领一队骑兵深入晋北。结果中了冒顿单于的计谋，没料到敌人隐匿了精兵，被羸弱疲惫的假象所蒙蔽，孤军深入平城。冒顿率40万骑兵，把刘邦的队伍围困在白登，达7天7夜。这就是历史上有名的"白登之战"。多亏谋臣陈平献计，暗地馈送重金厚礼，贿赂单于的夫人，才解除了白登之围，刘邦得以仓皇脱险。

这天，我们站在设有战迹标志的高阜上，环顾了白登的全貌。这是一片极为辽阔的丘陵地带，可以纵横驰骋，左右奔突，非常适于骑兵作战。

冒顿选择这么一个地方来实施他的包抄战略，说明他对这一带的地理形势了如指掌，更可见其才智过人。如果不是后宫专宠干扰破坏了他的全盘部署，后果实在不堪设想。这里正可引用一句古语："汉之为汉，未可知也"。

公元前133年，刘邦的玄孙汉武帝刘彻，开始了全面讨伐匈奴的战争。其战略是，先从东西两面切断匈奴与濊族、羌族的联系，然后在中部集合了大军作为主力，给匈奴以正面的打击，第一仗就安排在平城南面的马邑（今山西朔州）。同67年前匈奴围困刘邦那次一样，汉武帝也实施了诱敌深入的策略，这叫作"以其人之道还治其人之身"。武帝采纳大臣王恢的建议，以30万兵力埋伏在马邑附近的山谷中，然后差遣当地人聂壹引诱匈奴部队入境抢掠。单于为利所动，果然出动10万骑兵前往云州、朔州一带劫人越货。可是，心里始终不太踏实，特别是行至马邑百余里的地方，发现原野虽有很多牲畜，却不见一个牧人，单于感到有些蹊跷。经过多方探问，才掌握了山谷中藏匿大量伏兵的秘密。于是，下令迅速撤兵，逃逸到边境之外。汉武帝原以为找到了不仅为先人湔羞雪耻，而且可以一举聚歼匈奴劲旅的良机。不料，功败垂成，枉劳师旅，非常恼火。最后，倒霉的还是出谋划策的王恢，以畏罪自杀告终。匈奴单于毅然断绝了与汉朝的和亲，从此拉开了长达几十年的战幕。

迨至西晋十六国时期，中经隋、唐、五代，直到宋初。北方一些游牧民族同中原统一政权的战事，以次游牧民族之间的争夺战，主战场之一仍是山西，并逐步由平城南移至晋阳。

建立16个地方政权的5个少数民族中，匈奴铁骑一直驰骋于晋北，最先起兵反抗西晋并建立汉国的刘渊，就是匈奴人，他出生于晋阳的忻州；后来汉国分裂为前赵、后赵，前赵皇帝刘曜，为刘渊族子；后赵主石勒，羯族，山西武乡人。鲜卑族拓跋部世居山西并州塞外，建立北魏后，道武帝拓跋珪率领大军，同建立了后燕的本族慕容部在平城东南的参合坡鏖战，数万后燕军被斩杀、活埋。次年，北魏平城3万驻军遭后燕主慕容垂率军偷袭，全军覆没。不久，拓跋珪又率步骑40万众与后燕决战，一年后，灭掉后燕，迁都平城。由于北魏统治集团决策正确，适时进行改革，加之军事上控制了由塞外进入中原的主要通道，借助晋北地势高耸的有利条件，得以居高临下之势，相继扑灭了一个个敌国，终于结束了十六国对峙的混乱局面。

隋唐时期，由于主要的强敌是北方的突厥，因此，山西仍为军事重镇。隋文帝即位不久，即封其次子杨广为晋王，驻守晋阳，第一位的任务便是防备突厥入侵。后来，李渊父子起兵灭隋，也是以晋阳为根据地的，视之为"王业所基，国之根本"。唐朝定鼎于长安，仍以晋阳为北都，经过几次修建，晋阳城成为一座易守难攻的巨大而坚固的城池，不仅是屏藩东西二京的北方重镇，而且在抵御安史之乱的叛军中发挥了重要作用。当时，史思明部10万大军围攻晋阳，大将李光弼凭借金城汤池，以不足万人的兵力坚守50多天，歼敌7万余人，终解城下之围。五代中的后唐和后晋、后汉先后建都于洛阳、开封，但作为割据势力，都是以太原为根据地而驱兵南下的。因此，有的学者论说："中国北方五代的历史，可以当作以建都于开封（或洛阳）的中央政权网、以太原为根据地的割据势力激烈斗争的历史来看。这种一次又一次的激烈斗争，在相当长的时期内，都是以太原割据势力的胜利而告终的。"

后唐晚期，太原节度使石敬瑭想凭借大原的优势夺取皇位，便以奉送幽州和雁门以北广大地区为条件，勾结契丹出兵援助。最后，他当上儿皇帝，但燕云十六州尽归敌手。从此，晋北除雁门关外，再已无险可守，契丹南下侵略，可以长驱直入了。终北宋之世，成为致命的祸患。这一时期的主要战场，在晋北的雁门关内外。

雁门关又名西径关，古称勾注塞。在代县城西北20公里雁门山腰。站在关前远望，胜见四面峰峦错耸，峭壑幽深，中有险路，盘旋纡曲，天开一线，关门两边对联的字迹已模糊难辨，陪同的向导指认为："三边冲要无双地，九塞尊崇第一关。"用这样的字句来概括雁门关的战略地位，真是再恰当不过了。长城宛如一条灰色的巨蟒，起伏于危峦叠嶂之间，将雁门东西十八隘口牢牢地衔接在一起。关门左侧有边靖寺，俗称李牧庙。

相传战国时期赵国名将李牧曾在此大破匈奴十万骑兵。对面的六郎庙，是民间为纪念传说中的爱国名将杨六郎而兴建的，于今也仅存遗址。此地由于形势险要，又是南北交通必经的关口，因此，自古以来就成为兵家必争之地。有资料记载，从公元前475年赵襄子兼并代国起，到1937年八路军伏击日寇侵略军止，其间2400多年，雁门关一带发生较大的战争达130多次。

史载，宋太宗太平兴国五年，契丹10万大军进袭雁门关，代州刺史杨业率数百名骑兵自雁门关冲出，大破敌兵于山下，杀了契丹驸马侍中萧咄李。从此，辽军闻风丧胆，每当看见杨业的旗帜，便自行引退。6年后，宋军主将潘美与契丹作战，兵败于飞狐，副将杨业引兵护送晋北各州吏民内迁，与敌军遭遇。杨业欲暂避其锋，但被护军王侁等指责为畏缩不前，只好违心地出兵迎击。临行前，约好在陈家谷以步兵强弩接应，可是，王侁等背信违约，提前退兵，致使杨家将陷入重围，杨业父子以身殉国。

这次，我们专程来到鹿蹄涧村，瞻拜了为旌表杨业一家始建于元代的杨忠武祠。但当听到还要看传说中的当年主战场金沙滩时，管理人员说，出于对忠良的敬仰和同情，这里的人对金沙滩不感兴趣。在鹿蹄涧唱戏，必须唱杨家将，演"七郎八虎出幽州""杨六郎威震三关"，绝对不能演《金沙滩》——这一仗，老令公8个儿子只回来2个，人们嫌它晦气。

车出代县城，我们见到路西有一片苍苍莽莽的沙原，上面布满了一米多高的黄土堆，原以为这就是金沙滩。经问询得知，其地离此间尚远。那么，这些土堆又是什么呢？当地群众讲，一种传说是汉、唐以来掩埋阵亡战士的荒冢；另一种说法，是古代战争中用以迷惑对方的"谎粮堆"。不论哪个说法成立，都会使人产生一种苍凉、震怖之感。一霎间，我想起了唐人李华的名篇《吊古战场文》："浩浩乎，平沙无垠，敻不见人。河水萦带，群山纠纷。黯兮惨悴，风悲日曛。""亭长告余曰：此古战场也，常覆三军。"

"古战场，古战场。"我嘴里叨念着，不觉陷入了沉思之中……

G兄拉了我一把，笑着说："像'拉洋片'似的，掀过了一片再一片，晋北的艺术瑰宝你再看看!"于是,我们驱车向五台山进发。我感到这种安排很有意味。

国宝之最是南禅寺,名气极大。寺院坐北朝南,有山门、龙王殿、菩萨殿和大雄宝殿等建筑。其中,大雄宝殿比其他配殿高出一头,显得特别宏阔魁伟,建筑风格疏朗、大方、质朴、苍古。大殿的斗拱用材颇大,三间殿宇的用材约合一般的七间。殿堂内没有柱子,亦无天花板和梁架,制作简练,宽敞明亮。大殿底层台基宽大,下部结构敦实稳固,中间略有收束,上层放开,轮廓十分美观。由于出檐很深,四角挑起,虽然那么沉重的殿顶压下来,看去却不觉得沉闷、压抑,而是给人一种轻盈、昂奋的感觉。内行人一看就知道,这是唐代的杰作。据寺中碑石记载,始建时用的是郭家寨、李家庄的香火钱,其时约在唐代前期,尔后,逐渐扩大了规模。大雄宝殿重修于唐德宗建中三年(公元782年),就是说,重修后的建筑,存世已经1215年了。这是我国现存的最古老的木构建筑,号称"神州一绝"。

当下,我问寺庙的住持:"这千年古刹,起码经历过两方面的劫难:一是风雨剥蚀。这几十万个日日夜夜,能够完好无损地度过来,可不容易啊!二是人为的劫难。公元845年,唐武宗的'会昌灭法',当时毁掉寺院4万多处;过了110年,后周世宗又一次毁佛。五台山作为佛教圣地,自然都是首当其冲。那么,这座大殿是怎么逃避过这两重劫难的呢?而且,南禅寺紧临雁门关古战场,为什么没有遭到兵燹战火的毁坏?还有'文化大革命''破四旧',它又是怎么过来的?"住持说,应该说,它是得利于优越的地理位置。作为木结构建筑,一怕潮湿,二怕烽火。从自然环境看,晋北地区位于黄土高原东部,由于太行山脉的阻隔,来自海洋的温湿的夏季风对它影响较小,而受源于大陆内部的冷干的冬季风影响较大,因此,气候比较干燥。这是十分有利的因素。从人文环境看,这里是一个偏远的山沟,离五台山佛教中心区200多里,距五台县城也将近50里;而且,寺院较小,向来香火稀疏,历代不被器重,不受世人注意。庄子说的"不材之木无所可用,故能长寿",与此有共通的道理。我笑说,禅师怎么讲起道家的《南华经》了？住持抿嘴一乐，双手合十，口称："善哉，善哉！"

随后，我们又看了佛光寺的东大殿。当年，除祖师塔外，佛光寺的全部建筑都毁于"会昌灭法"。公元857年，寺僧募资重建，后又屡遭劫火。东大殿为"鲁殿灵光"，硕果仅存。虽然比南禅寺大殿要晚75年，但是，由于建筑规模宏大，殿宇巍峨，具有更高的艺术水平和科学价值，堪称唐代佛教艺术的精华和木构建筑的代表作。赵朴初先生视察了这两座唐代的大殿之后，曾题词咏赞："二唐寺，瑰宝世间无。千劫何缘存象法？明时自不失玄珠。沉海庆昭苏。"说它们曾遭无数次的浩劫，今天如沉海明珠一样被重新打捞出来，放射出奇光异彩。

要论建构奇巧，别具匠心，还有浑源境内、坐落在恒山脚下半崖峭壁间的悬空寺。悬空寺始建于北魏，后经唐、宋、明、清历代重修。整个建筑利用力学原理，在陡壁上凿洞插梁为基，巧借岩石暗托，楼阁间有栈道相连。上戴危岩，下临深谷，楼阁悬空，望之如浮雕在壁。登游时，攀悬梯，穿石窟，钻天窗，走屋脊，步回廊，跨飞栈，时出时入，忽上忽下，宛如置身神话世界。难怪走遍天涯、眼界宽广的徐霞客要赞许它为"天下巨观"。

我们此行的终点站，是大同市武周山南麓的云冈石窟。在东西2里多的延长线上，罗列着洞窟53座，造像5100多尊，大部分为北魏迁都洛阳之前的作品。《魏书·释老志》赞之为"雕饰奇伟，冠绝一世"。在我国三大石窟中，云冈石窟素以石雕造像气魄雄伟、内容丰富多彩见称，是我国最大的石窟群之一，也是蜚声世界的大型艺术宝库。

面对这一尊尊精美的艺术珍品，面对1500余年的凝固的历史，对于我们的先民，我真是由衷地赞佩，倾心地敬服。他们当时的生产手段，可说是窳陋不堪的，不要说同今天那些遨游太空的上百吨的飞行器、每秒钟运算几亿次的计算机以及把人们观测宇宙的范围扩展到百亿光年的射电望远镜和天文卫星无法相比，就是可以称之为机械的普通工具，当时也并不具备。他们的生活水平也是极为低下的。所需一切，且不论质，即以量计，都无法得到满足。可是，他们凭着勤劳的双手和智慧的头脑，历尽千难万险，居然创造出横绝一世、光照千秋，直至今日还让世人惊叹叫绝的艺术奇观。

当然，越是想到这些，就越是感到肩上有着不堪重负的千钧压力。

文物，是特定历史时代留下的文化记录，是无可代替、不能再造的。比如，南禅寺、佛光寺那两座称雄世界的唐代的大殿，那座构思奇巧的悬空寺，云冈石窟这些精美绝伦的佛像石雕，还有应县的木塔，代县的雁门古塞，坍塌了便不能扶起，毁坏了也无法再造。因为，扶立起来便被视作重修，而复制品或可称为艺术，但它们绝对不是文物。这些保存了千余年、数百年的旷代奇珍，它们已不再属于某一个区域，而是整个中华民族的财富，是全人类共同的文化瑰宝。作为硕果仅存的"战地孑遗"，它们是幸运的；可是，它们今后的命运又将如何呢？想到五台山的许多寺庙终日香火高燃，浓烟缭绕；想到武周山下运煤车辆昼夜穿梭，不仅石佛雕像披上一层尘灰的"袈裟"，而且整座石窟不断经受剧烈的震动，势将变得结构疏松……真有些不寒而栗了。

市里的同志拉着我和G兄，要在17米高的三世佛石雕前合影。摄影师嫌G兄神情严肃、心事重重，让他稍微放松一下。他却说："我原来想，先看战场，再看艺术珍品，这更能显示出那些战地孑遗的可贵。没料想，这样一看这却大大加重了我的思想负担：这些稀世瑰宝，饱经烽火，历尽劫难，得以保留到今天，实在不易。现在我们把它承继下来，又幸逢和平建设时代，不要说烧毁了、震塌了，就是出现某些人为的蚀损，也是无法向后人交代的。"我说："你讲得很好。借助赵朴老的清词，我也跟着诌上几句：但得要津同虑此，'明时自不失玄珠'。三晋幸何如！"引起在场诸君会心一笑。

咔嚓一声，摄影师按下了快门。

香港《大公报》1997年10月1日

洞府云迷

古人有诗云:"洞中有洞洞中泉,欲览奇观驾小船。"这天,我们真的来到了一处洞中之洞,而且乘船游览,往返两个多小时,行程6000余米。久居闹市,音尘扰攘,蓦地置身于清幽静谧的洞天水府之中,实在是一种惬意的休息和享受。

水洞地处辽东山区,在本溪的谢家崴山腹部。远远望去,酷似一条鳞毛耸动、蜿蜒卧伏的苍龙猛张着穹隆形的巨口,在等待着吞噬过往游人。洞身下陷,泉流漫涌。入口处,有游船待渡。从前听一位朋友讲,游江南的某处水洞,游客仰卧在靠绳索牵引、仅能容纳二人的小船上,自后脑勺、肩背以至臀部、脚跟都紧贴着船底,不得稍动。倘若偶一不慎,比如在行船中突然打个喷嚏,抬了抬头,上面的岩石就会把鼻尖划破。我原以为,这里也同样褊窄,不料,上得船来,十来个人竟可同时端坐船上,而且,船工还是站着作业。

一声欸乃,鼓棹开航。泉流闪着暗绿色的波光,森冷湿滑、层层叠叠的石壁仿佛从上下左右一齐排压过来,随之种种景象便在眼前联翩地展现。洞身高低、阔狭不一,有的地方高不盈丈,但走着走着,像武陵渔人进桃花源洞一样,"豁然开朗"。洞中无昼夜,不辨暑温寒,气温终年都在10摄氏度左右。我们游水洞那天,正值溽暑炎蒸之际,外面炎阳流火,热汗淋漓;可是,泛舟水府,竟如置身冰幕之中,顿觉清冷洒然。

洞顶遍布着乳白色、黄褐色的钟乳石,一个个有如利刃、尖锥倒悬头上,令人心旌震怖。任你曾经百战疆场、久经锋镝，面对如此密集的"达摩克利斯之剑"，也会感到目眩神摇，心惊魄动。

与顶间的钟乳石相对应，洞底挺立着难以计数的皎洁、濡滑的石笋。上下相向而生，有的刚好对接到一起，形如玉柱擎天，银峰拔地。洞顶、洞壁以至洞底，还伸出一些扇形板状物，地质学上称为石盾。这些化学沉积物，在幽暗的灯光照射下，或如冰雕玉砌，隽秀空灵；或如斧斫刀劈，峭拔凌厉。两旁罗列着种种造型奇特、形象逼真的石景，令人目不暇接，兴起联类无穷的想象。诸如群猴嬉戏、大象饮河、玉女焚香、诸佛打坐、雄鸡唱晓、老母望儿，以及绽放的莲花、耸天的白塔、粉妆的楼阁、玉砌的佛龛，纷然万象，惟妙惟肖。至于灯光不到之处，还有些什么景观，就只能留给想象了。

轻舟泛碧，洞府云迷，引发我的许多联想。5年前，我曾在广东肇庆的七星岩流连竟日。那里的石室、双源两个水洞，也都可以泛舟其间。尽管长度不及本溪水洞的十分之一，但是，由于里面钟乳石瑰奇隽秀，异彩纷呈，仍然使得自唐代以来无数名流骚客称颂不已，仅摩崖石刻就有270多处。其中最饶情趣的当推朱德同志的五言律诗："七星降人间，仙姿实可攀。久居高要地，仍是发冲冠。开心才见胆，破腹任人钻。腹中天地阔，常有渡人船。"相形之下，本溪水洞就显得过于冷落、清寒了。白居易咏叹晚桃花，尝有"寒地生材遗较易"之叹。显然是咏物寄兴，借题发挥，实际上是为困处卑微之地的贤才鸣不平。应该承认，这是一个较为常见的社会现象，于自然景观亦然。如果本溪水洞不是置身荒山绝壑之中，而是处于多风景名胜的繁华之地，那它也就会闻名遐迩，流誉千秋了。

前人咏岩洞诗："缅怀洪荒初，蕴蓄含万象。""谁令疏凿手，出此奇险状"。说岩洞的生成乃是肇自洪荒，确实不假；但哪里有什么"疏凿手"？无非是大自然的功力使然。据地质学家考证，在大约5亿年前的奥陶纪，本溪一带还处在汪洋大海之中。海水吸收空气中的二氧化碳产生碳酸，然后，再与其他矿物质化合成碳酸盐，逐渐地大量沉积于海底，形成沉积石灰岩。有的地方竟厚达1000余米。而后，经过地下水、地面水长期的侵蚀、溶解，石灰岩山体渐渐出现了岩洞。在温度恒定、湿度极高、气流微弱的特殊条件下，含有溶解物质的岩液，长期、稳定、缓慢地渗漏与沉积，遂造成了这千姿百态的迷人景致。

在惝恍迷离的情境中，不知不觉，时间已经过去了两个多小时。谈笑间，突然眼前现出一角"蓝天"，人们都以为游船驶抵洞口。近前一看，原来是光线折射下的荧荧水影。又拐了一个大弯，才真正看到洞口外的白云、青山。走出洞外，但见翠野茫茫，阳光炫目。望天，天更蓝了；看树，树更绿了，一切都是那么清新、隽美，不禁心神为之一快。回首洞天，仿佛刚刚从梦境中醒来。虽然瑰奇、绚丽的景象已经从视网膜上逸失，但那迷人的意境和隽永的情思将长存在记忆里。

应东道主的请求，即兴题写了三首七绝：

洞府清游赞化工，人间绝景壮关东。
神龙生怕飞腾去，固闭深藏古洞中。

流水声中对画屏，一舟容与往来轻。
天生怪诞欹奇状，我作平和坦荡行。

拊掌倾谈一笑生，沧桑不尽古今情。
石林钟乳八千岁，洞口桃花一霎红。

香港《大公报》1998年5月15日

老觉人间岁月遒

上

在中国古代诗人中，对于老年情味，摸得最热、体悟得最深的，大概要算南宋诗人陆游了。这当然和他活到86岁高龄有直接关系。清人陈古渔有"老似名山到始知"之句。有了长寿的经历，又能悉心体察，准确地诉诸文字，自然效果就可观了。比如，陆游在一首七律中，讲到"老觉人间岁月遒"，我就击节称赏，觉得个"遒"字说尽了老来岁月的独具特色、多彩多姿。"遒"字多义，用在这里主要是说明岁月匆遽、急速、迫促；同时，也含有晚境深沉、苍劲、豪迈的意蕴，"遒深""遒迈"之类词语亦常见于古代诗文；词典中还有"遒丽""遒逸"的词目，以之形容老来心境的劲健超逸，自然也十分恰当。我以为，"岁月遒"的含蕴，大体上与《千字文》中的"年矢每催，曦晖朗曜"相当，正如唐人杜牧所云："与老无期约，到来如等闲。"不知不觉地，我也到了花甲之年。回头一看，两万多个日夜已被抛在身后，这还了得！难道生命的基础不过是面对前尘影事，召唤遥远的感觉世界，只剩下淡淡的追怀了吗？昔日戏言衰迈事，今朝忽到眼前来。应该承认，思想准备是不足的。突然间，强烈地觉察到岁短心长，光阴迫促，时不我待。我曾题诗慨叹："青春余梦感蹉跎，老去狂奔逐逝波。一卷未终天又晚，人间难觅鲁阳戈！"但是，唯其如此，也就令人更加深切地感悟到，与其把衰老所带来的一切，看成人生最沉重的东西，莫如从容品味生活的分量，真正受用好这无比珍贵的分分秒秒。即使是回忆，也要在苍茫情味中，实现一种新的置换，新的综合。

　　实际上，每个人都有一个内宇宙，天性中都蕴含着自然母亲赋予的感受力和创造力，都应拥有气吞八荒、胸藏万汇的气概和能力。然而，匆忙、迫促的日子，一个个最现实的目标、最具体的杂务，剪不断理还乱的纷争、矛盾，往往肢解了、冲淡了人生的总体性感觉，使其沦为碎片，变得琐屑，使人之所以为人的最本质的东西被淹没、被忽略了。要想修复这被切割、被蚀损了的总体感觉，首先，要求一份内心的宁静与空灵。"静故了群动，空故纳万境。"一旦得以卸掉杂务的纠缠，挣脱尘网的羁绊，走进这生命的鲜活境界，便有了深刻体验人生，归返自我，走向无穷的可能。只有到这时，生命的有限和无限，历史的存在与虚无，心灵的栖居与超越，内宇宙与外宇宙的沟通，人与自然的亲和与疏离……这许许多多根本性的问题，才会跳入你的胸中，搅动你的思绪，使你为之焦虑，为之欣喜，为之沉醉。这真是一种令人难以遏制的诱惑！

　　过去重任在肩，无暇旁骛；现在，工作担子减轻了，公务活动减少了，人际关系简化了，世情纷扰也渐渐淡去，正可恢复书生本色、云水襟怀，实现多年的夙愿，把读书、创作看作是一种诗意存在的生存形式；把屐痕处处，游目骋怀，"平生塞北江南，归来华发苍颜。布被秋宵梦觉，眼前万里江山"，视为人生的至乐。每天清晨，我都要到公园里散步。创作构思也就在这里展开。任身旁人声嘈杂，墙外车流涌荡，也并不为其所扰。身在红尘嚣扰之中，心驰四野八荒之遥。此刻，对前人说的"静在心不在境""心远地自偏"的意蕴，有了切实的理解。也正是在这种新的岁月里，我开始用心品啜着一种新的人生况味，体验着一份纷乱中的澄静、挣扎后的从容，体味着对生命的诗意感受和老来岁月遒深、超迈的悲壮之美。

　　我喜欢游历，喜欢访古，习惯于胜地寻踪、荒园踏梦，洗去岁月的尘渣，再现历史的光泽；通过理性思考和感性认知，连缀文明的断简，把散文创作的艺术背景放在广阔的历史空间，让笔底流露出厚重的文化积淀和世事沧桑之感。但过去游观，大多是在参加各种会议，虽然到过不少地方，获得诸多感受，可是，毕竟行色匆匆，来不及仔细咀嚼，从容玩味。匆匆的心境所感受的东西，往往止于触景生情，谈不到"乘物以游心"，发掘深层的奥蕴。

近两年总算有了纵情登览的条件。我曾专程寻访了号称历史博物馆文化回音壁的古都开封、洛阳、临淄；徜徉于群雄逐鹿的中原和历代兵家必争之地的"三晋"古战场；驻足于战国时期辩才云集的齐都稷下；临流淮上，体验着庄、惠观鱼的"濠濮间想"；踏着晚秋的黄叶，漫步在采石矶头、桃花潭畔、敬亭山下、天柱峰前，冲破时空的限界，亲炙诗仙李白的幽情逸韵。当我漫步在这些曾经产生过辉煌的古代文明、布满斑驳史迹的大地上，仿佛置身于一个瑰奇、丰厚的艺术世界，在感受沧桑、把握苍凉中，敞开传统文化与现代文化双重渗透下的自我，去体味焦灼里的会心、冥思后的渐悟、凄苦中的欢愉，从而产生深刻的人文批判，对文化生命做真正的慧命相接。

出游前、归来后，我都怀着浓烈的兴趣，沉浸在深邃、浩瀚的"诗渊史海"之中，使游观、治学、创作有机地结合起来。一部《宋史》告诉我们，为了赵家王朝的万世一系，开国皇帝赵匡胤可说是虑远谋深，"机关算尽"。但是，从他陈桥举事，黄袍加身，建立宋王朝；中经"杯酒释兵权"，以文官取代武将节制藩镇，以书生为宰辅削弱相权，实现权柄集于皇帝一身；直到末帝赵昺在蒙古铁骑的追逼下在崖山沉海自尽，宣告赵宋王朝灭亡，300多年宛如瞬息间事。当初，得天下于周家的孤儿寡母，后日又失天下于赵氏的寡母孤儿，一往一复，历史简直像影片重映。人事如此，大自然又如何呢？仰首苍穹，放眼大千世界，依旧是淡月游天，闲云映水，仿佛今古都未曾发生变化。"后之视今亦犹今之视昔"，这是一个深刻的哲学命题，让后人生发出许多联想。可是，诗人何希齐只用了14个字，"陈桥崖海须臾事，天淡云闲今古同"，就完整地概括出来。真可谓气吞沧海，举重若轻。从书卷中我读出了古人"通天尽人"的怆然感怀，体味到无数哲人智者的神思遐想，从而打开一个新的视界，提供了足够的思考空间。

通过散文创作，我把飞扬的思绪、开启的心智，连同思索与领悟、迷茫与困惑，以艺术形式表现出来；在艰苦的劳作中寻求着思想的重量，同时将深心里的情、境展开，以探求与读者交流、沟通。知识储备和智能活动，使心灵如浩荡的江河，包容了自己，也包容了这江河中流泻出的所有内涵。我喜欢这种心灵的维度，这种丰满的人生。而丰满的人生是要靠思想来滋养的。思索使我在世俗生活之外感受到了至高至重的幸福与欢愉。在尘嚣十丈、物欲横流之中，保留一块思索的净土，这是多么不容易，又多么值得庆幸啊！

在大学讲课时，中文系一个学生问我，先秦诸子百家争鸣，著书立说，留下了许多传世之作，其中充满了哲学智慧。请问：这种传统，在历代诗歌中是否有所继承？如果说，诗歌中同样反映了哲学智慧，那它又是如何体现的？受到这个问题的启发，我利用春节前后一段时间，编写了一部古代哲理诗选释。这些诗即事寓理，意蕴深沉，"称名也小，取类也大"，言近旨远，别有寄托，同样称得上是哲学智慧的渊薮。

不妨举例说明，还从"老"字谈起。老，在古代哲理诗中也是一个热门话题。围绕着如何看待老的问题，仿佛那些异代古诗人超越了时空的限制，会聚一堂，各抒己见。"莫道桑榆晚，为霞尚满天。"刘禹锡率先表述了积极、进取的"老境"观。命途多舛的李商隐却怆然叹惋："夕阳无限好，只是近黄昏。"清代的任锦心和龚定盦都是坚定的"刘派"，分别借助霜叶、落花的意象，谈了自己的观点："莫嫌秋老山容淡，山到秋深红更多。""落红不是无情物，化作春泥更护花。"到了现代，朱自清则与玉谿生针锋相对，直接反驳："但得夕阳无限好，何须惆怅近黄昏。"这些诗不仅充满了智慧，而且情趣浓烈，兴味盎然，有一股迷人的美学冲击力。研究起来，令人陶然心醉，本身就是一种艺术享受。那段时间，我整天沉浸在这种美学意蕴和智慧海洋之中。

人过中年，极目悠然。同少年一样，老人也是"不识愁滋味"的。俗谚就有"小小孩、老小孩"的说法，意思是人老了常有孩子气，贪玩也许就是一例。只是急年晚景，要玩没得工夫。人生就是这样，当你在一方面充分获得的时候，就要准备在其他方面有所缺失。几年前，在一次会议上，东道主举办舞会，邀我出场，坚辞不得，为诗以代："晚雨迎凉送暑天，未谙歌舞愧华筵。非关左旧轻时尚，为恋诗书断雅缘。盛会岂堪人寂寞，良朋空羡影蹁跹。吟诗且作他年约，重会春城再比肩。"对文学的执着追求，使我失掉了许多人生享乐的机会，但我坦然无悔。正是在这种沉酣、迷恋中，护大了生命的内涵，人生内在的丰富性充分体现出来，这何尝不是对缺失的一种补偿？其实，这样的生活本身也是很有滋味的。一边倾听历史回音壁上的足音，一边思考当下的生活底蕴，生命呈现出一种内在的自由状态，它悠远而阔大，有形接连着无涯，有尽融入无尽，由此走向审美人生，走向一种近乎永恒状态的创化。这种境界，难道还不迷人吗？

下

艺术的生命在于不断创新。没有不断地创新与突破，就谈不到成功与飞跃。我耻于因袭他人，也不愿意重复自己。新时期开始，我的散文格调比较清新，时代感比较强，但有时失之直白，流于清浅。我便下功夫研究前人的哲学著作，西方哲学史，以及黑格尔的《美学》，注意从哲学的高度认识世界，感悟人生。逐渐地，自己感到作品的思想内涵，特别是美学意蕴较前厚实一些了。这大约在20世纪80年代中期。进入20世纪90年代，我体会到，散文应予社会人生和宇宙万物以深度关怀，融进作家深切的人生感悟，表露充满个性色彩的人格风范，实现诗、思、史的有机结合。散文随笔集《春宽梦窄》《面对历史的苍茫》《沧桑无语》，都是这种追求下的产物。

创新与突破，还体现在我对工作方式现代化的追求上。沉浸于历史是为了走出历史，是为了更好地理解今天、憧憬明天。当世界已经走进信息时代，信息的处理速度已经超出了以往的理解力，"换笔"便成为一种新的诱惑，新的挑战。1994年底，我下决心学习用电脑写作。这既可节约大量劳动时间，也能进一步理解现代工作方式给人们生活方式以至思维方式带来的巨大变化。当时周围的人"换笔"的还很少，尤其是像我这样年纪的人，更是望而却步。当我打开电脑书，也觉得"键入""回车""主菜单""任意键"等一大堆术语令人眼晕，更感到五笔字型输入法难以掌握。"王旁青头戋五一，土士二干十寸雨……"不仅要背下这130种基本字根，而且要把每个汉字拆分得开，再一个个敲击出来。大前提是必须准确地掌握每个字的写法，否则就休想打上去。

我在冲闯这个难关的过程中，敲出第一篇千字小文，竟用了三整天的时间，但这也带给我足够的慰藉。面对打印出来的第一张由漂亮的宋体字组成的文稿，我反复地端详着这个"宁馨儿"，心中的得意和快感真是难以言表。从此发而不可收，五六年间我用电脑写出了几十万字的文稿。每当打开计算机，在自己设定的绿色屏幕上打字、编辑、修正、复制，总有种涉身现代化的自豪，体验到手指运作的一份快感，尝到了应用现代科学技术的甜头。工作效率的提高是惊人的，既免除了抄写之劳，又能将大量资料存储在硬盘里，以备随时调用。当然，这还仅仅是开始，电子计算机每一程序所能展示的深广世界，对我来说，许多仍是未知数。在它面前，我永远承认："弱水三千，只能取一瓢饮。"

文字编辑软件我也换了几回。先是用WPS，经过一年操作，达到熟练程度。后来听说UCDOS更好一些，于是又学会用这种软件操作，确实尝到甜头。今年初，友人又向我推荐Windows和Word软件，说它的编辑功能远远超过WPS。但是，对于已经适应了前一种软件的我，学起来还是遇到了许多麻烦。界面不同了，一个个的窗口，一个个的下拉菜单，由过去的"熟头巴脑"一变而为面目全非。术语改换了，功能键的作用不同了，操作方式也变化了，"块删除"命令变成了一把形象的小剪刀，靠控制符编辑的文件变成了"所见即所得"……一切都变得陌生，不习惯。但是，在朋友的演示下，它的神奇、强大的排版、编辑功能所产生的诱惑力，使我再也无法排拒。经过一个星期的刻苦磨炼，我终于又和这种新的软件结了情缘，可以熟练掌握，运用自如了。

电脑写作，苦乐相循，在诸多的快感中，也夹杂着一些烦恼。有时，一个误操作便使整个屏幕变成一片空白；临时性的断电曾导致几个小时的劳动成果化为乌有。我也曾产生过返回旧路，重新把笔的念头，但是，终因电脑太多的优越性而不忍"移情"。相交日久，我才发现，原来这东西也懂"欺生"，当你和它和好了，摸准它的脾气，"调皮蛋"自会变得百依百顺，成为亲昵的"方脸大情人"。

进行大容量多媒体信息处理，实现信息资源的数字化转换，已经为期不远了。那时，卷帙浩繁的图书馆藏势将"缩龙成寸"，进入电子网络，我的居室里顶天立地的十几个书架也将完成它们最后的使命。如果说，在电视时代，文学在影视传媒冲击下，有呈现边缘化的趋向，那么，在后电视时代，随着个人化媒介——电脑的出现，文学的个人化特征则将更加凸显出来，从而获得新的生机，恢复其应有的尊严。我期待着这一天。

我想，一个人只要有志于成为"电脑发烧友"，时时向往遨游在因特网上，徜徉于地球村中，渴望进入"人机交流"的全新境界，起码就心里来讲，距离真正的老境总还有段路程吧。

香港《大公报》1998年8月16、17日

鸬鹚的苦境

上

说起来已经是 40 年前的往事了。

那时我在一家地方小报当责任编辑。这里解释一下："责任编辑"者，即虽为一般编辑却要担负很大责任也。那么，难道上面再没有负责人吗？有的，我的上面有编辑室主任，编辑室主任上面还有总编辑。

我是从中学教师岗位调来编报的。到任那天，总编辑——一个矮胖的肤色黝黑的中年干部——找我谈话。他亲切地拉着我的手，执意让我坐在靠近他的凳子上，显得蔼然可亲，平易近人。谈话十分直爽，又非常客气。他说，你知道，我是个大老粗，说说、干干还行，动笔头子就玩不转了。硬把一个渔场的场长调来办报，实在是"赶鸭子上架"。他慢慢地点上一支烟，猛劲地吸了一口，接着说下去："你呢，念过大书，满腹经文（他不说"满腹经纶"），是个笔杆子。我点名要的你，当然了解你的情况。咱们把话挑开来说，因为你还不是党员，在党的机关报社当不了主任，更不用说副总编了。但是，还要重用你，我是爱才如命啊，叫你当'责任编辑'，报纸的文字、版面由你全权处理。"一席话，说得我情怀似火，热血沸腾，对如此知遇之恩，真的要感激涕零了。

我原以为，"全权处理"云云，不过是总编辑的客套话，没想到，他竟真的大甩手了。主任审过的稿子，他也要我进行文字加工，然后再送给他。他呢，总是坐不安站不稳的，不是一味地晃荡着座椅，就是躺在床上，两脚搭着床头，根本不看稿子，只问一句："你不是认真看过了吗？"看我点头默认，便马上坐起来签字，然后，由我送往印刷厂发排。晚上，也由我先看版样，再径送宣传部长审查。熟悉了以后，部长便一边看着报样，一边与我唠嗑儿，有时还故意提出一些问题，听我讲述个人的看法。

就这样，一天到晚忙个不停，编辑室—印刷厂—宣传部，奔驰在这个"等边三角形"上，转眼一个季度过去了。我试探着询问总编辑，对我有什么意见、要求，他连声地说："好，好，你表现得很好嘛！"我心想，既然我表现得很好，你怎么不提我入党的事呢？但我马上就反驳了自己：听说，入党都得自己主动申请，这标志着个人的觉悟与决心，组织上怎好动员呢？于是，我花上一整个的星期天，字斟句酌地写了一份入党申请书，郑重其事地上呈总编辑，他是党支部书记。

一个月过去了，又一个月过去了，杳无信息，也没有人找我谈话。有时看见党员开会，心想，大概是讨论我的组织问题了；可是，等了两天还不见动静，才知道猜错了。一天，路上碰见了母校的中学校长，他先是夸奖我聪明能干，又讲了两件闲事，最后，诚恳地告诫我，要学会"夹紧尾巴做人"，不要逞才触忌。我忙问"出了什么事"，他说"没什么，没什么"，就分手了。

我心里放不下，就去找师母透底。原来，是在宣传文教系统的领导联席会上，宣传部长问起了我的入党的事，说"这是一个人才，加入组织之后，可以进一步发挥作用"。当场总编辑就说，这个人小资产阶级意识很浓重，锋芒外露，修养不足。现在，支部主要是帮助他改造思想，入党问题还谈不上。听了师母转述的这番话，犹如被兜头浇了一瓢凉水，心里很不是滋味，但除了自省自责，也没有往别处想。恰好，那些天读了阿·托尔斯泰的《苦难的历程》，觉得知识分子确实应该像书里说的在血水里泡三次，碱水里洗三次，再在清水里涮三次。

转眼到了中秋节，我去朝鲜族与汉族聚居的中央村采访，正赶上他们

113

举办歌舞盛会。优美的舞姿，悠扬的旋律，衬托出浓郁的生活气息，和谐的时代气氛，令人心旷神怡。特别是荡秋千，两个靓妆女郎，真像黄庭坚诗中写的，"飘扬血色裙拖地，断送玉容人上天"，上下往还，翩然若仙。回来后，写成一篇反映民族团结、进步的文艺通讯，见报后又被省报转载了。不少人看后都称赞它有思想、有文采。

两天后，总编辑找我谈话，一反那次蔼然可亲的神态，冷冷地说，下去写东西可以，但注意不要署个人名字。劳动人民创造了世界，也没见哪个到处署名。写篇小稿算得了什么？落上个"本报记者"就蛮好了。荣誉应该归于集体，不要突出个人。

按说，记者下去就该写东西，为什么只是"可以"呢？文艺通讯为什么不能署个人名字？我想不通，却不敢问。

不久，省报决定各地记者站充实一批年轻记者，点名调我。我们报社却以"不是党员"为由挡了驾。几天过去，省报又来人商谈，说虽未入党，但具备近期发展条件的也可以。这次由总编辑直接出面，告诉来人："该同志三年内入党没有希望。"同时，推荐我们的编辑室主任为省报驻县记者，几天后，调令就到了。这位主任是忠厚长者，人品很好，而且，具有实践经验，熟悉农村情况，但平时很少动笔，对新闻工作缺乏兴趣。其时，工作调动是不好讲价钱的，自然唯有从命。转到记者站之后，每逢遇有重大采访任务，他总要拉上我，由我执笔，然后，两级报纸分别采用。因为总编辑有话，我们自己报纸刊发时，便署名"本报记者"，而登在省报上则由他单独署名。

一次，我们去高家湾采访，见到渔人驾着舢板在河中撒网，同时带上两只鸬鹚捕鱼。它们不时地在水中钻进钻出，每次必叼出一条大鱼放进舱里。我是头一次见到这种场景，便好奇地问这问那。老主任告诉我，不能放任鸬鹚随意吞食，否则，吃饱了就不再干活了，所以必须给它们戴上脖套。但隔一会儿，也要喂它一点小鱼，以示奖赏。又要它叼鱼，又不让它吃饱，这就是驾驭鸬鹚的学问。接着，他说，我们的总编辑从小就玩这个鸟儿，处事也深得此中奥秘，但他只做不说，只有一次喝得醺醺大醉，才志得意满地泄露了天机。听到这里，我当即打了个寒噤，原来，我正处于鸱鹩的苦境啊。看来，只要他老兄当政，我大概是没有希望脱颖而出了。

我开始利用闲暇时间学写散文。发表欲虽然很强，却不敢公开往外投稿，只是悄悄地寄给《中国青年报》《大公报》和《光明日报》，全部使用笔名，而且，再三叮嘱编辑部："无须退稿，如不刊用，置之纸篓可也。有事确需联系，请寄信某街某号。"——这是本城内我姨娘家的住址。但"智者千虑，终有一失"，稿件确不曾直接退还到本单位，但是，报纸发表作品总需要了解作者情况，那时，"阶级斗争"这根弦还是绷得很紧的。结果，一星期之内，单位连续接到两封中央报刊询问作者情况的信件。因为我毕竟没有什么政治问题，所以，单位也只好盖章"同意"，这样，两篇散文先后都见报了。

但是，从此便惹下了麻烦，再无宁日。总编辑几次在会上不点名地批评，说有的人提出了入党申请，却不注意改造思想，整天"不务正业"，"名利思想冒尖"，"个人主义十分严重"。我实在想不通，为什么他在业余时间打扑克，下象棋，可以理直气壮；而我在业余时间搞创作，就叫不务正业？但没有勇气"较真儿"，只是蒙着大被痛哭一场。

下

那时，我单身在外工作，父母住在50里之外的乡下，我两个多月骑自行车回家一次，路面凸凹不平，至少需要3个小时。这天，幸而遇上了顺风，只花一半时间就进了家门。高兴得又唱又跳，剩余的精力用不完，我就坐下来写文章。想起这两年一直都是背时憋气，劲没少使，汗没少出，到头来撞了满脑袋大包，真是"文章误我，我误青春"。唯有这次算是遇到了好风，只是太稀少了。于是，以清人潘耒的诗句"好风肯与王郎便"为题，顺手写了一篇随笔。回到机关以后，重看一遍，觉得有的地方失当，便删除一些牢骚语句，换成正面表述。只是由于实在偏爱这首清诗，把"好风肯与王郎便，世上惟君不妒才"保留了。结果，见报后又引起了一场轩然大波。

　　本来，文中已经说明了诗中讲的是唐代文学家王勃的故实。那年他去交趾省亲，船过马当，幸得一夜好风相送，使他赶上了南昌的盛会，写下千古名篇《滕王阁序》。但是，我们这位总编辑，虽然心思并不放在报纸上，文才也不高，嗅觉却异常灵敏。他一眼就看出了，这是借古讽今，发泄不满情绪。他说，必须抓住这个典型，深入进行剖析。文章的核心在于"指控妒才"，要害却在"惟"字上。试想，如果唯有风不妒才，那我们这个时代、这个社会岂不漆黑一片！真不愧是总编辑，端的厉害！好在其时正处于三年困难阶段，政治环境较为宽松；又兼宣传部长亲自出面，说了"通篇还是正面文章，只是引诗不当，终究未脱知识分子习气"等解围的话，才算不了了之。

　　谁知一波未平，一波又起。报社房子漏雨，临时搬到印刷厂办公，编辑们除了携带一些必需的材料，其余资料都集中放在会计室里。会计是个刚从学校毕业的女青年，酷爱文学，尤其喜欢背诵古诗。那天，她闲翻大家寄存的文稿、剪报，从我的资料袋里看到一首七言绝句，便抄录在笔记本上："技痒心烦结祸胎，几番封笔又重开。临文底事逃名姓？'秀士'当门莫展才！"这是我在投稿遭到批判后顺手写的，过后忘记销毁了。若是其他人碰上了，因为了解诗中的含蕴，估计不致公开议论；而女会计新来乍到，不知避忌，且又天真烂漫，渴求知识，便当面问我："秀士"是不是指《水浒传》中的白衣秀士王伦？直吓得我恨不能用手堵住她的嘴，但一切都晚了，总编辑恰好在场，而且听得一清二楚，脸子唰啦一下撂下来，比哭丧还难看。我知道，这一关是无论如何也难以躲过了，只有硬着头皮等着挨整吧。

　　幸好"绝处逢生"，县里连着开了几天会，总编辑没有腾出工夫来追查此事；等他开会回来，宣传部又转来了中央关于整顿全国地方报刊的通知。我们这张小报定在撤销之列，"老总"面临的首要课题是他的未来去向，少不得要观察风色，奔走权门，已经没有精力过问这场"文字官司"了。

当时已是市带县的体制，在这"兵荒马乱"之时，市报"趁火打劫"，调我去办文艺副刊，总编辑无可奈何地说了一句："许多问题还没有交代清楚，就这么拍拍屁股走了，实在是便宜了他！"其时，正当1962年春节后的雪消冰泮时节。因为相隔一条大河，报社准予解冻通航后再去报到，但我硬是等不得，恨不一步就跨出这个门槛儿。于是，简单地把工作交接一下，便带上行李，搭乘火车，绕经省城去履新了。

进入新的单位，我感触最深的是那里有一种鼓励青年成才、上进的氛围。总编辑在大会上公开地号召，要立志当名家，要勤于动笔，敢于冒尖。他说，有人讲，不想当元帅的不是好士兵；同样，不想当名记者、名编辑的，也肯定算不上一个合格的报人。这番话，在我听来，不啻是空谷足音，晴天炸雷。

在编辑副刊的4年间，我写了许多散文，是青年时期心境豁朗，收获甚丰的一段。每当忆起这段经历，我就想到清人赵翼的诗："舟行连日上滩迟，稍喜扬帆疾若驰。才得顺风河又转，世间那得称心时。"

香港《大公报》1998年10月13、14日

孤枕梦寻

一

　　自由飞翔的愿望和现实的种种羁绊之间，仿佛永远有一道无形的穿不透的墙。古人喜欢用"心游万仞""神骛八极"之类的话语来状写人的心志的放纵无羁。实际上却是，或则被弃置在灵魂的废墟上，徒唤奈何；或则被拘禁在自己设置的各种世俗陈规的樊篱里，不能任情驰骋，像一只笼鸟那样，即使开笼放飞，也不敢振翮云天。

　　倒是酣然坠入了黑甜乡之后，神魂在梦境中，可以展开它那重重叠叠的屏幕，放映出光怪陆离、千奇百怪的画面。既不受外界的约束，自己也无法按照计划加以规范，完全处于一种自在自如的状态。而由于任何人在梦中都会撒下包装，去掉涂饰，从而显露出各自的本来面目，因此，梦境中的那个自我，往往比清醒状态下的更真实，更本色。梦境是一部映射心灵底片的透视机，可以随时揭示出人的灵魂深处的秘密。

　　说来，梦境也真是奇妙无比。哪怕是天涯万里，上下千年，幽冥异路，人天永隔，也可以说来就来，要见就见。梦中似乎不存在时间与空间的概念，也不大考虑基础和条件。清人胡大川《幻想诗》中，有"千里离人思便见，九泉眷属死还生"，"天下诸缘如愿想，人间万事总先知"之句，现实生活中根本做不到，可是，梦境中能够实现。

　　当然，梦境也并不总是尽如人意。甜美的固然不少，但凄苦、忧伤的梦也常常碰到，有的还会使人震怖、惶遽。而且，经常是幻影婆娑，扑朔迷离，像日光照射下的枝间碎影，像勉强连缀起来的残破的网片，又像是迸落在岩石上飞流四溅的浪花，不仅错综复杂，不易解读，而且，有的竟如电光石火，稍纵即逝。更主要的是，现实中得不到的，梦境中也未必就能如愿以偿，所谓"绮梦难圆"者也。林黛玉魂归离恨天，贾宝玉到了潇湘馆号啕大哭一场，意犹未尽，还想在梦中见上一面，细话衷肠，于是，诚心诚意地独自睡在外间，暗暗祷告神灵，希望得以一亲脂泽，孰料"却倒一夜安眠，并无有梦"。大失所望中，只能颓然慨叹："悠悠生死别经年，魂魄不曾来入梦。"第一次愿望没有达成，又寄希望于第二次，结果，照样是一无所获。

大抵人们做梦，不外乎由内在与外在双重因素促成。所谓内在，是指精神上、心理上的想望，也就是人们常说的："梦是心头想"，"昼有所思，夜有所梦"。而外在因素，即是指身体上、生理上的物质原因，比如，心火盛即往往夜梦焦灼，四体寒凉则梦见风雨交袭。古人把前者叫作"想"，把后者叫作"因"。二者结合起来，决定了一个人在什么情况下会做什么梦。

现代人说，梦是现实生活中某些缺憾的一种补偿，是一种愿望的达成，是生活中某种想望与追求的反映。歌德说过："人性拥有最佳的能力，随时可在失望时获得支持。"他说，在他一生中有好几次是在含泪上床以后，梦境用各种引人入胜的方式安慰他，使他从悲伤中超脱出来，从而得以换来隔天清晨的轻松愉快。看来，德国的这位大诗人是善于做梦的了。

无独有偶，在中国，也有一位大诗人最懂得在梦境里讨生活。我敢说，古今中外的诗人中，南宋的陆游堪称是最善于做梦的一个，而且，许多梦中情境又能通过诗篇记叙下来。在现存的85卷《剑南诗稿》中，专门记述梦境的诗达99首之多，里面记叙了许许多多现实中未能实现而在梦境中得到补偿的快事。当然，这仅仅是他的记梦诗的一部分。他在一篇文章中谈到，42岁之前，他大约作诗18000首，经过自己两次删定，只留下了94首，其中记梦诗只有一首。料想在人生多梦的青年时期，他一定会做过更多的梦，写过更多的记梦诗，可惜，绝大多数都已删除，后人已经无缘得见了。

二

读过了陆游的《剑南诗稿》《渭南文集》和关于他的几部传记，仿佛觉得这位老诗翁就在我的身旁，倾吐着他的"忧国复忧民"的积愫，愤切慨慷地朗吟着他那豪情似火的诗章；凌晨起来散步，耳边也似乎回响着老先生情深意挚的娓娓倾谈。从接受美学的角度，在欣赏陆游诗作过程中，我习惯于凭借自己的生活经验和审美情趣，进行艺术的再创造。透过那些炽烈喷薄的诗章，看到了诗翁的盘马弯弓之姿、气吞残虏之势，感受到的是诗人的雄豪雅健；可是，同时也体味到了他的英雄失路、托足无门、壮士凄凉、宝刀空老的悲哀。就中给我印象最深的是他那对祖国、对爱情的执着坚定、之死靡它的精神，简直可以说是感天地而泣鬼神。

恰如钱锺书先生所说，爱国情绪饱和在陆游的整个生命里，看到一幅画马，碰见几朵鲜花，听了一声雁唳，喝几杯酒，写几行草书，他都会惹起报国仇、雪国耻的心事，这股热潮有时甚至泛滥到梦境里去。即使是残年老病，政治上遭受重重打击，处境十分艰难的情况下，诗翁也从不叹老嗟卑，仍旧期待着勇跨征鞍，披坚执锐，奔赴杀敌的前线。正如他在一首诗中所描述的："僵卧孤村不自哀，尚思为国戍轮台。夜阑卧听风吹雨，铁马冰河入梦来。"

但是，命运对他实在过于苛刻，终其一生，也难得一遇大展长才以酬宿志的机会。他的仕途十分坎坷，直到34岁，才谋取一个福州宁德县主簿的职位，后来又担任过镇江府、隆兴府的通判，却又屡遭弹劾。许多愿望只能靠梦中结想，梦中追忆。他在77岁时，回思征西幕中旧事，有"不如意事常千万，空想先锋宿渭桥"之句，可说是很好的概括。

49岁这年秋天，他在嘉州以权摄州事身份，成功地主持过一次军队的秋操检阅。整齐的队伍，赫赫的军威，使他联想到，国家并不是没有抵抗侵略的武装力量，自己也不是不能用武的文弱书生，只是没有很好地组织，也没有这个机会。否则，"草间鼠辈何劳磔，要挽天河洗洛嵩"，那是毫无问题的。

凭借这个"想"和"因"，半个月后，他做了一个梦：大军驻扎河东，抗击入侵之敌，声威所至，望风披靡，当即派出使者，招降敌人占领下的边郡诸城，"昼飞羽檄下列城，夜脱貂裘抚降将""腥臊窟穴一洗空，太行北岳元无恙"。尽管不过是黄粱一梦，但是，当时那种称心快意的劲头，实在不是笔墨所能够形容的："更呼斗酒作长歌，要遣天山健儿唱。"

这类令他快然于心的梦，后来还做过。一次，梦中随从皇帝车驾出征，全部收复所失故地。"驾前六军错锦绣，秋风鼓角声满天。""凉州女儿满高楼，梳头已学京都样。"沦陷区人民兴高采烈投入祖国的怀抱，不仅重睹"汉家威仪"，而且，连梳妆打扮都与京城趋同了。

陆游一生中最称心的岁月，是从军南郑那段时间。当时，抗战派首领王炎任四川宣抚使，驻节南郑，掌握着西北一带的兵权和财权。陆游此时正好在他的幕下。过去，虽然他也喜欢谈兵论战，划策筹谋，但毕竟都是纸上空谈；这次，亲临前线，而且深得主帅的信任，正是一展长才的机会。除了建言献策，帮助首长处理一些日常事务，他还经常巡视各方，传达指令，并且到过大散关前宋、金对峙的最前线。有时身披铁甲，骑着骏马去追击敌人，有时还行围打猎。一次，正在催马扬鞭，纵横驰骋，突然一阵风起，一只猛虎蹿出，陆游挺起长矛戳去，正中老虎的喉管，"奋戈直前虎人立，吼裂苍崖血如注"。一场令人惊怖的搏斗，就这样胜利地结束了。

可惜，这样的战斗生涯只过了半年，随着王炎调回临安，陆游的欢快生活亦告终结。虽然像一场短梦那样，还没来得及仔细地玩味就惊醒了，却刀刻斧削一般，在他的心中留下了永生难以忘怀的印象。9年后，他已经回到故乡山阴赋闲，当忆起这段生活时，曾经写道，"骏马宝刀俱一梦，夕阳闲和饭牛歌"；又过了10年，他已经67岁了，在一首《怀南郑旧游》

的七律中，再次惋叹："惆怅壮游成昨梦，戴公亭下伴渔翁。"

反复慨叹往事如烟，旧游成梦，一方面说明这段生活的短暂，一方面也可以看出他对这段美好经历是何等珍视。西线陈兵，简直成了陆游的一个永生不解的情结，因而不但反复忆起，更是多次结想成梦。他自己曾说过："客枕梦游何处所？梁州西北上危台。""慨然此夕江湖梦，犹绕天山古战场。"一部《剑南诗稿》中，记载这方面内容的梦中之作不胜枚举，有的在题目上还直接标明"梦行南郑道中""梦游散关渭水之间"。如果说，往事如梦如烟，那么，这段往事再进入梦境之中，并且把它形诸笔墨，那就真正是梦中说梦了。

三

陆游胸中的另一个情结，就是同爱妻唐琬的那段短暂的情缘。这使他梦萦魂牵，终生不能去怀。

20岁这年，陆游和舅舅的女儿唐琬结婚了。唐琬是一个美貌多情的才女，对于诗词有很好的修养，和陆游兴趣相投，因此，他们婚后的生活十分美满。谁料，陆游的母亲竟然对自己的内侄女很不喜欢，最后甚至蛮不讲理地硬逼着儿子和她仳离。一对倾心相与的爱侣，就这样生生地被拆散了。后来，陆游奉父母之命另娶了王氏，忍辱含垢的唐琬也在叩告无门的苦境中，改嫁给同郡士人赵士程了。

光阴易逝，转眼间10年过去了。在一个柳暗花明的春天，陆游百无聊赖中，信步闲游于禹迹寺南的沈家花园，偶然与唐琬及其后夫相遇。尽管悠悠岁月已经逝去了3000多个日夜，但唐琬始终未能忘情于陆游。此时，见他在那里踽踽独行，情怀抑郁，唐琬心中真像打翻了五味瓶，说不出是酸是苦，分外难受。赵士程为人还算豁达洒脱，当下已经觉察了妻子痛苦的心迹，便以唐琬的名义，叫家童给陆游送过去一份酒肴。

陆游坐在假山上的石亭里，呆呆地望着伊人的"惊鸿一瞥"，转眼已不见了踪影；温过的酒已经变冷，肴馔也都凉了。他眼含清泪，一口口地吞咽着闷酒，体味着唐琬深藏在心底的脉脉深情，心中霎时涌起一丝丝的愧怍；想到人世间彩云易散，离聚匆匆，不禁百感交集，顺手在粉墙上题下了一首凄绝千古的《钗头凤》词。透过眼前的实景，忆述当日美满姻缘的破坏经过及其沉痛教训；下阕写春光依旧而人事已非，昔日温存仅留梦忆。

相传，唐琬后来重游沈园，看到了陆游的题壁词，不胜伤感，当即和了一首，不久，便郁悒而终。

纯真的爱，作为人类一种自愿的发自内心的行为，作为自由意志的必然表现，是不能加以强制命令的。外力再大，无法强令人产生情爱；同样，已经产生的情爱，也不会因为外在压力的强大而被迫消失。

陆游，这个生当理学昌盛时期的封建知识分子，没有，也不可能以足够的觉悟和勇气，去奋力抗击以母亲为代表的封建宗法势力，但在他的内心世界，却始终不停地翻腾着感情的潮水，而且，一有机会就冲破封建礼法的约束，做直接、率真的宣泄。诚如他自己说的："放翁老去未忘情。"他年复一年地从鉴湖的三山来到城南的沈园，在愁痕恨缕般的柳丝下，在一抹斜阳的返照中，愁肠百结，踽踽独行。旧事填膺，思之凄哽，触景伤情，发而为诗。这种情怀，愈到老年愈是强烈。

一年深秋，陆游重游沈园，看到蛛网尘封中当年的题词尚在，而伊人已杳，林园易主，流风消歇，不禁怅然久之。于是写下一首感旧怀人的七律："枫叶初丹槲叶黄，河阳愁鬓怯新霜。林亭感旧空回首，泉路凭谁说断肠？坏壁醉题尘漠漠，断云幽梦事茫茫。年来妄念消除尽，回向禅龛一炷香。"晋朝的潘岳曾任河阳县令，后人遂以"河阳"来指称他。潘岳写过三首悼念亡妻的诗，在文学史上很有名。陆游的这首诗，寄托了对已故去多年的唐琬的深切怀念，同样属于悼亡性质，因而便以"河阳"自喻。诗翁满怀深情地说，林亭回首，泉路无人，如今幽冥异路，重见难期，只能心香一炷，遥遥默祷了。

四

　　陆游75岁这年春天，再一次来到沈园，怀着更加沉痛的心情，写下了两首七绝："城上斜阳画角哀，沈园非复旧池台。伤心桥下春波绿，曾是惊鸿照影来。""梦断香消四十年，沈园柳老不吹绵。此身行作稽山土，犹吊遗踪一泫然。"诗人感叹好梦难寻，韶光不再，40载倏忽飞逝，回思既往，益增唏嘘。这时，陆游已届风烛残年，知道自己亦将不久于人世。但老怀难忘，仍耿耿钟情于这位无辜被弃、郁郁早逝的妻子。

　　对于美好的事物，人们总是无限追恋的。当残酷的现实扯碎了希望之网时，痛苦的回忆便成了最好的慰藉。7年后的秋天，他又写下了一首七绝："城南亭榭锁闲坊，孤鹤归飞只自伤。尘渍苔侵数行墨，尔来谁为拂颓墙？"直到84岁高龄，他在《春咏》诗中还写道："沈家园里花如锦，半是当年识放翁。也信美人终作土，不堪幽梦太匆匆。"在恋人的眼里，唐琬永远是美目流盼的丽人。诗中的"幽梦匆匆"，乃是追叹他们夫妇美满生活的过于短暂；"美人作土"云云，似是哀琬世间一切美好的事物总逃不脱陨灭的厄运。

　　此刻的诗翁已经临近生命的终点，死神随时都在向他叩门；但是，他那深沉、炽烈、情志专一的爱的火焰，却伴随着生命之光，始终都在熠熠地燃烧着。1年过后，诗翁也辞别了人世。

　　犹如春蚕作茧，千丈万丈游丝全都环绕着一个主体；犹如峡谷飞泉，千年万年永不停歇地向外喷流。爱情竟有如此巨大的魅力，历数十年不变，着实令人感动。就一定意义来说，爱情同人生一样，也是一次性的。人的真诚的爱恋行为一旦发生，就会在心灵深处永存痕迹。这种唯一性的爱的破坏，很可能使尔后多次的爱恋相应地贬值。在这里，"一"大于"多"。对于这种现象，我们应该提到爱的哲学高度加以反思，而不应用封建伦理观念进行解释。

正是在这种无比炽烈、执着的情怀下，陆游写下了极为感人的怀念唐琬的记梦诗。诗翁81岁这年，梦游沈氏园亭，醒后写下两首七绝：

路近城南已怕行，沈家园里更伤情。
香穿客袖梅花在，绿蘸寺桥春水生。

城南小陌又逢春，只见梅花不见人。
玉骨久成泉下土，墨痕犹锁壁间尘。

虽然爱侣仳离，劳燕分飞，已经整整过去了一周甲子，距离他们的最后一次相见，也经过了半个世纪；但是，唐琬的音容笑貌以及寄托着他们无限深情的沈园，却常萦梦寐，久而弥新。路近城南，沈家园里，伤情无限的又何止陆游自己，千载以还，有谁驻足其间能不抛洒一掬同情之泪呢？

"尚余一恨无人会"，"但悲不见九州同"。晚岁的诗翁念念不忘沦陷的中原，念念不忘地下的唐琬。正是这两个情结，为我们留下了一个感情完整、境界高远的诗翁形象。

香港《大公报》1999年5月2、3、4日

《城东早春》诗别解

"诗家清景在新春,绿柳才黄半未匀。若待上林花似锦,出门俱是看花人。"对唐代诗人杨巨源这首传诵千古的《城东早春》,人们习惯于从"诗家三昧"去解释,认为说的是诗人必须感觉敏锐,独具慧眼,善于捕捉新鲜事物,这样才能写出新的意蕴,开辟新的境界。也有人说没那么复杂,无非是写诗人对早春景色的热爱。这些理解,当然是不错的。可是我觉得,诗的内涵大概不止于此。我们能不能把它引申一步,看作是诗人运用生动、形象的比喻手法,来论述发现、识别、选拔人才的道理呢?

我们可以从中悟出,选拔人才须有卓识远见,不失时机地把那些确有才能但暂时还处于卑微地位、尚未被人注意的人发掘出来。这好比诗家写诗,应该抓住早春时节,及时描写那些清丽、活泼的新鲜景物。这个时候,柳枝刚刚发出淡黄的嫩叶,绿色尚未均匀地铺开,但已显露出发展的前景。人才也是一样,在开始显露头角时,可能还不够成熟,不够完善,如果我们求全责备,等到他们像上林之花灿若云锦时再去识拔,那就为时晚矣。

人才宝贵,古今并无异议,但人们的习惯往往是只注重"显人才",只承认成功,而很少关心与注意"潜人才"在通向成功道路上的奋斗与挣扎。因此,当成功到来之前,这个阶段是难熬的。不要说按门阀取士、凭年资选官、靠恩荫供职的封建时代,就是在近现代,由于旧的习惯势力和传统偏见的影响,在人才成长过程中,也往往是不服气者有之,挑剔者、嫉妒者亦有之。这时候是最需要支持、鼓励、拔擢与帮助的。

国内外人才学专家提出，人才的从"潜"到"显"，需要克服"马太效应"。原来，《圣经·马太福音》中记载了一个"按才干受责任"的故事：主人要到外国去，找三个仆人，按其才干给他们分银子：仆甲得五千，仆乙得二千，仆丙得一千。主人走后，他们分头去做买卖，仆甲用五千银子作本钱，又赚回了五千；仆乙也赚了二千；唯有仆丙怕失掉主人给的一千银子，将它埋在地下保存。过了许久，主人回来了，和他们算账。首先，赞扬了仆甲一番，说："好，我要把许多事派你管理，可以让你享受主人的快乐。"也表扬了仆乙，夸他能干会理财。却把仆丙骂了一顿，并把那一千银子夺回，给了拥有一万银子的仆甲。故事讲完后，用这样一句话做结："凡有的，还要加给他，叫他有余；没有的，连他所有的也要夺过来。"

美国社会学家罗伯特·默顿借用这句话提出"马太效应"的概念，来概括这样一种长期以来一直存在的社会现象：对已有相当声誉的名家给予的荣誉越来越多，而对那些尚未出名的"潜人才"则不肯承认。

要成事，必先成名，这在中外古今是一体皆然的。有了名，一切事都好办，"名人效应"随处可见；与此相对应，"无名小卒"则窒碍重重，所谓"最难名世白衣诗"，说的正是这种情况。清代著名文人、"扬州八怪"之一郑板桥，刻过一方朱文印章，印文是"二十年前旧板桥"。原来，他年轻时虽然在诗、书、画方面已有很深造诣，但是因为没有名气和地位，作品无人问津。20年后，中了进士，声名大振，时人竞相索求，门庭若市。他在感慨之余，刻了这方印章来讥讽世情，针砭时弊。

这种情况，今天也还存在。当人才没有崭露头角时，常常无人注意；而一旦取得了某些成果，在社会上出了名，又会来个180度的大转弯，采访、照相、编辞典、下聘书，包括一些庸俗的捧场和商业性的借光炫耀，弄得应接不暇，无法摆脱，产生了所谓的"名人之累"。这使人想起《聊斋志异》中那个胡四娘。最初，这个弱女子受尽了家人、亲友的冷遇和奚落；可是，一朝发迹，便声名鹊起，简直闹得沸反盈天："申贺者，捉坐者，寒暄者，喧杂满屋。耳有听，听四娘；目有视，视四娘；口有道，道四娘也。"

当然，这绝不是说，对声名显赫的人才不该宣扬与关心。在这方面，还有大量工作要做。本文只是想提醒一下，爱才尤贵无名时。与其热衷于在人才荣显之后揄扬备至，优礼有加，干些"锦上添花"的事，何不"雪里送炭"，于幼芽掀石破土之际，多给他们一些实际的帮助呢！

香港《大公报》1999年7月18日

家　山

踏遍中华窥两戒，无双毕竟是家山。

——龚自珍

年轻时，我喜欢独自哼唱苏联的名歌《喀秋莎》。只要"正当梨花开遍了天涯……"溜出了唇边，一种轻纱薄雾般的温馨感，便仿佛导引我返回医巫闾山脚下的故乡。

其实，故乡影像，在我少年橙色的梦里，并不是很清晰、很确切的，一切兰因絮果毕落于苍茫之中，只觉得家就是山，山就是家。只要推开屋舍的后门，闾山的清泠泠、水洇洇的翠影，伴着天涯云树，便赫然闪现在眼前。当然最好是在久雨新晴的夏日，或者气爽天高的初秋。天穹蔚蓝而高远，白云、羊群，棉絮般地舒卷着，游荡着，转瞬间就变换一个新样。大地饱绽着新鲜，充满了泼辣的生意。

我第一次亲近闾山，正逢梨花开得正闹的时节。山坡上，原野里，到处泛滥着浩荡的春潮，浮荡起连天的雪浪。我们乘坐的马车沿着一条蜿蜒曲折的土路穿行于花树丛中，像是闯进了茫无际涯的香雪海，又好似粉白翠绿的万顷花云浮荡在头上。马车跑着跑着，顺着一道斜坡疾速驶下，那花海花潮涌起的冲天雪浪，仿佛立刻要把整驾马车吞没了；而当马车再次爬回到坡岗上，那梨花的潮涌，拥着一团团、一簇簇的雪浪花，又像是顷刻间齐刷刷地退落到地平线以下。几十年间，这个景象始终定格在我的记忆之窗上，只要一闭上眼睛，便立刻浮现在眼前，特别是当我听到那首名歌《喀秋莎》的时候。

盛夏的一天，我同三位文友聚坐在北京地坛的一间小亭子里。一番豪雨过去，松林里的空气格外凉爽、清鲜。大家谈论的话题是将来退休后到哪里觅个舒适的住所。G女士说，烟台最为理想，碧树隐红楼，一枕清幽，春季繁花簇簇，夏天浓荫翳日，冬日又比较暖和。D兄来自云贵高原，他的首选是春城昆明。小V则主张在地坛附近赁屋小住，风晨月夕，伴着虫吟鸟噪，到这里来信步闲游。但马上遭到了质疑，都说他是受了史铁生的影响。地坛确已成为史氏生命的组成部分，可说是注入了全部情感和意蕴；但其他人未必受得住那份苍凉与落寞。大家谈笑风生，颇有一种孔门四子"各言尔志"的意趣。见三人的目光转向了我，便说，我要回医巫闾山老家。

我出生在闾山脚下。父亲望子成龙，希望我能有所作为，便给我取下了现在这个名字。6岁进了私塾，校歌头两句就是："闾左辽西我校在，钟灵毓秀作英才。"及长，读到《湛然居士文集》，发现元朝宰相耶律楚材在他的700多首诗作中，忆及闾山的竟有20来首，这引起了我深入探究的兴趣。

原来，楚材生在北京，可是，祖籍在闾山西麓，那里是他的父亲及两个哥哥的庐墓所在。十几岁时，他曾回到闾山读过几年书。后来辅佐元太祖万里西征，而闾山旧隐仍然时萦梦寐，有诗可证："十载残躯游瀚海，积年归梦绕闾山。""闾山旧隐天涯远，梦里思归梦亦难。"回到大都之后，久居宸翰，日理万机，但家山依然刻刻在念。他向往着回归退隐："北阙欲辞新凤阁，东州元有旧闾山。""何时致政闾山去，三径依然松菊寒。"只是，这个愿望始终未能实现，直到54岁生命终结的时候，他还在宵衣旰食，勤劳王室。颇像当年的卧龙先生，离开隆中时还嘱托弟弟："汝可躬耕于此，勿得荒芜田亩。待我功成之日，即当归隐。"谁知命运之神搬了个道岔，出师未捷身先死，星陨秋风五丈原。时间在他身上停止时，正好也是54岁。两人的相业、德行堪可比并，他们都是中华民族史上的伟大政治家。

早在先秦典籍《周礼》中，即有关于全国名山"五岳五镇"，东北为幽州，其山镇为医巫闾的记载。"医巫闾"系东胡语音译，意为"大山"，在东北"三大名山"中尤负盛誉，风景绝佳，历代文人骚客登临寄兴，抒写情怀，留下了大量脍炙人口的诗文。本来，较之于水，山更切近禅关，远于人境，望之辄有潇洒出尘之想。而此间瘦劲的奇松，幽峭的危岩，以及恍惚迷离、颠倒众生的神话传说，更饶有一种清寒入骨的丰神和超然远引的意蕴。

当然，山在人类生活中，毕竟是不可分割的一部分。无论是石器时代、青铜时代还是铁器时代，先民们每前进一步，都会感到山是和人一道存活着的。特别是在那类开天神话中，山，更被赋予了新的精魂，具有一种人格化的、超自然的蕴意。说到不周山，人们会联想起那个天崩地折中的英雄共工；而庄周笔下的藐姑射山，则是超然世外、无己无功的哲学的物化。由于大山高插云霄，上接穹宇，常被认为上达天神的最佳阶梯；从它的巨大体量和坚劲的线条中，则能读出对于人的渺小与软弱的嘲弄。因此，自古即有"大山崇拜"的习俗。最典型的当数泰山，其次就是医巫闾了。隋唐以来，历代帝王对闾山皆有封爵，唐代封为广宁公，金代、元代封王，明清两代诏封神号。自北魏文成帝开始，历朝凡遇大典，都要由皇帝亲临或委派官员登山致祭。单是清代，包括康熙、乾隆在内，竟有5位皇帝多次朝觐闾山。

当我们翻检史册时一定会注意到，同医巫闾山关系最密切的应数辽朝。对于这座名山，契丹人似乎葆有一种先验的特殊的情感。辽朝开国皇帝耶律阿保机定都于内蒙古的巴林左旗，灭掉渤海国后，册封太子耶律倍为东丹王，主其国事。可是，自幼向往汉族封建文明的耶律倍，市书万卷，藏于医巫闾绝顶之望海楼，朝夕奉读。他非常景慕唐代大诗人白居易，每通名刺，辄拟名"乡贡进士黄居难字乐地"，以自比于白居易字乐天。阿保机死后，在皇后的干预下，手握兵权的次子耶律德光继承皇位，皇太子耶律倍渡海避难，投奔了后唐，并立木刻诗，抒写其孤危的境遇和凄苦的怀抱："小山压大山，大山全无力。羞见故乡人，从此投外国。"后被害于洛阳。

其子耶律阮即皇帝位（辽世宗）后，以其父酷爱闾山，遂迁葬于山下龙岗村。数年后，世宗遇害，也埋骨于此，是为显陵。闾山脚下还有一座乾陵，葬有世宗之子景宗及其妻子萧绰，即摄政多年，卓有建树，在中国历史上颇具影响的杰出政治家"契丹萧太后"。就连做了金人俘虏的辽朝末代皇帝耶律延禧，死后也归葬闾山。就这样，自创国之初以迄呼唤改革的中叶，直到晚岁播迁，辽朝与闾山胶葛重重，历时垂200年。

闾山自东北逶迤西南，绵延百里。其地为塞外草原文明与农耕文明，游牧民族文化同汉族封建文化交融互汇的结合带，也是儒学、佛、道、萨满教游荡、糅合的角斗场。如果说，"整个内蒙古是古代游牧民族的历史舞台"，呼伦贝尔草原"是他们的武库、粮仓和练兵场"（著名历史学家翦伯赞语），那么，医巫闾山一线则是他们研习中原文化、接受华风洗礼的大课堂。辽朝以来，此间文风夙盛，耶律倍和他的八世孙耶律楚材先后在闾山佳胜处建立了读书堂，殿宇岿然，书香袅绕，千载以还，旧貌一直保持完好。当然，东丹王的弃国流亡、中原避祸，再恰切不过地揭示了在武化面前文化的无奈与无为，这在历史上大概也不是特例吧。

但是，文化种子毕竟还是流布开来。闾山内外，碑碣如林，题刻触目可见，仅北镇庙即有56座诗文碑，其中，元代的达12座。过去这一带私塾多，读书人多，藏书家多。现在，文化教育事业仍很发达，民众十分重视人才的教养，学书作画蔚成风气。20世纪80年代中期，他们在闾山举行过一次国画节，我有幸躬逢其盛，曾口占七绝二首：

千载文化一脉延，
春工彩笔两争妍。
画图省识神州骨，
百幅云绡半写山。

健美鲜灵入目新，

画坛接力有来人。
山城二月愁寒雪，
笔底千花占早春。

　　山里民风淳朴，似乎较少世故与机心，只是由于过分质直、认真，有时不免透出几分呆气。当地流传着这样一个趣话。有个过路人向一位老者问询："到大观音阁还得走多长时间？"老者瞠目不答。问路人以为遇见个聋子，便顾自向前走去。不料，刚刚迈出几步，便听老者在后面招呼："回来，我告诉你，再有一袋烟工夫就到了。"那人怪他开始时何以不说，他说："因为当时我不知道你的步子多么大。"逗得问路人扑哧笑了。

　　不到闾山，已经十几年了。这次参加《耶律楚材传》研讨会，旧游重到，风物依然。在商品大潮滚滚滔滔、无远弗届的今天，山上山下仍是清幽雅静，整洁一新，没有看到其他名山胜境常见的香烟缭绕、市声鼎沸的景象，置身其间，确有一种回归自然、陶然忘机的感觉。东道主嫌游人稀少，希望我能帮助向外宣扬一下。我说，天生丽质少人识，未必就是坏事。假如它也像有些景点那样，仕女如云，摩肩接踵，恐怕这块心灵的憩园也就化为乌有了。

　　最后应该说明，耶律倍的读书堂，这次我并没有蹑履亲登，因为它高踞于闾山绝顶，实在太险峻了。比不得皇太子、东丹王，他是有肩舆代步的，而且，年龄也小我很多，当时不过二三十岁。当然，像这类需要仰头方可逼视的事物，毕竟总觉得离平常心太远，因此，不去攀缘也好。

香港《大公报》1999年10月3日

双城记

这一天，我们游览了辽东山区的两座山城。过去，看到过有关"八卦村""八卦田"的报道，可是，从来没听说过还有"八卦城"。中国的城池数以千计，有方形的、长方形的，也有的呈不规则的圆形，唯有桓仁县城呈八卦形。为此，考古学家给它戴上了一顶"华夏唯一"的桂冠。

原来，桓仁县府所在地位于浑江和哈达河交汇处，除了东面青山如壁，其他三面都被碧水环绕。这是当初建城时选取八卦图形的一个基础性条件。而山城内外，哈达河由北向南，在汇入浑江之前摇头拐向东南；浑江逶迤而西，在与哈达河汇合后，折向西南，尔后又顺东南方向流出。登高俯视，二水回环曲折所组成的画面，又与太极图的"阴阳鱼"造型相似。

县城始建于光绪四年（公元1878年），历时4年工程告竣，董其事者为县令章樾。据他在《碑记》中记载："旧无址基，地遗边外。""相度形势，览择斯土。两江带环兮，气聚风藏；五岫屏列兮，原蔽形固。城象八卦，以宜八风；门开三光，以立三才。"叙述了建城背景及其督建城池时的哲学思考。100多年过去了，随着城区的逐渐扩展，"八卦城"已大部坍毁、拆除，部分墙基变成了马路，连同保留下来的残垣，从航空拍摄的照片上，也还能大致看出当日的卦图格局。

与"八卦城"的断壁残垣形成鲜明的对比，被誉为"东方第一卫城"的五女山城的城垣，却大体完好，远远看去，显得十分巍峨、壮观。这座山城在桓仁城北5公里，与"八卦城"呈南北对峙之势，而它的年龄已经超过 2000 岁了。仅汉元帝建昭二年（公元前 37 年），高句丽族的朱蒙自扶余国逃出，自立，在高约百米的五女山上始建城郭，初名纥升骨城。40 年后，迁往吉林辑安。明永乐二十二年（公元 1424 年），建州女真族首领李满柱曾在此山城屯兵据守。

　　考古学家在对照了世界几座著名的卫城之后，认为这座五女山城堪与建于公元前 1000 多年的希腊迈锡尼卫城和雅典卫城比美。这些以防守为主要功能的卫城，都建筑在陡峭的山崖或高台之上，城内都有王宫、兵营、仓廪、水源。差别在于五女山城没有神庙，专家认为，这可能和我国政权发展过程中较早与神权脱离有直接关系。

　　我们穿过借助山崖罅隙辟出的西门，顺着斜坡轨道登上了山城。昔日的云旗委蛇、戈戟交辉之势早已隐没在苍茫的历史帷幕的后面，可是，在斜阳的映照下，陡峭的山崖和残存的雉堞依然透露着几许悲壮与苍凉。大家漫步在山城的废墟上，一一指认，测定着宫殿、仓库、兵营的旧址，想象着当时壮丽的景象，透过静中消息，叩问着终古的沧桑。

　　作为史册的残页，五女山城已在岁月的风霜中滤除了当日的建造过程，它的实际功能也像飞鸟离巢一样脱开了残躯败体。但是，古代劳动人民的伟大创造力并未随之而消失，20 个世纪过去了，它的伟岸、恢宏，仍然令人赞叹不止。至于这些故垒荒城中所昭示的偈语、禅画般的无尽机锋，更能触发心灵的机栝，使忙碌、浮躁的现代人借此获得片刻萧闲，从有限想到无限，从存在认知虚无，从瞬时悟出永恒。

　　一个"思想者"，其躯体会随着岁月的迁流而衰颓、腐朽，可是，他在精神方面的建树和转化为物质成果的实绩，将凭借着一定的载体而永世长存。同样，一座山城也好，一条古道也好，在它残存的构架后面，也都深藏着无尽的兰因絮果，遗存着丰富的文化内涵。雷峰塔倒掉了，而雷峰塔后面的白蛇传故事还鲜活地留存在千百代人的心里。

　　同埃及、巴比伦等古国不同，我们中国的古代典籍浩如烟海，5000 年的灿烂文明煌煌地记载在上面。比较起来，我们更看重文字记载的历史，而对废墟文化则不像西方国家那样重视。其实，历史的生命力是潜在的、暗伏的。废墟以其丰厚的文化积存，记载着成功后的泯灭、颓败里的辉煌，以及没有载诸史册的千般兴废、百代沧桑。就这个意义来说，同样是历史的读本。

我以为，一些废墟之所以令人辗转流连，盖由于通过它可以检视岁月的车轮留下的征尘辙迹，从它身上我们似乎听到了穿越时空的回响，感受到历史的鲜活存在；由于它历经过无尽沧桑，能够以其特有的魅力唤起后人的深沉的鸿爪雪泥之感，吸引人们循着荒台野径、断壁残垣，去体悟建筑艺术中抽象的情感，赏鉴朦胧的艺术意境，追踪昔日的辉煌。

人情贱近而贵远，越是可望而不可即的事物，越是奇绝险阻之地，人们出于好奇心，越是要亲往登临，探其堂奥。正如普希金在《叶甫盖尼·奥涅金》中所写的："呵，世俗的人！你们就像原始的妈妈——夏娃，凡是到手的，你们就不喜欢；只有蛇的遥远的呼唤和神秘的树，使你们向往。"

诚然，同希腊迈锡尼卫城和雅典卫城相比，就其声名的远播、时代的悠久、历史遗存的丰厚来说，五女山城也许会感到黯然失色，但在桓仁民众的心目中，毫无疑问，它就是"奥林帕斯山上的宙斯"。因为远处地中海中的卫城再伟大，毕竟远哉遥遥，乡间民众无缘涉足其间，甚至连它们的名字都没有听到过，自然无从认知其实际价值。法国作家辛涅科尔说过："对于宇宙，我微不足道；可是，对于我自己，我就是一切。神如同现实中的每个人一样，任何一处古迹也都有它的自我。这个自我，具有唯一性，是不能复制、不可重复的，因为大自然母亲在塑造了它之后，随手就把模子敲碎了。"

有感于此，我口占了一首七绝：

本地风光原秀美，家山泉水也澄清，
荒城故垒饶姿媚，不羡他乡万里行。

香港《大公报》2000年3月16日

告　别

一

我们来到法兰克福的第二天，参观过国际书展之后，晚间在莱茵河畔的"老歌剧院"聆听了一场交响乐。

我原是音乐的"不良导体"，混了几十年，也没有锻炼出来一对"有乐感的耳朵"。特别是对于具有复调性、交响化特点，被人称作"庄严宏伟的音乐殿堂"的西洋交响乐，更是接触不多，知之甚少。什么乐章的交响曲啦，什么交响诗、协奏曲啦，什么音乐会的序曲、组曲啦，充其量也只能粗加分辨，至于品鉴其所谓"稀世之美""味中之味"，则是一片茫然。

记得大文豪萧伯纳曾经说过一切音乐作品都是标题乐。而且认为，音乐越是向文学靠拢，越是不纯，越好。但他终究不是出色当行的音乐家、作曲家，他的观点并没有得到音乐界的普遍认同。相反地，许多高层次的听乐者，则趋向于追求那种绝无背景、一空依傍的"纯音乐"，他们主张摈弃文学与视觉的干预，宁心静虑地直接倾听本文，以求融入音乐艺术的化境，窥探其"无形之相"。

而像我这类初涉乐趣的"半吊子"，在乐海漫漫、茫无津渡的情况下，倒是喜欢找个入门的向导，觉得如果乐曲能和文学联结起来，比如借助歌词的导引、标题的提示，理解起来总比直面本文要更容易一些。因此，当听说晚上这场音乐会将有海顿的《告别交响曲》时，情致格外浓烈一些。

"黯然销魂者，唯别而已矣！"只这"告别"二字，就引我生发出无穷的联想。中国历代的文人骚客，由于长期受农耕条件下生活方式的影响，安土重迁，不惯流徙；加之，古代关山迢递，道路阻隔，正如《别赋》作者江淹所说："况秦吴兮绝国，复燕宋兮千里"，"是以行子肠断，百感凄恻"。人们往往把背井离乡同生离死别联系到一起，结果是，"有别必怨，有怨必盈。使人意夺神骇，心折骨惊"。因而，从《楚辞》中率先唱出"悲莫悲兮生别离"的哀歌开始，一部古代文学史载满了《别赋》《感别赋》《叹别赋》《离别赋》《思别赋》《惜别赋》……"告别"的文章足足做了2000年。

就这样，直到演奏开始之前，我一直在想着"告别"二字。

二

这座"老歌剧院"在法兰克福久负盛名，据说已有170多年历史了。这是一座典型的欧式建筑，两层起脊，中间又凸起一层，上下两层灯柱衬着八扇窗户，放射出雪亮的辉光。剧院通体由石头砌造，显得庄严、肃穆、古朴、大方。

开场演奏的是贝多芬的交响曲，那种新颖的风格、宏伟的形象，一下子就攫住了人的心魄。过去听过他的《热情》《悲怆》奏鸣曲，这天晚上也还想听听他的英雄史诗般的第三、第五、第九交响曲。可是演奏的是以"田园"为标题的《第六交响曲》——一幅表达乡间情趣的"音画"。听来倒也轻松、流转，只是后面带上了一点感伤的意味。关于这部交响曲，背后还有一个动人的故事。大概给它加上一个"告别"的标题，也还勉强说得过去。

1807年仲春，贝多芬来到维也纳近郊一位伯爵家里，教伯爵的妹妹丹兰士演奏钢琴，结果两人坠入了情网。每天早晨，他都要和丹兰士手挽着手，到充满绿色乡风的田园里去散步。还一起参加当地农民举行的舞会，沉浸在浓郁的欢情里。这天，他感到有一种强烈的创作欲望在胸中鼓荡，于是，立刻奔回府邸，用钢琴记下了交响曲前三个乐章的雏形。后来，由于母亲的粗暴干预，丹兰士不得不忍痛离开，这给贝多芬带来了很大的苦楚。他久久地站立在窗前，望着滂沱的急雨和利剑般的闪电，眼里透露出一股阴郁的寒凉。在这种情况下，乐曲第四章的初稿诞生了。到了第二年的初夏，贝多芬忆起这一段永生难忘的经历，把春花般艳丽的柔情和激荡胸臆的雷雨连缀在一起，谱写出一支清音悦耳的华章，这就是《田园交响曲》。

海顿不愧是一位杰出的音乐家，哪怕是交响乐曲中一些细微的表征，也逃不脱他那敏锐的听觉。他告诉贝多芬：人们在您的作品中无疑会发现美丽，但也会找到一种特别的东西，阴暗的东西，因为你自己就有一点特别和阴暗。而一个音乐家的创作风格，也就是这个人本身的风格。

这天晚上，我们还欣赏了勃拉姆斯的《第三交响曲》。由于乐曲中不同情绪的轮番交替，手法更接近于浪漫乐派，因此，所得印象比较模糊。当然，这和我一心关注着《告别交响曲》的演出也有一定关系。

三

海顿是奥地利一个多产的作曲家，仅交响曲就写了104部之多。一般地说，他的乐曲充满鲜明的形象，具有乐观、幽默的特征。早期作品中3个乐章占一定比例，后来，逐步定型为4个乐章，唯有这部《第四十五交响曲〈告别〉》是5个乐章。这部乐曲不仅意境动人，而且，演出方式也十分奇特，乐队一登台，就以每人手擎一只燃着的蜡烛而引人注目。

演奏开始了，首先出现的是精神抖擞的快板，尔后，越来越紧张、激烈，给人一种急管繁弦、慌乱不安的感觉。第二乐章是温和、宁静的柔板，类似抒情的小夜曲，长笛和小提琴温柔、凄婉地奏鸣着。第三乐章是轻盈的小步舞曲，洋溢着海顿的舞曲所惯有的轻松与幽默。第四乐章重又回到急速而慌乱的格调上来，音乐旋风般奏鸣着，速度越来越快。当时猜想，整部交响曲大概就要在这种遒劲、激越的和弦中结束了，但我立刻又画了一个问号：若是这样，"告别"的意蕴又从何说起？果不其然，急促的音乐到此猝然中断，接着，转换为温存的、爱抚的旋律，类似第二乐章的柔板。就这样，第五乐章出人意外地开始了。看来，这部交响曲的前4个乐章原是一部完整的套曲，而最后的第五乐章是为着特定的目的与要求补充进去的。

第五乐章是整部交响曲中最具特色的部分。演奏继续进行着，但乐曲的情绪和气氛逐渐地低沉、黯淡下来，节奏也趋于平缓。这时突然发现，表情有些哀婉的第一双簧管手和第二号手，各自吹熄了乐谱旁的蜡烛，擎着乐器默默地退场了。不一会儿，低音大管的乐师也灭烛而去。紧接着，第二双簧管、第一法国号、低音维奥尔琴的乐师也都相继下场。乐音渐渐寥落，唯有弦乐声部还在持续地演奏着。但是，没过多长时间，先是大提琴手，接着是小提琴手，最后是中提琴手，一个接着一个，也都陆续退场了。乐曲临近尾声，曲调格外哀婉、凄切。台上只剩下两个小提琴手，他们神情寂寞地，用微弱而凄戚的音调，静静地演奏完最末一个音符，随后便吹熄蜡烛，黯然离去。舞台上一片漆黑。过了一会儿，乐师们重新登台、谢幕，演出宣告终止。

想来，所谓"告别"，是和这样一个令人黯然神伤的结尾有直接联系的。可是，问题接着就出来了：这位享誉世界的作曲家，为了什么，或者说是什么原因促使他，要设置这样一个结尾呢？——当日，我们带着一个很大的疑团，离开了这个同样有些迷离惝恍的"老歌剧院"。

四

直到读过海顿的传记，才算揭开了这个谜底。

原来，海顿从29岁的丁壮之年来到艾斯特哈齐亲王府邸，一直到58岁离开，在这个贵族之家足足当了30年的乐长。亲王是一个头号的"乐迷"，他对音乐的酷爱和在这方面的特殊要求，在相当长的时间里，决定了音乐成为宫廷中的至高无上的需要。

本来，他的府邸是在维也纳东南 80 公里外的艾森斯塔特，但他作为匈牙利最富有的而且权倾朝野的一个贵族，对于当时尚属奥地利统辖的匈牙利境内的萨托更感兴趣。他把这个林木葱茏的胜地更名为"艾斯泰尔哈泽"，大肆扩建宫室，置备各种豪华设施，每年绝大部分时间都在此地勾留，自然，他所亲自经营的音乐活动也在这里夜以继日、无时或息地进行着。

这可就苦了海顿指挥下的管弦乐队。因为大多数乐师都是奥地利人，常年在外从事紧张的音乐演奏，思家恋亲之情与日俱增。但他们受雇于王府，每天都以仆人的身份奉命登场，谁也不敢向亲王贸然提出回家探亲的要求。长期以来，海顿忍受了太多的"俳优畜之"的耻辱，每天穿着绣花的号衣，饭前饭后在客厅里随时听候主人的吩咐；作为乐长，他当然更能理解乐师们的苦衷。于是，他那幽默中又带有几分淘气的性格起了作用，索性以暗示的方式，通过乐曲的演奏，提醒亲王如果不放大家回去，就将面对"告别"的场面了。

据说，这天听说乐长将有新作面世，亲王率领家族和亲朋好友意兴盎然地前来欣赏。结果就像前面叙述的那样，乐师们一一退下，最后，海顿乐长也收起了指挥棒，向亲王及贵宾深深鞠躬，示意演出到此结束。亲王不愧是超级乐迷，的确有一双妙悟的耳朵，第二天就下令：全体人员返回奥地利境内的艾森斯塔特。尔后，人们就给这部《第四十五交响曲》加了一个《告别》的标题。

在欧洲音乐界还有另一种传说：艾斯特哈齐亲王为了减缩府内支出，考虑要解散或者精简乐队人员。30 多位赖以谋生的乐师闻讯后，忧虑重重，惶惶不可终日。乐长海顿出于同情，遂谱写了这部交响乐曲，作为解散前的告别演出。亲王听了，深深为之感动，便打消了解散或者精简乐队的主意。

不管是哪一种背景，这场演出和这最后乐章用以结束整部交响曲的特别方式，都给当时以至后世的听众造成了强烈的反响。莱比锡的《普及音乐报》有过这样的记述:"当乐队演奏员开始熄灭烛光并相继悄然退席时,听众的心都收紧了。""而当最后的小提琴奏出的那微弱的声音终于也消失时,听众深受感动地开始默默散开,好像同他们所欣赏的东西也永远告别了似的。"德国著名作曲家舒曼听过这部交响曲的演奏后也写道:"对此,谁也笑不出来,因为这绝对不是为了消愁解闷而写的。"

五

"对此,谁也笑不出来",确切地反映了聆听这部交响曲时听众的心态。但是,也仅止于"笑不出来"的苦涩与沉重,却并非如我开初时所臆想的那种生离死别的深悲剧痛,或者临歧哽咽的黯然神伤。我想了一下,之所以产生这样的差距,还是和我对于《告别》这个标题的内涵的理解有直接关系。

原来,标题音乐是借助于主导动机来表达特定的思想的。但是,主导动机这种手法,实际上起作用的是语言、文字,而并非乐曲本身具有这样的功能。这里不完全是形象思维,还有很大的抽象思维成分。如果去掉了这个文字的提示,听众有时就很难晓得这种所谓"主导动机"的含义究竟是什么。

艺术讲究"通感",音乐作品所表达的感情,须能唤起听众所经历过的感情体验。而这种感情体验也好,或者音乐作品表现的感情也好,都是间接地反映思想意识的,不可能像语言、文字那样明晰、确凿。这就带来了一系列的问题:作为形象化的乐曲,能否准确无误地表达出这种主导动机呢?也可以把话翻过来说,如果标题是后加的,像海顿的《第四十五交响曲》那样,它又是否能够恰切地把握形象化的乐曲的意蕴呢?即便是它能恰切地表达乐曲的固有意蕴,还有个听众如何理解的问题。这些环节有哪一个解决得不好,都会产生误导的现象。恐怕这也是音乐界许多人对于标题乐不以为然的一个原因。

回国以后，我曾专门找来海顿的《第四十五交响曲〈告别〉》的光盘，反复听过几次。由于脱离了舞台演奏的场面，感觉总不像在"老歌剧院"那样明晰，那样强烈。由此，我又悟出一个道理：虽然我们都承认，音乐是时间艺术、听觉艺术，但是，如果要赋予它表现思想的功能，那就不仅要与语言、文学结合，而且配合舞台演奏也是必需的。就这个意义来说，它又何尝不是空间艺术、视觉艺术呢？

香港《大公报》2000年3月29日

《作家》2003年第4期

吊　客

　　童年的记忆，宛如朦胧的月光，披着薄雾般的夜色，蹑手蹑脚地透过轻纱的窗帘，向梦中的我露出恬静而意味深长的笑靥。而童年旧事，则好似这梦中情景，许许多多都变得模糊不清了，有的却又异常清晰地浮现在脑际，像是刚刚发生过的一样。

　　现在，我仿佛回到了生活过14年的土屋前，紧跟在父亲、母亲的身后，到门前的打谷场上纳凉。场上的人渐渐地增多了，左邻右舍的诸姑伯叔们吃过晚饭，都搬出小板凳或者拎着麻袋片，凑在一起，展开那种不反映信息，也没有明确目的和特殊意义的"神聊海侃"。

　　几乎每天晚上都是这样，人们闲话的主题和内容散漫无际，随机性相当大。大都围绕着衣食住行、饮食男女、婚丧嫁娶、人情世相，以及狐鬼仙魔、奇闻逸事，天南海北地胡扯闲拉，不过是为了消磨时光，解除烦闷。

　　夜静更深，月光暗了下去，只能听得见声音，却看不清人们的面孔，时而从抽烟人的烟袋锅里闪现出一丝微弱的红光。对那些张家长李家短的生活琐事，我们这些小孩子是没有多大兴趣的，最爱听的还是神仙鬼怪故事。听了不免害怕，可是，越是害怕，越想听个究竟，有时，怕得紧紧偎在母亲怀里不敢动弹，只露出两个小眼睛，察看着妖魔鬼怪的动静。最后，小眼睛也合上了，听着听着，就伴着荷花仙子、托塔天王遁入梦乡，只好由父亲抱回家去。

　　"说书讲古"，在旧时农村文化生活几乎空白的情况下，未始不是一种世俗化的文化消遣手段。但是，现在回忆起来，当时人们的兴味似乎也并不浓烈。每个人的神情都有些木然，再逗趣的事儿也很少听到有谁咯咯咯地笑出声来。一个个总是耷拉着脑袋，无聊中夹上几分无奈，持续着百年如一日的浑浑噩噩、自发自在的生计流程。

那个年月，人们活着无聊，死了倒是出奇地热闹——当然也是活人的热闹。最有意思的要算是祭灵、哭灵了。

在我入塾读书的第六年，我的一个伯母故去了，母亲让我请一天假，去给一向待我很好的伯母吊灵送终。进了大门，见到长长的院落里搭起了灵棚，一口红漆棺材摆放在灵堂正中，两旁挂着许多蓝幡素幛，微风拂过，发出唰啦唰啦的声响；纸车纸马、纸糊的衣箱被褥，摆满了半个院子。为这种悲凉、肃穆的气氛所感染，我忍不住一腔悲痛，暗暗地滴下了两行清泪。可是，马上就被另一种异样的氛围吸引住了。

从我的身后急匆匆地走过来几个吊丧的女客，还离灵堂远着呢，她们竟同时喧腾起一阵响亮的哭声，一直哭到灵前，然后，一个个半跪半伏在地下。伴着那一阵阵的拉着长声的号哭，还有韵味、有腔调地数落着，咏唱着，身姿一起一伏，有节奏地舞动着胳膊向空扑打着。细听起来，这种半是数落、半是咏唱的内容，倒是十分丰富的，不仅包括了对于死者的空泛的溢美之词，还表达了生者的思念之情，诉说着无边的哀痛、悲戚和无法舍身替死的遗憾。

事后，我对博学多识的"魔怔"叔说起了这件事。他讲，这种咏唱属于挽歌性质。它的起源可以追溯到先秦时期，经历了一个由俗入礼，后又依礼成俗的发展过程。《庄子》里有"绋讴"的记载。绋，是牵引灵车的绳子。绋讴——拉灵车的役夫唱的劳动号子，后来演进为挽歌。《礼记》上也有"执绋不笑"的规定。总的来看，唱挽歌或者听挽歌的都是局外人，并不是丧家自身的事。所以，到了晋代，还曾发生过一场"挽歌该不该进入丧葬礼仪"的激烈争论。结果，主张进入的观点占了上风，后来也就相沿成习了。

既然挽歌是由他人吟唱的，也就难怪这些吊客的咏唱如此这般地装腔作势了。其实，那天吊丧的女客，多数我都认得。说是孝子、孝妇的七姑八姨，实际上，都是一些"八竿子打不着"的街坊邻居，与死者并没有什么切近的关系。可是，一个个都装作"如丧考妣"似的深悲剧痛的样子，我想，不过是走走过场，送个人情。群众早就把参加这类活动叫作"随人情"了，这实在是再贴切不过了。

当时，我注意到，当这类表演式的举动进行得差不多了，伯母家里的当事人便及时过来加以劝解。只是，这些吊客非要做到"尽善尽美"不可，光是一般的嘴上劝说还不肯起来，必须有人上前一个个搀扶，并一再地说，千万不要哭坏了身子，才勉强站起。其实，这话也是拣好听的说，同样是一种"虚应故事"。哭也好，唱也好，不过是做戏给旁人看，哪里会弄得哀恸伤身呢！只见这几个女人站起来以后，没有过上5分钟，就同周围的人叽叽嘎嘎地说笑去了。

晚上掌灯之后，要给亡灵"送关门纸"，这也是"哭灵"表演最充分的时刻。伯母的三房子媳和女儿、女婿以及娘家方面来的亲戚，十几个人，按照男左女右的规矩，分跪在灵堂两侧，算作"陪灵"。每当亲戚故旧来到灵前祭拜，他们都要跟着陪哭一场。男客女客，分别由丧家的男人、女人陪哭。走马灯似的人群川流不息，宾主操着同一种腔调，带着同一样的表情，哭诉着同一种内容，例行着同一类的公事，大家都在围着这个亡灵忙碌着，应付着，敷衍着，使得那本来应该是极度哀伤的祭奠，变成了一种形式，一种摆设，一种毫无意义的过场。回回如此，年年照旧。

任何人都看得出，这种借死人凑热闹、为活人争面子的吊丧活动，无非是做戏弄景，可是，没有一个人敢于违俗，敢于进行一番讲求实际的革新。因为，当一种习俗或者礼仪为某一人群所共同认可之后，它就会自然而然地成为每一个体所必须遵循的准则。在传统社会中，如果有谁不肯随俗，或者直接违背了它，就必然会遭到公众的非议，受到人们的耻笑。这使人想起了鲁迅先生的小说《孤独者》。那个魏连殳是精通这些治丧礼仪的，为他祖母入殓时，安排得井井有条，从而赢得了别人发出"仿佛是个大殓的专家"的赞叹；可是，作为身戴重孝的长孙，魏连殳竟又"始终没有掉过一滴眼泪，只坐在草荐上"，这又太不合乎大殓的礼仪了，因此，"大家忽而扰动了，很有惊异和不满的形势"。

旧时代的丧葬、婚嫁习俗，是一个一切都以过去的成规为基准的文化领域。一些生活习俗、礼节仪式的传承，全是靠着模仿长辈的行为实现的。那些终生奔波于生计的劳动者，从来不会，也没有那份精力，去过问这些属于日常经验世界的事情。当被问到"为什么要这样做"时，他们的答复总是"刻板"式的一句话：祖祖辈辈都是这么过来的。

在那种年月里，对于这些乡亲，日常生活的长河似乎已经失去了鲜活感，像一种无生命、无差别的静止的画面，被挤压在按固定程序与同一格式展开的模式之中。每个人每天都在重复着前一天做过的事情，基本上看不出什么变化。从脱下胎衣、跨上摇篮到穿上寿衣、走进坟墓，几十年间，每个人都同别人一样重复着那种平静、缓慢、庸常、单调的漫漫流程。世世代代，他们穿着大体上一样的衣服，吃着相差无几的饭菜，住着类似的房舍，种着同一品种的庄稼，一切都是那么按部就班，那么机械、被动，每天都在"演奏"着没有任何变调的慢板，经历着生、老、病、死的种种近似于麻木的生命演绎。

有一件很小的事，给我留下了深刻的印象：一天傍晚，"罗锅王"门前那棵半枯的老榆树起了火，烟雾弥漫，呛得纳凉的人们一个劲儿地咳嗽。任谁都叨咕这烟实在呛人，却又谁也不肯换个地方，更不想动手把它浇灭，尽管不远处就有一眼水井。就是那么因循将就，得过且过。讲故事的偶尔插上一句："哎呀，这棵树烧完了。"旁边有谁也接上说："烧完了，这棵树。"听不出是惋惜，还是惬意，直到星斗满天，各自散去。

香港《大公报》2000年7月12日

为"好好先生"题照

唐代诗僧寒山写过这样一首诗："世有一般人，不恶又不善。不识主人翁，随客处处转。因循过时光，浑是痴肉脔。"看得出这是为"好好先生"题照的。

但"好好先生"一词正式见诸文字，是始于明人笔记。东汉末年，司马徽由河南迁到湖北的荆州隐居避祸，绝口不谈是非。本来他是以善于品鉴人物、具有知人之明著称的；可是，到了荆州之后，出于种种考虑，无论提到谁，他"美恶皆言好"。明人冯梦龙在《古今谭概》中指出："今人称好好先生，本此。"

早在春秋战国时期，人们称这种人为"乡愿"或"乡原"。一天，孟轲和他的弟子万章在一起闲谈。万章问起了"乡原"是怎样的一种人，孟轲没有直接答复，而是讲了一些情况。他说："乡原批评狂放之士说：你为什么志行高远呢？又批评狷介之士说：你为什么落落寡合呢？乡原的主张是，生在这个世界上，为人、做事，只求过得去便行了。"

孟轲的结论是：乡原就是八面玲珑、四下讨好的人。这种人，要指责他，却又举不出大的错误；要责骂他，似乎也没有什么可以责骂的，他只是同流合污。为人好像忠厚老实，行为好像方正廉洁，容易给人留下好的印象，他也自以为一贯正确。

看来，"乡原"或"好好先生"，并不是为非作歹的坏人，但也不是真正合乎标准的好人。"不恶又不善"，这五个字概括得可算绝妙。

从前面的一些例证和论述来分析，这种人的特点大体有二：一曰圆滑，浑和圆通；二曰因循，得过且过。有个顺口溜形容他们："头戴安全帽，脚踩西瓜皮，专说模棱话，遇事和稀泥。"对照起来，倒也十分相像。清人潘德舆在《养一斋札记》中绘过一幅《乡原图》，粗粗看去，只是两个圆圈，细细考究一番，确是大有文章：外面的圆圈是光滑的；内里是一个不规则的浓墨圆圈。作者注明：此乃"昏墨曲屈，以媚俗为肝者也"。运用简单的两个圆圈，把"好好先生"的内涵与外表刻画得淋漓尽致。道光年间，有人填《一剪梅》词："莫谈时事逗英雄，一味圆融，一味谦恭。""万般人事任朦胧，议也无庸，驳也无庸。"——此画此词，都可说是穷形毕态，入木三分。

据李伯元《南亭笔记》记载：一日，荣禄在朝廷与人争论一事，相持不下。西太后问相国王文韶意见如何，王只是莞尔而笑。西太后再三垂问，王仍痴笑不止。西太后说："你怕得罪人？真是个琉璃蛋！"王笑如前。《清史稿》上也说，"文韶更事久，明于趋避"。这位王老大人亲历咸丰、同治、光绪三朝，在地方当过按察使、布政使、巡抚、总督，在中央做过尚书、大学士、军机大臣，可谓官运亨通。他这个不倒翁的唯一诀窍，就是圆滑模棱，明哲保身。

"乡原"或"好好先生"，从他们出现的那一天起，名声就不怎么好。记得有一首《恶圆》诗："宁方为皂（隶），不圆为卿；宁方为污下，不圆为显荣。"代表了古人痛恶圆滑的态度。

如果说，由于遭逢乱世，当时的社会环境不允许人们讲直言、说真话，司马徽者流只好硬着头皮去当那份"好好先生"；那么，生当坚持实事求是思想路线的今日，若是还那样做，就实在没有道理了。我们提倡讲真理不讲面子，坚持原则，明辨是非，一贯反对做"老好人"。因为多方讨好，到处逢迎，作为一种处世哲学，具有明显的腐蚀性、破坏性；反映在实际工作中，"老好人"行时之地，必然正气不张，邪风大炽。"乡愿，德之贼也！"孔丘在2400多年前讲的这句话，今天读来，仍有教益。

当然，我们反对"好好先生"的浑和圆通，是说不要在原则问题上敷衍、迁就，不要拿原则做交易；绝不是提倡"为斗争而斗争"，机械地、横暴地对待同志的缺点、错误，也不是主张锱铢必较，睚眦必报。属于原则问题，应该真正负责地、诚恳地进行批评和自我批评；而一些非原则问题，包括一些生活细节，则不必过分严苛，吹毛求疵，尽可以宽容、通融一些。叶剑英在《怀董老》的七律中，有这样两句诗："日常生活称老好，原则从未许通融。"此句应该成为我们的座右铭。

香港《大公报》2000年8月11日

山不在高

如果说，遍布着红果、白棉、黄粱、绿树的辽南大地像一幅硕大无朋的五彩斑驳的地毯，那么，这座以旧石器时代文化遗址闻名遐迩的金牛山，就恰似孑然峭立在大地毯上的一盘古色古香的天然盆景。20世纪80年代初，这里曾发掘出距今28万年以上的一具比较完整的远古人类遗骸化石。从此，这座地处大石桥市永安镇的僻陋的小小孤山，便引起了举世的瞩目。

这年中秋节刚过，我们便由省博物馆的考古专家导引，循着盘山小径来到了金牛山东南角一处"洞穴堆积"旁边。专家介绍说，这座山由石灰岩、大理岩和菱镁矿组成。由于雨水中的二氧化碳渗入山体，顺着岩层的缝隙流动，对石灰岩产生溶蚀作用，慢慢地形成一些大小不等的岩洞。经过地壳运动，地下形成的洞穴便随着山峦的隆起，被抬升到地表上面。

跟在考古专家的后面，我们走近了一个穹隆形的岩洞。它颇似一只卧伏着的猛虎，此刻正张着门洞似的巨口，威严地等待着我们。

"就在这个岩洞里，"专家指给我们说，"发掘之前，那具成年男性的遗骸化石，处在岩洞正中的位置。"

"它的下面会不会还有堆积物呢？"针对有人提出的问题，专家回答："现已测出，洞穴堆积物厚达十五六米，越往下年代越久远，甚至可以追溯到百万年以上。它的发现，填补了祖国东北地区远古文化史的空白，也彻底否定了'东北没有古人类'的错误结论，为我们提供了中华民族多源多种的一个最生动的佐证。"

凝视着这座非同凡响的洞穴，想到自己的脚下，几十万年前竟是我们的先民繁衍生息、劳动奋斗的地方，心头蓦然涌起一种超迈时空、遥接万代的感情。一时神驰远古，幻象丛生，仿佛置身于人类历史黎明时期的洪荒世界。眼前，原始丛林茂密，河渠、湖泊纵横，许多平生未曾寓目、而今多已灭绝的动物——披毛犀、三门马、变种狼、剑齿虎等，蹿跃其间。这里，气候温暖湿润，雨量充沛，大自然焕发出勃勃生机。透过一处处灌木丛，看到榛莽纷披的荒原上，野牛、鬃马、羚羊、狡兔在往复驰逐，或者安静地低头嚼食青草。大群毛发浓密、前额低平、眉骨粗大、目光迷惘、口吻突出、腿部弯曲的"金牛山人"，在晴和的阳光下，正利用自己打制的石器或者挥舞着木棒，咿唔呼啸着追逐野兽；有的在集体采集野果，挖掘植物块根。山洞附近，一堆篝火毕毕剥剥地燃烧着……

"人猿相揖别，只几个石头磨过，小儿时节。"我们的考古专家忽然高声朗诵起毛泽东的《咏史》词。莫非他此刻也像我一样，鼓振玄想的羽翼，穿透历史的帷幕，看到了远古的图像，因而思潮涌荡，触景生情？

我却憬然惊寤了。心头的意念一收，时间的潮水，哗哗哗，一下子流过了几十万年，回到了20世纪90年代。

但是，熊熊燃烧着的篝火分明还在视网膜上存留，以至看到脚下发掘出的黝黑的远古烬余，竟然情不自禁地弯下身子，伸出手去，想要探试一下是否还存蓄着往昔的余温。

我们上下巡视了整个山峦。原来，它实在是小得不能再小了，周长不过1240米，海拔70米左右。而且，就年岁而言，专家说，也算是年轻的。如果把地球上已经形成了2000万年的山峦比作老寿星的话，那么，金牛山只能算是总角儿童。

但是，它毕竟是几十万年前人类刚刚脱离动物境界的黎明时期的直接见证者。单凭着这一点，也就足可以举世骄矜了。古语说："山不在高，有仙则名。""仙"者，超越凡品之人与事也。作为一个经历过几十万年风雨沧桑的历史课堂，金牛山使我们超越时空的界限，听到人类远古的足音,披阅那洪荒初辟的煌煌简册,难道还算不上一座名副其实的"仙山"吗?

毋庸讳言,把原始人的创造成果放在现代科学技术的背景上来考察,不啻是沧海中的一粟。比起那些遨游太空的数百吨的飞行器,每秒钟运算多少亿次的计算机,以及把人类观测宇宙的范围拓展到百亿光年的射电望远镜和天文卫星,这些原始时代的石刀石斧,简直窳陋得不值一提。但是,它们是人类进行真正劳动的标志。这极度简陋、极为原始的工具,如同万里长江源头的纤纤一脉,正是后来的铁器、蒸汽、电气时代以至原子能、空间技术、电子计算机时代的整个机械洪流的滥觞。

我们伟大的先民凭借着粗笨的双手和简陋的石器,为人类文明的大厦奠定下最初的基石,宣告了一个划时代的开始。透过他们,我们看到,彩陶、铜鼎在闪光,指南针、地动仪在运转,金字塔、万里长城高耸云天,敦煌艺术、唐诗、《红楼梦》,以及拉斐尔的绘画、托尔瓦德森的雕刻和帕格尼尼的音乐等文化瑰宝争奇斗艳。

劳动创造了世界,劳动也创造了人类自身。正如诗人郭小川所咏叹的:"尽管人们的灵智高出猿人很远,但若没有猿人坚韧的奋斗,人们至今还是遍体长毛,跟野兽做伴。"

想到远古先民"坚韧的奋斗",我的眼前顿时闪现出两个伟岸的英雄形象:一位是古希腊神话中的普罗米修斯,他因为从天上盗取火种给人间,触怒了主神宙斯,被锁在高加索山崖,每日惨遭神鹰啄食肝脏,受尽了万般苦楚,但他坚毅不屈,为了造福人类,完全把个人的安危苦乐置之度外。另一位是中国神话传说中的神农氏,为了拯救生民,疗疾祛病,冒着生命危险,遍尝百草,"一日而遇七十毒"。

虽然这些神化了的传说"古史无征",但它作为人类发展进程中的远古的梦和文化的根,毕竟在很大程度上反映了当时的现实环境;特别是两位英雄人物的献身精神和高尚志趣,更是万古长新、永垂懿范的。

为着生存和发展,我们的祖先在极度艰难险恶的情况下,勇往直前地开辟着人类的生活之路。在那"宇宙洪荒"的创世纪,绝对的愚昧伴随着生产力的绝对低下，科学文化知识无从谈起，赖以生存的物质条件，且不论质，即以量计，也是微不足道的。所以，尽管我们以万分崇敬的心情缅怀人类远祖的丰功伟绩，面对着原始巨人的文化遗迹充满了自豪感，但是，绝不想退回到蛮荒时代，重新经历那凄苦、愚昧的生活。

实际上，亿万斯年，先民们几曾止息过对富裕、文明生活的渴望和对美好未来的憧憬？考古学家给我们讲了一个关于金牛山的民间传说：很久很久以前，这一带还处在蛮荒时代，周围环境异常萧条沉寂。许多人从这里走过，都不想停顿脚步，定居下来。这一天，有一位老汉挑着担子疲惫地经过这里，实在迈不动步了，就坐在路边上打了个盹儿。一睁眼，突然发现山中毫光四射，一头翘着尾巴、金光闪闪的神牛钻进山洞里去。他想，这里肯定是一块"红花宝地"，于是，便带领家人就地搭起窝棚住了下来。他们天天到山洞去探视，想往着金牛能够钻出洞穴，降福人间。可是，父而子，子而孙，年复一年，望眼欲穿，痴想，追求，幻灭，金牛却始终杳无踪影。

呜——山下汽笛长鸣，中长路上一列火车风驰电掣般呼啸而过，飞逝的车窗像一幕幕历史的荧光屏倏然闪过，山头回荡着隆隆的声响。我的思绪也随之逸向远方……

香港《大公报》2000年8月30日

鳄鱼的悲剧

尽管身上穿着印有"鳄鱼"商标的名牌夹克，腰间扎着以鳄鱼皮制作的皮带，也感到舒适、美观、实用，但是，对于鳄鱼我从来没有好的印象。一是觉得它形体丑陋，全身覆盖着一层黑褐色的硬皮，嘴巴、尾巴长长的，四肢却十分短小，简直是一个水中怪物；二是它凶狠无比，森然可怖，吞噬人类和畜类是家常便饭；三是它虚伪可憎——这主要是西方古代传说起了作用，据说鳄鱼吞食生人或家畜时，总是一边吃着，一边还要洒落哀怜的眼泪，人们用它来比喻恶人的假慈悲。

后来，读了英国作家詹姆士·马修·巴里的儿童剧《彼得·潘》，又觉得鳄鱼可怖、可憎之外，倒也十分有趣。彼得·潘是个永远不肯长大的男孩，他能够像精灵一样在天空飞翔。他把海盗巨头杰斯·福克的一只手臂剁下来喂了鳄鱼。从此，杰斯·福克怀恨在心，寻找机会报复。彼得·潘巧妙地利用了鳄鱼贪得无厌的本性：它吞吃了福克的手臂，尝到了滋味之后，就永远忘记不了，于是，始终尾随在福克身后，想把他整个吃掉。但是，福克也不是好对付的，他想办法让鳄鱼吞食掉一架闹钟，这样，闹钟便在鳄鱼肚子里滴滴答答响个不停，福克根据闹钟的音响，可以随时察知鳄鱼的行迹，从而有效地避开了丧失生命的危险。

由于脑子里装了这么多稀奇古怪的故事，所以，当听说要去北榄府鳄鱼湖参观时，我的兴致还是蛮高的。

北榄府紧临曼谷湾，是泰国的一处游览胜地。这里地处热带，又当湄南河的入海口，乃河海交汇之地，非常适合鳄鱼的生长；加之丰富的渔业资源，为鳄鱼的大量养殖提供了充足的饲料，从而促进了"鳄鱼世界"的形成。名曰"鳄鱼湖动物园"，实际上是一处名噪全球的特大型鳄鱼养殖场。场内分池饲养了来自泰国、中国的20多个品种、数万条的鳄鱼。

一条条整齐、干净的卵石路，把浩浩荡荡的观光人流分别引向几个木制的阁楼。游人可以顺着水上的曲曲折折的长廊式天桥，遍游全场的各个养鳄池。池塘都是用水泥砌就的，深浅不等，里面挤挤撞撞地布满了长达数米的鳄鱼。有的往复游动，把池水搅得波澜四起；有的静卧在池塘中间的水泥台上，沉酣嬉戏，沐浴着阳光；有的扬威振鬣，气宇森严；有的怡然自乐，静静地躺在那里，像是一根长长的黄褐色条石。天桥中部阁楼上，设置一座座商亭，陈设着各种鳄鱼皮制品，供游人选购。

鳄鱼湖动物园创建于1966年，占地0.32平方公里。20世纪50年代之初，创办人杨海泉看到市场上鳄鱼皮制品走俏，忽发奇想——通过大量养殖，解决皮货原料问题。于是，筑起了小池，试行鳄鱼留种、人工繁殖，当年就获得成功。这在世界上尚属首创。翌年，租赁4万多平方米土地，凿池蓄水，大量养殖，经过15年的艰苦努力，终于实现了创建"鳄鱼世界"的宏愿。通过做鳄鱼皮生意，获取了巨额的利润，杨海泉也名闻寰宇，被拥戴为国际鳄鱼协会主席。

面对这位祖籍广东潮州的养鳄大王所创下的煌煌盛绩，我不禁想起了1100多年前发生在潮州的有关鳄鱼的一桩遗闻。唐宪宗元和十四年（公元819年），被称为"文起八代之衰"的古文大家韩愈，因为谏迎佛骨，触怒了最高统治者，"一封朝奏九重天，夕贬潮阳路八千"，云横秦岭，雪拥蓝关，由刑部侍郎的京官被贬到当时蛮荒未辟的潮州充任刺史。到任不久，通过访问民间疾苦，了解到此间鳄鱼为害甚烈，便写了一篇《祭鳄鱼文》——实际是"讨鳄鱼檄文"——来驱逐它们。

祭文里告谕鳄鱼：你们不肯在深潭里安居，而是盘踞在恶溪之中，凶狠地吃掉民众的家畜和各种野兽，来养肥自己，繁殖后代。假如你们也有灵性的话，就应该听从刺史的命令：3 天之内，整个家族全部南徙于海，3 天做不到，可以延缓到 5 天，5 天不行，可以推迟到 7 天。若是 7 天还不迁走，说明你们是根本不想走了。那好，我就要挑选武艺高强的乡勇拿起强弓毒箭，来找你们算账，直到全部射杀为止。据说，当天晚上，"暴风雷电起溪中，数日，水尽涸"，鳄鱼全部远徙于海。自是，潮州再无此患。

本来，溪水干涸，鳄鱼迁徙，乃是自然现象，原与祭文无关。但是，群众出于对关心民瘼的刺史的爱戴，做出此种附会，反映了韩愈的驱鳄举措大得人心。有趣的是，当年韩愈为了保护当地群众的利益，视鳄鱼为凶神恶煞，驱之唯恐不速，徙之唯恐不远；而今天，却由潮州人的一个后代，在海外成功地大量繁育、养殖鳄鱼，化祸为福，趋利避害，变弃物为财富，获取了巨额经济效益。从驱鳄到养鳄，千年旧曲翻新调，真是"此一时也，彼一时也"。

鳄鱼养殖场内，有一处水泥砌就的大型圆池，里面游动着许多条性情温驯的大鳄鱼。圆池周围设置有供游客观看驯鳄表演的六级看台，上面罩上了遮蔽阳光的草苫。在热烈的掌声中，两位身着红衣的男青年出场，向观众行礼致意之后，即赤足涉水，用力牵拽鳄鱼尾部，拖其上岸；鳄鱼则执拗地掉头摆尾，拍击水面，发出了巨大声响。

红衣青年将鳄鱼拖上岸边以后，竟出人意外地把脑袋伸进张作巨盆一般的鳄鱼嘴里，久久地停在里面，供游人们拍照留影。他们还把许多泰币扔进鳄鱼口中，然后探臂入内，一一拾取。尽管早已训练有素，表演有惊无险，但善良的观众仍然惴惴不安，目不忍睹。驯鳄青年还做了骑鳄游水的表演；最后，挺立在鳄鱼背上，扬鞭催打鳄鱼，让它做出种种引人发笑的动作。看来，这些叱咤江海的庞然大物，一经人工驯养，便失去其祖上的威风，成了被人百般耍弄的玩物。

鳄鱼在其自身价值尚未被人发现、获得社会承认的时候，遭人厌弃，受到驱逐；为了延续生命，繁衍后代，它们不得不终朝每日搏击风浪，冒险犯难，去寻觅食物，维持生存。尽管时时处处面对着怒浪狂涛，但是，可以自由自在地遨游江海，终其天年。而今，安然酣卧在养殖园中，外无风涛之险，内无冻馁之虞，不可谓不是一种享受；然而，这种宁静舒适的境遇的取得，却是以失去自由、摧残个性、最后统遭宰杀为沉重代价的。

鳄鱼的这种悲喜剧，同中国古代思想家庄子所说的"山木自寇，膏火自煎。桂可食，故伐之；漆可用，故割之"和"不材之木无所可用，故能若是之寿"，出于同一机杼。

香港《大公报》2000年11月1日

"马背上的水手"

"横在中间的海湾像熔化了的铅般闪着暗淡的光辉,水面上的帆船,有的纹丝不动地躺着,有的随着缓缓的潮水漂流。遥远的塔马尔派斯山,在银色的雾霭中隐约可辨,巍然高耸在金门海峡一旁,这海峡在西斜的阳光中,活像一条淡金色的小道。再过去是辽阔的太平洋,茫茫一片,在地平线上掀起一堆堆滚动的云块,它们正朝陆地汹涌而来……"这是90年前美国著名作家杰克·伦敦笔下的海湾景观,今天看来也并没有什么变化。

我们是为着访问杰克·伦敦的故居而来到奥克兰的。这是一个与旧金山隔海湾相望的美丽城市。过去只知道杰克·伦敦出生于旧金山,后来随同家人迁到奥克兰。但是,故居究竟坐落在奥克兰什么地方,书上并没有记载,问了周围的许多人,也都说不清楚。

一个偶然的机缘使我们如愿以偿。真像古代话本中说的:踏破铁鞋无觅处,得来全不费功夫。这天,我们去林肯大学参观、访问。当我从名片上得知代校长瑞普先生是文学系教授时,便向他请教了这个问题。他热情地介绍了情况,并详细画了路线图。于是,我们驱车来到奥克兰市,经过一番寻寻觅觅,终于找到了杰克·伦敦村。

这是一座庄园式的院落,多为二层楼木板建筑。其中一小部分辟为纪念馆,陈列着作家的《生平事迹概览》,用过的实物,以及在美国出版的他的几十种著作。纪念馆中展品十分丰富,最引人注目的有三件,一是镶嵌在镜框中的作家与妻子卡缅恩的合影,二是一只栩栩如生的灰色狼狗的标本，三是一艘木帆船的模型。

看到这只大狗，我立刻想到了《野性的呼唤》中的"巴克"和《白牙》中的"白牙"。杰克·伦敦的这两部长篇小说，均以狗为主人公，分别写成于1902年和1906年。前者描写大狗"巴克"生活在人类社会中，但野性未驯，终于在狼群的呼唤下，切断了与人类的联系，逃入了原始森林，变成了狼。后者描写狗与狼的混血儿"白牙"，在荒野中诞生、发育，既具有父亲遗传下来的狼的野性，又保持着母亲驯化于人类的狗的温顺，这种本能把它从荒野引到人们居住的帐篷附近。二者活动的舞台，都是发现了金矿的加拿大荒野。

看着这匹狼狗，我还想到了作家的短篇小说《热爱生命》。一个寻金者在北极圈冻土带迷了路，同伴抛弃了他。在没有粮食、弹药的情形下，他颠踬寻路，奄奄待毙。就在生命垂危时，忽然发现了一匹病得很重的狼向他蹒跚走来。此时，他已无力把狼捕杀，当然，病得很重的狼也没有气力咬死他。但是，一场奇特的搏斗还是展开了，最后，他昏了过去。而当病狼拼命地用牙齿咬进他的肉体时，他又重新振作起来，紧贴着狼的喉咙咬去，一股暖暖的狼血流进他的口腔中。故事的结局是北冰洋上的一艘捕鲸船救活了这个已经不省人事的寻金者。

据列宁夫人克鲁普斯卡妮回忆，列宁在逝世前几天，曾要她朗诵过这篇小说给他听，并且大加赞赏。我想，这是因为小说中洋溢着一种顽强不屈、战胜困难的极其英勇、坚韧的精神。这种精神，对于一切正直的人群都是十分宝贵的。

关于这艘木帆船，也是颇有来历的。作家与卡缅恩·基特吉结合以后，11年间，他们除了在文学事业上相濡以沫，全力配合外，生活上也是步调一致地自由放浪，异想天开。1908年，他们一同登上这艘自己设计的小帆船，沿着南美海岸线航行，去追溯著名作家麦尔维尔《白鲸》小说中捕捉鲸鱼的水域。以后，又乘船到夏威夷群岛，与当地庄园主们结成朋友，深入莫洛凯岛麻风病区，做打破旅行禁区的冒险访问。

杰克·伦敦的这种文学探险事业，在20年代初影响了美国"迷惘的一代"

作家们，如海明威与菲兹吉罗等，使他们提出了冲破美国在文学艺术上的地区狭隘性，自愿流放到欧洲去寻找新灵感的主张。但是，杰克·伦敦本人文学生涯的高潮很快就结束了，随着幻想的一个个破灭，最后，不得不回到故乡去建造豪华的别墅，聊以自慰。

从解说员的介绍中，我们知道，杰克·伦敦是跑码头的星相家威廉·亨利·钱尼和孀妇弗洛拉·韦洛曼的非婚生子。迫于生计，他从小就在街头卖报、打零工，小学毕业后进罐头厂卖苦力，常常一口气干18到20个小时的活；15岁时，借钱买下一条小帆船，偷袭海湾中的私人养殖场，做了"蚝贼"；后来，又搭船去过东北亚，在白令海捕猎海豹；回来后在黄麻厂、发电厂做工；不久，又以"无业游民"被关进监狱；阿拉斯加发现金矿后，他加入了淘金者的行列。

但是，用他自己的话说，"一生中真正的爱好就是读书"。即使在做"蚝贼"、捕海豹的艰危境地，他也没有放弃过阅读吉卜林、麦尔维尔、左拉、福楼拜、托尔斯泰的小说，并拼命地坚持创作。他甚至典当脚踏车和衣服，以便买邮票寄稿子，但大量稿子还是被陆续退回。据说，到末了，他收到的退稿笺串在锭子上，竟厚达五英尺。

在他23岁那年，生活上出现了转机，他被奥克兰邮政局录取为月薪65元的邮递员。可是，面对这个"肥缺"，他却又犹豫了：既舍不得丢掉这个吸引力蛮大的职务，又不想放弃文学创作，只好恳求邮政局长格外施恩，暂先录取别人，待下一次出现空缺时允许他去递补，结果，遭到了断然拒绝。我想，如果杰克·伦敦当时毅然接受了这个职务，或者奥克兰邮政局长答应了他的请求，那么，大洋彼岸的邮政系统可能添加一名额外的邮递员，而世界文学的天宇中却隐没了一颗闪耀着奇光异彩的巨星。

杰克·伦敦只活了40岁，在16年的创作生涯中，给我们留下了近50部文学著作，其中长篇小说达19部。同时，作为一个社会党人，他以火样的激情不遗余力地宣扬革命思想，愤怒控诉资本主义制度。后来，竟被尊崇为"美国无产阶级文学之父"，这个称号应该说是当之无愧的。

当然，在他的世界观中，马克思主义和尼采的超人哲学始终交织在一起，一直到死，他都在二者之间摇摆、徘徊。这种矛盾也反映在他的代表作《马丁·伊登》等长篇小说中。杰克·伦敦生前曾打算写一部自传，命名为《马背上的水手》，意在点明他既是一个热爱海上生活的普通劳动者，又是一个高跨在马背上的"强者"。但是，由于死得太早，这部作品本人并没有写出，在他死后20年，由美国传记作家欧文·斯通完成了。

展览大厅中设有一个大型展台，陈列着世界上许多国家用多种文字出版的杰克·伦敦的著作。可是，中华人民共和国的图书样本却付诸阙如。其实，我国出版过许多种，只是由于两个世界的长久隔绝，才造成这种"此求彼有两不知"的状态。当我们向纪念馆负责人说明要寄赠杰克·伦敦著作样本时，他表示热烈的欢迎，久久地和我们握手、拥抱。

纪念馆属民间机构，非营利单位，由一位杰克·伦敦的崇拜者自愿担任义务解说员。参观纪念馆也不收取任何费用，随进随出，无人拦阻。但在入口处设置一个玻璃箱，上面标有"欢迎义务捐赠"字样，我们一行人主动解囊相助，表达了中国作家的一番诚意。

离开纪念馆，我们又到街市上徜徉，想努力发现一些作家当年的遗迹。童年的小杰克就读过的公立柯尔小学还在吗？作家终生寝馈其间的奥克兰公共图书馆在哪里？他以八万美元修造的豪华别墅"狼舍"，听说后来被大火焚毁了，于今可还留下一些残迹？长篇代表作《马丁·伊登》中女主角罗丝·摩斯的原型、作家的初恋情人梅布儿住在哪里？……

百年时间不到，一切已经变得面目全非，或者"江山不可复识矣"，令人为之叹息良久。过去以为简·爱重回盖兹海德府所慨叹的：没有生命的东西都没变化，有生命的却变得认不出来了，乃是不可移易的真理；其实是不准确的——没有生命的东西同样在变。本文开头说的海湾景观90来年没有什么变化，自是文学语言，而非科学表述。应该说，变是宇宙的正常现象，"天若有情天亦老，人间正道是沧桑！"

香港《大公报》2000年12月6日

莫漫还乡

唐代词人韦庄有"未老莫还乡，还乡须断肠"的词句，那是因为他不仅苦恋着"春水碧于天"的江南秀色，而且，也舍不得抛弃那如花似月、皓腕凝霜的垆边丽人，只好换啊、换啊，最后换到迟暮之年再谋归计。而我这里所谓"莫漫还乡"云云，有别于上述任何一种考虑。当然，也并非因为家乡处于风雪凝寒的塞北，没有张季鹰那样的鲈鱼堪脍、莼羹可调，才显得这么寡淡、萧然。应该说，现代人有现代的情况，与古代的完全不搭界。

本来，乡心、乡梦、乡情，颇像一支异常古老而又充满温馨的歌谣，每当夜深人静之时，它总会悄然在耳边响起，牵动着游子的情怀。这时，真恨不得两胁突然长出一双翅膀，翩然飞向云端，尽快投身故园的怀抱里。可是，想望终归是想望，当你真的要束装归里了，却又常常颇费踌躇。

这话要从40多年前的中学时代说起。那时，我住在县城的学校宿舍里，隔上半年左右才能还乡一次。由于渴盼着回家，提前多少天就不安心了，睡不好觉，吃不好饭，合上眼就觉着是进了家门。可是，待到真的成行了，眼看就要走进村子，又"足将进而趑趄"，十分打怵起来。

原来，我那时已经戴上了一副近视眼镜。新中国成立初期，直到20世纪50年代末，在偏僻的乡下，还几乎看不到戴眼镜的人，电影里、舞台上倒是有，但全都是洋鬼子、狗特务、老财主之类的反面形象。偶尔有谁戴着眼镜走过来，免不了要遭到村人们的冷眼，甚至指着脊梁，骂一声"臭美""摆阔""唬洋气"。因此，每次还乡，我都没有勇气戴着眼镜进村，总是还离得很远就把它摘下来，揣进怀里。

可是，这样一来，新的问题又出现了。由于眼睛近视，辨不清楚迎面过来的人是熟悉的还是陌生的面孔，是张家二叔、李家大伯，还是完全不相干的什么人。有心主动打个招呼，又怕认错了人，遭到抢白，闹出笑话；不打招呼吧，更怕果真是个熟人，被人家指责为"眼眶子高，架子大"，很不好处理。最后，只好一路低着头走，成了"近乡情更怯，不敢看来人"。

现在看，这种做法也实在多余，完全是自讨苦吃，索性就戴上眼镜，大大方方地走进村子，还能怎么样？无非是开始不习惯，三回两回过去，人们也就见惯不怪了。可是，在当时我还缺少这样的勇气。

这当然是一种特例。一般地说，"少小离家老大回"，原是一件十分普通的事，应该不会大费周章。但是，实际上，并非像说得那样简单，还是不同人有不同的难处、不同的苦衷。毫无例外的是，凡是久别归来的人，不管你愿意不愿意，都免不了要经受一番乡人的检阅与盘查：你在外边混没混出一点名堂，地位、资财怎样？是不是谋得了一官半职？带没带回一个贤惠、俊俏的媳妇，子息如何……反正有些人就是好管闲事。

一次闲唠起来，表哥谈起了他回乡时的尴尬。他是在离别故乡 33 年之后重返家园的。这天，当他背着沉重的行囊出现在家人面前时，还没说上几句话，就觉得全屋人所有的眼睛，同时地射到了他那已经爬满了皱纹的脸上，射向了鼓鼓囊囊的大包裹。而后，自然是寒暄，是问候，是热泪盈眶，是沏茶倒水……但是，最终总要问起"当了一个多大的官儿，每月能赚多少票子"。而在一一做了答复之后，就要一样一样亮出行囊里的家底，当着三叔、二伯、七姑、八姨的面，逐个地把礼品送到眼前。花费了很多钱自不必说了，最难处理的是如何答对得周到，摆布得公允。这是一件很麻烦的事，须在还乡之前，就通过信件事先询问清楚，做出妥善的安排；否则，万一有个遗漏，出现闪失，便会招来不快，直到你离开了许多日子，还要嘀咕个没完。

莫漫还乡

在外面没有混出一点名堂来，自然没有脸面还乡，所谓"无颜见江东父老"。战国时的苏秦游说秦王没有成功，裘弊金尽，形容枯槁，"归至家，妻不下紝，嫂不为炊，父母不与言"。其窘促之状，恰如唐人诗中所写的："归来无所利，骨肉亦不喜。黄犬却有情，当门卧摇尾。"这种情况，可说是：自古已然，于今为烈。

那么，发迹了的就肯定有勇气面对回乡这个现实吗？也不见得。你曾否为故乡的发展做出过什么贡献？——这是从为公的角度看。私下里的人情、面子，也万万不可轻忽。三叔的儿子的工作，你帮没帮助安排？二伯父的孙女上大学了，你是否有过资助？还有大姑奶的外孙子、妻舅的小女儿托你办的事，你都办得怎么样？一切一切，动身返乡之前，都必须想得周全；发现有什么未尽事宜，要及早加以弥补。在这些"要事"妥善处理之前，最好先别回去招摇。不然，酸言冷语，街谈巷议，大概也不是很好受的。

其实，上述问题尽管十分琐碎，却还可以料理，真正令还乡游子伤情无限的，还是故乡的一切已经面目全非，旧时的踪影已经随着童年的飞逝消失净尽。想象中的甜美与热切的期望，终竟代替不了瞬息万变的残酷现实，所以，还乡同时就意味着告别，往往就是一番感伤之旅，惆怅之旅。

回到故乡，你最想见上一面的也许是年轻时钟情无限的女友，平时不知有多少次，只要记起她的名字，脑际便立刻重现出那盈盈的笑靥，隽美的风姿。可是，当这一时刻终于来到了，站在你面前的却是一个齿豁发疏、皱纹满脸的老妪，你会惊诧得叫出声来，下意识地低下了脑袋，不忍心再多看上一眼。紧接着涌上来的一个念头，便是：我在她的眼里难道不也是如此吗？此情此景，使一切都意兴索然了。

就我自己而言，经常想到的是伴随着我的整个童年，令我永生眷恋的门前沙岗上的郁郁丛林。然而，它早已化为乌有了，经过"公社化"中"大办食堂"的乱砍滥伐，于今，不仅长林古木杳无踪影，而且，连大沙岗子也已经夷为平地了。

165

还有那"芦花千顷水微茫"的迷人景观。小时候,南大洼的片片芦花,年年都为秋风引路。中秋月圆前后,雁声嘹唳在长空里,碧水、黄芦之上,苇花热烈而繁华地盛开着,迎着遍野金风,它们一排排地起伏荡漾,像白浪滔滔,洪潮滚滚,却听不见拍岸的声响。整个村落罩上一层霜雪般的茫茫花雾,宛如浮荡在虚无缥缈的童话世界里。现在,这一切已经全然不见了,弥望的是横不见地边、纵不见地头的清一色的稻田。面对着这种种变化,心头总觉得好像是缺少了一点什么。

清人有"老经故地都嫌小"的诗句。其实,说是"故地",早已无"故"可言了。当然,这里反映出一种心理上的变化,许多事物在孩子和成年人眼中,是迥然不同的;同样一种事物,在阅历不同、心境各异的人看来,也会产生截然不同的印象。

本来,对于故乡的认识,游子们无一例外地都会夹杂着浓重的感情色彩和想象的成分。原本十分鄙陋的乡园,经过记忆中的漫长岁月的刷新,在离人的遥遥想往中,已经变作温馨的留念与甜美的追怀,化为一种风味独具的亮点,放射出诗意的光芒。在回忆的网筛过滤之下,有一些东西被放大了,又有一些东西被汰除了,留下的是一切美好的追怀,而把种种辛酸、苦难和斑驳的泪痕统统漏出。

当然,这一切都须以淡淡的追怀、遥遥的思念为前提,当你一朝踏上了归途,真的把故乡收进眼底,那种失望与迷茫的心情便会蓦然涌起,一种追求与幻灭交织着的情怀,会令你深悔此行,觉得真不该生生地吹破了这个美丽的肥皂泡儿。

借用大文豪普鲁斯特颇带感伤意味的说法:我们徒然回到我们曾经昼思夜想的埋葬过温馨童年的地方。我们绝不可能重睹过往的一切,因为它们不是寄形于空间,而是存储在时间里——时间,恰恰是时间发生了变化,重游旧地的人已不再处于曾以自己的热情装点过那个地方的童年。

香港《大公报》2001年3月7日

溪　韵

　　记得俞曲园在《春在堂随笔》中说过："九溪十八涧乃西湖最胜处。"特别是他那首描写九溪十八涧的诗："重重叠叠山，曲曲环环路，叮叮咚咚泉，高高下下树。"更给人留下了深刻的印象。所以，这次来到杭州，行囊甫解，我们就寻访了九溪十八涧。

　　看地图，九溪十八涧位于西湖西边的鸡冠垄下，地形像个"丫"字。上端一方起自风光秀丽的龙井，一方连接著名的烟霞三洞；下端与钱塘江贯通，全长数十里。

　　明人张岱盛赞："其地径路崎岖，草木蔚秀"，"别有天地，自非人间"。同时强调指出：那里"人烟旷绝，幽阒静悄"，"老于西湖者各胜地寻访无遗，问及九溪十八涧，皆茫然不能置对"。300年过去了，现在，这里也还是"幽阒静悄"，人迹稀少。一路上，我们问过许多人，有的"茫然不能置对"，有的表现了善意的诧愕，意思是：到杭州来，不去游湖赏景，偏要到那个僻塞地方去，怪哉！只是他们很客气，没有明说出来。

　　走出龙井之后，就踏上了九溪十八涧的"崎岖径路"。迎面遇到一个青年，主动告诉我们："我来杭州十几天了，西湖游过了多少遍，以为九溪一带肯定好玩，谁知一点意思也没有，走到半路就折回来了。"我们一听，心里也凉了半截。但是，总觉得"名下无虚"，古人不会无故说瞎话的。于是，便硬着头皮径直地走下去。

　　山回路转，前面果然出现了幽邃的胜境，两旁竹木葱郁，绿荫四合，苍茫中颇有佳致。中间清流一线,纡曲弯环,琮琮琤琤,声若鸣琴,有时同我们捉迷藏,隐身丛林峡谷之中,只留下一片清脆的流响;有时又大大方方地流过我们脚下,露出明亮的姿容;有时调皮似的横在我们面前,从左边跳向右边,一会儿又从右边奔向左边,拖累得我们经常要履石穿流而过。

  这里的地形也十分奇特,四面山峦环抱,每架山峦多呈馒头形。放眼四望,酷似绿色的巨大花环,行人被围在中间的"井"里。眼望着前面的去路已断,可是,寻着溪流走去,又转悠出来了。谁知,刚刚转出了这个"井",很快又迈进了另一口"井"。怪不得清代的随园老人说:"我爱九溪十八涧,把人引去又勾留。"我们就这样,转啊转,勾留在一个个"葫芦峪"里。愈转山色愈深,愈转溪流愈阔。虽然已是暮秋,但山中气温还比较高。鸣蝉在树,山鸟啁啾,此刻,真正体会到了"蝉噪林愈静,鸟鸣山更幽"这两句古诗的妙谛。

  同行的诗人C君说道,看到这里的景物,我想起了泰戈尔的一段论述:诗像一条小溪,紧束在两岸之间,岸边丛林、村落,景色万般。诗歌格律很像小溪的两岸,使它流得曲折,流得绚美。散文则像涨大水时的沼泽,汪洋一片,散漫不羁。所以,写诗是一种快乐,写散文则是痛苦。高尔基也认为,散文比诗更难写。

  我说,泰翁讲的自有他的道理。其实,会写诗的一般都擅长散文创作。就说泰翁这番话吧,还不是一篇绝妙的散文?

  突然,一串银铃般的笑声打断了我们的谈话。原来,一对青年男女正在前面溪石上照相。女青年对着清澈的溪流梳理着秀发,一不小心踏在水里,却并不急着走出,只是大声嚷道:"哎,怎么水还发温呢?"男青年放下照相机,将女郎拉到自己身边,伏身一试,说:"真的,说不定哪一条溪就是温泉。你闻闻,还有硫黄气味呢!"

  我们继续在"葫芦峪"里穿行着。小说家S君半认真半开玩笑地说:"舍弃六桥三竺,肯到这个深谷幽涧中漫游,我想,大概只有两种人:一种是情人，谈情说爱，是最喜欢幽静的。古人游西湖，有诗云：'人自乞晴侬乞雨，要它微雨散行人。'说的正是这种情况。再一种就是诗人，览胜寻幽，更饶诗兴。这两种人还有一个共同特点，就是不避艰险，不惮劳苦。哪怕炎阳流火，或者风雪载途，也不说半个'难'字，照样坚持着，忍受着，甘之如饴。都有一种'衣带渐宽终不悔，为伊消得人憔悴'的献身精神。"说罢，小说家自己也不禁笑了起来。

"而且，"我补充说，"这两样都是事必躬亲，再苦再累再险再难，也不能烦请他人代劳。不然，爱神维纳斯就不会光临，诗神缪斯也见不到踪影了。设想，当日李白如果不'流落楚汉'，'仗剑去蜀'，《蜀道难》这千古名篇就无从问世；同样，徐霞客只有历经30年，走遍大半个中国，才能留下那部被称为'世间真文字、大文字、奇文字'的200万言的皇皇巨著。"

说话间，我们已经到了"溪中溪"，这是九溪十八涧的最佳处。往前再走一段，就将告别九溪，踏上大路了。照通常心理，离开了崎岖小路，走上通衢坦途，一定会欣然色喜的。可是，我有些怅然。后悔前段路走得太匆忙了，没有仔细浏览溪山胜境。赏景好似读书，"读书切忌太匆忙，涵泳工夫意味长"，囫囵吞枣，收获不大。无奈，天已向晚，没有可能再回去重温胜迹了。

小说家谈到有一年他在苏州，住在人民桥附近，每天上街都要绕过一段很长的路。离开苏州这天早晨，他突然发现一条捷径，但也只能走这么一次。当时，他颇有感慨地想：小路啊小路，发现了你，也离开了你。事物常常是这样的。

几句简单的话，引得我一路沉思。

香港《大公报》2001年4月25日

想起了于谦

在反腐倡廉中，影视屏幕上推出一位清代的名臣于成龙；我也想凑个热闹，从历史上再找出一位于姓的名臣，这就是明代著名政治家、爱国英雄于谦。

同于成龙相似，于谦在任期间，也是轻骑遍历各处，延访父老乡耆，大力兴利除害。他曾上书朝廷，建议："以河南、山西各积存的数百万石谷物，在每年的三月借给缺粮贫户，待秋收后收还；对因贫穷、疾病无力偿还者，可以予以豁免。凡州县官吏任满当迁者，如预备粮不足，不许离任。此事由风宪官员按时稽核巡查。"建议得到了朝廷的批准，贫苦农民受益无穷。在巡抚河南时，他发现河堤经常溃决，对生产生活造成了巨大破坏，便组织民众筑堤治水，设置亭长，专门负责河堤修缮事宜。在山西，他剥夺边镇军官私占土地，改作官府屯田，以资边防所需。

最值得称颂的，还是于谦把保持高尚的节操看得重于一切。"但令名节不堕地，身外区区安用求！"这是他的名言。他还写过这样一首诗："名节重泰山，利欲轻鸿毛。所以古志士，终身绨甘袍。胡椒八百斛，千载遗腥臊；一钱付江水，死后有余褒。苟图身富贵，睃剥民脂膏，国法纵未及，公论安所逃！作诗寄深意，感慨心忉忉。"

诗的前四句，颂赞古代志士贤人重节操、轻利欲的嘉言懿行。中间四句，列举历史上正反两方面的实例，进一步阐述其为政务须清廉的观点。唐朝宰相元载贪得无厌，后被抄家籍没，仅胡椒就抄出八百石，足见其受贿敛财之巨,结果遭人唾骂,遗臭万年;东汉时会稽太守刘宠,清正廉洁,离任时,郡中几个老年人送给他一百文钱,刘宠只接受了一枚,当即掷入水中,从而芳名流传百世。后面四句说明,如果贪图不义之财,剥削民脂民膏,即使暂时侥幸逃脱国法的制裁,也定会遭受公论的谴责。最后两句做结,说他写这首诗是忧心忡忡,寓意深远,寄慨遥深的。

于谦言行一致,怎样说就怎样做。史称,他任河南、山西巡抚19年,每议事京师,皆空囊(口袋)以入,未尝持一物交结当路者。后调任兵部右侍郎进京,其时宦官专权,政治腐败,百官拜进必献纳金银及名贵特产,左右劝他也带些当地土特产,如手帕、蘑菇、线香之类,以交结权贵,理顺通道。

他朗声大笑,把两只袖子举了起来,说:"我带有两袖清风!"并作诗一首:"手帕蘑菇及线香,本资民用反为殃。清风两袖朝天去,免得闾阎话短长。"结果,遭到了权倾朝野的宦官王振的嫉恨,借故加以陷害,不仅受到降职处分,还坐了3个月的大牢。后来,由于山西、河南两省公众据理吁求,朝廷才恢复了他的两省巡抚的职务。

于谦不送礼,不行贿,更不受贿。因而无论是登朝执政,还是居家燕息,都感到问心无愧,心安理得。这在他的另一首诗里反映得很充分:"剩喜门庭无贺客,绝胜厨传有悬鱼。清风一枕南窗卧,闲阅床头几卷书。"

"悬鱼"是个典故。东汉庐江太守羊续拒绝收受各种贿物。一天,下属给他送来一些鲜鱼,他谢绝不成,便将那些鲜鱼高高地挂在屋檐之下,任它风吹日晒干瘪下去,送礼之风从此大为收敛。而于谦则更胜一筹,由于根本没人登门送礼,所以,连"悬鱼"的做法也免去了。

在"土木堡之变"中,于谦保卫北京城立下了卓绝的战功;后来,朝廷政局发生了变化,于谦反而蒙冤遭受杀害。抄家时,人们发现他家里"无余资,萧然仅书籍耳"。唯独正室锁得很严,都以为是藏匿了金银财宝,打开一看,原来是皇帝赐予的蟒袍、剑器。在场的人无不为之感动。

同读书、做学问有三种境界一样,我以为,在廉洁自律、拒绝接礼受贿问题上也有三种境界：

第一种境界，是防范在前，通过各种形式发出拒贿告示；遇有送礼者，加以严厉谴责，并对送礼的行为表示出明确的排拒态度，绝不含糊、暧昧。羊续"悬鱼"当属这种情况。

第二种境界，是清廉自守，"有所不为"，使人心存戒惧，不敢在他的身上做出越轨的事。就是说，由于拒贿的决心已为公众所知，使行贿者心生畏葸，见而却步。唐代贤臣李廙，律己极严，生活清苦，官至尚书左丞，官府厅堂里却挂着一条破旧门帘。他的妹夫、户部侍郎刘晏，托人编织一个新的门帘，想要送给他，但"三携至门，不敢发言而去"。

第三种境界，是不要说接礼受贿，人们根本就不去打他的主意。即使逢着本人寿诞、儿女婚嫁等类节庆吉日，也没有人想着要去给他送礼，于谦45岁生辰，"门庭无贺客"，即属于这种更高层次的境界。

香港《大公报》2001年7月2日

一路文缘

"雷鸟"特急列车,风驰电掣般奔向前方,很快就把北陆地区拉到了我们眼前。这是一个狭长地带,无论山川风物、人文历史,在整个日本都是最有特色的地区之一。自古以来,文风尤盛。

列车驶入福井县境,我记起了这里是日本当代著名作家水上勉的故乡,问了陪同访问的广濑先生,果然不差。他告诉我,水上勉出生于一个十分偏僻、闭塞的村庄,父亲是个穷木匠,养活不了5个孩子,断炊是经常的,往往下顿不接上顿。水上勉9岁时,便被送进附近一座寺院当了小和尚,后来因为不堪寺院的非人境遇,冒险出逃了。他从事过卖药、送报等30多种职业,十分熟悉底层民众的疾苦。多舛的生涯、丰富的阅历,为他日后的文学创作提供了坚实的生活基础。他的长篇名作《雁寺》就是取材于少年时期那段僧侣生活。

对于水上勉先生,我之所以颇感兴趣,不仅仅由于他是一位名噪全球的大作家,还因为出国之前,在沈阳图书馆偶然看到一份资料,说水上勉在20世纪30年代末,曾一度流寓中国,在沈阳北市场附近当过搬运工,患了肺结核,卧床不起,多亏一个烧开水的中国小伙子悉心照料,才得以逃出病魔的纠缠,保全了性命。水上勉一直记着这件事情,深情怀念这位救命恩人。

当然,这也和我读过他的长篇小说《越前竹偶》有直接联系。水上勉许多小说特别是后期作品,都是以家乡为背景,以社会底层生活为题材,描写普通民众生计的艰辛和命运的残酷，富有人情味和乡土气息。《越前竹偶》便是其中最著名的一部，1963年曾经获得了谷崎奖。

故事发生在20世纪20年代日本越前（今福井县）武生附近的一个名叫竹神的小山村里。当地盛产竹子，以竹制品工艺精湛而闻名遐迩。小说通过描写制竹工艺师喜左卫门和喜助父子同妓女玉枝的爱情悲剧，成功地塑造了三个生动感人的形象，揭示了深刻的社会意义。艺术手法十分独特，通篇以竹偶制作的兴衰际遇为线索，而竹偶的命运又与两代竹工艺师同妓女玉枝的爱情纠葛联系在一起，形成了严密紧凑的内部结构。整部作品的调子是凄婉而低沉的，给予读者以历久不磨的印象。

广濑告诉我，人们说北陆地区文风凤盛，主要是由于这一带同驰誉世界文坛的日本古典文学名著《万叶集》有着深厚的渊源。这部被视为日本国宝的著作，以人性为基础，以现实主义为特征，直率地表现人的真情实感，开创了日本和歌的道路，成为后世诗歌的典范。我在20世纪80年代初期，看到过一部中文译本，觉得在那些表现男女爱情的抒情诗中，最为凄怆动人的，留下印象最深的，是与中国唐朝李白、杜甫同时代的中臣宅守及其妻茅上娘子的赠答诗。

中臣宅守婚后不久，便被判处流放罪，发配到边远的越前味真野町（今福井县武生市），而妻子茅上却滞留于京城奈良。以现今的交通条件而言，两地相距不过三四个小时的车程，可说是方便极了。但是，在8世纪，这里还属于洪荒未辟的穷边绝塞，山川阻隔，道路崎岖，简直就是一在天之涯、一在地之角了。中臣宅守在诗中苦吟：

远山复远山，行行过重关。相逢更无日，凄苦满心间。
…………
杜鹃无凭证，任意越关飞。但能如彼鸟，看妹频来回。

一双爱侣被生生地分开，相见无期，关山难越，竟至艳羡那无须缴验证件，即可自由翱翔于万里苍空的杜鹃鸟，渴望能够像它们那样，冲出重重关卡，随时与所欢会面。

而茅上娘子的答诗，结想尤为奇特，且又同样饱含着血泪相思之情：

愿君长行路，折叠垒作堆。付诸昊天火，一炬化成灰。

她幻想求助于冥冥中的神灵，将丈夫与她拉开的漫长的苦痛之路、相思之路，像一个纸条那样，折叠在一起，然后笼起一场弥天大火，一烧了之。这样，夫妇就可以长相聚首，永不分离了。这些饱蕴着纯真、炽烈的深情，伴合着凄惨的泪水的铿锵诗句，令千载以下后的今天的读者犹为之伤情不已。

列车飞速地疾驰着，树木、房屋一排排地向后退去，但在我全神贯注的目力搜索中，"武生"站的标记还是清晰地显现在眼前。当年流放罪犯、发配刑徒的边塞穷荒之地，于今已高楼栉比，市廛连云，车如流水，到处都是一片繁华景象。即使还能觅得味真野町这个地点，肯定也早已变得面目全非，再也无从找到1200年前的鸿爪留痕了。

广濑先生告知，《万叶集》这部堪与中国《诗经》媲美的日本古代诗歌总集，有许多诗篇产生于包括福井、金泽、高冈、富山等地的北陆一带。特别是我们前去访问的富山县冰见市，附近有一座万叶山，被认为与《万叶集》有着直接的渊源。诗集中收诗最多的歌人、担任过全书总纂的大伴家持，就曾在这一带任过官职，至今冰见市还留存着他的活动踪迹。

记得一部日本文学史中讲过，成书于公元6世纪初叶的中国最早的诗文总集《昭明文选》，在文艺思想、艺术发展道路上，就曾给予日本古代的"万叶诗人"以不小的影响。就着我的这个话题，广濑做了进一步的阐述，他说，日本文化在5世纪前，尚处于鸿蒙初辟的原始时期；可是，到了8世纪之后，便跃向一个辉煌的阶段——平安文化时代。这是与对中国文化成果的模仿、吸收、借鉴分不开的。在这方面《万叶集》有其不可磨灭的历史性作用。因此，直到今天，它在一些日本文史专家、社会学家的笔下，还往往被罩上一圈闪亮的光环，每当提起"万叶时代"，人们总是充满着憧憬与向往。

似乎是给这个论点提供佐证，广濑特意讲述了日本著名作家井上靖的长篇小说《市声》的内容：一位退休老教师一直深情无限地缅怀往昔，在他的心目中，唯有万叶时代才是充满理性光辉与诗性智慧的理想社会。为此，他在桑榆晚景中，带上孙儿和一个萍水相逢的农村姑娘，乘坐汽车，沿着《万叶集》所吟咏的路线（其中自然包括北陆一带）漫游，企图寻找一个理想的处所。可是，足迹所至，到处都是经济的畸形繁荣，世道浇漓，文明异化。无情的利刃挑开了商业时代现实的脓疮，往昔的诗情画意、田园牧歌已经消逝净尽。最后，这位老人嗒然若丧，以彻底的失望而告终。

到了高冈站，我们换乘冰见市专程前来迎接的专车。这里气温很高，刚进 6 月，就达到了 25 摄氏度。而东道主的隆情盛意，简直比炎阳烈暑还要炽热。市长亲自陪同我们来到下榻的永芳阁。这家经政府登录的国际观光旅馆，是一座高耸在石崖上的古色古香的五层建筑，凭栏俯眺，美丽的富山湾像一面幕天席地的晶莹宝镜，被镶嵌在浅绿深苍的崖岸之中。

广濑指着正前方一座仿佛碧玉雕琢的小岛告诉我，古时候岛上有一座寺庙，名叫光禅寺。关于它，还有一个著名的传说：当地一个虔诚信仰佛禅的名士，梦见一位中国高僧前来此地传经说法，醒后，他立即赶往现场参拜，却什么人也没有见到，只是岛上突兀地现出一座中国式的佛教建筑，门额上书有"光禅寺"三个大字。从此，人们就口耳相传，这座光禅寺是经海上漂流，由中国赠送过来的。因而，亲切地把这座岛屿称作"唐岛"。

我们所住的房间，分别被冠以龟、鹤、松、桐、羽衣、淑园等或吉祥或娴雅的名字。每间客房都兼有和式、西式两种陈设，中间以拉门隔断，壁上挂着小巧精美的装饰画，清新雅素，别有一番情致。

当晚，东道主在和式宴会厅举行欢迎会。客厅地面铺着"榻榻米"，四壁饰以黄杨镂花木板，上面挂着唐代诗僧寒山、拾得的画像。寒山着芒鞋，曳竹杖，傍古松而立，广袖宽裾，丰神潇洒。拾得手拄扫帚，嘻开笑口，做远望状。宾主席地而坐，每人各据一桌；膳设和食，至为丰盛。主人致过简短的欢迎词之后，便率先满怀激情地唱起了《阳关三叠》。王维的这首名诗，早在少年时代，我就已耳熟能详了；但是，此刻在异国他乡听到，却似邂逅故知，感到亲切逾常，便也按照节拍，引吭相和，反复咏唱，直到宾主都激动得闪现出晶莹的泪花。这时，大家共同将杯中的清酒一饮而尽。原来，冰见所在的能登半岛，在地形上很像一只长长的靴子伸进了日本海。特殊的地理环境和相对孤立的状态，使这一带至今仍然保留着较多的传统习俗。在这里，深厚的历史文化积淀同强烈的市场观念、现代的物质生活相互剧烈地荡激着，在一些上了年纪的人身上，随处都可以感受到一种略带感伤的苍凉意蕴和淡淡的怀旧情绪。

几名歌舞伎兼侍者表演了精彩的民间舞蹈，手姿、步态、目语、眉情，温柔中略带几分忧郁，轻松里透露着一种矜持，特别娴熟、优美。一望可知，都是阅历深广、成熟历练、养之有素的。歌舞结束，女侍者分别到宾主桌前跪坐侑酒。在溽暑高温之下，她们都严妆盛服，意态端肃，看上去年龄均在50岁以上。据说，她们都精于茶道、棋艺，具有较高的文化水平，而且，能歌善舞，酒量雄豪。一副副布满皱纹的脸庞和一双双枯涩的眼窝里，饱蕴着人生的艰苦和世事的沧桑。

作为主宾，我被主人安排了一位更为年长些的老年侍者。她主动自我介绍，说是自从永芳阁落成之日，她就前来为各国嘉宾服务，已经几十年过去了，前两天，同伴们为她祝贺过 62 岁生日。与外间的其他场合不同，这里的服务人员，不太要求年轻、俏丽，而是特别看重气质、风度，强调一种书卷气；讲究仪态从容、举止凝重、谈吐高雅，重视文化层次和内在的修养。

这种独树一帜、迥异寻常的服务方式，无疑有它的道理。但从客人的角度，看到较自己还要年长的侍者跪伏在面前，端茶奉酒，笑舞酣歌，总觉得有些过意不去，甚至有一种酸楚的感觉。我忽然记起了唐代诗僧寒山的几句诗：

    朝朝无闲时，年年不觉老。总为求衣食，令心生烦恼。

  人当"耳顺"之年，本应庭前憩坐，含饴弄孙，尽享天伦之乐；可是，这些老年侍者为了谋求衣食，还要滞留海隅，吹弹侑客，歌舞承欢。她们也许有生以来从未被爱神丘比特的箭矢射中过，却时时要通过歌音舞态，表演着一些想象中的爱情的圆满幸福。想到这些，我觉得口中的清酒似乎也带有几分苦涩味了。

香港《大公报》2001年7月3日

故园心眼

母亲—故乡，故乡—母亲，童年时期，二者原是融为一体，密不可分的。可是，那时节，母亲的印象弥漫一切，醒里梦里，随处都是母亲的身影、母亲的声音；而故乡，连同乡思、乡情、乡愁、乡梦一类的概念，压根儿就没有。直到进了学堂，读书、识字了，也仍是没有觉察到"背井离乡"是怎么样一种滋味。

那时，虽然口头上也诵读着"羁鸟恋旧林，池鱼思故渊"，"举头望明月，低头思故乡"一类的诗句，但终竟是小和尚念经——有口无心。即便是读了冰心女士出国留学途中写的凄怆动人的诗句："翩翩的乳燕／横海飘游／月明风紧／不敢停留——／在她频频回顾的飞翔里／总带着乡愁。"（《往事》）也只是感到隽美、流丽，而无从体味、也理解不了那种浓得化不开的去国怀乡之情。

存在决定认识。这种情况的出现，当然和童年时节整天接触的是母亲，是茅屋，却从来没有离开过乡园有直接关系。世间万般事物，只要它出现在眼前，你就会感知到它的存在；而故园则是唯一的例外，只有离开了它之后，它才现出身影，你才开始感知它，拥有它，眷恋它；在当时，我之所以没有"故园"的概念，是由于我并没有离开过它。

到了青壮年时期，束装南下，故乡已经远哉遥遥了，从这时开始，潜滋暗长了怀乡的观念。有一首歌叫作《好大一棵树》，故乡就是这样的好大一棵树。无论你在何时何地，只要一想起它来，它便用铺天盖地的荫凉遮住了你。特别是在黄昏人静时候，常常觉得故乡像一条清流潺潺的小溪，不时地在心田里流淌着；故乡又好似高悬在天边的月亮，抬起头来就可以望着，却没有办法抵达它的身边。

不过，那个时候，这种情怀往往淡似春云，轻如薄雾，稍微遇到一点什么干扰，就会消逝得杳无踪迹。事实上，当终朝每日置身于无止无休的"运动"之中，响彻耳边的都是那些"放眼全球""解放人类"的至高至大的课题，谁还好意思、谁还能有心绪去系念那一己的小我私情，想往着故乡之类的细事呢！即使偶尔遇到能够探望一下故乡的机会，也都因为意绪索然而交臂失之。

那时节，人们犹如一个旋转不停的陀螺，把个人的一切完全付与客观环境去支配，完全丧失了自己真正的内心生活，浑浑噩噩，风风火火，经年累月，旋转不止；又像是一列奔腾呼啸、全速驰行的列车，为着奔向一个邈远无定的目标，放弃了周边的一切风景。奔波、劳碌之余，有时也会蓦然抬起头来，撩起襟袖，抹一把头上的汗水，顺势瞄上一眼天边的冷月——这心目中的故乡，恰似旧时相识，却也没有更多的感觉。

故乡是一个人灵魂的最后的栖息地。游子像飘零的叶片一样，哪管你甩手天涯、飘零万里，最后总要像落叶归根一样，回归到生命的本源。正如清代诗人崔岱齐所抒写的："鸟近黄昏皆绕树，人当岁暮定思乡。"一个人越是老之将至，怀乡恋旧之情便越发浓烈。报刊上一则关于故乡的短讯，电视里一个似曾相识的镜头，一缕乡音，一种家乡特产，都会引起连绵不绝的长时间的回忆。每逢有人自故乡来，也总有尽多的遗闻逸事，足够连宵彻夜问个不停。

有人说，衰老是推动怀旧的一种动力。对于过往事物的淡淡追怀，常常反映出一种对于往昔、对于旧情的回归与认同的心理。虽然这也属于一种向往，一种渴望，但它和青少年时期那种激情洋溢、满怀憧憬的热望是迥然不同的。说起来这也许是令人感到沮丧的事。

老年人对于故乡的那种追怀与想望，往往异常浓烈而又执着，不像青壮年时期那样薄似轻云淡似烟。而且，这种追怀是朦胧的，模糊的。若是有谁较真地盘问一句："您整天把故乡放在心头，挂在嘴上，那您究竟留恋着、惦记着故乡的什么啊？"答案，十之八九是茫茫然的。就以我自己来说，故里处于霜风凄紧的北方，既无"着花未"的寒梅可问，也没有莼羹、鲈脍堪思，那么，究竟是记挂着什么呢？我实在也说不清楚。

有一回，一位近支的族弟进城来办事，饭桌上，我们无意中谈起了当年的旧屋茅草房。我说，傍晚时分，漫空刮起了北风烟雪，雪的颗粒敲打在刷过油的窗纸上叮叮作响，茅屋里火炕烧热了，暖融融的，热气往脸上扑，这时候把小书桌摆上，燃起一盏清油灯，轻吟着"昔我往矣，杨柳依依；今我来思，雨雪霏霏"……这种情景，真是永生难忘。他苦笑着说："都什么年头了，你还想着那些陈年旧事？火炕再暖和，也赶不上城里的暖气啊！这雪亮的电灯还不比清油灯强？"族弟不以为然地摇摇头，"再说，那茅草屋又低矮又狭窄，站起来撞脑袋，回转身碰屁股，夏天返潮，冬天透风，人们早都住不下去了。也正是为了这个，说声'改造'，呼啦一下，全部扒倒重来。现在，你站在村头看吧，清亮亮，齐刷刷，一色的'北京平房'。"

追忆是昨天与今天的对接。对人与事来说，一番追忆可以说就是一番再现，一次重逢。人们追怀既往，或者踏寻旧迹，无非是为了寻觅过去生命的屐痕，设法与已逝的过往重逢。对故乡的迷恋，说得直截、具体一点，也许就是要重新遭遇一次已经深藏在故乡烟尘里的童年。既然是再现，是重逢，自然希望它最大限度地接近当时的旧貌，保持固有的本色。这样，才会感受到一种仿佛置身于当时的环境，再现昔日生活情景的温馨。

然而，这不过是痴人说梦，世上又有哪一样东西能够永远维持旧观，绝不改变形色！随着岁月的迁流，必然要由风华靓丽变成陋貌衰颜，甚至踪迹全无，成为前尘梦影。更何况，故乡的那些茅屋，即以当时而论，也算不得光华灿烂呢！

作为观光者，也包括虽然曾在其间生活过，而今却已远远离开的人，无论他们出于何种考虑，是从研究古董、吊古凭今的鉴赏角度，还是抱着追思曩昔、重温宿梦的恋旧情怀，尽可以放情恣意地欣赏它的鄙陋，赞叹它的古朴，说上一通"唯一保持着东北民居百年旧貌"之类的褒奖的话，如果会写文章，还可以加进种种想象与回忆，使之充满诗意化的浪漫情调。但是，如果坐下来，耐心地听一听茅屋主人的想法，就会惊讶于它们的天壤之别了。

前者由于只是片刻的辗转流连，管它阴冷还是潮湿，低矮还是褊窄，都可以包涵、容忍，略而不计；可是，若是从后者——那些朝于斯夕于斯、久住其间的人群来讲，则要无时无刻不去忍受着种种不便，克服种种局外人想象不到的实际困难。为了同外间人一样享受着现代舒适的生活，他们巴不得立刻改变旧貌，改变得越彻底越好。在严峻的现实面前，"诗意化的浪漫情调"是苍白无力的。

这种差异，前不久，我就曾实际体验过一次。那天，我们一行人去南宁市郊区扬美村参观明清故居，踏着错落不平的石板路，穿行在狭窄、鄙陋的小巷之中，观赏着一户户的已经有些倾斜的明清时期的建筑，共同感到这些历尽沧桑的古建孑遗非常富有价值，无论如何也不能把它们毁掉。可是，当我们同当地居民攀谈起来，发现他们的感受竟与此大相径庭，他们甚至在内心深处对过往参观的游人有些反感。有的村民毫不客气地说："这有什么好看的？无非是夏天漏雨，冬天冒风，住着憋屈，出入不方便。"

从这里也悟出一番道理：若要切实体察个中的真实感受，就必须设身处地，置身其间，局外人毕竟难以得其真髓。而要从事审美活动，需拉开一定的距离，如果胶着其中，由于直接关系到切身的功利，既难以衡定是非，更无美之可言。

香港《大公报》2001年8月20日

托物寄兴

在故宫博物院的明清书画展中,有一幅水墨大写意《墨葡萄图》。粗放的主藤横逸斜出,下面纷披垂荡着一些枝条与叶片,里面结缀着一粒粒晶莹鲜翠的葡萄。画面笔意放纵,水墨淋漓,气格刚健而风韵妩媚,具有诗一般的抒情性与疏狂恣肆的动态感。在左上方巨大空白处题写了一首署名"天池"的七言绝句:

半生落魄已成翁,
独立书斋啸晚风。
笔底珠玑无处卖,
闲抛闲掷野藤中。

这是明代著名文学家、书画家徐渭的一幅代表作,向来被推崇为诗、书、画三绝。诗意悲怆愤激,字体放荡恣野,与画面相映成趣。有了诗,画的内在情韵昭然若揭;有了画,诗不仅可以从文字上感受,还能从线条上去加以赏玩了。它们共同烘托出作者傲岸不群的品格。

名为题画,实际上是"夫子自道"——诗人以野葡萄自喻,愤慨地发抒一番个人怀才不遇、沉沦下流的感喟。诗中反映了他那胸怀"明珠"而无人赏识,被社会"闲抛闲掷"的悲凉意绪,极富感人力量。诵读这首七绝,不禁令人记起明代散文大家袁宏道的《徐文长传》中的论述:"其胸中又有勃然不可磨灭之气，英雄失路、托足无门之悲。故其为诗，如嗔如笑，如水鸣峡，如种出土，如寡妇之夜哭，羁人之寒起。"

徐渭，字文长，别号天池山人、青藤道士。恰如诗中所抒写的，他确确实实经历了一番颇为曲折、坎坷的人生道路。徐渭出生于一个封建官吏家庭，幼年即以诗文兼擅为乡里称誉，却只勉强地考中一名秀才，以后便久挫文场，屡试不第，终生颠踬困穷于仕途。由于他关心时事，热衷于抗倭战争，曾应邀参加东南军务总督胡宗宪的幕府；后来，胡宗宪在朝廷的权力倾轧中失败被捕，徐渭也受到牵连，横遭政治迫害，致使其忧愤成狂，在精神病发作过程中自杀未遂，却把自己的继室杀害了，为此还坐了七年牢。据有关专家考证，写作这首题画诗时，他大约从监狱出来不久，时年54岁。

说到徐渭的《题墨葡萄》七绝，人们会联想起另外两首与之意蕴相近、手法类似、韵律全同的题画诗。先看宋初诗人李九龄的《山行见桃花》七绝：

　　一树繁英夺眼红，
　　开时先合占东风。
　　可怜地僻无人赏，
　　抛掷深山乱木中。

从诗句看，这首诗也是托物寄兴，借题发挥，抒写怀才不遇、识宝无人的惆怅心情的。但是，作者后来的际遇较为顺达，资料记载，入宋之后，李九龄曾于乾德二年中进士第三名。由于境况不同，较之"天池山人"的题画七绝，诗作里就少了那么一点激扬愤慨的情感。

应该说，这首诗还是咏物寄怀诗中的上乘之作，而且，看得出来，徐诗似乎对此有所借鉴，但"青出于蓝而胜于蓝"，就艺术表现力和感染力来说，后者是略胜一筹的。

与徐渭的题画诗相似，还有同时代的另一个文学家、书画家陈继儒的题《王楚玉画兰》七绝：

> 年来空谷半霜风，
> 留得遗香散草丛。
> 只恐樵人涠兰艾，
> 红颜收在束薪中。

　　诗也是写得很好的。在霜风凄紧的空谷之中，散着幽香的芳兰和野草长在一起。令人担心的是，粗心的打柴人会把香兰和艾草胡乱地捆束在一起，挑回家去通通烧掉。这里以香兰比喻杰出人才，以杂草、苦艾比喻平庸之辈，而把那些有眼无珠、贤愚不辨的当政者比作粗心的樵子。一片惜士怜才之情溢于纸上。

　　但就陈继儒的为人来看，由于他自称隐士，却经常周旋、应酬于官宦、士绅之间，颇为时人所讥评，就人格来说，比起徐渭来大有逊色。

香港《大公报》2001年9月27日

落魄刘郎作帝归

公元前195年10月，汉高祖刘邦在剪除了最后一个异姓王黥布之后，得胜还朝，途经故乡沛县，逗留了十多天。这天，他在沛宫摆下盛大酒席，宴请故人、亲友及家乡的子弟。酒酣耳热、激情喷涌之际，他忆起大半生的戎马生涯，为已经取得的辉煌业绩踌躇满志；同时，也想到自己的身体已经大不如前，而太子又过分仁弱，朝野人心未定，还存在着诸多不安定的因素，深切感受到网罗四方猛士以维护"家天下"统治的必要性，因而，情不自禁地唱起那首千古流传的《大风歌》："大风起兮云飞扬，威加海内兮归故乡，安得猛士兮守四方！"

首句以"风起云扬"的意象状写秦汉之际政治形势的发展变化，既形象而又贴切；第二句表达了他稳操胜券、衣锦还乡的得意心态和对故乡的深厚感情；末句是全诗的核心，揭示出这位封建帝王为巩固由他一手开创的汉家基业而深谋远虑、呕心沥血的内心世界。当然，从太史公所描述的"高祖乃起舞，慷慨伤怀，泣数行下"中，人们也不难看出这里面所隐约流露出来的悲凉意绪。这一年他已经62岁（一说53岁）了，而且在讨伐英布时为流矢所中，伤势不轻。虽然说，荣华富贵、地位威权已经登峰造极，无人可比。但是，毕竟岁月无情，老之将至，正所谓"英雄得志犹情累，富贵还乡奈老何"（清人孙原湘诗）。事实的发展也恰像他所思虑的那样，回去没有过上半年，就在长乐宫中一命呜呼了。

从思想性、艺术性方面分析，这确实是一首情辞并茂、豪气激扬的佳作。

清代诗人袁枚写过两首咏歌风台的七言律诗，对汉高祖荣归故里、慷慨悲歌这一举措，特别是对于这首前无古人的绝唱，可以说是极尽颂扬之能事。其一云："高台击筑忆英雄，马上归来句亦工。一代君王酣饮后，千年魂魄故乡中。青天弓剑无留影，落日河山有大风。百二十人飘散尽，满村牧笛是歌童。"歌风台故址在今江苏沛县东南泗水西岸，相传为刘邦当日吟唱《大风歌》处。

刘邦雄才大略，知人善任。他从丰富的实践中，深刻地认识到人才在国脉兴衰、事业成败中的决定性作用。因而，他不仅善于从敌人营垒中争夺人才，比如谋臣陈平、猛将韩信等都是从敌手项羽那里挖来的，对他们都给予了足够的信任，充分发挥其卓越的才能；而且，对于出身卑微，但才能超众的人也都加以破格使用。例如，对于当过吹鼓手的周勃，做过屠夫的樊哙，布贩出身的灌婴，车夫出身的娄敬，穷书生郦食其，草寇彭越和黥布等，刘邦都以博大的胸怀和过人的识见，一一予以搜罗，并按照各人的特长委以重任，使自己身边形成一个由智囊、谋士、猛将组成的庞大的人才集团。

在楚汉争雄中，韩信的决定性作用不消说了。即如彭越，也是功大如山。当日刘邦被困彭城，大败荥阳、成皋之间，项羽之所以不能挥师西进，捉此"瓮中之鳖"，只因彭越在梁地流动作战，与汉军紧相配合，才拖住了楚军。当时，其地位举足轻重，投于楚则汉破，投于汉则楚危。而号称"功冠诸侯"的黥布，素以骁勇善战著称，他的背楚向汉，使双方力量的对比发生了显著变化。在垓下决战中黥布也曾发挥过很大作用。

正是由于刘邦思才若渴，"将将"有方，所以唐代诗人胡曾在咏史诗中给予热情的赞颂："汉高辛苦事干戈，帝业兴隆俊杰多。犹恨四方无壮士，还乡悲唱大风歌。"诗人认为汉兴以来，可谓猛将如云，谋臣似雨，但刘邦还觉得人才不足，所以，胜利还乡，置酒高会之时，也没有忘记渴求贤才。

当然，这只是一个方面。作为封建帝王的刘邦还有另外的一面。他在消灭了强大的敌手项羽之后，即皇帝位于汜水之阳，自以为天下既定，四海归一，便充分暴露其残忍、狠毒的本性，多疑善妒，诛戮功臣。本来，他在封赐韩信等功臣王位之后，曾经信誓旦旦地做出承诺，给予他们以免罪特权，"剖符作誓，丹书铁契，金匮石室，藏之宗庙"。可是，朱迹未干，言犹在耳，他就设计逮捕了韩信，降王为侯，囚禁起来，韩信最后被吕后杀掉，并诛灭了三族。同一年，梁王彭越被剁成了肉酱。尔后，淮南王黥布因惧祸及身，被逼谋反，也惨遭屠戮。就这样，一大批战功卓著的开国元勋，先后被剪除了。

铲除异姓诸侯王，确保刘氏"家天下"，这是汉高帝既定的国策，而前者又是后者得以实现的前提条件。这从《史记·淮阴侯列传》高祖"见（韩）信死，且喜且怜之"的记载中，也可以看得出来。异姓功臣封王，不过是汉初一项"事出无奈"的权宜之计，否则，就难以羁縻那些手握重兵、喑哑叱咤的"鹰隼"。但是，这毕竟与刘邦所要实施的"家天下"的基本国策（史载高帝在日，即曾杀白马而为盟誓："非刘氏而王，天下共击之。"）相悖。因而，"谋反"云云，不过是一种借口；那些异姓诸侯王即使不以谋反见杀，也会因其他罪名、以其他形式招致铲除。此正如后世的赵家天子而言："卧榻之旁，岂容他人酣睡耶！"

这种举措，对于结束与防止分裂割据、重建统一的多民族的封建国家，促进西汉经济、文化的发展，自有其积极的作用。至于说到刘邦本人，究竟功过几何，为是为非，这是史家需要研讨的课题；而在历代诗人眼中，不少人颇不以为然。单是对《大风歌》中"安得猛士兮守四方"一句，就众口喧腾，多所讥刺，认为此时的刘邦是言不由衷，装模作样。元代诗人张昱尖锐地指出："韩彭受诛黥布戮，且喜壮士今无多。"诗眼在于一个"喜"字。清代诗人顾大申也以嘲讽的口吻写道："悲歌谁掩泣，壮士已成禽。"

其实，这种揭露与抨击，早在宋代就已经很盛行了。最有名的是北宋两位诗人的绝句。张方平有一首《过沛题歌风台》诗："落托刘郎作帝归，樽前感慨大风诗。淮阴反接英彭族，更欲多求猛士为？"诗人前面叙说：当年落魄失意的刘郎，现在当了皇帝，衣锦还乡，乘酒作兴，慷慨激昂地唱起了大风诗；后面反问道，连那些当年立下汗马功劳的名将，像韩信、英布、彭越等，都被你一一绑缚、杀戮、夷灭三族了，现在，还呼唤更多的猛士干什么呢？王安石在诗中诘问得也十分峻厉："汉家分土建忠良，铁券丹书信誓长。本待山河如带砺，缘何谴醢赐侯王？"（《读汉功臣表》）尖锐地揭示了杀功臣与"求猛士"的矛盾。

清代诗人黄任也借着这个题目，向刘邦发出了质问："天子依然归故乡，大风歌罢转苍茫。当时何不怜功狗，留取韩彭守四方？"意思是说，与其现在高呼猛士，何不当时爱怜韩信、彭越那一些"功狗"（指为汉家天下建功立业的人），让他们镇守四方，靖难天下呢？出语冷峻，即使刘邦于地下闻之，亦当声噎语塞。驳诘力是很强的。

前面提到，袁枚写过两首称颂汉高祖还乡的七律，在他的后一首诗中还有这样几句："父老尚知皇帝贵，水流如听筑声孤。千秋万岁风云在，似此还乡信丈夫。"此老一向会做趋奉文章，这些诗句也同样含有这种味道。

但他不会不知道，元代散曲作家睢景臣的那篇《高祖还乡》套曲是这样写的：

....

"那大汉觑得人如无物。众乡老展脚舒腰拜，那大汉挪身着手扶。猛可里抬头觑，觑多时认得，险气破我胸脯！"

"你须身姓刘，你妻须姓吕。把你两家根脚儿从头数……"

"春采了桑，冬借了俺粟，零支了米麦无重数。换田契强称了麻三秤，还酒债偷量了豆几斛。有甚胡突处？明标着册历，现放着文书。"

"少我的钱，差发内旋拨还；欠我的粟，税粮中私准除。只道刘三，谁肯把你揪摔住？白什么改了姓、更了名，唤做汉高祖！"

通篇皆出自村民眼中所见、心中所想，并巧借村民之口说出，体现了这位当事人的生活经验、心理反应、认识能力和观察事物的特点，定下一个嬉笑怒骂的基调。开始极力渲染迎驾队伍与皇帝仪仗、扈从场面的杂乱、喧嚣，使人感到所谓御驾还乡的盛典，不过是一场莫名其妙、笑料百出的滑稽闹剧；接着，便直接针对皇帝本人，真实自然/大胆泼辣地进行挖苦、嘲弄与鞭挞，由那位本来就熟识刘邦的村民出面来戳穿老底，历数他当年如何不务正业、好酒贪杯、抢麻偷豆，什么坏事都曾干过。这样就彻底地暴露了这个"无赖刘三"的本来面目，让人们看清楚声威赫赫的帝王的真实嘴脸。

　　本来，"汉高祖"是刘邦死后的庙号，他活着的时候不可能有这种称呼。可是，一个乡人当面指斥他：大丈夫做事要敢做敢当，不该为了逃脱债务，便改姓更名，叫什么"汉高祖"，这就令人忍俊不禁，开怀大笑了。

香港《大公报》2001年11月21日

马六甲纪游

一

我们沿着吉隆坡通往新加坡的高速公路,驱车访问马来西亚历史古城马六甲。早在中学时代,我就从地理课本上接触到这座古城的名字,后来读书渐多,知道它紧靠马六甲海峡——这是世界上最繁忙的黄金水道之一,有60多个国家的船只从这里通过,每天多达240艘以上,就是说,每隔六分钟就有一艘船通过。随着海洋运输量的激增,这里的海盗活动也日见猖獗,而且,撞船事故屡屡发生,生态隐忧日甚一日。

马六甲所在的马来半岛西海岸,是一条长数百公里、宽仅80公里的山麓狭长地带,为马来西亚经济、文化最发达的地区。海上交通极为便利,公路、铁路运输也十分发达,这都有力地促进了马来半岛种植业的发展。此时正值1月上旬,车窗外映入眼帘的却是浓郁的盛夏光景。橡胶林、棕榈林、椰子林,一片片,一层层,葱茏茂密,满山满谷。透过稠密的车流,时而闪过一幢幢精致、华美的别墅宅院,此外几乎看不到其他景物,满目都是翠绿、嫩绿、浓绿、苍绿。绿,是这里的生命的基调。

马来西亚人口中,华人占三分之一左右,大部分集中在这一带,许多人从事橡胶种植业。据导游介绍,橡胶树原是产于南美巴西亚马孙河流域的野生植物,19世纪80年代,在东南亚试种成功,马六甲郊外的亚沙汉山是马来半岛橡胶业的起源地。华人在这方面的贡献是举世公认的。前马来亚殖民官员兼学者巴素有个说法："如果没有中国人，就不会有现代的马来西亚"，而"如果没有现代马来西亚的橡胶业的发展，欧洲和美国的汽车业就不可能有如此巨大的规模"。多年来，马来西亚一直居于世界天然橡胶出口的领先地位。天然橡胶年创汇近40亿马元，与棕榈油、石油、木材、旅游业构成出口创汇的五大支柱性产业。

马六甲由于物产丰饶，地理位置重要，从公元1511年起，葡萄牙、荷兰、英国就先后在这里夺得了统治权。而中国人、印度人、阿拉伯人、暹罗人以及爪哇人数百年来则相继到马六甲落户，同当地的马来人一道，共同进行生产、经营、开发、建设。他们不仅创造了巨额的物质财富，而且通过长期的文化交流，在语言、宗教、风俗习惯等方面，汇成了特有的文化风貌。

马六甲的华人，最早的可以追溯到明朝初年郑和下西洋时代，当时不少人居留下来，以后世代繁衍，生齿日繁；还有一些是第二次世界大战后从中国南方各省来此地做生意的；近年来从东南亚其他地方移居此地的也占一定数量。现在，他们均已落籍，不再以中国人自居，亦较少保留纯粹的中国人血统，但仍沿用中国姓氏，并承袭了大量的传统习俗。我们来到华人聚居的庙街，最感到诧异与兴奋的，是那种异常浓烈的迎年气氛。家家户外红灯高挂，高悬着朱红的贺年喜幛，张贴着写有"招财进宝""接福迎祥"之类字句的对联，以寄托主人对于新的一年的美好祝愿。整条街市打扮得鲜红火爆，金碧辉煌，置身其间，简直忘却了是在他乡异国。其实这种浓烈的"年味"，即使在国内我也未曾见过。大家很怕错过了这个景观，纷纷举起照相机，咔咔咔地拍摄个不停。

二

经过三弯两拐，我们来到街的尽头，一座巍峨的庙宇赫然展现在眼前。这便是马来西亚最古老的中国式庙宇，始建于1646年的青云亭。20世纪30年代末，郁达夫先生根据庙中长生禄位牌上记载的木主的姓字，以及碑铭上镌刻的他们的业绩，断定青云亭原是一座古老的公共建筑，神殿供奉的两位明代衣冠、发须楚楚的老者，为明末遗民。他们离乡去国，避地南洋，依靠帮会势力扶植侨民利益，因有功于华人，后遂被奉为神明。庙内同时供有观世音、如来佛及天后娘娘。奇怪的是，这座由佛教团体管理的庙宇，里面却有儒释道三教合流之挂像，这在中国境内是很少见的。

15世纪初叶，中国明朝三宝太监郑和率领庞大的船队七下西洋，每次都会在马六甲停泊一些时日。马六甲当时译作"满剌加"，是马来半岛的一个新兴国家，同明朝的关系很好。郑和船队每次到这里来，国王都要亲自率领文武百官前往码头迎候，并给予船队以大力支持。这里，控制着马六甲海峡，扼太平洋与印度洋之间的交通咽喉。为保证中国船队顺利远航，满剌加不仅提供各种物资援助，而且，批准郑和的船队建立"官场"（仓库），作为下西洋的转运站，长期存放货物。船队到达后，在这里稍事休整，便被分派到附近一些国家去开展贸易活动和进行友好访问；完成了任务，驶离各国，也都在此间会齐，静候五月中旬的西南信风，再整队返航回国。这种转运站的建立，对郑和胜利完成航海任务，成功地访问30多个国家，发展同南洋、西洋各国的友好关系，扩大经济、文化交流，起了巨大的作用。今天，"官场"遗迹虽已湮没无存，但它作为两国友谊的直接见证，已经牢牢地扎根在人民心里。

在郑和七下西洋的28年间，满剌加曾有三个国王到中国访问，并遣使26次晋京通好，每一次都受到明朝政府的优厚接待。按当时朝廷礼仪，一般国宾来访，皇帝只设宴招待一次，而对满剌加客人破例进行两次宴请；并设有专门通事，负责接待满剌加的使者，两国之间的友好关系，由此可见一斑。

中午，我们在再也大街海京楼酒家吃过一餐马来沙爹、肉骨茶和各种热带水果后，便乘车来到市郊的三宝山参观。15世纪30年代前，这里是三宝太监郑和的船队的驻扎营地，所以得名三宝山，到了15世纪60年代，明朝汉丽宝公主嫁给满剌加国王曼斯·沙为皇后，国王便把这块久已不用的山地拨给公主构筑宫殿，并命名为中国山。前些年，当地市政府曾拟议铲平此山作为开发用地，后因华人团体强烈反对而作罢。

山的西南麓有三宝井，传为郑和开凿。当地居民为保护这口久经沧桑的古井，特意筑起高约4米的围墙，使之至今完好无损，井水清洌，可供饮用。我们每人喝了一小碗，果然甘甜可口。主人欢快地告诉我们，民间传说：凡是饮过这井水的人，在有生之年至少还会再来马六甲一次。我们高兴地回答："好，祝愿他年能在这里重逢！"山麓有三宝公庙，建于1795年，庙宇飞檐上饰有彩龙戏珠，与黄瓦、红柱、白墙相配，后面衬着飘忽的白云，据说是象征三保公驾飞舟破白浪扬帆远航的。中堂深处供奉着郑和坐像，旁有一副对联："秩重荒邦凛凛官方超上国，位跻良吏绵绵岁序考明烟"，横批是"惠风广被"。都是颂扬三宝公的历史地位与不朽功业的。

三

漫游马六甲市区，我们看到，这里虽然屡遭炮火洗礼，饱经世代沧桑，但仍然到处留存着许多殖民地时代的古建筑。市区东面有葡萄牙人修筑的圣约翰山故垒，市郊海湾阿伯奎路有葡萄牙村和葡萄牙广场，都属于最初的殖民者的遗迹；荷兰街一带的雕梁画栋、整齐壮观的红房子群，则展现着当日荷兰征服者的威严；由荷兰人始建于1753年的基督教堂，法国神父建于1849年的哥特式圣查威尔教堂，以及圣彼得堡教堂等，都反映了那段以《圣经》与宝剑征服贫弱民族的历史。但最有名的还是葡萄牙总督阿伯1511年侵入马六甲后建筑的圣保罗教堂。这一切，可说是一幅数百年来西方殖民者在马来西亚"乱哄哄，你方唱罢我登场"的立体的历史写真画卷。

圣保罗教堂建在圣保罗山上，位于市区西南隅，接近马六甲河口，它是欧洲殖民者在东南亚的最古老的建筑物。1641年，荷兰人占领马六甲后，曾把教堂改作墓地，现今这里还竖立着许多块刻有荷兰文字的墓碑；1795年，拿破仑战争未息之前，英国东印度公司取代荷兰夺得了马六甲的管辖权，20年后《维也纳条约》签订，重新划归荷兰；到了1824年，举行伦敦会议，英国又以苏门答腊为筹码，从荷兰人手里换回了马六甲。教堂一度被英国人改作马厩，再次遭到严重的损坏。经过400多年的战乱破坏与风雨摧残，这座当日堂皇富丽的教堂，于今已面目全非，残存的四壁像一个风烛残年的衰翁在那里颓然伫立，大张着嘴巴，向游人诉说着过往时光血与火的遭遇。

　　下山时，经过一座建于1512年的圣地亚哥城门，门高50尺，以赭色石块砌成，是葡萄牙古城堡唯一残存的建筑物。在山的正门斜对面，市政府建立一座独立纪念馆，专门陈列马来西亚于1957年8月31日独立时有关文物与史料。对于数百处的历史遗迹，政府下令要严加保护，没有因为它们是殖民地时代的耻辱印记而予以拆除或弃置不顾。这实为明智之举。"前事不忘，后事之师"。历史的教益是不容忽视的。

　　天已向晚，我独自站立在古城门前，远眺着马六甲海峡。尽管因为离得比较远，看不清过往的船只，但我深知，其间凝聚着历史的烟云与时代的风雷，在两洋要冲的滚滚波涛中是隐伏着无数危机的。半个世纪前，著名作家郁达夫在浏览了圣保罗山古城门和圣约翰故垒后，曾独立在残堞缺处，远望马来半岛南部最高的一带远山，感喟无限地想到萨都剌的那首"六代豪华，春去也，更无消息"的金陵怀古之词。我此刻却记起了苏东坡《前赤壁赋》中的名句：曹氏父子"固一世之雄也，而今安在哉"！

　　历史毕竟属于人民。国家民族之间的杀伐流血、强权劫掠及其所取得的胜利，总是暂时的；而各民族间的友谊将永世长存，各国人民将千秋万代友好下去。

香港《大公报》2001年12月16日

"少年版"福尔摩斯

访欧归来，由于受"时差"影响，睡眠不好，我觉得有点头痛，便趁星期天去一位从医的文友家闲坐。不凑巧，医生夫妇出去参加一个朋友的婚礼，只有刚上初中的儿子小冬冬在家。听我说头有点疼，冬冬便拉着我玩一种叫作"20猜"的游戏，说："这样，伯伯的病就好了。"

玩法是：甲方事先确定一个谜底，它可以是人名或者物事，古今中外、飞潜动植不限。乙方在猜测的过程中可以提问，但是，如果不能在20次之内猜中就算输。因此，如何设问就颇有讲究，比如对方的谜底是一个人名，猜这种谜，就要考虑：是今人、古人？文人、武人？活人、死人？男人、女人？中国人、外国人？实有人物还是艺术形象？一般的规律，应该是先拉大网，尽量把一些无关因素排除掉，逐渐缩小范围，步步逼近，最后直抵答案。

这天，我连续出了三个谜，都被冬冬猜中，他出了一个却把我难住了，经过18个回合，已经猜到是英国的一个名人，什么莎士比亚、牛顿、瓦特、撒切尔……都猜过了，一一遭到否认，最后我只好认输。冬冬狡黠地亮出谜底，一看竟是"福尔摩斯"。我说，这就有毛病了：刚才已经问过"是不是实有其人"，你做了肯定的答复，因此就排除了文学作品中艺术形象这个因素。

冬冬说："福尔摩斯当然是真人了，现在还活着。"说着，他顺手拉开抽屉，找出几封信件，说是班上同学读过《红字的研究》和《四签名》之后，写给这位神探的。"不是真人、活人，同学们能给他写信吗？"每个信封上都有用英文标明的地址：伦敦市区贝克街221B。

"可惜太晚了，如果是半个月以前，我会亲手交给福尔摩斯博物馆的。"我说。

冬冬眼睛唰地一亮："啊？王伯伯，您去过福尔摩斯博物馆了？"

"是的。"我说，"博物馆前身是福尔摩斯的私家侦探所，他与朋友华生医生在那里住了23年。"

"那是一个4层小楼，一楼是房东哈德森太太的餐馆，福尔摩斯的书房和卧室在2楼，3楼住着华生医生，最上层是仆人的房间。"冬冬不假思索地说。

他对小说中的描述竟谙熟到这种程度，令我颇感惊讶。我告诉他，馆内的陈设正是这样。福尔摩斯的书房正对着贝克大街，这条大街是实有其地的，当时只有几十户人家，编号至84。作家防止读者以假当真，特意给它编了个221号。书房的壁炉里似乎还升腾着红彤彤的炭火，旁边有两把老旧的沙发座椅，中间茶几上放着神探的前后两个帽遮的方格花呢帽子，还有平时常用的烟斗和放大镜。靠窗的方桌上摆着三部卷宗，分别是《人类社会学》《脚印与演绎推理实证》《化学分析原理》，桌旁立着一把制作精细的小提琴。

"神探常常从拉琴中获得灵感，侦破疑案。"冬冬插了一句。

我接着说，书房的隔壁是福尔摩斯的卧室，里面有一张单人床，床上放着一副手铐、一只黑色小皮箱和一件蓝色外套。楼上房间的陈列台上，放着一部老式的电话和福尔摩斯用过的左轮枪、拐杖、怀表、小刀等物件。还有大量的书信册，里面保存百余年来世界各地的来信，有要求得到福尔摩斯亲笔签名、照片和题词的，有抒发对其仰慕、向往之情的，更多的是遭遇了困难，碰到了疑问，请求神探帮助解决的。据博物馆接待员马修先生讲，这类信件每年都会接到数千封，馆里只好指派专人以福尔摩斯口吻对重点信件予以答复。最有趣的是，每逢1月6日福尔摩斯的生日，总有许多人寄来贺卡；平时他也经常收到一些请柬，邀他出席婚礼、毕业典礼或者生日舞会；等等。

我告诉冬冬，像到处都有球迷一样，世界各地都有数目可观的"福尔摩斯迷"，形成一种宗教式的崇拜的狂热，欧美许多地方都成立了福尔摩斯学会、协会、研究会。我还见过一份福尔摩斯的年谱，不知根据什么确定他出生于1854年，说他是一个乡绅的后代，祖母是法国画家贺拉斯·凡尔奈的胞妹，这一艺术血统使他终生酷爱音乐。1872年，接受大学教育，他专攻化学，不愿与人交际，只喜欢一个人闷在屋里苦苦思考。1877年创立侦探所，连续接办多起重大疑案，均获成功，从而声名大振。1903年之后宣告退休，金盆洗手，并离开伦敦到乡间隐居，从事养蜂研究，1914年出版了《养蜂实用手册》，此后音信全无。

听到这里，冬冬溢出一种洋洋自得的神情，摇着我的手说："怎么样，王伯伯？福尔摩斯是真人吧？"

"冬冬，我还和福尔摩斯合影了哩。他站在那里，戴着一顶前后双檐的花格呢帽，面目清瘦，眉毛浓重，鹰钩鼻子，短短的络腮胡子围着一个长而尖的下巴，白衬衫，打着黑领结，外罩一件也是花格呢的风衣，脚上穿着一双大皮靴。旁边一个老年妇女，可能是房东太太。华生医生坐在一旁看书。我走上前去准备和他握手，顺便问一声'您好'，可是，不见他有任何反应，原来是一尊蜡像。"

"真扫兴。"冬冬喃喃地说。

其实，柯南道尔创造这个典型，并不是凭空想象的。他虽然从医，却对文学怀有浓厚的兴趣，并注重研究侦探技术，阅读过号称"侦探小说之父"的爱伦·坡的许多作品。在爱丁堡大学攻读医学过程中，他按照外科医生约瑟夫·贝尔的要求，对病人进行精确的观察和逻辑推理，做出准确的判断，从中受到很大启发，在脑海里形成一系列有趣的故事。于是，他就以贝尔教授为原型创造出神探福尔摩斯的形象，一部部作品陆续问世，获得了巨大成功。后来，他想停止这类题材的创作，便在《最后一案》中安排福尔摩斯在与宿敌莫里亚蒂搏斗中坠下悬崖。可是，广大读者拒绝接受这个令人伤痛的结局，强烈要求作家想办法恢复神探的活动。这样，他只好让福尔摩斯攀上悬崖，化险为夷。可以看出这一典型人物在读者心目中的强大魅力，也说明典型人物一经创造出来，便成为社会的财富，生杀予夺之权已不能独操于作者之手了。

听说，地处瑞士迈林根的福尔摩斯遇险地，如今已经成为著名的旅游景点，当地村民在峡谷边挂了一块标志性的铜牌，游人可以乘缆车前往参观，亲身体验一番当时生死搏斗的险境。小镇上的贝克街221号，也有一座福尔摩斯故居，每逢周末还按照探案中的情节举行通宵的"恐怖之夜"活动。各个餐馆、酒店也都弥散着追怀这位神探的浓厚气息，像福尔摩斯冰淇淋、华生沙拉之类的食品随处可见。

说到这些虚拟实境和衍生产物，人们会联想起我国的桃花源、大观园之类的景物。它们本来都是出自作家的想象，并无实地可供考察、实物堪资钩稽，但按迹寻踪、踵事增华者历代绵延不绝，以致至今各地还在为夺取它们的归属权而纷争不已，它雄辩地证明了文学的创造力多么强大，艺术的魅力何等惊人。

"王伯伯，我想了一个这样的问题，"原本活泼好动的小冬冬忽然变得宁静起来，歪着脑袋瓜像个哲学家似的，"我觉得，重要的不在于是真人还是虚构的，而在于是不是活在人们的心里。活在人们心里的，就是活人，就是真实的存在，就应该在茫茫宇宙之间拥有一席之地。说不定他们聚合在什么地方，但同样会构成一个奇妙的世界，那里住着孙悟空、林黛玉、丹麦王子、白雪公主，还有拇指姑娘和简·爱，当然还有福尔摩斯。您说是吗？""应该是这样。"我说。临出门时，我问冬冬："那几封信你还往外邮吗？"

冬冬说："我再考虑考虑。"

香港《大公报》2002年3月21日

剧作家的生命原版

参观过坐落在奥斯陆的易卜生故居，我想起了郁达夫的一句话："没有伟大的人物出现的民族，是世界上最可怜的生物之群；有了伟大人物而不知拥护、爱戴、崇仰的国家，是没有希望的奴隶之邦。"从易卜生身上看到，挪威虽然很小，但是，这个民族这个国家，是很了不起的。

易卜生流浪国外27年，倦游归来之后，在这里度过了生命最后的11年。故居内部陈设最大的特点，是保留住了伟大剧作家那充满魅力的鲜活生命：一个生机盎然的立体形象，他的灵魂，他的个性，他的气息，他的心路历程，他的多彩的人生，你似乎都能感受到；甚至他那震响整个欧陆以至世界各个角落的"唤醒民众，促使公众深思"的声音，仿佛也穿透了百年时光埃尘，至今还在人们的耳边喧响。当然，作为一个活生生的人，即使他再伟大，也有沉重的肉身，也有灵魂中的遮蔽、性格上的缺陷，以及由此带来的苦恼和遗憾。而正是这一切，不仅使他成为一个个性鲜明、血肉丰满的人，而且就一定意义说，他的许多作品正是在这种个人的痛苦体验中产生出来的。这样，在我们眼前，就站起了一个活的易卜生，而不是一个抽象的符号。

故居里一个最显眼的地方摆放着一台老式的地球仪。看到它，人们就会想到，这位惯走天涯的剧作家，即使到了衰迈之年，已经回归故国，还仍然心驰四方，未能忘情于往昔的飘零岁月。此刻，我蓦然联想起他的诗剧《奥拉夫·利列克郎》中那位吟游诗人不止一次弹奏的曲子："孤单的吟游诗人／没有房屋也没有家乡／永远得不到休息／是心在促他游荡／若是谁／胸中富有诗歌的宝藏／他将失去家园／到处流浪。"尽管他也钟情故园，眷恋乡土，甚至对一个看不懂他的剧作的德国读者说："你若要充分了解我，必须先了解挪威。"尽管他的作品的风格和这个国家的美丽、深邃、孤独、傲岸的特殊气质紧相联结，密不可分；但是，漂泊、流荡乃是他原生的生命状态，剥除了这种状态，易卜生的形象便会随之而黯然失色。

易卜生曾对一位传记作家讲："我所创作的一切，即使不是亲身体验过的，也是与我经历过的极其紧密地联系在一起。对我来说，每次新的创作都服务于心灵的解脱过程和净化过程的目的。"《社会支柱》中一些人物也都有现实依据，因此，造船厂厂主、商人和牧师的势利贪婪、虚伪欺诈、庸俗腐朽，在剧中表现得淋漓尽致。《苏尔豪格的宴会》中穷诗人与富家小姐的爱情故事，有他早年失恋、受挫的影子。甚至，连他后来的妻子苏珊娜也都被物色为《海尔格伦的海盗》和《恋爱喜剧》中两个女主角的创作模特。至于《玩偶之家》则是完全根据他的一次亲身经历写出来的，娜拉的原型名叫劳拉。情节相似，但结局不同，在他的"点铁成金"的艺术处理之下，娜拉已不像劳拉那样逆来顺受，以致精神整个崩溃，而是选择了毅然出走的勇敢道路，最后那砰然一响的关门声，响彻了五洲四海，击中了无数男性中心主义者的心弦。

易卜生故居紧邻皇宫，国王鄂斯加二世非常敬重他，曾经对他说："在政治上，我是皇帝；在文学上，皇帝却是你哩。"特意将一把王室花园的钥匙交付他，供他随时到里面闲步。可惜，晚年的易卜生由于多次中风已经不能下楼了，有时扶着窗户目注园中芊芊的茂草，感伤无限地追怀着往昔的似锦年华。楼下的行人出于对他的崇敬，频频地向他招手致意，有的还用照相机摄下他的老迈的身影，作为永生珍贵的纪念。易卜生的卧室里存放着一张木床，剧作家在这上面躺过许多年，最后还是乘着这只小船进入天国的。为了表达祖国和人民对这位戏剧大师的敬爱心情，挪威国王为他举行了隆重的国葬。

在他去世的 8 年前、70 诞辰之际，挪威剧院还为他在楼前广场上树立了一尊高大的铜像。剧作家银白的鬈发蓬松卷曲着,面部表情严峻,额头宽阔而丰满,一副椭圆形眼镜像一头昂首奋鬣的雄狮踞立在那里,注视着过往的行人。这尊铜像就是易卜生站立在由四层圆饼式的花岗岩垒起的基座上。有人说是象征着他的少年、青年、中年、老年四段生命历程;也有的解释为,最下的一层表现他的诗歌成就(易卜生出过诗集,他先是诗人而后才成为剧作家的),其他三层分别代表早期以历史故事和民间传说为题材的浪漫主义剧作、中期反映社会问题的现实主义剧作和后期以心理分析为特征的象征主义剧作三个阶段。

　　站在剧作家的木床前,我久久地思考着:这样一位久负盛名的艺术家,当他静卧床头,回首往事,特别是感到自己一天天老去,时日已经无多的时候,他都有些什么想法呢?艺术的力量说到底是生命的力量,作家用生命创造生命,用灵魂锻铸灵魂。既然一部作品完成之后,作家便把自己的一部分留在里面,成为可以感知的活体,那么,我们读者为什么不可以到剧作中去窥察一番易卜生的生命原版呢?于是,我想到了他自称为"戏剧收场白"的《当我们死而复苏时》,这是研究这位伟大剧作家晚年心境的一部重要作品。

　　剧中男主角雕塑家鲁贝克年轻时全身心地投入一桩精美的艺术创作——雕刻一座表达世界上最崇高、最纯洁、最理想的女人觉醒状态的大理石像,模特由美丽的少女爱吕尼担任。3年多的时间里,爱吕尼裸露着她那无与伦比的娇美身姿供鲁贝克欣赏、镜鉴,帮助他出色地完成了艺术杰作,赢得了赫赫声名。与此同时,她也把最真挚的爱情倾注于这位艺术家。然而,只知艺术创作而不顾其他的鲁贝克抵住了美和性的诱惑,硬是把没有生命的泥土看得比爱吕尼更为重要,仅仅把这段美好的时光当作人生四重奏中一支"千金难买的插曲"。可怜的爱吕尼,圣洁的灵魂已经留给了艺术家及其杰作,自身只剩下一具空洞的躯壳,艰难、屈辱的生活把她折磨成一个精神不健全的活死人。而雕塑家鲁贝克活得也并不自在,尽管生活富裕,妻子漂亮,却总是感到空虚惆怅,心绪不宁,再也创造不出来真正有价值的作品。

后来，他从国外归来，在海滨浴场上与爱吕尼不期而遇，她那仿佛从坟墓中出来的苍白面色、迟滞、迷茫而充满怨恨的神情，使鲁贝克深深为之震撼。忏悔、自责之余，他终于找到了情结所在，发现了多年灵魂失据的根由，原来是爱吕尼带走了他开启艺术宝盒和疏浚生命源泉的钥匙。于是当机立断，对夫人宣布："我需要一个在事业上与我志同道合的人。"而他的夫人早已苦于他们的生活枯燥无味，有如置身牢狱之中，巴不得飞出樊笼去寻求自由。此刻，鲁贝克才真正觉悟到：爱是生命的养料、艺术的灵魂，生活中不能没有爱，有了爱还要懂得加倍珍惜。他毅然挽着爱吕尼向高山走去，决心用爱情的蜜液来浇活这株被他弃置已久的"艺术之花"，让"两个死去的人复苏，把生活的滋味彻底尝个痛快"。在爱的滋润下，对生活早已绝望的爱吕尼也逐渐恢复了生机。遗憾的是，往者不可追矣，一切一切都太晚了，结局竟是一场悲剧——他们双双被埋葬在一场突发的雪崩里。通过用泪血写出的这种成功者的悲憾，易卜生不仅揭示了人类普遍存在的生存困境和精神困境，探索、追踪了生命的本真状态，似乎也为自己呕心沥血劳作一生，全力投身于戏剧创作而无暇领略与享受种种人生幸福，流露出一种深深的遗憾。

当我读到这部"封箱之作"的煞尾，面对男女主人公昂然走向高山之巅这个意味深长的动人场景时，眼前竟呈现一种迷茫的幻影，仿佛看到这位年近耄耋、白发苍颜的伟大剧作家站在高耸的巅崖，远眺着沧波滚滚的大海，心潮逐浪，与海潮一同翻腾着，千般往事聚上心头。对于社会与人生、事业与爱情、家庭与个人，老人进行着深邃的探索，展开了全新的思考。他在慨叹"整个世界是一只正在沉没的船，唯一可行之事就是自救"的同时，一遍遍地追问着：人生如何才能走出生存困境与精神困境而自由自在地生活着？

问题提出来了，一时却找不到答案。于是，他懊恼地叹息着，徘徊着……

香港《大公报》2002年6月27日

废物——放错了位置的有用之材

清代诗人顾嗣协有一首《杂兴》诗：

> 骏马能历险，力田不如牛。
> 坚车能载重，渡河不如舟。
> 舍长以就短，智者难为谋。
> 生材贵适用，慎勿多苛求。

客观事物各具所长，也各有所短。人才也是一样。世界上全才极少，甚至是没有的。绝大多数人具有某一方面或某几方面的长处，同时又有某一方面或某几方面的缺陷。汉代的王充在《论衡》里讲过："人有所优，固有所劣；人有所工，固有所拙。"为什么？他从认识论的角度加以阐释："非劣也，志意不为也；非拙也，精诚不加也。"一个人的精力有限，如果心神专注于某种事情，就往往会对与此无关的其他事物加以忽视。人类的认识能力是无限的，但就每个人或每个时代的认识来说，又是有限的。成才的规律表明，人必有所不为而后有所为。

这就提出一个要求：用人者必须知人善任，做到随才器使，用当其才。在这方面，汉高祖刘邦是做得好的。他深知"绛、灌无文，隋、陆无武"，因而，安排厚重少文但能带兵打仗的周勃、灌婴担当指挥军旅的重任，充分发挥其连兵百万、决胜千里的才能；而对长于谋划、有游说特长的隋何、陆贾，则令其运筹帷幄之中，或出使诸侯各国，同样起到了应有的作用。如果刘邦不掌握部下的所长与所短，稀里糊涂地"乱点鸳鸯谱"，比如说，派遣隋何去指挥作战，而让口吃很重的周勃去游说四方，那岂不大大败事？

这类教训，历史上是不少的，有时连杰出人物也难以避免。史称马谡"才器过人，好论军计"，说明他颇有参谋、幕佐之才，实际上他也曾为蜀汉王朝出过一些好的主意。但是，诸葛亮却弃其所长，用其所短，偏偏派他去带兵镇守街亭，与魏兵对阵。结果，因为马谡缺乏实战经验，错误地扎营山顶，最后惨败。这就是《杂兴》一诗中所指出的"舍长以就短，智者难为谋"了。

过去有一首咏史诗说得很好：苏秦善逞悬河辩，马谡原非大将才。器使因长无弃物，"材难"今古莫徒哀！

古人慨叹："材乎，其难哉。"说是人才难得，确是事实。但是，如果能扬长避短，用当其才，许多看似无用的人、平庸之辈，也还可以发挥其应有的作用。"废物，是放错了位置的有用之材。"就一定的意义来说，这话也是一种真理性的认识。

明朝的陆容写过一篇《阿留传》，说是书童阿留看起来很痴呆，什么事也不会做。主人周元素叫他扫地，他扫了半天连一间屋子也扫不净。主人外出回来，问他有什么人来过，他记不住一个人名，只说有矮胖的、有瘦瘦的、有漂亮的。主人家的床腿断了一只，叫他去砍个树杈换上，他寻找了一整天，空手而归，说："树杈全都向上，没有一个向下的，用不上。"闹得主人哭笑不得。但周元素并没有赌气把他赶走，而是耐心观察这个书童究竟擅长什么。

一天，周元素濡笔作画，见阿留站在一旁，便半开玩笑地问他："你可会这个？"阿留说："这有什么难处！"说罢，提笔作画，浓淡适宜，画面和谐，俨然一个绘图老手。周元素发现阿留这个特长之后，就安排他专门作画，收到了很好的效果。

这件事告诉我们：扬长避短，合理使用，则天下尽多可用之才。关键在于要有惜才之心，识才之眼。

如果不是周元素那样既能容人之短，又肯于耐心细致地去发掘其固有的特长，恐怕有10个、100个阿留，也早就被当作废物弃置道旁了。

香港《大公报》2002年8月25日

《青山夕照轩随笔》序

  古时素有"知人论世""文如其人""言为心声"之说；出自多文苦辩的孟老夫子之口，话就更明确了："颂其诗，读其书，不知其人可乎？"对于这些明训，我是深以为然的。因此，每逢读到诗文作品，总要同它的作者联系起来思考。关于这部《青山夕照轩随笔》，自然也不例外。
  作者祁子青先生是我的一位老朋友，彼此交谊近40年。相识之初，我们都还年轻，同在一家报社工作，彼此声应气求，时相唱和，颇有"黄连树下抚琴"之乐。尔后海桑更易，同葆岁寒，虽音问常通，但已千里暌隔了。记忆中的子青兄，属于"性情中人"，诗人气质，慨当以慷，情见乎辞。刚肠嫉恶，胸中常有一种郁勃不可磨灭之气，雅不与时调相合。这在他的那部《雪泥鸿爪》诗集中，有至为充分的展现。而其接人处世，径情直遂，光明磊落，不做半点伪饰，不肯随俗俯仰。在那"左"焰盛炽、人际关系极不正常的年月，作为一个有见解、有才华、有个性，却不善于藏锋敛势的知识分子，其处境之艰难、遭际之坎坷就可想而知了。
  《青山夕照轩随笔》是子青兄的一部散文作品。书名何所取义？据我悬揣，从表象上说，是标示出作者的书斋名号，如南宋陆游的《老学庵笔记》、明人胡应麟的《少室山房类稿》等，均属此类情况；然而，细加玩味，似乎还不止此，其间尚有深层次的意义在——是想说明作品完成于新的历史时期，它是晚景晴明、心态宽舒的产物。"老夫喜作黄昏颂，满目青山夕照明。"这就和当日书斋的命意直接联系起来了。论及文章风格，尽管作者盛年时期那副激扬的意气、犀利的文风依然可见，就中也不乏针砭时弊、激浊扬清之作，但是，作为一部学人的随笔，确已显得仪态雍容、措辞醇和了。就内容而言，取材多方，不拘一格，借用梁任公评谭浏阳《莽苍苍斋诗》的话，"独辟新界而渊含古声"，具有相当的认识价值和审美价值。人们可以从中领略到作者渊博的学识、深湛的功力，以及沉潜、谨严的治学态度。

披览一过，发现随笔集有个鲜明的特点，就是里面凝结着作者深刻的生命体验和心灵体验。按照德国哲学家狄尔泰的说法，生命或精神所创造出来的世界，就是精神世界，而构成精神世界的基本细胞乃是体验。要进入生命世界或精神世界，体验乃不二法门。体验是种真实的感受，是种精神的投入，是"我"与对象之间同感共鸣的活动。水管里淌出来的是水，血管里流出来的是血，这是常识。所以，依我看来，若要自己的创作有深邃的蕴意，而且充满生命活力，作家就应该具备深切的生命体验和心灵体验。就是说，要以创作主体的深切体验为叙述轴心，让生命的灵性灌注于思维客体，使情思汇聚于所感悟、所剖断的审美对象，努力形成情感与智性的涡漩，这是实现创作深度追求的有效途径。因为文学创作说到底，是生命的转换，灵魂的对接，精神的契合。子青兄久经世变，阅历丰富，遭际复杂，足迹几乎遍及全国，这都有助于扩展胸襟，洞悉世事，增益其生命体验，反映到作品中，自能鞭辟入里，撄攫人心。那些血泪交迸的回忆文字，那些俱见肺肝的杂文、小品，自不必说，即使是学术性较强的史乘、"闲文"，也都是"笔端常带感情"，概览一番那些《有泪如涛未敢倾》《家亡国破此登楼》等题目，即知此言之不虚也。

萨特在评福克纳时，莫洛亚在评普鲁斯特时，都曾说过一句意味深长的话："人类毕生都在与时间相抗争。"其言蕴意丰富，如果做最简单的阐释，所谓"与时间相抗争"，就是努力寻求一种有效的生命存在方式，争取在世上留下痕迹，以免在时间的洪流中湮没无闻，也就是要将短暂的一生附丽于永恒流动的时间。对作家、学者而言，就是要通过作品来承载生命价值，超越浮生大限，如司马迁所言，"藏之名山，传之其人"。王朝更迭，血战征伐，无论是得益者还是受害者，只能在岁序迁流中占据一瞬；而文化创造的成果生命长青，留存广远，以至于永恒。莎士比亚的诗剧《罗密欧与朱丽叶》，几百年过去了，至今还闻名遐迩，恐怕千年万载之后人们也还会说起它；可是，当时的英国国王是谁，又有几人能够记得呢？早在1700多年前，一个叫曹丕的人（此人也当过皇帝）就说过："年寿有时而尽，荣乐止乎其身，二者必至之常期，未若文章之无穷。"子青兄毕生从事报刊编辑工作，谈不上有什么"名山事业"，堪资自慰的是，有这样两本诗文结集，亦足以鸿雁留痕矣。

　　承命作序，义不容辞，勉缀数言，聊充喤引。

2002年6月识于沈水之阳

香港《大公报》2002年9月11日

回　归

一

　　昔日的顽憨少年，一回头，已经华发盈颠，千般都成了过去，一股脑儿地进入了苍茫的历史。

　　而我儿时的亲热伙伴——双台子河，这漂流着我的童心、野趣的河，带领我回归"家"的审美之途的河，还是那么姿容韶秀，静静地载浮着疲惫了的时间，滚滚西流。那清清的涟漪，汩汩的波声，亲昵依旧，温馨依旧，日日夜夜、不倦不休地喁喁絮语。只是不晓得，她是向远方的客人述说着祖辈传留的古老童话，抑或是已经认出了我这当年的昵友，尽情倾诉着蓄积了半个世纪的别绪离情。

　　游子归来，原都是为着寻觅、有所追怀的，更何况在这冷露清秋时节。在这忽而霏霏、忽而潇潇、忽而滂沱的秋雨里，此情此景，无疑是触发忆念与遐思的一种发酵剂。带着深沉的凉意，荒疏的逸趣，它使望中的一切都变得有情有义了。

　　"我们回家吧！"每当读到科普斯这句再简单不过的话，我都觉得它圣洁，亲切，警策，灼人。此刻，我正在还乡的路上。"未老莫还乡，还乡须断肠。"面对着熟悉而又陌生的一切，我忆起了"弃我去者不可留"的悠悠岁月，忆起了童年，忆起了母亲，默诵着艾青的诗句："为什么我的眼里常含泪水？因为我对这土地爱得深沉……"

是啊，自从我离开了故园，也就割断了同滚烫的泥土相依相偎的脐带，成了虽有固定居所却安顿不了心灵的形而上意义上的漂泊者。整天生活在高楼狭巷之中，目光为霓虹灯之类的奇光异彩所眩惑，身心被十丈埃尘和无所不在的噪声污染着，生命在远离自然的自我异化中逐渐地萎缩。真是从心底里渴望着接近原生状态，从大自然身上获取一种性灵的滋养，使眼睛和心灵得到一番净化。由此，我懂得了，所谓乡情、乡思，正是反映了这种对生命之树的根基的眷恋。

当然，我也清楚地知道，故乡的一切并非我所独有。就说这多灾多难又多姿多彩的双台子河吧，不知有多少人从小就吸吮过她的乳汁；然而，对于她的每个游子来说，它又是百分之百的心灵独占，而绝非多少万分之一。

二

《庄子·在宥》篇我是读过的，记得里面有这样一句富于哲理的话："今夫百昌皆生于土而反于土。"意思是，而今万物都生长于泥土而又复归于泥土。但是，应该说明，我的恋土情结的形成，并非来自书本，而是自小由母亲灌输的。母亲没有进过学堂，无从知道先贤笔下的高言傥论，更没有读过源于西方文明的《圣经·创世纪》，可是，她郑而重之地告诉我，人是天帝用泥土制造出来的，看着一个个动来动去却呆头呆脑，天帝便往他们鼻孔里吹气，这才有了灵性。这个胎里带来的根基，使得人一辈子都要和泥土打交道，土里刨食，土里找水，土里扎根。最后，到了脚尖朝上，辫子翘起那一天，又复归于泥土之中。

母亲还说，不亲近泥土，孩子是长不大的。许是为了让我快快长大吧，从落生那天起，母亲就叫我亲近泥土——不是用布块裁成的褥子包裹，而是把我直接摊放在烧得滚热、铺满细沙的土炕上，身上随便搭一块干净的布片。沙土随时更换，既免去了洗洗涮涮的麻烦，又可以增进身体健康，据说，这样伺候出来的孩子，长大之后不容易患关节炎。到了能够在地上跑了跳了，我就成了地地道道的泥孩儿，夜晚光着脚板在河边上举火照蟹，白天跳进池塘里捕鱼捉虾，或者踏着黑泥在苇丛中钻进钻出，觅雀蛋，摘苇叶，再就是成天和村里的顽童们打泥球仗。

记得有一次，我和另一个"淘气包"跑到村外一个烂泥塘边，脱光了衣裳，滚进泥坑里，把脸上、身上连同带去的棍棒通通涂满了黑泥，然后，一头钻进青纱帐，在一条"看青人"必经的小道上，分左右站定，静候着他的到来，届时突然大吼一声："站住！拿出买路钱！"直把人家吓得打了个大趔趄，我们则满怀着快意，若无其事地扬长而去。一般情况下，母亲是不加管束的，只是看到我的身子太脏，便不容分说，将我按在一个过年时用来宰猪煺毛的大木盆里，灌满了水，用丝瓜瓤蘸着肥皂沫，在全身上下搓洗一通。

泥土伴着童年，连着童心，滋润着蓬勃、旺盛的生机活力。可以说，我的整个少年时代都是在泥土中摔打过来的。

三

东坡先生有两句诗："三杯软饱后，一枕黑甜余。"自注："俗谓睡为黑甜。"至于为什么"睡为黑甜"，梦乡就是"黑甜乡"，他没有说，后来的词典也没有解释清楚。经过一番苦想，我倒从"俗谓"二字中悟出来一点缘由：因为泥土的梦是黑甜的。不食人间烟火的神童仙女不去说他，俗世的凡人都是从泥土中长大的，未曾做过泥土的梦的人，怕是很少吧。

泥土，也许是人类最后据守的一个魂萦梦绕的故乡了。纵使没有条件长期厮守在她的身边，也应在有生之年，经常跟这个记忆中的"故乡"做倾心、惬意的情感交流，把这一方胜境什袭珍藏在心灵深处，从多重意义、多个视角上对她做深入的品味与体察。通过回忆，发挥审美创造的潜能，达到一种情感的体认，一种审美意义的追寻，把被遮蔽的东西豁然敞开，把那本已模糊、漫漶的旧日情怀，以生动鲜活的"图式化外观"展现出来，烙印在心灵的屏幕之上。

可是，人们有个坏习惯，就是长大了之后常常忘记本源，我也同样。一经走进青涩的年岁，我们便开始告别泥土，进城读书、谋事，尔后竟然掉头不顾，一眨眼就是几十年。离乡伊始，游子们还常常通过泥土的梦境向故乡亲近、靠拢，随着时日的迁移，"忘却的救主"降临，便渐行渐远渐模糊了。久而久之，个人时空全部为公共时空所分割和占领，连那种模糊的影像也不复在梦中出现了。偶尔机缘凑巧，故乡重到，也是坐在车里，唰唰唰，从柏油马路上疾驰而过，然后，就一头钻进直耸云霄的大厦高楼里，根本想不到还有亲近泥土这码事。

亏得这次参加了中国散文学会组织的盘锦采风团，也亏得通宵的风雨使陆路车行不便，改为泛舟河上，使我有机会尽览三角洲湿地的无限风光。环境、氛围十分理想，这是那种撩拨诗怀、氤氲情感的天气，它没有晴空一碧那样的澄明或者迅雷疾风般的激烈，而是略带一丝感伤意绪的缠绵悱恻。飘飘洒洒的雨丝风片，缝合了长空和大地，沟通着情感与自然。

轻舟在微荡涟漪的双台子河上静静地飘游着。望着水天无际的浩浩茫茫，蓦地，我涌起了缕缕乡思。我对作家同行们复述了母亲那句"不亲近泥土，孩子长不大"的话，深得采风团团长林非先生的赞同。或许由于对泥土的情怀过于热切了吧，船刚刚靠岸，我就第一个冲向雨幕，跳上堤边，急匆匆地踏上这阔别数十载的泥涂。可是，两脚没有站稳，一个大滑溜，便闹了个仰面朝天，彻头彻尾地与泥土亲近了。见我突然滑倒，几个小伙子赶忙跑过来把我拉起，发现除了满身挂了"泥花"，并没有丝毫伤损，大家才放下心来。调皮的红孩忽然来了一句："没有亲近过泥土的孩子是长不大的。"逗得同行们哈哈大笑。于是，一路上，这句意味深长的话便乘着一波又一波的笑浪，浮荡在所有人的耳鼓里。

四

这里地当双台子河入海口,没有沉甸甸的历史记忆,积淀了久远而深厚的冷落与荒凉,自然也饱藏着开拓和创造的无穷潜力。

这里蕴蓄着强大的生命力,本能地存在着一种热切的生命期待。

这里的泥土肥沃得踩上一脚就会滋滋地往外流油,她是一切生命翠色的本源。任何富有生机的物质都想在她肥腴的胴体上开出绚丽之花,而这绚丽的花朵则是这黝黑泥土的生命表现。

当东风吹拂大地,双台子河重新唱起流水欢歌的时节,她便睁开蒙眬的睡眼,充满着柔情蜜意,慢慢地舒展腰肢,以一种天生的母性亲和力和生命活力,为乡亲们奉献出源源不竭的物质资源和精神财富。

"啊!啊!"为一种世间罕见的迷人景观,大家突然齐声惊叫起来。这是一种名为"碱蓬棵"的野生植物,经过海水浸泡,入秋之后变得通体透红,光华炫目,在河岸两旁铺上了绵绵无际的"红地毯"。存在自身的表现力,向来都是超过语言的。尽管一路上已经听过了当地同行太多的渲染,而且,也在画册上欣赏过它的壮美姿采,但是,当脑子里的奇观胜景突然展现在眼前,化作一种真实的存在,这"红海滩——红地毯"还是令人惊赞不已,每双眸子都像傍晚的街灯一样,齐刷刷地亮了起来。

与红海滩恰成鲜明对照的,是绿到天边的滔滔苇海。"芦花千顷水微茫,秋色满江乡",南宋词人陈亮的名句在这里有了着落。蒹葭苍苍,翠野茫茫,不知何处是岸。幸好有一条曲曲折折的栈桥把游人引向了"碧波"深处,苇花芦叶轻拂着面颊,痒丝丝的,平添了一种亲切的快感。但是,我还是喜欢让双足直接踏着大地,亲近泥涂。植物托根于大地,与动物不同,它们朝朝暮暮、历久常新地向人类播放着芬芳,灌注着清气。我忽发奇想:只要在泥涂里久久地凝神伫立,当会自然有一种旺盛的生命力,顺着翠绿的苇丛潜聚到我们的脚下,然后像气流一样,通过经络慢慢地升腾到人们的胸间、发际，遍布全身。

　　这是一次心灵的回归，像一位俄国诗人所咏赞的："心灵完成了一个伟大的循环，看，我又回到童年的梦幻。"这里没有理性、概念的遮蔽，没有菩提树，也没有野玫瑰，有的只是清醇的、本真的感觉和原生的状态。人们在这里有幸接触到生命的原版，看到了未被物欲贪求所修改过的生命初稿，体验到不曾被剪裁、被遮蔽的，宛如童年时代那未经世俗灰尘所污染的心灵状态。有了这番经历，便有了对大自然的尊崇，对生命的敬畏，对环境保护的担当，对人间一切美好事物的眷恋。

　　一红一绿，色彩鲜明。它们撩拨起诗人的激情，驰骋着缥缈的情思，也为小说家奉上玄想的艺术空间，提供了多种叙述的可能。散文大家梭罗不是说过吗："啊，它们的颜色诉说了许多故事。"

香港《大公报》2002年11月12日

害怕过年

近年来发现，自己越来越害怕过春节了。原因何在？老了？脾气变得古怪了？不见得。

小时候家在农村，听惯了"小孩小孩你别哭，一过大年就杀猪；小孩小孩你别闹，过了大年放花炮"之类的儿歌，因而从旧历冬月初一"关场院门"（结束粱谷脱粒），就开始掐着手指算计，离大年还有多少天；待到进了腊月门儿，饭就不好好吃了，奶奶说我是"盼年盼得心火太盛，肚子里长出了馋虫"；盼哪，盼到"灶王爷爷"偕夫人走下灶台，返回天宫述职去了，离春节只剩下六七天了，这时候，便夜夜梦魂萦绕着花炮、糖果、新衣裳、锣鼓、高跷、野台戏。

当然，这是童稚无心，苦中求乐。其实，对于穷人家来说，平素缺柴少米，生计维艰，已经费尽了周折；年根临近，债主登门，更是雪上加霜。那年月，我的父亲、母亲每逢春节，就总是紧锁着愁眉，很少见过他们有笑模样。

穷人怕过年，是生活所迫；人老了怕过年，怕的是什么呢？或许是悚岁月之飞逝，惊年华之迟暮。拣好听的说，是"天增岁月人增寿"；实质上是"无情岁月增中减"，过一年少一年，因而引发了心理上的恐惧。这种想法不能说没有道理；但是，并非尽人皆然。只要懂得生老病死是不以人的意志为转移的自然规律，你欢迎它是那样，拒绝它也是那样，就会顺时应命，处之泰然。

我的害怕过年，理由有三，都与传统的风俗习惯有关：

一怕滥放鞭炮。我平素喜欢安静，每天到时候就想休息。可是，春节前后，几乎是炮火连天，夜以继日，尤其是除夕晚上，整个楼群简直像坐落在火药桶上，又宛如置身于万炮轰鸣、硝烟密布的战场，咕咚——咔！霹雳一声，震天动地；噼里啪啦，有如鼙鼓频敲，爆豆不停，没有片刻的消歇；嘡！嘡！嘡……这是高程排炮五十发、一百发、三百发地连射。整宿彻夜地闹腾，前后左右轮番地轰炸，搅得人心意不宁，神魂错乱，彻夜无法成眠。

走到外面去看看吧，天地为之改容，风云为之变色，硝烟弥漫，呛得人喘不过气来。还不如紧闭房门，床头枯坐，犯不上让鼻孔、肺子、眼睛和耳朵一同遭罪。

二怕大吃大喝。陈规陋习，自古及今，过年就要放开肚皮，猛吃猛喝。本来可以细水长流匀着吃，有计划地安排开，不！偏偏都要集中在过年时节，调动嘴巴向肠胃发起猛攻。白天已经是"大水漫灌"，"沟满壕平"了，除夕之夜还非得吃顿饺子不可，有道是："打一千，骂一万，不能舍掉三十晚上这顿饭。"一直弄到肚皮鼓胀，肠胃炎发作，上吐下泻，到医院挂上几天吊瓶，方始罢休。

三怕串门拜年。整个除夕，撑得难受，睡得不好，弄得脑涨头昏，四肢酸痛。可是，"化工只欲呈新巧，不放闲花得少休"，大年初一又脚跟脚地来到了。一家人还得早早起来，穿戴整齐，准备出去拜年，或者在家里等候接待串门的客人。但见街头巷尾，人头攒动，进进出出，往复不断。

有的单兵教练，有的三五成群，有的是一家人联翩而至，有的是全单位整个班子列队出行。前呼后拥，摩肩接踵。这一伙客人话音未落，席不暇暖，那一拨人马已经毕毕剥剥地在外叩门，于是，"前客让后客"，匆匆地交换场地。好在来者都是熟人，头一天多数都曾见过面，并没有什么事情需要沟通，只不过走走过场，打个照面。在客人那边，算是尽了礼数，在主人这里，也从熙熙攘攘、送往迎来中获得些许的心灵慰藉、心理平衡。

繁文缛礼，积渐成习，不知道还能延续多久！这本身就是很可怕的。

同我有类似想法的人，大约不在少数。不过，静下神来，细加玩味，又觉得事情总是复杂的、多元的，并非人人都怕过年，至少有三类人群大异其趣：

一类是青少年（当然并非全部）。他们生命力旺盛，有着过剩的精力，习惯聚堆，喜欢热闹，觉得过年比平时有兴趣，因此不唯不怕，而且是兴致勃勃；另一方面，逢年过节，聚会交谈，还有助于广交朋友，沟通思想，增长才智，扩大接触面。

第二类就是商家、厂家、店家，过年能够扩大消费额，有利于促销各类商品，赚钱，发财。

还有一类人盼望过年，他们是急着往上爬的官员，因为这是走门子、送礼物、拉关系，打通门径、扩大交往的绝好机会。平时请客送礼，上门私谒，总须找个引子，借个由头；过年了，这一切行径均属因风就俗，顺理成章。夤缘求进，可以开门见山；馈遗往还，无须半推半就。原是交往双方久经企盼、求之不得的有利时机，"害怕"云乎哉！

这三类人群渴望过年相同，而情况各异。如果说，前两种是顺乎人情、合于事理的，那么，后者则实在令人作呕。联系到节假活动本身，更觉得那种毫无节制地滥放鞭炮、大吃大喝和呼呼啦啦串门子拜年等传统陋习，都应在改革之列。

记得十多年前出访马来西亚，在华人聚居的马六甲城赶上过旧历年。三十那天，我们在庙街漫步，那种异常浓烈的"年味"，使大家叹为观止。家家门外挂起了大红灯笼，高悬着朱红的贺年喜幛，门上张贴着"招财进宝""接福迎祥"等类字句的联语，以寄托主人对于新的一年的美好祝愿。整条街市打扮得鲜红火爆，金碧辉煌，置身其间，简直忘却了是在他乡异国。但是，没发现有人在街头燃放鞭炮。商店在除夕之夜照常营业，也没有见到哪一家在那里"胡吃海喝"。

他们说，过年了，人们难得休闲几天，更应该好好养生，讲究科学饮食。大年初一，我们应邀到一户华侨家里做客，看到祖孙三代人团聚在一起，

"娓娓话桑麻"，其乐也融融。我问东道主："怎么没见有人串户拜年？"答复是，谁也不愿意破坏这种难得的合家团聚、促膝谈欢的气氛。这番话，留给我很深的印象。

香港《大公报》2003年2月27日

成功者的劫难
——小议嫉妒

功成见嫉，自古已然。《战国策·秦策》载："魏国的乐羊收复了中山之后，返而论功；魏文侯却示之以谤书一箧。"乐羊有大功于国，是应该因功受赏的，可是，面临的竟是周围人的嫉恨。

作为一种情感、一种欲望、一种心理活动，属于精神范畴，但就其实质而言，存在着一种鲜明的趋利性。嫉妒是功利计较、名位争夺的一种特殊的表现形式，其最深层面是利益冲突。一切嫉妒者瞄准的都是现实的功利，即成功之后所带来的种种好处。长期以来，人们习惯说"嫉贤妒能"，其实，准确的表述，应该是嫉名妒利。在嫉妒者的眼中，贤、能并没有实际价值，他们所看重的是贤、能背后的声望、地位，归根结底，是种种实惠。正像囊空如洗、衣衫褴褛的人不必担心遭劫被抢一样，那些穷途末路、潦倒终生的人向来也不忧虑遭人嫉妒。法国大作家罗曼·罗兰在其名著《约翰·克利斯朵夫》中说过："不结果的树是没人去摇的。唯有那些果实累累的才有人用石子去打。"我国宋代文学家欧阳修说得更简捷、深刻："其所以见称于世者，亦所以取嫉于人。"

嫉妒的出现有一个重要条件，那就是存在着相互比较的可能性，一般称之为"同辈的嫉妒"。诗人不会嫉妒科学家的发明，老年人也不可能去嫉妒"少壮派"，初试镜头的学员对于明星角色只能产生崇拜心理，三军统帅的地位在普通士兵眼中带有命定的性质。嫉妒的对象，一般的多属同僚、对手或者邻人、朋友。在现实社会中，凡有人群的场所，只要存在利益与私欲的冲突,且能通过直接的对阵或间接的客观比较,显现出优劣、高下、智愚、胜负来,就都有可能滋生出嫉妒的毒菌。正由于嫉妒产生于相互比较,这就决定了当事者双方必然彼此熟悉,且又陷于看得见、接触得到的范围之内。所以就呈现出一种现象,嫉妒心理的强弱,与引其发作的对象的距离成正比。这和磁性引力有些相似,距离越近,磁性越强。

20世纪50年代后期,我在一家报社当记者,当时积极性很高,三天两头就在报纸上发表一篇通讯报道,引起了许多人的关注。按说,这对于这张报纸本是好事;不料,却遭到了总编辑的指责。他郑重其事地告知我:"以后不要在自家报纸上连篇累牍地发文章(当然也不是让你向外投稿,我们不能种了人家的地,荒了自己的田。),要是想写,署上'本报记者'就可以了,不要落个人的名字。劳动人民创造了世界,也没见哪座山头、哪片大地刻上某某的名字。写个巴掌大的方块、2000字的小稿,算得了什么?"在"左"风盛行的当时,这么说,人们也能理解。但他不是一般地表述意见,之所以如此的愤慨激昂,还另有一层因由,原来,他听到了人们议论:某某是个"草包",某某某是有真才实学的。因此,他对我写文章、"出风头",感到异常恼火。当时少年气盛,回去后我就写了一首七绝,以抒积愤:"技痒心烦结祸胎,几番封笔又重开。临文底事逃名姓?'秀士'当门莫展才!"真没想到,已经死去八百多年的《水浒传》中"白衣秀士"王伦的幽灵,生生被我撞上了。

嫉妒者缺乏的是自信力,而多的是患得患失心理。他们是低能者,自己不思长进,也不许旁人出人头地。由于私欲作祟,他人的一切优势,才华、美貌也好,功业、名望也好,财富、地位也好,都感到是对自己的一种直接威胁,因而,很容易把自己的失败与低能,以及由此而产生的失落感、恐惧感化为一种敌意,投射到优胜者身上。如同英国著名历史学家帕金森在《官场病》一书中所指出的,在这种"集无能与嫉妒于一身"的场合,必然造成人人自危,都把自己的才干隐藏起来,装出一副低能又好说话的模样,而担任着"消灭才干"的侦察员,由于愚蠢之故,即使遇上了干才,也是视而不见的。

在关于嫉妒的心理模态及其悲剧性效应的揭示上，我觉得当代著名作家陆文夫的中篇小说《井》有其独到之处。

小药厂的技术员徐丽莎，自幼就受到家庭出身的困扰，嫁到东胡家巷朱家之后，更是一头扎进"是非坑"里，历经了悍姑与恶夫制造的种种磨难。开始时，也曾获得小巷中马阿姨们的同情、信任与关注，她们暗中为她鸣不平、出主意；可是，当她事业有了成就，地位得到提高，社会上给予尊重之后，事态便发生了戏剧性的转折。这时的徐丽莎，在马阿姨们的眼中，风风火火地像"吃了回春药"，人变得丰满了，衣着也入时了，而且成了新闻人物，电视上有影，电台里有声，报纸上登出介绍她先进事迹的大块文章，她像模像样地登台领奖，出出进进车接车送，从此，便遭到了人们的冷眼。原因何在？小说点拨得很清楚："若干年前人们同情过她，因为她当时是弱者，现在变成强者了，对于强者，人们除掉折服之外，往往就是嫉妒。"结果，当单位领导对知识分子不信任的心理惯性出现，使她再度遇到种种麻烦时，当她在家庭婚姻生活中，遭受巨大创伤而身心备受折磨时，当她被历史的沉积与现实的惰性交织而成的罗网紧紧裹缚难以解脱时，井边上的舆论对她就十分不利，甚至满含着敌意了。不仅不再重新援之以手，反而以彻骨的冷漠和蔑视，使她在刻毒的流言面前丧失了生存的勇气，最后含冤投井，了却残生。

小说透过对市井人群中心理沉积的恶垢与尘污的揭示，使我们看到了"人性的弱点"和"国民的劣根性"。他们有善良的一面，同情弱者，对于社会的不公正一般也能表示强烈的愤慨。但狭隘、猥琐，带有比较浓厚的庸人气味。他们"永远是戏剧的看客"（鲁迅语），存在着隔岸观火的"看客心理"和由社会冷漠所造成的"旁观者效应"。闲居无聊，他们特别喜欢收集他人的"情报"，习惯于窥视他人动静，特别是有关男女之间的闲话，这倒不是出于关心，也并非因为这类事情和他们有什么实际联系，只是出于一种嫉妒心理，希望从他人的麻烦、烦恼、苦痛、失意中，获取一丝心灵上的快意，给原本单调的日常生活增添一点点"作料"，也就是拿"他人的苦"做赏玩，做慰安。遇到看不惯的人和事，他们一般地不肯明确指出问题的所在，而只是模模糊糊地摇头，或摆出一副全然不屑的姿势，使不了解真相的人摸不着头脑，不知严重到何种程度。他们喜欢搬弄是非，鼓动情绪，往往是捕捉到一点踪影，便通过口耳相传的业余"小广播"迅速传开，而且添油加醋，旁生枝节，顷刻间苍蝇便成了大象，弄得满城风雨。

据法国社会心理学家列朋和塔尔德的研究，这种"集群心理"有一系列的内在特征：

一是同质、同向现象，大家有着共同的动因、共同的指向，因而存在着鲜明的情绪联系；二是被暗示、受感染与模仿心理，在集群环境的影响下，个性融汇于群体之中，个人与他人融为一体，很容易接受他人的影响，就像传染病源扩散感染那样，群体的情绪、观念以及兴奋点，能够迅速地向周围的人传播；三是情绪过激与非理智行为，在群体气氛中，情绪性高于理智性，显示出原始化、简单化的特点；四是责任分散心理，人们处于集群状态，容易出现"法不责众"的责任分散心理和社会冷漠现象，相对地降低了人们的同情心、罪恶感和内疚意识。

这种集群行为的可怕之处在于，它往往以貌似公允的姿态，构成一种"无主名无意识"的强大的舆论压力。尽管多数情况下，原初并没有包藏蛇蝎般的害人之心，但是，这种情绪很容易被人利用，成为心怀叵测的造谣诽谤、诬陷中伤者的帮凶，不自觉地"助桀为虐"，最终使被攻击的对象陷入重罗密网之中，只有含愤受辱，忍气吞声，而没有当众辩解与申诉的可能，直到超越了委屈承受的极限，走上饮恨捐生之一途。徐丽莎式的"上了无意识的圈套，做了无主名的牺牲"的道德人格性的悲剧结局，就正是在这种情况下发生的。

香港《大公报》2003年4月9日

化烦恼为菩提

　　一位近年走上领导岗位的年轻朋友，向我倾诉他工作中的烦恼，说过去一门心思搞专业，内容单调，精力集中，节假日也不休息，虽忙累、紧张，整天倒是自得其乐；现在，工作范围广了，接触面扩大了，上下左右的人际关系也随之复杂起来，稍有不慎，就会惹出是是非非，实在是穷于应付。作为一个"过来人"，我在这方面也有实际体验，工作好做，关系难缠，结果造成巨大的内部损耗，迫使人们不得不把许多精力耗费在人际关系的处理上。这种情况，应该说是"久矣夫，非一日"了。

　　论其原因，"也许是由于文明的早熟，社会又长期封闭，逼得人们在相对狭小的生存空间中互相摩擦；也许还因为我们从来就太关心社会现实，视野太狭隘，老是盯住现实的人情世态不放。总之，我们对大千世界的丰富感受，最后几乎都要归结到对人情世态的洞察上面。在某种意义上，中国人简直成了世界上最老于世故的民族"。著名学者王晓明的这一分析，我觉得十分中肯，十分深刻。

　　当然，还可以从文化传统方面查找根源。作为一种历史积淀，文化传统总是在整体上，当然也包括每个具体的人，时隐时现地产生着巨大的影响力。我以为，"关系学"的盛行，可能是我国长期以来的封建文化传统，特别是儒学传统的深重濡染。儒家过分看重社会中人与人的关系，看重等级地位与协调适应，习惯以共性为前提，却忽视个体存在的自由与真实，不承认个性是人生的依据。这些历史上形成的文化遗传因子，已经潜伏在我们大脑皮质里面,时时刻刻在发挥着作用。由于在传统文化的深厚土层中埋藏着种种潜在的意识,一个人只要降生其中,便会相应地享有它所赐予的各种创造力,同时,也要在本质上难以摆脱它的制约与束缚。正是在这个意义上,西方一位学者说,个人是历史的人质。

再者,应该从人性层面上剖析。它来源于人类所固有的劣根性——嫉妒心理。嫉妒是功利计较、名位争夺的一种特殊的表现形式,其最深层面是利益冲突。一切嫉妒者瞄准的都是现实的功利,即成功之后所带来的种种好处。法国大作家罗曼·罗兰在其名著《约翰·克利斯朵夫》中说过:"不结果的树是没人去摇的。唯有那些果实累累的才有人用石子去打。"我国宋代文学家欧阳修说得更简捷、深刻:"其所以见称于世者,亦所以取嫉于人。"这是一种社会心理现象,要克服它有待于国民素质的提高,整个社会的进步;同上述两个方面的问题一样,个人是难以解决的。

不过,"魔高一尺,道高一丈",办法还是有的。古人主要是从自己的心态上加以调适。且看苏东坡的《定风波》词:"莫听穿林打叶声,何妨吟啸且徐行。竹杖芒鞋轻胜马,谁怕?一蓑烟雨任平生。料峭春风吹酒醒,微冷,山头斜照却相迎。回首向来萧瑟处,归去,也无风雨也无晴。"这确实反映出一种超然、自在的心态。元丰五年三月的一天,他到黄冈东南30里的沙湖去,途中遇雨,因为没备雨具,同行的人都惶遽不已,十分狼狈;唯独他从容不迫,泰然自若。过后,他写下了这首词,通过生活小事来抒写自己的独特体验和处世态度,从中揭示出深邃的人生哲理。3年前,由于遭到群小的嫉恨,其所作诗文被罗织以"语涉谤讪"的罪名,结果招致逮捕下狱,这就是历史上著名的"乌台诗案"。出狱之后,他被流放到黄州。尽管经历了种种风波、磨难,但他的心境仍是如此宁静、超拔,且吟且啸,缓步徐行。显现出"内宇宙"与"外宇宙"的和谐、统一,人事是"一蓑烟雨任平生",大自然便"也无风雨也无晴"了。

当然,诗人嘛,再超然、自在,胸中总还是澎湃着感情的潮汐。词中在看似平静的叙述中,却透露出强烈的感情色彩,"莫听""何妨""谁怕""任平生",反映了作者傲岸的风骨、倔强的性格。下阕则写出风雨洗礼过后的自然景象和内心情境,这是作者胸襟、识见、心境、性灵在感情客体上的艺术投影。

过了425年,在明代又发生了著名学者王阳明遭贬被谪的事。因仗义执言,忤犯权阉刘瑾,被贬为贵州龙场驿丞。南下途中,刘瑾派爪牙尾随其后,蓄意暗中谋害。他察知到这种阴谋,过钱塘江时,把一双鞋丢在岸边,并写了一首绝命诗,做出跳江身死的样子,然后搭乘一艘商船驶向舟山。不料,遭遇了海上风暴,生命危在旦夕。他也像苏东坡一样,镇静自若,处变不惊,从容写下了题为《泛海》七绝:"险夷原不滞胸中,何异浮云过太空?夜静海涛三万里,月明飞锡下天风。"前两句写他沉着、坚毅地同死神搏斗的大无畏精神。孤舟一叶,簸荡在波狂浪恶的大海上,他却视同浮云掠过太空,安危、祸福不曾滞留于胸。后两句展现其光风霁月般的内心世界:在月明之夜,就像一位道行超绝的游僧,手执锡杖,足踏天风,乘着万里洪涛,飘摇自在,任情适意地遨游。思通万里,胸开三界,充满了禅机理趣。这些诗句都可以看作化"烦恼"为"菩提"的祛病良方。每当心境窒塞、愁闷难堪之时,吟诵一过,细加涵泳,未始不能获得精神上的解脱。

我常常想,人立身处世必须坚守一种"自性"。这是借用佛禅的一个词语。宋人为《金刚般若波罗蜜经》作序,说"切以诸佛说法,不离自性,须知一切万法,皆从自性起用"。意思是诸法各自具有不变不灭的本性。听起来有些神秘,实际上,说开了就是个性,或者本性。鲁迅先生也特别强调"自性"。他说:"人必发挥自性,而脱观念世界之执持。"(《坟·文化偏至论》)在致宫竹心信中又谈道:"寄《妇女杂志》的文章由我转去也可以,但我恐怕不能改窜,因为若一改窜,便失了原作者的自性,很不相宜。"人生在世,大概总要守住一些自性的、超乎现实功利之上的东西,需要有一种自信自足、气定神闲、我行我素的定力。这样,人的精神才有引领,才能有所归依,才能不受外界环境变化的侵扰,摆脱"观念世界之执持"，在纷繁万变中保持相对独立的内在品格，在世俗的包围中葆有一片心灵的净土。

烦恼正是来自心态不能平衡。一些问题总觉得想不开，自然就做不到心安理得。想得开才能放得下。这不单单表现为通常的所谓"修养"，而是体现一种人生境界。那些聪明绝顶的人，有时给人一种"痴愚"的感觉，这并不是故意装出来的，而是反映出一种人生的智慧。在一般人来说，这种境界是难以达到的，所以，古人有"愚不可及"的说法。这个成语出自《论语·公冶长》篇，孔子有一次提到卫国的大夫宁武子，赞扬说："其知（智）可及，其愚不可及也。"也正是在这个意义上，清代著名文人郑板桥才说："聪明难，糊涂亦难，由聪明而转入糊涂更难。"求的是"当下心安"，也就是求得内心平衡，这是"放得下"的心理基础。

香港《大公报》2003年11月23日

神女仍无恙

在一个玉露初零的晴日，我们畅游秋气萧森的巫山巫峡。

依据古人的解释：游者，行也，含不迫遽之意。这里面的学问还是蛮大的。庄子曾用"出游从容"四个字来状写濠梁观鱼的情景和心态，应该说是深谙"优游之趣"的。何谓"从容"？云无心以出岫，舟摇摇以轻飏，未必有什么固定的目标，也不受时间的限制，游游逛逛，行行止止，纵情如意，兴尽而归。

这种自在自如的情态，现代人群久矣夫无缘领略了。说声出游，宛如列队从征一般，"萧萧马鸣，悠悠旆旌"，直奔目的地，不容少许回旋。即便是游观名园佳景，也是兴冲冲、急匆匆地跨曲桥，穿廊庑，步闲庭，令人怀疑是忙着如厕，或者急着救火，不见一丝从容品味的优游步态。而且是走路越少越好，尽量以车代步；下了车就咔嚓咔嚓地摄影留念，算作未虚此行，立此存照。至于究竟看了些什么，有哪些实际体会，就只有天知道了。真真是空耗了精力，枉费了资财，更辜负了名山胜境。

我们这次乘"维多利亚"号游轮游览三峡，一改从前那种匆匆一过，直奔主题的习惯，驶离重庆朝天门之后，便一路放怀适意地遨游着。江深流缓，岸阔潮平，即使是下水船，也不见昔日那种"巴水急如箭，巴船去若飞"的情景。夜深了，远处岸边的灯火闪着幽暗的清光，显示着它自身的存在，同时给予过往的天涯倦旅以亲切的慰安；作为呼应，轮船上的探照灯也不时地把一束长长的光柱摇过去，于是，山山水水就在光的虹桥上实现了有效的对接。

  古人有"放舟下巫峡，心在十二峰"的诗句，我却只是关注那"上古既无，世所未见，瑰姿伟态，不可胜赞"的圣洁、美艳的神女。船到巫山，我就引颈瞩望，心里默默地挂念着："神女应无恙？"此后便顶着浩荡的峡谷强风，挺立于船头之上，衣服像被雨水浇过似的紧紧地贴在前胸。"天风吹乱发，不顾整衣冠。"尽目力之所穷，一个个地迎送着登龙、圣泉、朝云诸峰，待到造型隽美的神女峰蓦然闯入眼帘时，我竟忘情地欢呼着："神女仍无恙啊！"高耸云天的神女峰依然吸引着过往游人，她还是那么壮美，那么妩媚。而且，由于水涨船高，适度拉近了同游人的距离，更平添了几分清晰度和亲近感。

  据说，截流之后，江面较前拓宽了110米左右。两岸的峭壁悬崖原来紧束着江水，好似就卓立身边，现在，坡度降低了，像是退出去很远。这就确确实实使三峡两岸显得不那么峻拔，不那么险峭了。作为一种只供游目赏玩而无须举步攀登的景观，应该承认是一种致命的缺憾。好在身旁的"小三峡"适时而恰当地做了有效的补偿，大三峡往日的影像在这里基本上得到了重现。从前受水量的限制，大宁河里大型轮船无法通行，小船也只能在河的下游地段航行60公里。现在，不仅龙门峡、巴雾峡、滴翠峡一一畅通无阻，而且可以一直溯流上行，蜿蜒二百公里，与大三峡的航程不相上下。同样是峭壁摩天，雄浑壮丽，清秀幽深，有些山景甚或过之。

  最值得称道的是，大宁河上游人烟稀少，基本上未经开发，生态环境没有遭到破坏，至今仍然葆有良好的植被，因而水如缥碧，澄波潋滟，清澈无比。舟行其间，令人心神为之一快。这是江水混浊、泥沙俱下的大三峡所无可比拟的。不足之处是人文景观较少，即使有百里栈道、千载悬棺和大昌古镇风情，由于未经神话传说和诗文书画的浸染，因而还缺乏应有的意蕴与风采，堪资咀嚼、回味的东西不是很多。看来，"江山总要诗文捧"，徒有自然美不行，还需要文化赋值，需要"人文化成"，否则，任何风景名胜都不可能具备足够的魅力。

与只具山水之胜的一般景观不同，巫山巫峡已经被古代诗文神奇化了。这是一个神秘的所在，而且充满了人情味，颇具梦幻性。如同唐代诗人李商隐所写的："非关宋玉有微辞，却是襄王梦觉迟。一自高唐赋成后，楚天云雨尽堪疑。"任谁行经这里，都会被那瑰奇而绚丽的神话传说弄得如痴如醉，意乱神迷。

而那绵邈无际、如诗如画的巫山云雨，点染着扑朔迷离、亦幻亦真的动人传说，更是从中煽情助兴，会让你想得很远很远。它和其他任何地方的云彩都不一样，它不是祖国北方那种羊群絮片、素车白马般的瞬息万变的流云，也不像富有温柔感、音乐感的南国浮云那样透明、绮丽，更不同于关中一带抓一把下来似乎可以团成窝窝头的朵朵黄云。这里的云霞，深藏着梦幻，饱蓄着雨意，不飞、不散、不流动，同秀挺的山峦牢牢地拥抱在一起。可以毫不夸张地说，它是真正的云彩，难怪唐人有"除却巫山不是云"的论断。也许正是因此，才吸引了古往今来那么多的骚人墨客吟咏不辍。

有人问，如今大江截流了，"高峡出平湖"，巫山云雨还能像过去那样神秘吗？答曰：云由水汽氤氲而成，现在江面阔了，水汽多了，这里的云情雨意自然比过去更为浓重，更加梦幻迷离了。

10年前，我曾畅游三峡，把它当作一部大书来读，并写过一篇《读三峡》的游记。今日旧游重到，这部大书又以崭新的风貌展现在我的眼前，予我以许多新的感受，遂赋《重读三峡》七绝九首以记之：

　　画苑诗廊浣旧痕，一番晤对一番新。
　　依稀十载江天暮，"书卷多情似故人"。
　　注：于谦诗句。

　　仰首高天易损神，临流壁立想前身。
　　而今展卷烟波上，一览从容慰远人。

千秋壮旅迥绝伦，逼仄终嫌气不伸。
此日中流行自在，平湖高峡倍迷人。

缘结天涯物外因，心安净洗旧嶙峋。
放翁诗句堪玩味，"平远山如酝藉人"。

果是"青天若可扪"江风浩浩净无尘。
举头不费搜寻力，倩影分明梦里人。
注：李白《自巴东舟行经瞿塘峡登巫山最高峰晚还题壁》句。

云想衣裳玉想身，婷婷袅袅现真真。
灵峰神女仍无恙，丽影娇姿更可人。

朝云暮雨感清真，结想陈王赋洛神。
纵使莺花还入梦，镜波已换昔时人。
注：曹植《洛神赋序》："感宋玉对楚王神女之事，遂作斯赋。"

九月巫山别有春，停舟暂驻峡江滨。
早知心被灵峰恋，茅结云根效土人。

静对巫云发兴新，痴情直欲结芳邻。
归欤聊作天涯叹，缘浅无由近玉人。

香港《大公报》2004年1月18日

诗人的恒久魅力

在顶尖的世界级大诗人中，我最喜爱的有三位。他们是俄罗斯的普希金，印度的泰戈尔，智利的聂鲁达，我不仅读过他们的作品，研究过有关的传记，而且有幸访问过他们的故乡，瞻仰过他们多处的故居，实际感受那种儒雅的氛围，亲承他们的遗泽。在我的心目中，那位倜傥风流、多愁善感的普希金，属于"乌衣年少"一流，尽管我特别崇拜他、喜爱他，长诗短诗都能背诵出一些来，但相互间总有一点"隔"的感觉；那位飘动着白发长髯，仿佛给人一种仙风道骨般的感觉的泰戈尔老人，在蔼然可亲之中，常常平添几分敬畏，这也在一定程度上拉开了我们之间的距离；唯有那个聂鲁达——也许同早就知道他是一位真正的人民诗人有关——我感到特别亲切，也最容易接近，因而一厢情愿地同他结成了朋友。看到那方方正正的脸庞上，嵌着一双大而圆的眼睛，再衬上两弯浓重的长眉，张挺着嘴唇的阔嘴，我总是忆起过世多年的长兄——一个出色的建筑工人。

聂鲁达还在世的时候，我就曾如饥似渴地读过他的许多动人的诗篇，感受到诗人的博大胸怀、可贵的正义感和社会担当意识，倾倒于他的超人的智慧与幽默。在那道德、观念、习惯和阶级、法律、政策等一切都同爱意柔情大相径庭的年月，我在繁重的体力劳动之余，常常躺在农村冰冷的土炕上，就着微弱的灯光，一遍一遍地读着《二十首情诗和一首绝望的歌》。通过这部青春恋情的杰作，我仿佛看到现实中的诗人愁肠百结、坐立不安的焦灼心态，里面有忧伤的记忆，有真情的呐喊，有情感的剖析，也有深沉的哀叹。同诗人一道沉浸在孤独、自省，为情所扰、所困、所累、所苦的茫茫隐痛之中，体味着那种对人性对心灵的终极关怀；那组动人心魄的《漫歌集》，尤其是其中著名的《伐木者，醒来吧！》，读着读着就抑制不住心头涌动的狂潮，常常是感同身受，也让我为自己祖国富饶的大地、往昔的荣光而自豪，为祖国人民所遭受的苦难与未来的命运而忧思，有时竟披衣起立，绕室彷徨。

诗人把视野敞向全球，以其人性的伟力拥抱着整个世界，让盈盈爱意在诗中涌流，于是，世界爱好和平的人们，同样也把盈盈爱意回报给诗人。

在智利几天的访问，使我进一步走进了聂鲁达，对于这位优秀的诗人有了实际的了解。所到之处，经常能听见巴勃罗·聂鲁达的名字。尤其是在他的几处故居里，我见到了来自世界各地的热心观众，顶着炎炎烈日，纷至沓来，络绎不绝。

已经辟为聂鲁达博物馆的故居，坐落在圣地亚哥圣母山下，这是一组依山就势、造型奇特的欧式建筑。一般的山居都是在山坡上削出个平面，或者分出层次逐级攀升，像画图一样次第展开。而聂鲁达的住宅是纯然依照山势的错落，蜿蜒上下，凹进凸出，似断实连，散落在浓荫密布的林峦深处。清幽、别致，充满了艺术情趣，体现了主人的匠心独运，是诗人的艺术心灵的外现。凡是到过这里的观众，都会感到诗人极富艺术感觉，极富生活情趣，极富人情味。我想，这大概就是诗人的恒久魅力所在吧。整座住宅，包括会客室、卧室、书房、餐厅、酒吧间，壁橱里陈列的，案几上、窗台上放置的，挂在墙上的，摆在地下的，都是大大小小的艺术品，除了珍稀的古玩、世界的名画、彩色的玩具、多彩的瓷盘，最多的是千姿百态的海螺。诗人自己说过："我平生所收集的最精美的东西，实际上就是海螺，它们的奇妙结构——月光般皎洁、像细瓷一样美妙的内在质地，加上有厚实质感的、哥特式的、多姿多彩的外壳——令我心旷神怡。"这里有南极的通明海螺、古巴的杂色螺、加勒比海的彩绘海螺、北美的彩线榧螺、中国的宽肩螺……据说总数超过15000个，其中大部分已经捐赠给智利大学。

故居里有大小三个酒吧间，主人喜欢和客人一边谈天，一边饮酒。他还常常用酒来激发灵感，他说，喝了酒以后晃晃悠悠的，有如坐在船上。诗人对于船舶，终生有着特殊的爱好。他的几处住宅里，不是摆放着船的模型，就是挂着船舶的绘画，有一处房舍外面的山头竟然放置一艘实用的船只。但是，据说他从来也没亲自驾驶过航船，甚至根本不懂得航海的技术，比美国的同行杰克·伦敦，这方面他可差远了。与故居隔着一道铁丝网，外面是一座动物园，聂鲁达喜欢这种生机盎然的环境，尤其是愿意谛听嘤嘤鸟鸣和咆哮山林的狮吼。故居庭院里种植一些果树，有时活泼的小猕猴偷偷跳进来摘葡萄，诗人便乐颠颠地瞅着它们跳上跳下，直到饱腹而去。

聂鲁达对于中国怀有深厚的感情，曾于1928年、1951年、1955年先后三次访问过中国，回去后写了《向中国致敬》和《中国大地之歌》等诗篇。他同我国许多著名诗人结成了朋友。1954年聂鲁达五十诞辰，艾青、萧三等中国诗人曾带着景泰蓝的名瓷、湘绣和象牙雕刻，专程前往智利为他祝寿，使聂鲁达无限感激。他深情无限地对艾青说："中国是从梦想变成现实的一个国家。"他一直记怀着愉快的中国之行，一次游览颐和园，陪同他的艾青戏问他："你姓聂，按汉字的写法，'聂'字是由三个'耳'字构成，而你只有两只耳朵，多了的那只耳朵放在哪里？"聂鲁达随口作答："一个耳朵放在前额上，可以倾听未来！"大家都叹服他的机敏与智慧。据艾青一篇回忆文章中所记：有人告诉他，聂鲁达曾经对着大海呼唤艾青的名字，他们之间结下了深厚情谊，互相都十分珍惜。

艾青从南美归来，写过几篇赞颂与忆念聂鲁达的诗章，在《告别》这首长诗中有这样的感人诗句："浅灰色的早晨/我离开你/离开你动人的声音/离开你温热的手掌/离开你宽阔的胸膛/离开你的拥抱/说了一声'再见'/不可能许下重聚的日期/就这样地，我离开你/离开我的兄弟/离开智利/"；"你的心是属于群众的/你的感情和语言是属于群众的/全世界都有你的朋友/人们多么容易理解你/像人们理解树和岩石一样/像人们理解海和山一样/像人们理解自己一样"。聂鲁达对于中国的艺术情有独钟。

在这所故居里，陈列着两幅中国画：一幅画面是一戎装少年骑在马上，手里牵着一只梅花鹿；另一幅画的是野花啼鸟。记得参观他的另一处住宅时，曾看到一幅中国古代的仕女图，上面有清代著名书法家王文治的题诗，这是一件十分名贵的珍品。

　　智利归来，3个月过去了。脑子里还不时地闪现出聂鲁达的身影，似乎诗人已经随我来到了中国。而我又同时发现，我的心留在了智利，留在了诗人的身边。

香港《大公报》2004年6月13日

轻着力，转身时

现在，人们议论比较多的，是一些人跑官、要官，或者借汲引之名行其售官鬻爵之实。其实，事物是复杂的，世间所呈现的矛盾总是多种多样的。在用人问题上，也还存在着另外一种情况——比如，有些才智超群之人，由于无人发现、无人汲引，而长期"没身草泽""沉居下僚"，这也并非极个别的现象。

当然，这在旧时代就更为普遍了。唐代诗人钱起有一句诗："名宦无媒自古迟。"他是有感而发的，寥寥七个字，寄寓了诗人深沉的感慨。在旧社会，不知有多少人才由于无"媒"引荐，迟迟不得用世，最后竟怀瑾握瑜，郁郁以终。

古诗中表现这种内容的很多。有的是通过咏史的形式抒发个人的感慨，也就是借古人的酒杯浇自己的块垒。像唐代诗人胡曾的《渭滨》："岸草青青渭水流，子牙曾此独垂钩。当时未入非熊兆，几向斜阳叹白头。"讲的是传说中的周文王姬昌拜访姜子牙的故事：

周文王这天出去打猎，出发前卜了一卦。卦辞说：此行将有大收获，猎取的不是熊，而是一位贤师，他将辅佐君王治理天下。这就是所谓"非熊兆"了。文王当日趁着这个"兆头"，驱车来到渭水之阳的磻溪，果然见到一位名叫姜子牙的隐士在那里钓鱼。奇怪的是：钓竿悬空，钩上无饵。文王惊异，知道这是一位非凡之士，当即上前拜见，请他出山。姜子牙却说："你是出猎游玩至此，并非专为访贤而来。再说，我已是八十老朽，还能发挥什么作用？"文王见他傲岸自恃，更觉得非同凡响，于是回去斋戒沐浴三日，然后带着文武官员和车驾，专程再到磻溪。为文王的礼贤下士、求才若渴的精神所感动，姜子牙便随他回宫，先后当了文王、武王两朝的军师，协助平定天下，建立西周，立下了不朽功勋。

诗的后面两句设的是反语，和杜牧的"东风不与周郎便，铜雀春深锁二乔"大体相似。这里说的是，如果当时碰不上"非熊兆"这个机遇，那么，姜子牙就只能渔钓终生，披着满头白发，空对着斜阳哀叹不遇了。

还有一类诗歌，是采用借喻手法来讲人才的机遇的。像宋代诗人梅尧臣的《使风船》："清淮直上水连天，坐看高帆后复前。自是乘风有迟速，不由人力爱争先。"这是借用淮上帆船乘风行驶，说明客观条件在人才成长中的关键作用。

清人笔记中有这样一则故事：某寒士屡试不第，潦倒乡关，整日推磨做食。他的妻子感到没脸见人，就嘲骂他没有出息。他在深感愧赧之余，便以石磨为题作诗一首，来为自己辩解："但求心中正，何愁眼下迟。得人轻着力，便是转身时。"不料，四句短诗竟不胫而走，传播得很广。知县看到以后，为之击节称赏。于是"轻轻着力"，予以破格拔擢，这个落魄书生也就从此"转身"了。

这类故事，今天看来，也许没有更大的价值。因为在人才的成长上，更多地有赖于发挥主观能动性，不应过分强调客观机遇的作用。但是，无数事实表明，由于社会条件、客观因素的诸多限制，这种"轻着力"的工作，有时还确属必要。有些人本来很有作为，只是由于传统偏见、习惯势力作怪，不能脱颖而出。后来遇到那种有胆有识的赏识者，敢于冲破束缚，力排众议，说几句公道话，果断地加以拔擢，问题也就"轻轻地"解决了。

香港《大公报》2004年7月21日

忽闻佛地有仙山

缅甸的蒲甘号称"万塔之城"。作为世界著名的佛都，它已经享誉千余年了，影响及于整个亚洲，四方朝拜者终年络绎不绝。出人意料的是，它身边的博巴山，竟然生面别开地展现一个神灵世界，成为一座名副其实的仙山。

两地相距仅45公里，气候却天差地别。蒲甘三月，即使在清晨，也是骄阳似火，热浪蒸腾；而地处海拔800米高程的博巴山，正午时分依然凉风习习，爽气宜人，置身其间，无异于入清凉国。在这里，当地居民供奉着37路神仙，而且都聚居在一座神庙里。每座神灵都有两米左右高的塑像，并排而立，令人想起中国的"封神榜"和蓬莱过海的八仙。众仙服饰随性别、身份而异。除个别的黑面恶煞般的凶神而外，大多眉清目秀，神采飞扬。塑像前有一长条香案，摆着各种鲜花、供果。

当地比较一致的说法，早在佛教传入之前，这些神仙就出现了，只不过当时并没有这么多，形象与身份也没有定型。显然带有民间宗教的性质，属于原始初民的一种信仰。这些神祇的文化生成，经考察发现，大部分都与尘世间的最高统治者的滥杀无辜有直接关系。从这个意义上说，它又是正义的象征，是民众愿望与理想的产物。

有一则神话故事说，蒲甘王朝时期，博巴山盛产名贵的鲜花，管理花园的是一位聪明美丽的妙龄女子，名叫梅瓦娜。这一天她结识了京城里来的勇士骠大。这位勇士因为武艺超群，屡建功勋，深得国王的信任，于是，被安排每天到博巴山取花，然后飞马送进皇宫，供给皇帝与后妃观赏。英雄、美人一见钟情，由互相仰慕发展到痴情爱恋，结果生下了两个孩子。国王得知后，盛怒之下把勇士斩首了。女郎闻讯后，痛不欲生，跳进博巴山下深不见底的火山湖里殉情。从此，花树枝头总有两只同命鸟相向哀啼，昼夜不止。当地民众认定这是两位痴情男女的魂魄化成的精灵。出于同情与敬重，便把他们作为忠实于爱情的神仙供奉起来。

庙里还供奉了两兄妹的神灵。传说当年山上住着兄妹二人，哥哥是一个铁匠，身怀绝技，力大无比，在国内多次比武中都夺得魁首，深受山民的爱戴。国王觉得他对于江山的巩固是一个致命的威胁，便想找个借口把他除掉。铁匠察觉到这个阴谋，就悄悄地找个地方藏匿起来。国王派人抓走了他的妹妹，让她交代哥哥的下落，答应只要他自动回来，就不再追究，兄妹二人可以继续过着平安日子。妹妹觉得这也很好，便把哥哥找了回来。谁知，这是国王的一个骗局，铁匠回来第二天，就被暗地里处死了。妹妹悔恨自己过于轻信，使哥哥上了当，也自刎而死。

这次我们看到，他们四位都作为神祇被祀奉着，而且居于众神中间最显赫的位置。

民众按照人世间的规矩，赋予这些神祇以人格化、人性化的特征。这里有正神，包括那些忠于爱情、心灵美好、正直无私的英雄人物和有功于世的公伯王侯；也有兴风作浪的鬼魅式的邪神。祀奉前者是出于景仰，出于爱戴；而给后者以香火，以礼遇，则是为了笼络与讨好，心存畏惧，不得不然。传说中还有这样的情况：有的穿戴着朝廷命官服饰的神仙，在为民众降祥赐福的同时，也常常接受一些请托，收受钱财与礼品的贿赂，在向天神汇报民间的是非时，有意隐瞒一些私情——这和中国的灶王爷在"小年"时被用糖瓜糊上嘴巴，只能"上天言好事"，大体上是相同的。

这些神祇都是作为凡人死去之后才修成正果的。他们因为中断了生命的延续而获得了超自然的力量。凭借着那种超自然的力量，他们成为生者的崇拜对象，成为外在于生者又主宰着生者命运的神灵。神灵原是由人们造出来的，而一经造出来，又会反过来成为人们自身的范式与束缚。人们相信这些神祇的灵验，自觉自愿地接受他们的管束、监督与惩处。（在拉丁语中，宗教即意为"约束"。）一旦认识到自己的所作所为违反了神祇的意旨，会从心灵深处产生一种负罪感。在博巴山当地的传说中，就有许多种民众自造的神祇转过来惩处民众悖俗违礼的事例。

作为非官方、非主流、非正统的文化体系和意识形态，民间宗教更多地强调人间情怀，往往与传统的观念、官方的立场、主流的宗教意识形成微妙的冲突。如爱情与金钱，在原始的民间宗教中都是颇受推崇的。相对而言，民间宗教更加务实，更与世俗接近，也显得通情达理一些。

至于同当地正宗、正统的宗教——佛教的关系，就更加微妙了。本来，作为宗教信仰，它同佛教一样，都是人类精神文化的一种形式，都是对超自然的崇拜，都和个人的信仰有直接关系，所反映的都是个人与一种比他巨大、比他神秘的对象的关系。但是，它们之间又有显著的差异，首先，它们的文化前提与文化背景截然不同。佛教重智慧，尚实证，以明心见性为教义之精髓；而这里的民间宗教或原始信仰普遍强调实用性，更多地体现人间的情怀、山民的愿望，更明确地讲求世道人心、伦理道德，说明它更加世俗化、平民化、功利化了。

同佛祖相反，这里的神仙都有灵魂存在。当地传说，蒲甘王朝时，有一对战功卓著的兄弟，奉国王之命负责督建京城的宫殿。国王对于工程质量和进度要求十分苛刻，而他们尽管在战场上是叱咤风云的英豪，于建筑、管理业务一窍不通，结果工程质量很差，两人均以渎职罪被处以死刑。他们倍感委屈，死后冤魂不散，日夜在宫廷里转悠。一次，国王出游都城外的伊洛瓦底江，突然遭遇卷地狂风，波涛骤起，游船险些翻沉。经过巫师占卜，知道是两位将领的阴魂作祟。国王只好答应封神拜祭，把他们送到博巴山上供奉起来，风涛才逐渐平息。

佛祖否认死了之后还有灵魂存在，否认人有永恒的自我；承认彼岸世界，承认转世。在佛陀看来，转世之后，就不再是原有的那个人、那个灵魂。

好比两支蜡烛的薪火相传，一支把火焰传递给另一支，虽然后者因前者而存在，但它并非前者。

作为历史文化的积淀，民间宗教有其深厚的根基和旺盛的适应能力，而且具有强大的包容性。对于域外传过来的佛教，它既不排斥，也不依附。这里靠近曾经辉煌数百年的佛教圣地蒲甘，居然保留着完整而鲜明的初民信仰的象征；后来佛教盛行于全国，成为缅甸的国教，它也仍能继续传承下去，而未受其同化；直到佛教式微之后，它仍然活跃在当地的民众中，享受着更为旺盛的香火。

当然，由于二者长期地糅合在一起，也不可能一点不受影响。比如，拜神方式，在中土，或跪拜，或作揖，没有统一要求，尤其是无须赤脚；可是，在博巴山，由于受佛教的影响，进入诸神殿堂，也要像进入佛教寺院一样，必须赤足，而且也要伏地叩拜。也许这里面存在着攀比的成分——为什么见了佛祖要赤足、跪拜，而见了我这个大罗神仙（级别并不比他低啊），你竟然大模大样地穿鞋、作揖呢？

香港《大公报》2004年8月8日

流俗多误

据《艺文类聚》记载：宋国有个蠢人，在梧台东面的燕山拾到一颗有彩纹的石子，便视为稀世珍宝，急忙拿回家里，用黄丝绢包起来，足足裹了十层。这样，他还不放心，又用十个雕花木盒一个套一个装起来。有个珠宝商听说后，登门拜访，想看一看这件宝物。主人为了表示虔诚和郑重，斋戒七日，熏香沐浴之后，戴上大礼帽，穿上玄色长袍，最后才一个个掀开木盒，一层层揭去丝绢，亮出石子。珠宝商一看，掩口而笑，说："这是一块燕地的石头，和碎瓦片一样，不值一文钱。"宋国人顿时勃然大怒，认为这是出于忌妒而蓄意贬低。从此以后，他对这件"宝贝"视之愈珍，藏之愈固。

李白《古风五十九首》第五十首，专门嘲咏了这件事："宋国梧台东，野人得燕石。夸作天下珍，却哂赵王璧。赵璧无缁磷，燕石非贞真。流俗多错误，岂知玉与珉。"诗的主旨是讥笑世人不识贤俊，而庸才反得用世，并以非笑真正的贤才，可谓切中时弊。

在封建社会里，由于看重流品、资格的门阀制度，卖官鬻爵的赀纳制度，以及世袭制、封荫制的推行，封建统治者往往按照自己的利益和意愿去任用人才，再加上负责铨选人才的人本身识宝无才，认珉做玉，或忮忌刻削，吹毛求疵，致使庸才用世、奸佞当道，杰出人才却备受非笑，遭到压制、排斥。结果，像屈原所愤慨抨击的"蝉翼为重，千钧为轻；黄钟毁弃，瓦釜雷鸣；谗人高张，贤士无名"的可悲局面，便不可避免地出现了。

正是针对这种极端不合理的现象，杜甫写了一首形象鲜明、颇富哲理的《恶树》诗，抒发他对恶木（象征奸人与庸才）深恶痛绝的心情："独绕虚斋径，常持小斧柯。幽阴成颇杂，恶木剪还多。枸杞因吾有，鸡栖奈汝何。方知不材者，生长漫婆娑。"这里包括三层意思：一是表明除恶务尽、害马必除的决心。手持斧柯，遍绕丛林，见着恶木就加以剪伐。二是深深慨叹恶木伙聚，庸劣成群，剪不胜剪，无法实现其扶正祛邪的愿望。三是从枸杞、鸡栖（皂荚树）蔓延成长的现象，悟出了良材很难成长而恶木易于滋生的道理。同本诗的主旨相同，杜甫还曾在另一首诗中写道："新松恨不高千尺，恶竹应须斩万竿。"借以抒写他对贤才之孤标特立难以扶植，而奸佞之聚伙成群难以驱除的愤慨心情。

在这类诗作中，清代诗人宋湘的《题兰》七绝，是颇有特色的："楚山无语楚江长，曾得骚人一瓣香。风雨劝君多拂拭，世间萧艾易披猖。"诗人引用屈原《离骚》中"何昔之芳草兮，今直为此萧艾也"句意，采用比兴的手法，用香兰比喻遭受压抑的屈原那样的志士贤才，以艾蒿一类的植物形容那些披猖无忌的奸佞之辈。对于"萧艾披猖"的腐败现象，诗人充满了愤慨；对遭受风雨袭击的香兰，则表现了崇敬与爱惜之情。语意深沉，爱憎分明，给人留下了深刻的印象。

香港《大公报》2004年10月4日

可怜身后识方干

据《随园诗话》记载：乾隆年间，一位名叫陈浦的老寒士，带着他的一册诗稿，请求当时的诗坛巨擘袁枚评阅。袁枚日夕游宴于权贵、诗翁、才女之间，对诗稿并未引起足够的重视，随手放在一边。几年之后想起这件事来，取出诗稿细看一遍，才发现作者原是一位很有造诣的诗人，诗作水准很高。于是忙着打听其人的下落，不料，这位老寒士早已在贫病交攻之下黯然死去。袁枚满怀深情地录下这位已故诗人的七绝《醉后题壁》，把它收在自己编的《随园诗话》里：

贫归故里生无计，病卧他乡死亦难。
放眼古今多少恨，可怜身后识方干！

然后，袁枚凄然地在《诗话》里写道："呜呼！余亦识方干于死后，能无有愧其言哉！"这里说的方干，是唐代的诗人，很有才识。但生性亢直，不肯夤缘求进，科场失意后，便息影山林，郁郁以终。后来，朝廷发现并承认了他的才干，追认他进士及第，但逝者已矣，已经于事无补了。

像方干这样死后中进士的事固属少见，但在旧社会，一些高才逸士由于无人赏识，匿身草泽，"没世而名不称"现象比比皆是。因为封建社会坚持任人唯亲的路线和世族垄断的政策，崇尚门阀，论资排辈，如果无人汲引、保荐，即使是盖世奇才，也只能终古埋没。结果，就像唐代大文学家韩愈在《与崔群书》中所指出的："贤者恒不遇，不贤者比肩青紫；贤者恒无以自存，不贤者志满气得；贤者虽得卑位，则旋而死，不贤者或至眉寿。"大诗人白居易也曾借吟咏晚桃花来慨叹、揭示这种极不合理的现象："寒地生材遗校易，贫家养女嫁常迟。"

这种"身后识方干"的情况，在现代西方世界里也时有出现。

挪威青年数学家尼尔斯·亨里克·阿贝尔，18岁时父亲死去，便挑起了赡养老母和照看6个弟弟妹妹的生活重担。尽管家境极度困苦，但他仍然奋力钻研数学，终于取得了出色的成就。

他为最终解决300年来困扰几代数学家的"方程可解性"问题提供了新的途径。更重要的是，他发明了后来以他的名字命名的一整套函数。有人认为：他的发明留下的大量后继工作，足够数学家们忙上300年。

25岁的阿贝尔，把这两项成果当作自己的"科学护照"，在朋友的资助下，兴冲冲地访问了欧洲大陆数学界，希望能得到承认。论文经巴黎科学家提交给大数学家奥古斯丁－路易·柯西。但是，因为阿贝尔是个"无名小辈"，柯西根本没有看，便把论文搁置起来。在急切的期待中，阿贝尔苦苦等了半年，始终没有回音。他只好重新撰写，最后在一家杂志上刊登出来。这时，另一家杂志《天文学家报告》发表了德国数学家卡尔·古斯塔勒·雅各比通过自己的努力得出了相同见解的椭圆函数论文。之后，雅各比读到了阿贝尔的论文。

他击节称赞，一再说："这是我望尘莫及的。"当他听说阿贝尔两年前就向巴黎科学院寄出了论著而未被理睬时，大为愤慨，公开提出抗议。这才引起了巴黎科学院的重视，从天棚上找出尘封已久的阿贝尔的论文，正式进行评审，认为很有学术价值，决定发给大奖。可惜，阿贝尔早已溘然长逝了。

死后中进士、受大奖，固然比终古沉埋，"没世而名不称"要好，但毕竟为时已晚。

这个教训，实在是应该牢牢记取的。

香港《大公报》2004年10月20日

少帅诗怀

"汉卿很会吟诗"

1929年1月27日,《新民晚报》刊载前清遗老、进士出身的金梁赠答张学良的一首诗,其中有这样两句:"偃武修文新一统,将军本色是书生。"金梁曾受聘为张学良的塾师,娴熟经史,学富五车,对时人少所许可。应该说,这两句诗的分量是很重的。

说到张学良将军主政东北期间,"偃武修文",兴办东北大学、同泽中学、新民小学,重视教育事业,筹建博物馆、图书馆,悉心保护并筹划重印《四库全书》,热心文化建设,这一桩桩或为筚路蓝缕,或为踵事增华的煌煌业绩,世人早经传颂,可说是没有任何疑问的;但若以书生本色、诗人根性许之,有人也许会瞠目结舌,起码是了解情况不多,不愿遽加认可。

其实,多种传记都做了详细记载,张学良在青少年时代曾受过系统的传统文化教育。他的父亲张作霖对自己出身草莽之中,没有机会读书进学,缺乏文化教养,引为终生憾事,因此,发狠心要把他的长子培养成文武全才,以光大门庭,丕振基业。从7岁起,张学良就入塾读书,先后受业于6位硕学鸿儒,打下了坚实的国学基础。从军、问政之后,他仍然喜欢读史书,听京剧,赏书画,论诗文,纵谈今古遗闻逸事,交结一些饱学之士。几十年的拘禁生涯,更使他获得大量闲暇时间,除了读书治学,没有更多的事情可做。

这里摘录一段他的老朋友张治中的回忆文字：

我到台湾新竹的深山里去看望他，他的屋里摆了一些线装书，记得还有一部《鲁迅全集》，这部书大概他全部阅览过。他对我说，鲁迅笔锋锐利，骂人很厉害。还说他看过不少中国史书，对明史很有研究，还学会了作新旧体诗，那次他就作了一首给我，是一首七言绝句：

　　　　总府远来意气深，山居何敢动佳宾。
　　　　不堪酒贱酬知己，唯有清茗对此心。

时为 1947 年 10 月 30 日。明清时期称巡抚、总督为"总府"，张治中当时担任西北行辕主任，为一方之统领，故以"总府"称之。

1938 年 1 月，根据蒋介石的命令，拘禁中的张学良，由江西萍乡移驻湖南郴州，下榻在因西汉的苏耽在此修行成仙而得名的苏仙庙里。尽管监禁生涯已经一年过去，但锁得住身子锁不住心，这只活蹦乱跳的猛虎还不时地狂咆怒哮。屋里待不住，他就爬上山巅，仰天长啸。还向身旁的于凤至念上几首古人的和自己的诗词。其中有一首是他新近写于拘禁途中的七绝：

　　　　剡溪别去又郴州，四省驰车不久留。
　　　　大好河山难住脚，孰堪砥柱在中流！

前两句交代拘禁的行程，由浙江（剡溪）到安徽、江西，又来到湖南（郴州），"四省驰车"，流离颠沛。用意在于引领出下面两句，这是重点所在。里面用了《晋书》祖逖"中流击楫"、发誓收复中原和《晏子春秋》中"以入砥柱之中流"两个典故，表达河山似锦而尽归敌手，又有谁能够锐身自任、砥柱中流的大局意识与热切期望。语语沉痛，感慨生哀，充分地彰显出他的"中原横溃，持何以救"的悲慨与忧怀。

凤至夫人对于诗文一道也很精通,听了之后,大加赞赏,说:"汉卿,你真是很会吟诗作赋的嘛!"

"是啊,"少帅得意地说,"要不是老帅有意让我继承大业,投身军旅,说不定中国会多一个大诗人哩!"

一次,他站在山头上,望着天际的滚滚浮云和山下滔滔东去的郴江,蓦地想起840年前,北宋词人秦观也是削官遭贬,远徙郴州,万般愁苦中,写下了那首凄绝千古的《踏莎行》词,下阕云:"驿寄梅花,鱼传尺素,砌成此恨无重数。郴江幸自绕郴山,为谁流下潇湘去。"

问得好啊——郴江本来是环绕着郴山流的,为什么要灌注到潇、湘二水中去呢?原来,它耐不住山城的寂寞,便悻悻然流走了。可是,词人自己没有这份自由,只好抱着重重苦恨待在这里。一种沟通今古、穿越时空的心灵感应,引发了将军的无边浩叹,"人生忧患,千古同此啊!"说着,两行清泪已经夺眶而出。

两个月后,张学良又被转移到湘西沅陵的凤凰山。这天,他与于凤至一起登上望江楼,眺望着汇合于城西的沅水与酉水,眼底春波荡漾,帆影重重,风景依稀似旧,而人事不堪回首,顿觉"于我心有戚戚焉",遂口占《自我遗憾》七绝一首:

万里碧空孤影远,故人行程路漫漫。
少年鬓发渐渐老,唯有春风今又还。

抚今追昔,感慨万千,苦涩的诗心、苍凉的意绪,昭然可见。看后令人感慨重重,历久难忘。

张学良饱览群书,博闻强记,脑子里储存许多古代的诗词名篇。他经常以诗词形式抒发那郁结难舒的情愫。抗战期间,张学良壮怀激烈,经常因为报国无门,仰天长吁,悲不自抑。他有时间就和身边的人谈论、诵读岳飞的《满江红》、文天祥的《过零丁洋》、秋瑾的《宝刀歌》。他说:

（这些诗歌）读起来多么激动人心啊！我常常这样想，如果有一点压力就卑躬屈膝，别说气节，就连做人的最起码的尊严也都丧失殆尽，这是最没有出息的，即使活着，又有什么意义？所以，我看还是文天祥说得好："人生自古谁无死？留取丹心照汗青！"

在他监禁息烽期间，根据有关人士提议，成立了由宋子文领衔的"张学良财产清理委员会"，全权负责处理张家的财产。知道这一信息之后，他立即给居住在西安的胞姐首芳写了一封家书。内容是：……财产多少，在何处，我是弄不十分清楚的。除了爸爸给留下来的，我自己买的房子地，或者股票等等，不是为了好玩，就是为了帮朋友忙。我从来不十分注意它们的。我向来抱着"楚弓楚得"的原则，我希望您也是这样。咱们不会饿死的，就是饿死亦是应该了，"暴民暴物"，也不晓得做过多少罪孽事。"披发冠缨"为义，吾愿为之。如果因为钱财事，和人争长争短，那我是不肯做的。儿孙自有儿孙福，莫为儿孙做马牛。我现在想起了张江陵的一首诗，录于您，您看多么大气："千里捎书为一墙，让他几尺又何妨。长城万里今犹在，不见当年秦始皇。"我们亦当如此。

信中情理兼备，富有文采，里面含有多处典故。"楚弓楚得"，出于《公孙龙子》："楚人遗（失）弓，楚人得之，又何求乎？"意思是虽有所失而利未外溢，"肉烂在锅里"。"暴民暴物"，意为损害民众与财物；亦可分开解释，"暴民"谓凶暴作乱的人，语出《礼记》："暴民不作。""暴物"谓残害万物，语出《淮南子》："逆天暴物。""披发冠缨"亦作"披发缨冠"，语出《孟子》，意谓急于救援，来不及整理冠戴，披散着头发就去了。"为义"是从事义举。"儿孙自有儿孙福"一联，引自古时歌谚，强调让子孙自立自强，不要当"啃老一族"。张江陵，即明朝著名宰辅张居正，籍贯为湖北荆州，古称江陵。"千里捎书"一诗，流传甚广，一说为清代宰辅张英所作。信中不仅反映出汉公的博大胸怀，也显示了他洋溢的诗才与深厚的学养。

1979年中秋节，蒋经国邀约张学良、赵一荻夫妇到阳明山赏月。面对中天皓月，他触景伤情，当场挥毫题写了李商隐"来是空言去绝踪"这首《无题》诗。当写到"刘郎已恨蓬山远，更隔蓬山一万重"时，悲怀难抑，搁笔长吁，感喟身世、思乡怀远之情痛彻心腑。后来，他还把书写这首诗的手迹赠送给台湾《自立晚报》的主笔。

一次，他与前来造访的美籍华人张之宇女士谈心，引述清人吴梅村《怀古兼吊侯朝宗》中的诗句来感慨世风，针砭时事：

　　多见摄衣称上客，
　　几人刎颈送王孙。

原诗为一首七律，这是其中的两句。诗中慨叹，战国时的魏公子信陵君养客很多，但真正能够像义士侯嬴那样，关键时刻以死相报，为了朋友置生命于不顾的少而又少。"摄衣称上客"，指信陵君以至尊的上客礼遇侯嬴。"刎颈"，信陵君发兵救赵，侯嬴因年老不能从军，于信陵君（王孙）出发时，刎颈自杀，报答公子的知遇之恩。张将军引述这含蕴颇深的诗句，背后肯定是有所指斥的，但形格势禁，未便挑明，连张女士都没有弄清楚"示喻于笔者的又是什么"。

还有一回，他与张之宇谈起当时台湾国民党的政坛，感慨重重地引用了唐人刘禹锡的诗句：

　　玄都观里桃千树，
　　尽是刘郎去后栽。

吟罢，久久地怆然无语。当然，更多的情况下，还是自己撰写诗词联语，即兴咏怀，直撼胸臆。他的这些心血凝成的文字，都是时代的反映，心灵的外现，生命的体验。大别之可以分为咏史怀古、抒怀述志和友朋赠答三类，其中以咏史诗的成就为最高。

1928年3月底，奉军沿京汉线南下，兵次邯郸，戎马倥偬中，张学良游览了赵故城。《军次游赵故城邯郸宫》两首七绝，就是这时候写下的：

沽酒邯郸大道旁，村人都说武灵王。
英雄应有笙歌地，不比吴宫响屧廊。

光武艰难定洛中，滹沱一饭困英雄。
当年天下归心日，都在邯郸古赵宫。

前一首咏战国时的赵武灵王，后一首咏汉光武帝刘秀。通过咏怀与邯郸古赵宫有紧密联系的两位古代英雄君主，抒写作者追踵前贤，誓为中华民族建功立业的雄心伟志。

刘秀参加推翻王莽政权的农民起义，以恢复汉祚为号召，积极扩充军事实力，历尽艰辛，终于建立了东汉王朝，定都洛阳。他到邯郸来，是为了追杀在此间称帝的王郎。"滹沱一饭困英雄"，里面含有一个典故：王郎原本是个算卦先生，冒充汉成帝的儿子刘子舆，在邯郸自立称帝，靠着这块"正统"的招牌，迅速扩展了地盘，壮大了队伍。正在河北一带安抚郡县的刘秀，看到王郎以10万户的赏格悬赏捉拿他的通告，考虑到其时自身力量还比较薄弱，无力对付迎面之敌，便带上一拨人向饶阳遁去。到了驿馆，他们假冒王郎的使者，吩咐赶快备饭。由于长时间枵腹奔波，一个个饿得眼花迷乱，见着饭菜就你抢我夺，以致引起驿馆人员的怀疑，当即鸣鼓报警，刘秀等人只好仓皇撤离。可是，逃到滹沱河边，无船摆渡，正在望洋兴叹中，突然发现河水神话一般迅速结冰，这样，才幸得安然脱险。后来，他又重整旗鼓，挥师北上，攻取邯郸，追杀王郎，住进了邯郸宫。检点往来文书，发现大都是奉承王郎、丑诋刘秀的，刘秀当众全部烧毁。有人埋怨没把反对者的名字记下来，刘秀说，既往不咎，应该让那些忐忑不安的人安心睡觉。

张学良的诗作不仅立意甚高，而且，能够看出，颇谙写作咏史诗的使事用典之妙，采撷古史，熔铸新词，一一驱遣于笔端，仅用七个字就把上面那一大堆史实包举出来，韵味悠然，寄怀深远。

战国时期的赵武灵王，也是一位颇有作为的英主。他在位期间，积极运筹富国强兵之策，致力于军事改革，提倡胡服骑射，变车战为骑战，终于灭掉了中山，打败了林胡、楼烦等国，使赵国一度成为各诸侯国中的强国。他在万机之暇，常常以歌舞自娱，在邯郸修筑一座巍峨壮观的丛台，一以阅兵耀武，一以歌舞承欢。所谓"笙歌地"，即指邯郸宫和丛台。"响屧廊"是春秋时期吴国馆娃宫中的一条游廊。吴王夫差为了取悦西施，在游廊下放置一排陶瓮，上面铺上弹性好的木板，西施等美女走在上面铿然作响，清脆悦耳。诗的后两句体现着一种人情味，说明不应一概反对英雄合理有度的娱乐与消闲，只是绝不能像吴王夫差那样沉溺于酒色，以致破国亡身。

诗主性情，所谓"诗情"，其实也就蕴含着"人间情味"。兵驻邯郸期间，少帅还曾去过丛台遗址，写了七言绝句《丛台怀古》：

> 武灵按剑却强胡，朝罢诸侯且自娱。
> 当日将才皆颇牧，君王歌舞有工夫。

廉颇、李牧，都是赵国的名将，时间稍后于赵武灵王。这里借用他们，来说明当时人才荟萃，猛将如林，所以，君王尽可以好整以暇，从容举事。这首七绝在叙述策略、表现手法上也十分讲究：首句说的是英雄业绩、壮士修为，用以区别那些无道昏君的沉溺酒色，这是诗章立意的大前提，属于必不可少的交代；次句暗中转折，进一步讲清楚是"朝罢"之后的"自娱"；一切铺陈完毕，导出全诗的意旨所在——赞颂人才，呼唤人才。感时伤世，吊古凭今，有着深沉的寄托。

咏史诗的写作特点是使形象思维与逻辑思维完美地结合起来，既不是空泛地议论，也不能单纯地罗列史实而没有蕴意；而且，忌讳直白浅露，往往是用笔婉转，别有寄寓，言在此而意在彼，取材于历史，着眼于现实。张学良喜欢历史，熟悉古今掌故，因而常常选择"咏史"方式，借古人酒杯浇自己的块垒。1958年2月，他在台南参谒过孔庙和延平郡王祠，题写了两首七绝，其一曰：

> 孽子孤臣一稚儒，填膺大义抗强胡。
> 丰功岂在尊明朔，确保台湾入版图。

咏赞的是爱国名将、民族英雄郑成功收复被荷兰殖民者盘踞近40年的台湾的英雄业绩，实际上正是作者的自况与自诩。诗的着眼点在于使台湾纳入中华版图，这也正是张将军"一统江山"的爱国主义思想的集中展现。将军此诗思潮飞卷，寓意深邃，既寄托仰念之怀，又抒写壮阔的胸襟。"孽子孤臣"取自《孟子·尽心章上》："人之有德慧术知者，恒存乎疢疾。独孤臣孽子，其操心也危，其虑患也深，故达。"意思是，人之所以有道德、聪明、本领、才能，经常是由于他经历了灾患困苦。只有那孤立之臣和低贱的庶孽之子才能通达事理，因为他们时常警惕自己，虑远谋深。"强胡"一语，在郑成功那里，是指荷兰，当然也包括清政府；而在张学良这里，便是指代日本。

郑成功的"丰功"并不在于尊奉朱明王朝的正统，而在于收复台湾，使之归入中华版图；同样，张学良此举的"丰功"，也不在于尊奉民国的所谓正统，而是谋求东三省不致沦陷于外敌手中。

另一首七绝是：

> 上告素王去儒巾，国难家仇萃一身。
> 若是苍天多假寿，管教历史另翻新。

"素王"，意思是"空王"，指具有帝王之德业而未居帝王之位者，这里特指孔子。唐代诗人刘沧《经曲阜城》诗，有句云："三千弟子标青史，万代先生号素王。"张学良此诗属于有感而发，由于国难家仇萃集于一身，因而时刻想着摘去"儒巾"，上阵杀敌——老杜不是说"儒冠多误身"吗？后两句，表明一种期望，一种寄托。或为抒写一己之壮志豪情、宏伟抱负；或为论述心目中景慕的历史人物，两方面都可以讲得通。在此之前，他曾经在日记中写道：

假如阳明先生、总理(孙中山)能多享寿数十年，他们给人类的贡献，一定比现在大得多了。所以，我们为了个人的享寿，多活几年，少活几年，那是没有多大关系。如果以生民立命、继往开来之诚志，那么，对于养生延年，亦不可忽视。

即兴寓深情

张将军的抒怀述志诗，多为即兴之作，有感而发，往往也都有深远的寄寓。

1930年元旦，当时兼任东北大学校长的张学良将军，邀请大学全体师生和同泽中学的学生代表到北陵别墅，举行迎新联欢大会。他即席赋诗一首，作为节日的赠辞：

大好河山夕照中，国人肩负一重重。
男儿正要闻鸡起，一寸光阴莫放松！

"闻鸡起舞"，典出《晋书·祖逖传》。意为听到鸡叫就起来舞剑，常被用来比喻有志报国的人及时奋起。

1935年秋，张学良将军游览华山，怅望关河，风物与故土不殊，而自有存亡之异。通过吟诗，他把系念东北，厌恨内战，渴望还乡抗日的心情展现出来。

> 极目长城东眺望，江山依旧主人非。
> 深仇积愤当须雪，披甲还乡奏凯归。

一年后的 10 月 23 日，他陪同蒋介石再度游览以"奇拔峻秀"名冠天下的西岳华山，又即兴吟咏一首七言绝句：

> 偶来此地竟忘归，风景依稀梦欲飞。
> 回首故乡心已碎，山河无恙主人非。

当时的情况是这样的：蒋介石听到许多关于张学良与陕北红军私相联络的信息，一时放心不下，特意到西北战场"剿共"前线来视察，以弄清真相。但他又不想露出惊慌失措、剑拔弩张的姿态，于是，到了临潼，便乘坐火车来到华山脚下的华阴。张学良、杨虎城早已等候在那里。他们刚开始爬山，蒋介石便指着"远而望之若花状"的华山，语意双关地说："西岳之胜在于险。偶一失足，便会掉到万丈深渊里。"

张、杨两位将军听了，都晓得此时此地蒋介石说这番话的真正用意。而聪明绝顶的张学良将军，借题发挥，伸张他不忘国耻、矢志抗日的夙愿。意在说明，风景再好，如果不抵抗日本帝国主义的侵略，用不了多久，也会像我的故乡东北那样，被侵略者所占领，导致"山河无恙"而主人已非。这种爱国情怀，正是他不顾个人安危，毅然发动西安事变的思想基础。

1947 年，张学良被羁押到台湾新竹，东北政界元老莫德惠从南京赶来看望他，少帅口占一绝：

> 十载无多病，故人亦未疏。
> 余生烽火后，唯一愿读书。

唐人孟浩然有"多病故人疏"之句，感叹命途多舛，世态炎凉。作者反其意而用之，欣慰之情溢于言表。后两句反话正说，隐含着牢骚、愤懑。抗战期间，张学良曾致信蒋介石，要求出去抗日，蒋却叫他"好好读书"。这里的"唯一愿读书"，既属实情，也带有反讽意味。

1956年，适逢蒋介石七十寿诞，张将军以一只珍贵手表为赠，含有岁时蹉跎，提醒蒋氏应该早予释放之意。蒋介石却还赠一只手杖，意在劝他安心颐养天年，不要抱任何幻想。张学良痛感失望之余，写下一首《夏日井上温泉即事》，以自嘲形式描述其懊恼的心境，具有很强的艺术表现力：

　　落日西沉盼晚晴，黑云片起月难明。
　　枕中不寐寻诗句，误把溪声当雨声。

1989年4月，他应《张学良在台湾》一书作者郭冠英的请求，题写了一首七绝：

　　玉炉烟尽嫩寒侵，南雁声声思不禁。
　　好梦未圆愁夜短，虚名终究误人深！

题罢，他连声说："第一句不好，不好。"接下来开个玩笑，"不过，第三句倒可以送给女朋友。"

1994年1月5日，夏威夷的一些京剧爱好者举行新春联欢会，并设宴招待前来这里的张将军。席间，这位94岁高龄的老人兴致勃勃地同大家一起讲故事，说笑话，写字，吟诗。这时有人拿来文房四宝，请他题字留念。他欣然命笔，题写一副现成的联语：

　　唯大英雄能本色；

是真名士自风流。

友朋酬答之类，在张学良诗作中数量不算太多，有的精心结撰，有的信手拈来，尽皆切合身份，清丽可读。

东北易帜之后，张学良加强了与南京政府的往来，1929年2月，国民政府行政院长谭延闿五十寿辰，张曾寄诗四首。其中第一首是：

一代谭公子，翩翩浊世中。
乾坤入胞与，时势起英雄。
子弟三湘北，旌旗五岭东。
玄黄今息战，应为首群龙。

诗格典雅端丽，对仗工稳，用语考究，极合赠答体例。首联以《史记·平原君传赞》中"平原君，翩翩浊世之佳公子也"的典故领起。接上，在颔联、颈联中，以主要篇幅颂扬对方的行迹。"胞与"一词，为成语"民胞物与"的缩写，语出宋张载《西铭》："民吾同胞，物吾与也。"意谓世人皆为我之同胞，万物都是我的属类。尾联以"群龙之首"相期，极尽称扬之能事。"玄黄"指战乱，典出《周易》："龙战于野，其血玄黄。"

此类文字往往存有溢美痕迹，当属应酬诗作的通弊。但统观张氏的赠答之篇什，有一些还是造语贴切，浸透着真情实感的。

同年的3月1日，张学良为悼念秘书长郑谦，撰联云：

往事话南陂，忽省姓名伤鬼录；
修词问东里，忍将文字概生平。

以文字概括死者的生平，这里重点说了两方面的功业：上联说死者的治绩。郑谦在任江苏省省长时，曾带头集资，整治严重淤塞、泛滥成灾的南京玄武湖，清除淤泥，扩大湖面，修筑堤岸，并在湖边立碑，要求世世代代保护好玄武湖，被人称为善举。"陂"为湖泊，也有堤防的含义。下联说他的文才。郑谦文思敏捷，有"下笔千言，倚马可待"之誉。任秘书长期间，举凡往来文书，均由他加工润色。"东里"是个典故。春秋时，郑国贤人子产居东里。《论语·宪问》："东里子产润色之。"意思是由子产对政令进行文辞加工。借此来称誉郑谦的文才。联语有很强的概括力，既紧扣本人的身份，又蕴含着深沉的思念之情，堪称佳撰。

新诗寄趣

前面引述张治中的回忆，说张学良新旧体诗都会写，这并非虚誉。早在1946年，《新民报晚刊》上就登载过张将军写于贵州铜梓囚禁地的两首新诗，后来，《新华日报》《解放日报》《东北日报》副刊都曾予以转载。一首为《发芽》：

盼发芽早 / 愿根叶 / 长得茂 / 深耕种 / 勤除草 / 一早起 / 直到 / 太阳晒得 / 似火烧 / 呀 / 芽毕竟发了

另一首为《顶好》：

到处打主意 / 抢粪 / 偷尿 / 活像强盗 / 在人前夸口 / 为的那样菜 / 是我的 / 顶好 / 呱呱叫

论者认为，前一首以"发芽"比喻抗战胜利，里面透出由衷的喜悦；后一首通过"抢粪"这一意象来讽刺蒋介石抢占胜利果实，饱含着辛辣的嘲讽。

张学良将军于1946年10月15日由桐梓经重庆小停半月，于11月3

日到达台湾新竹市，初始投宿于市招待所。这是一座十分华美的日式建筑，与当地居民的陋室相比，相差悬殊。他在日记中写道：

早晨我起床甚早，巡视室内外及庭园，几乎使我泪下……仓促中，我以铅笔写下了一首新诗：

台湾！台湾！
我信，我确信，
你会自为地长成，
成为这中国大家庭中的
一个好弟兄，
也许是一个很得力的弟兄！
台湾！台湾！
我盼望你，
我深切盼望你快快地长成。
你好比一些台湾的女性，
来台湾的人们，
有些败类，
只贪图你的色和肉，
看不见你的心灵。
台湾！台湾！
你值得留恋，
你的遭遇相当地可怜，
当中国被异族统治的时候，
把你抛弃。
这不是你的过错，
你有过可歌可泣的表现，
英勇的反抗。

作为一位伟大的爱国者,张学良将军在诗中寄寓了深切关怀台湾命运与台湾同胞的高尚情怀。

他还有一首广为传诵的《九十述怀》诗:

不怕死,不爱钱,丈夫决不受人怜。
顶天立地男儿汉,磊落光明度余年。

民族英雄岳飞曾有"文臣不爱钱,武臣不惜死,天下太平矣"的名言。张学良借用来表明自己的情志,掷地作金石声,读了令人感发兴起。

"久在樊笼里,复得返自然。"将军晚年诗作,依旧是他的主体情怀、胸襟个性的写照,但诗风已有明显的转变,愤世嫉俗、金刚怒目式的慷慨悲歌有所收敛,形式往往是脱口而出,不事雕琢,更加朴素、自然。在通俗平易中,透出一种追求个性自由的情趣,表现出世纪老人丰富而复杂的个性,以及他对人生、人性独特的理解。

中国古代文学,诗词歌赋并提,以其作为文体有相通之处。张将军除了长于诗词、歌吟,还有赋体之作,传诵颇广的是作于20世纪60年代的《医巫闾山赋》:

医巫闾山为阴山山脉之分支,松岭越大凌河而来者,绵亘二百余里。高极四五千尺,迤东低落为大小黑山等,高不过百尺。虞舜封十二州,以此为幽州之镇;隋以医巫闾为北镇。其山拥抱六重,亦名六山。上有仙人岩,镌有吕仙像、补天石,明张学颜书刻。仙女洗头盆,清高宗有刻诗。可怜松,在一片光石上,生一孤松,高宗亦有题诗。产美石,《尔雅》称之为珣、玕、琪(此间珣、间玕等名之由来也);有大庙,俗称北镇庙,祀舜妃、尧女瑛、娥(此间瑛、间娥命名之由)。建有行宫,为清高宗避暑处也。此山生于塞外,殊少骚士文人为之诗赋。名山有幸,如蒙大千描绘,不独可传之于世,亦可传于千古也。余为余乡谊之山庆。

原来，张大千先生定居台湾后，与张学良将军结为至交，常相过从。杯酌之余，汉公以作《医巫闾山图》为请。大千居士未曾亲临塞外，与医巫闾山缘悭一面，眼前又没有照片可供参考，汉公遂以文字为闾山写照。很快，大千居士即据此赋，画了一幅《医巫闾山图》，烟云氤氲，气象万千，自可传于千古也。汉公生前珍爱异常，现今，此画挂在女儿张闾瑛旧金山家中的客厅里。

香港《大公报》2004年

结　缘

　　常听人说，万有的缘法都是偶然凑泊的。这话当然在理，比如，我的结缘东莞观音山，就颇带一点偶然性。不过，仔细想想，又觉得这种偶然之中也潜伏着必然。对于大自然，尤其是对于赋形大自然的禅思、禅悟，我一向是悉心究诘、情有独钟的。虽然我也是芸芸众生中的一分子，置身于尘氛十丈之中，不属于那种"偶开天眼觑红尘"的世外超人，但是，又醒里梦里都在想往着、向往着这种喧腾热浪中的清凉世界，都市里的一角绿洲。就是说，在实地踏上这片桃源佳境之前，我的心里早已模拟出它的影像、它的精魂了。借用佛禅的说法，"因缘现身"是也。情生缘。情是渊源不竭的泉流，缘则为人生着上一层暖色。乾坤清气得来难。在这红尘扰攘的现实世界中，几乎一切山川旷野、溪谷陵原，都已被那无远弗届的现代文明登录、注册，车尘市声、衣香鬓影，耳目所及，无处不是人为的世界，复制的、机械的、扭曲的痕迹随处可见。在紧邻港、深、惠、莞这些繁华都会的夹缝间，居然硕果仅存着一处守候在都市背后的绿色群落，而且是如此之广袤，如此之妙境天成，真可说是绝无仅有的人间奇迹。

　　诚如主人所言，这方红尘净土，像佛祖一样胸怀坦荡，慷慨无私，像挚友一般热诚好客，豪爽旷达。只要你能够觅得半日消闲，肯于步出郊外，踏上这片画一般静美、梦一样空灵的大地，你就可以实现海德格尔所说的"诗意地栖居"，拥有一处意念中的精神家园。莎士比亚的《第十二夜》中有一句富有理趣的话："求爱得爱，固然好；没有求，就给你，更足实。"

观音山森林公园就是这样一个保证你身心都"更足实"的所在。

当你踏着林间小径，穿行于万树葱茏之间，心头会渐渐地涌起重返童真、回归自我、生命还乡的亲和感与归属感，像是裸体的婴儿投入母亲的怀抱，恣意饱享着受用不尽的原生形态、荒情野趣，你的整个身心便一股脑地同大自然融会在一起——目所见，生机也，万树参天，翠海茫茫，不知何处是岸；耳所闻，天籁也，风呼林啸，溪吼泉鸣，杂着草虫飞鸟的浅吟低唱，汇成一部妙趣无穷的交响乐；鼻所嗅，清气也，林谷风回，花草馨香，沁人心脾；心所思，禅悟也，通过灵魂净化，千般痴嗔爱欲，万种忧患得失，一切世俗纷争，都会随着淙淙的清溪流远，宛如旧梦轻烟悠悠地散去，进而体味出精神对于经验的觉悟，实现着以智慧透视人生的超越，真正悟解"世人不解青天意，空使身心半夜愁"这禅偈一般的妙绪灵思。

漫步"佛缘路"，攀登"菩提径"，游目"普度溪"……脑际回旋着这些饱蕴禅机理趣的名字，已经觉得明心见性，平添了几分妙悟；更何况望中还有耸立于500米高程之上，直矗青天白云的观音菩萨圣像，远远看去，好似驾着冉冉祥云，飘然自南海归来，慈祥地俯瞰众生，点化着信众。在阳光——绿色——人文的氤氲下，作为一种昭示、一种象征，作为智慧、和谐、安宁、福祉的化身，它使众生领悟到慈爱心、向善心、包容心、平常心、自在心，概言之，也就是禅心。

其实，人们钟情于绿地，渴望回归自然，绝非仅仅为了怡情悦目，健体强身；更深层次在于寻觅一处心灵的憩园。

香港《大公报》2005年2月27日

崔溥其人其书

烟花三月，万里间关，我满怀着渴望，造访了韩国的罗州市洞江面（乡）仁洞里圣旨村。550年前，这里诞生了一位崔溥先生，尔后便地以人传，博得了世人注目。为了缅怀先祖的遗爱，崔氏后裔醵资在村前高地上竖立了"锦南崔先生遗墟碑"，其他遗迹已经荡然无存。辞别了村中父老，我们又在崔溥的后裔崔相焕先生导引下，驱车前往全罗南道务安郡梦滩面（乡）梨山里。崔溥及其夫人郑氏埋葬在这里，墓前碑石上刻着："有明朝鲜国通判大夫司谏院司谏赠通政大夫承政院都承旨锦南崔先生溥墓"。系当年珍贵遗物。

崔溥，字渊渊，号锦南，朝鲜端宗二年（公元1454年，明景泰五年），出生于一个儒士家庭，父亲崔泽为李氏王朝进士。崔溥幼承家教，学识渊博，24岁进士考试合格，直接进入成均馆研修学问；29岁文科及第，从此步入仕途，先后任军资监主簿，成功馆典籍，司宪府监察，弘文馆副修撰、修撰等职；33岁这年，接受文科重试，高中乙科第一；官级五品，属于朝廷近臣。李氏王朝成宗十八年（1487年，明成化二十三年），时任弘文馆副校理的崔溥，以推刷敬差（钦差）官身份赴济州岛视事。其间，父亲病故，遂率领从吏、护军、奴仆、水手42人，登舟北返。不料，航船起碇不久就迎面遇到狂风，连日间，"惊涛畏浪，掀天鼓海，帆席尽破"，"昏雾四塞，咫尺不辨"，漂流大洋，莫知所适。狂风刮到了第五天，又变东而北，暴涛激跃，海水入舱。他们全力以赴，用各种器具淘水，使航船免于覆没。

到了第八天,饮水断绝,众人口嚼干米,掬其溲溺以饮。"未几,溲溺又竭,胸膈干燥,不出声气,几至死域。"幸而天降霖雨,他们便设法聚集雨滴,包括取出藏衣,在雨中淋湿,然后拧干取汁,以勺分饮,"舟人张口,有如燕儿望哺然"。

到了第十天,破船漂至中国宁波海域,当地船民以淡水相赠。但又遭遇海盗,"尽搜衣装、粮物,并捆绑舟人手脚,倒悬旋缚,以刀加颈臂,逼令交出金银"。最后将破船的碇橹诸橡投置海中,并重新牵引船到大海里。这样又漂泊了3天,随风东西,逐潮出入,"舟为暴涛所击,为日已久,百孔千疮,旋塞旋缺";人则腹无粮水,外罩湿衣,冻馁交加,或病卧,或倦怠,皆无意于生。到了第十四天,船被风浪重新漂回中国地界,到了台州临海的牛头外洋,遇有6只民船列泊,经过一番查问后,船工告以山上的泉水所在,并赠以水桶,让他们汲取做饭。次日在狮子寨舍舟登岸。至里中,老少男女,观者如堵。崔溥率从者趋前作揖,"里人皆合袖鞠躬以答之"。

此间地处海防前哨,关防极严。开始,他们被误认为犯边打劫的倭寇;后经层层审查,仔细盘问,特别是听了崔溥有理有据、从容不迫的申辩,得以辨识真相,弄清原委。于是,任侠重义、慷慨好客的宁海军民,以"军卒二十人担轿来迎,从而化干戈为玉帛"。途经宁海的健跳,当地举人张辅将远方来客请到家中款待交谈,并作《送朝鲜崔校理序》。

此后,崔溥一行在沿途的明朝官员护送下,经陆路抵杭州,再乘船沿南北大运河到达北京,受到了明朝皇帝的接见。而后,驱马驰车,经山海关,入辽东,于九连城渡鸭绿江回国。在中国陆地上,他们前后逗留了135天,加上海上漂流15个昼夜,正好是5个月。

崔溥回国后,奉国王之命,以日记形式用标准而典雅的汉文,撰写了五万四千余言、被誉为"摹写中原之巨笔"的《漂海录》,逐日载录了他们海上漂流、浙江登陆、辗转回国的全部历程,全方位、多层面地反映了中国明代中叶社会、经济、海防、交通、水利、官风、时政,以及民俗、礼仪、宗教等各类文化的实况，提供了许多极为珍贵的第一手资料，具有很高的学术价值，对于密切关注着中国朝野的李氏王朝无疑是不可多得的直接镜鉴。而从中国的角度看，它不仅富有说服力地向域外传播了中土文明，并在诸多方面补充了我国典籍中付诸阙如或者失之过简的宝贵资料，同时也为国人对于长期习焉不察的事物提供了一个新的认识视角，具有显著的参证作用。

譬如，书中对于当时中国的海禁、海防状况以及法度、审理程序做了直观的记录：一是沿海官民警备倭寇侵略的自觉性和同仇敌忾、常备不懈的海防意识很强，一经发现可疑人入境，海防部门和有关人员立即盘查追问，"群聚如云，叫号隳突"，"或带杖剑，或击铮鼓"，"夹左右、拥前后而驱，次次递送"。二是建立了严格的关禁条例，包括对于私越冒渡关津者、私出境外者、违禁下海者，对于勾结奸细、隐匿敌情、通风报信者的处罚，都有明确的规定。三是设有逐级盘查审问、层层递解的诉讼程序。我们从书中看到，崔溥等人首先是由海门卫千户、把总松门等处备倭指挥审问；然后送到绍兴府，进行三司会审；然后，再递送到上一级，由专程赶到杭州的钦差太监和巡按浙江监察御史调查、审讯；最后，接受浙江都指挥佥事、左布政使、按察司副使三司会同复审，拍板定案。四是具备严密的防务设施："有兵船，具戎器，循浦上下"；"山上多有烽燧台列峙"；"城郭如关防"；"城有重门，门有铁扁，城上列建警戍之楼"……戒备森严，如临大敌。

再如，凭其在山东鲁桥闸所见，真实地记录下明代成化、弘治之际宦官骄横跋扈的恶行："有太监姓刘者，封王赴京。其旌旗、甲胄、钟鼓、管弦之盛，震荡江河。及是闸，刘以弹丸乱射舟人，其狂悖如此。"同时，他还记下了中方陪同人员的话："太上皇帝信任宦官，故若此刑余人持重权，为近侍，文武官皆趋附之。"准确地抓住了封建最高统治者乃宦官之后台这一事物的本质。

崔溥归国后，在守孝期满之后，曾受到国王成宗的召见；而后，又先后两次随同朝廷的谢恩使、圣节使重返北京，觐见明朝皇帝。朝鲜王朝燕山君四年（公元1498年），崔溥因刚直不阿，疾言峻谏，触怒了国王，遭到搜家、拷打，最后发配流徙到咸镜道端川；六年后，拿致诏狱而卒，年仅51岁。

《漂海录》当日仅在宫中传阅，外间"愿见者众而流布未广"。直到崔溥去世70年后，经过他的外孙柳希春校正题跋，镌版刊行，这部珍贵的文献才得以传世。日本于1769年（乾隆三十四年）译成日文，美国于1965年亦将其翻译过去；到了1979年，崔溥的后裔又将这部汉文典籍译成本国文字。而在我国，直到1992年才出版面世。北京大学的葛振家先生对全书细加点校、注释，先后整理、出版了《崔溥漂海录》点评本和《崔溥〈漂海录〉评注》，并进行深入研究，撰写了多篇富有创见、具有重要学术价值的专题论文。

有感于崔溥其人的特殊经历和出色成就，访问崔氏故里和墓园时，我曾即兴题写了两首七言绝句："蹈险余生作壮游，文光千载耀罗州。世间多少风云客，埋没尘沙死即休。""板荡荒村迹尚留，偶然一曲亦千秋。不知瀛海烟波上，更有何人可比俦？"

香港《大公报》2005年6月12日

是"子都"非"伐子都"

编辑先生：

您好！陈鲁民先生的文章经常见于《大公报》副刊上，知识丰富，文笔潇洒，读过颇获教益。顷见8月8日副刊《大公园》上陈鲁民的《无人嫉妒实可悲》，内容很好，唯文中"郑国公子伐子都嫉妒颍考叔夺得头功，在攻打敌国城池时，当颍考叔在跃上敌国城墙的一瞬间，伐子都从背后一箭将他射死"一段，"伐子都"应系"子都"之误。按，古籍中关于子都的记述甚多，均未发现"伐子都"的提法。《诗经·郑风·山有扶苏》："不见子都，乃见狂且。"毛传云："子都，世之美好者也。"《孟子·告子章句上》中亦有"至于子都，天下莫不知其姣也"之句。这个"子都"实即郑庄公时之公孙阏，其人字子都，又曾射杀颍考叔，而庄公竟不欲置之典刑，其得宠可见。此事，详见《左传·隐公十一年》。《东周列国志》第七回敷陈其事，还增添了颍考叔死后，其鬼魂报仇杀死子都的情节。后世戏文《伐子都》似即本此。而陈文中的"伐子都"之误，也可能是受此"戏名"影响。

上述意见是否得当，愿就正于鲁民先生。

王充闾　2005年8月13日

香港《大公报》2005年9月11日

村居酒趣

从前的文人走"学而优则仕"的路子，需要晋谒公卿、应酬事务、入朝问政，自然不能脱离目迷五色的都会；但他们又觉得，要论生活环境恬适，山林才是真正富有诗意的乐土。两方面都不想放弃，怎么办呢？于是，便想一种"城市山林"的理想天地。

明代大书法家、大画家文徵明的曾孙文震亨，对于居住生活的空间艺术具有独到见解，他说："居山水间者为上，村居次之，郊居又次之。吾侪纵不能栖岩止谷，追绮园之踪；而混迹廛市，要须门庭雅洁，室庐清靓，亭台具旷士之怀，斋阁有幽人之致，又当种佳木怪箨，陈金石图书。令居之者忘老，寓之者忘归，游之者忘倦。"这里涵盖了三方面的内容：一是列出居住地点的高下等次；二是在不能寄形山水与村居的条件下，应该经营好城市山林，使之"具旷士之怀"，"有幽人之致"；最后概括出最佳居所的三条标准。

这次，我们几位作家朋友应邀来到山西省的杏花村汾酒集团采风，着实地过了几日"村居"生活，尽情地体味到"诗意地栖居"的雅趣。此间多的是花香鸟语，绿树浓荫，阳光明媚，而少有城市的喧哗、噪声、拥挤，至于空气的清新、净洁，更非车水马龙人烟辐辏的城市所可比并。

这里是酒的世界，"杏花村里酒如泉"，仿佛一切都和酒发生着联系，甚至空气里都溢满了酒香。人们笑说，杏花村的麻雀都有三杯酒量，何况人乎。单说这些耍笔杆的作家吧，尽管未能隶籍"酒中八仙"，不具备称王称霸的海量，但"高阳酒徒"还是大有人在的，于是，就餐餐酒满，日日衔杯，喧呼叫阵者有之，劝酒频频者亦有之。唯一的例外是我，由于酒量有限，从来不敢与人交阵，只能默默地看着三五朋侪觥筹交错，或者"两人对酌山花开，一杯一杯复一杯"了。

　　苏东坡说过："予饮酒终日，不过五合，天下之不能饮，无在予下者。然喜人饮酒，见客举杯徐引，则予胸中为之浩浩焉，落落焉，酣适之味，乃过于客。"范成大的说法更妙："余性不能酒，士友之饮少者，莫余若。而知酒者，亦莫余若也。"我就是特别喜欢看别人喝酒，当文友们有滋有味地品尝那芳香四溢的汾酒时，我便心花怒放，跟着他们一样地兴奋、酣适。再者，我虽不饮酒，但颇知酒，也许能和那位范石湖较量两下。

　　经我酌古量今，反复考究，我觉得开怀畅饮之后，一般的是进入三种状态。

　　第一种是寄怀高远的神仙境界。李太白在《春日独酌》中写道："我有紫霞想，缅怀沧州间。思对一壶酒，淡然万事闲。"道家称神仙乘紫霞而行，因此，古人用"乘紫霞"形容成仙飞升。"沧州"是息影林泉、高隐不仕者的居所。李白说，喝了酒就有乘紫霞、隐沧州，脱落人间万事的感觉。把酒望山，倚松赋琴，那确是一种超然物外的仙家境界。

　　第二种状态与此有相似之处，但不是脱离凡尘，而是置身于现实之中，尽量保持心态平衡，求得逍遥自在。宋代诗人朱希真有一首《西江月》词："日日深杯酒满，朝朝小圃花开。自歌自舞自开怀，且喜无拘无碍。青史几番春梦，黄泉多少奇才。不须计较与安排，领取而今见在。"一杯在手，散漫逍遥，充分放开自我，尽情地享受现在。

　　第三种是潦倒模糊的状态。"问狂夫意兴如何？日日模糊，醉舞婆娑。一榻凉风，半窗好月，何肯奔波。世情多一时看破，谢苍天落魄而过，誉也凭他，毁也凭他。贵客王公，我睬么！"明代文学家王世贞的这首《折桂令》词，说的是"醉里乾坤大"，人生如梦，一醉方休，什么都不过尔尔——他算是把世情统统看透了。

如果要问我，这三种状态更倾向于哪一种？我的回答是，哪一种我也不欣赏。站在地上想上天，做个凡人想成仙。在物欲横流、人心浮躁的情境下，这倒是蛮有诗意、颇为浪漫的，只是，哪有可能存在啊？无非是甜蜜蜜的空想罢了。自在逍遥，无拘无碍，充分享受现在，只能是清醒时的心态，一当醉眼蒙眬，甚至烂醉如泥，脑袋早就乱得像一堆糨糊，哪还能有这份闲情逸致？第三种，倒是真实地反映了醉汉们的情态，"日日模糊，醉舞婆娑"。但是，闲待着可以，假如还要舞文弄墨，恐怕就难乎其难了。

古人说，美酒饮到微醉后，好花看及半开时。这是颇有道理的。我觉得，理想的状态应是微醺，带着三分醉意，但还有几分清醒。像陶渊明所说的，"不觉知有我，安知物为贵。悠悠迷所留，酒中有深味"，这种状态下，最容易产生灵感，也最容易唤起固有的潜意识，最容易展开丝丝片片、缕缕层层的联翩浮想。灵感、潜意识、联想，这三种功能对于诗文创作是至关重要的，它们会把你平日积累的所有的经验、感悟和智慧充分发掘出来，调动起来，从而把你带入一个新的境界。台湾诗人郑愁予说，一个喝酒的人，活一生过两辈子。我想，里面就包括了这诸多功能的充分发挥。

就说大家所熟知的李太白吧．他的醉饮原是一种排遣，一种宣泄，一种对于心灵的外在羁绊的解脱；在他看来，饮酒就是重视生命本身，就是拥抱生命，热爱生命，充分享受生命，是生命个体意识的彻底解放与真正觉醒。饮酒使他的情感能量得到成功的转移，一定程度上缓解了精神上的重压，也给他带来了超越时代的持久的生命力和广阔的襟怀、悠远的境界、空前的张力。

香港《大公报》2005年10月23日

玉山倾

日长闲居无俚,整理旧日报刊、书信,看到一张寄自宝岛台湾的剪报,上面刊载着我的三首小诗,署名"青衫",诗题为《缅怀于右任先生,玉山纪感》:"日暮途遥瞩望深,临风洒涕惨归心。可怜耄耋龙钟叟,一曲悲歌哭碧岑。""老觉人间万事非,乡园能望不能归。'鸡鸣故国天将晓'(于右任诗句),独立空山泪染衣。""一像何劳动斧斤?蟠然一老胜三军。金刀难断江河水,万里归心托暮云。"

由是,我忆起五年前在台湾观光期间亲历的一段往事。

那是一个响晴的六月天。从阿里山开出的公交客车一踏上21号省道,游客们便齐声唱起:"高山青,涧水蓝,阿里山的姑娘美如水呀,阿里山的少年壮如山唉……"一路上,歌声伴着笑语,一直喧腾到此行的终点站——"塔塔加游客中心"。此间位于阿里山与玉山之间一处平川地带,海拔2400多米。当晚休息在这里,明晨大家就要直抵玉山登山口,准备攀登这座中国东部最高峰了。

玉山位居台湾本岛中央高山地带,主峰3952米,每逢冬季,山头覆盖着皑皑白雪,莹光四射,洁白如玉,因而得名。景区山川壮美,气势磅礴,拥有断崖、峡谷、飞瀑、云海、林涛、花山等自然奇观,其间的稀有野生物和原始林相,随着地形、气候的递变而呈多种状态,成为台湾地区最为丰富、完整的生态资源。按说,万里间关,此行匪易,原应从容信步,逐一游观;可是,由于我急于瞻望矗立在玉山之巅的于右任先生铜像,其他只好忍痛割爱了。

于右任为中国国民党元老，既是一位著名的政治家，又是才气纵横的书法家和诗人。公元1879年，于右任出生于陕西省三原县，25岁中举，后来便加入了同盟会，追随孙中山先生反对帝制。辛亥革命后，曾任职南京临时政府，后来长期担任监察院院长。先生一生热爱祖国，风范长存。1949年后，以古稀之年，别妇抛雏，孤身羁留台湾，始终思念亲友，思念故乡，思念大陆，热切期望祖国统一，写出过许多强烈抒发思乡之痛的诗词。

初到台湾不久，于老曾写过一首《鸡鸣曲》："神州鸡鸣，基隆可听。伊人隔岸，如何不应？沧海月明风雨过，子欲歌之我当和。遮莫千重与万重，一叶渔艇冲烟波。"他还写过《题〈故山别母图〉》二首，有"珍重画图传一别，故山长望白云深"，"梦中游子无穷泪，二十年来陟屺心"之句。他忆念旧日师友："破碎河山容再造，凋零师友记同游。中山陵树年年老，扫墓于郎已白头。"读来令人心酸气噎。甚至当他到友人家赏菊，心中也会掀起无限波澜："篱间尽是中原种，要我赏之赠我看。我本关西莳菊者，海天万里一凭栏。"其他如"夜夜梦中原，白首泪频滴"，"垂垂白发悲游子，隐隐青山见故乡"，"无情岁月迷归梦，有泪山川作卧游"，"海上无风又无雨，高吟容易见神州"，等等，简直举不胜举。

老人病重期间，在日记中写有"我百年后，愿葬于玉山或阿里山树木多的高处，可以时时望见大陆。我之故乡是中国大陆"的遗言。并把这一遗言凝结为血泪交迸、激情喷涌的诗篇，记在1962年1月24日的日记上，这就是那首流传广远的《望大陆》诗："葬我于高山之上兮，望我大陆；大陆不可见兮，只有痛哭！葬我于高山之上兮，望我故乡；故乡不可见兮，永不能忘！天苍苍，野茫茫；山之上，国有殇！"诗中强烈抒发渴望回归大陆的心情和对故乡对亲友痛彻骨髓的思念，表达了对有生之年不能目睹海峡两岸统一的失望情绪，以及四顾苍茫、归期无日的深悲剧痛，道出了无数他乡游子的心声。

老人于1964年11月10日在台北病逝，享年85岁。国民党当局将他安葬在观音山上。鉴于老人生前有"愿葬于玉山高处"的遗言，台湾一些民众团体发起募捐，为他塑造面对着大陆的半身铜像，安放在玉山主峰之巅。30多年来，无数登山者都要在铜像前面留影，它已成为人们美好回忆的组成部分，更是台湾人民盼望祖国早日统一的一种象征。

这天，我们草草地用过早餐，便整装出发，沿着一条名为楠梓仙林道的柏油马路前行，不到一个小时就赶到了玉山登山口。然后，沿着蜿蜒步道曲折前行，山路渐行渐高，气温也在逐渐下降。山上遍开玉山龙胆、玉山石竹、高山沙参等这一带所独有的植物，花型大小不一，十分艳丽。特别是玉山杜鹃，花朵洁白、硕大，罩满了远山近谷，把茫茫大野装点得如同仙山阆苑。此地海拔已接近3400米，我们一个个汗流浃背，剧烈地喘息着。

中午过后，我们终于来到了排云山庄——这攀登玉山极顶的最后基地。这里距离极顶，据说只有4公里。晚间，要在这里住宿。稍事休息之后，体力有所恢复，天色也晴明了许多，我便选一处开阔地，向那神秘而圣洁的玉山遥遥地眺望。峰顶此刻正笼罩着迷雾，白云弥漫了山巅，瞬息间又飞瀑一般地流泻着，果真是风马云车，变幻莫测。

晚饭后，阶前闲步，与台湾一位报社记者闲谈，他也是于右任老人的书法和诗词的热爱者，我们一起背诵了老人许多脍炙人口的名章隽句。也正是从他那里，得到了一个令我震惊、令我失望、令我气闷的信息——玉山峰顶的于右任铜像，早在四年前，当局即以清除"政治图腾"为由强行拆除，实际上，此前已连续遭到分裂分子破坏。拆除后，在基座上放置一方刻有"玉山主峰"字样的石块。"6·21"大地震后，又在基座前刻上了"愿心清如玉义重如山"几个大字。后来，新的主政者在就职大典仪式中，演奏了《玉山颂交响诗》乐曲，邮政局还发行了以玉山为背景的纪念邮票。玉山成了他们的象征符号和精神靠山，自然容不得于老先生在这里同他们分庭抗礼了。其实，这种举动早已开始，坐落在台北市仁爱路的于右任铜像，就是在他出任台北市市长时决定拆走的。

连一座铜像竟也不容，足见其政治的怯懦与精神之虚弱。反之，一座铜像竟有如此巨大之威力，也着实令人振奋。从前读《三国演义》，看到第一百零四回《见木像魏都督丧胆》中"死诸葛吓走活仲达"的故事，原以为是罗贯中编的笑话，想不到竟于今日重见！可惜客中无酒，不然，真堪浮一大白。只是，一从听到这个讯息，向玉山之巅冲刺的兴致就再也提不起来了，而那耸天拔地的青峰，似乎已经在我的面前轰然倾倒。"玉山倾"或"玉山倒"，语出《世说新语》，原是形容人酒醉将欲倾倒之态。我这里"顺手牵羊"，借用这个现成的词语，不过是想说明此刻的一种心态，一种感觉。

是夜，排云山庄里通宵下着大雨，在海拔3400多米的高程上，伴着孤灯寒雨，一时百感中来，率然题写了篇头的三首七绝，也算是对于老先生的一百二十一年冥诞的一份纪念吧。

香港《大公报》2005年12月4日

"明珠暗投"的悲剧

《聊斋志异·鸽异》中讲了一个令人哭笑不得,却又发人深思的故事:

山东的邹平有个张公子,癖好养鸽,搜得许多世间难觅的珍稀鸽种,精心培育,爱惜备至,即使是至亲好友前来索求,也不肯轻易送人。

一日,贵官某公见到了张公子,问他"畜鸽几许",公子以为这位父亲的老朋友也有同样的爱好,想要送上两只,实在又舍不得。思来想去,觉得"长者之求,不可重拂",最后还是忍痛割爱,精选了两只上等的良种鸽送过去,自以为千金之赠亦未过此也。

公子觉得给长者办了一件很了不起的大事,可是,几天过后,当他再次见到这位贵官时,没听见说上一句道谢的话,心里有点纳闷。最后,实在忍不住了,便主动问询:"前两天给您送去的鸽子怎么样?"贵官淡淡地回答说:"还算肥美。"公子听了,惊骇不已,急问:"难道您把它们杀吃了?"贵官点了点头。公子哭丧着脸,愤然地说:"这可不是平常的鸽种啊,乃俗所谓'靼鞑'者也!"贵官回想了一下,说:"吃起来味道也并没有什么两样。"

吃,吃,颠来倒去都是吃!真是"削圆方竹杖,漆却断纹琴",大煞风景。"夏虫不可以语冰",张公子除了沮丧,还有什么可说的呢?只好"叹恨而返"。

蒲松龄老先生通过这则寓言式的讽刺小品,想要阐明的是如何识别人才、使用人才的问题。是啊,再出色的良才,如果"明珠暗投",不遇识者,也只能"吃起来味道也并没有什么两样",无非是终古埋没,与草木同朽。可见,识才、知遇是极为重要的。

宋代诗人梅尧臣有感于许多英杰之士大才槃槃,却没有施展机会,像那些千里马一样,徒怀绝尘之志,枉负驰骋之心,"空传八骏名","压抑头不起",最后郁郁以终,遂写了一首名为《伤骥》的古诗:

> 驽骥同一辀,迟速能几里?
> 当其被问时,举策数耳耳。
> 驰骋心独存,压抑头不起。
> 空传八骏名,未遇穆天子。

意思是很清楚的:把千里马与驽马同驾在一辆车上,是无法辨识其快慢、考察其优劣的。换句话说,要识别人才,就应该给他提供施展才智的条件,营造有利的环境,让"千里马"能够跑起来。

王安石在《材论》一文中,以类似的比喻讲了同样的道理:如果把良骥和驽马一起关在厩中,让他们一起吃料饮水,嘶鸣踢咬,那是难以辨其优劣的。唯一的办法是安排它们负重长驱——良马拉着重车,不用再三鞭策,只要一顿缰绳,"千里至矣";而驽马拉车,即使昼夜不停地跑,弄得筋败骨伤,也是无法赶上去的。

明代抗倭名将俞大猷的千里马诗,讲得更清楚:

> 笑将龙种骋中庭,捷巧何施缓步行。
> 待看流沙遥万里,须臾踏破古丰城。

将千里马放在中庭小院里,即使它再捷巧,也只能缓步前行,而无所施其技;假如放它去万里之遥,那么,它就会很快地踏破丰城,跑遍天涯。

人才也是这样，只有在合适的条件下，通过合理的使用，才能鉴别其高下。

同篇首提到的贵官某公恰相反衬，汉文帝不仅懂得千里马要当千里马用，而且知道应该把它放在足以充分施展其才能的处所。史载，有人给汉文帝奉献一匹千里马。文帝说，你们看，我出行的时候，前面有"鸾旗"开路，后面有"属车"相随，日行不过三五十里。即使我用上这匹千里马，它也没办法率先到达目的地，充分展示其奇才异禀。于是，下诏曰："朕不受献也。"

事情虽小，但寓意很深，它对于我们识才、用才是颇有启发的。

香港《大公报》2006年3月26日

沧浪"三忘"

苏州的沧浪亭,是一处楼台错落,烟水茫茫的所在。

从前读过两篇《沧浪亭记》——作者分别为它的始建者北宋诗人苏舜钦和明代文学家归有光——似乎都是侧重讲其"所以为亭者",没有更多地涉及园林自身,所以,留下的印象很淡漠了。倒是清代苏州文士沈三白在《浮生六记》中"笔端常带感情"的记述,令人久久萦怀。

他深以宅近名园为幸,说,得"居苏州沧浪亭畔,天之厚我可谓至矣";甚至后来被迫迁往他处,他还情怀依依地顾恋:"沧浪风景,时切芸怀。"他记叙沧浪亭的园林佳胜,饶有韵致:"檐前老树一株,浓荫覆窗,人面俱绿,隔岸游人往来不绝。""叠石成山,林木葱翠,亭在土山之巅。循级至亭心,周望极目可数里,炊烟四起,晚霞烂然。""少焉,一轮明月已上林梢,渐觉风生袖底,月到波心。"

可惜,我的实地游观,是在盛夏的白天,没能体味到那种晚霞成灿、月映波心的幽情逸韵。但,过得石桥,风来四面,翠柳摇丝,感觉还是蛮有诗意的。苏州园林大都以高墙围护,自成丘壑;唯有沧浪亭外面绕以浩渺的清池,望去顿起烟霞之想。

园内,以山峦为轴心,楼堂轩榭,各抱地势,并有长廊相连接,逶迤高下,自然形成游观的路线。水令意远,石致神幽,内外景色融为一体,极富水乡山岛意趣。

而且,四时景观俱有佳致,春可赏竹翠玲珑馆,夏宜观荷藕花香榭,秋坐清香馆饱嗅丹桂飘香,冬临闻妙香室探访寒梅,都是可游、可望、可摄、可忆的。

这使我想到知名学者文震亨阐扬的"三忘"境界。他是明代大书画家文徵明的曾孙。15、16世纪的200年间,世居苏州的文氏家族前后六七代人,一直醉心于园林——"城市山林"的营造与欣赏。文震亨对于居住生活的空间艺术尤有独到的见解,他在《长物志·室庐》篇中写道:"居山水间者为上,村居次之,郊居又次之。吾侪纵不能栖岩止谷,追绮园之踪;而混迹廛市,要须门庭雅洁,室庐清靓,亭台具旷士之怀,斋阁有幽人之致,又当种佳木怪箨,陈金石图书。令居之者忘老,寓之者忘归,游之者忘倦。"他概括得实在是好。

看得出,其他都是衬托,文震亨的着眼点在于"城市山林",而其落脚点是实现"三忘"境界。所谓"混迹廛市",即在商肆集中之地安家落户。既然是置身闹市,就不可能拥有足够的活动空间,只能"纳须弥于芥子",在有限的物质形态中创造出可供精神悠游、心灵寄托的"壶中天地"。

在这种情况下,要能达到久居者悠然忘老、暂住者乐而忘归、游观者怡然忘倦的境界,着实不易。文震亨从两个方面提出要求:一是营造"门庭雅洁,室庐清靓",遍植"佳木怪箨"的自然环境(用今天的话说,就是打造"硬件"),这样才能住下来舒适,游起来饶有情趣;二是创造一种"具旷士之怀,有幽人之致"的文化氛围,能够满足文人雅士的精神需求和增进审美情趣的人文环境。这后一方面当然更为重要。

看来,以这些标准来衡鉴沧浪亭,自是当之无愧的。其实,这也正是苏舜钦园林杰作中所引为自豪的"龙门得意之笔"。你看,他在五律《沧浪亭》中劈头就讲:"一迳抱幽山,居然城市间。"由于"迹与豺狼远,心随鱼鸟闲",因此,"吾甘老此境,无暇事机关"。

从前的文人走学已优则仕的路子,晋谒公卿、应酬事务、入朝问政,自然不能脱离目迷五色的都会;但朝政龌龊,争斗激烈,常为幽人、逸士所难堪。要论生活安定、环境恬适,自然应以山林为富有诗意的乐土。理想的境界是"鱼与熊掌"兼得，两方面都不放弃，于是，便构想出这种"城市山林"的模式，并且得到优游于仕隐之间的士大夫的率先首肯。

唐代大诗人白居易就说："人间有闲地，何必隐林丘？"这里的"人间"并非泛指，应当作尘氛十丈的都市理解。宋代著名书法家米芾筑宅舍于鹤林寺后，索性亲笔直书"城市山林"四字以为匾额。

作为一种生活方式的选择，当时士大夫认同"城市山林"，自有更深层次在——它反映了一种人生态度与心性哲学。

白居易在《中隐》一诗中提出，与隐于朝的"大隐"、隐于山的"小隐"不同，"中隐"隐于市，"似出复似处，非忙亦非闲。不劳心与力，又免饥与寒"。他在《池上篇》中，说得就更充分了："有堂有庭，有桥有船，有书有酒，有歌有弦。有叟在中，白须飘然。识分知足，外无求焉。"既不受仕途牵累、"乌纱"羁绊，保持相对独立的心性自由，又无须穴居岩处，免除了饥寒、冻馁之苦；使出与处、仕与隐、"兼济天下"与"独善其身"的对立得以融通，外部社会所带给他们的烦恼与束缚涣然冰释，从而获致一种自由的精神空间，人们自然会欣然向往的。

对于现代人来说，"三忘"境界以及"城市山林"的选择，仍有其实际的价值。能够使疲惫、烦闷的心灵获得自然的滋养，实现"生活艺术化"和"艺术生活化"，使优美、自然的生态环境和充实、高雅的人文环境有机地结合起来，真正实现荷尔德林多年前所向往的"人诗意地居住在大地上"，这确是一个十分理想的境域。只是，现实中这样的资源实在是太少了。

香港《大公报》2006年7月26日

野　性

　　南美洲的歌舞种类繁多，就我所见到的，觉得里约热内卢的"桑巴"、布宜诺斯艾利斯的"探戈"、复活节岛的"羽裙舞"最有特点。那种步伐、节奏的快捷变化，韵律的急促，动作的剧烈，那种生命活力的迸发，人性的张扬，原始野性、初民状态的凸显，情感的肆无忌惮的宣泄，只能用"疯狂"二字来形容，真是见所未见，耳目一新。

　　东道主说，不到里约热内卢等于没有到过巴西，而不看桑巴又等于没到里约热内卢，桑巴被巴西国民誉为"巴西的灵魂"。于是，我们首先就看了桑巴。剧场不大，舞台正面还延伸出两个桥形的过道直通到观众座席，一对相拥着的舞蹈演员，随时可以蹿到观众中间。

　　那色彩鲜明而又大胆夸张的服饰，激昂亢奋的鼓乐，充满诱惑的肢体语言，使台上台下共同沉浸在一种奇异的狂欢气氛之中，观众很快就被卷进这种带有传染性的浪潮里。桑巴动作快捷，风格独特，把不规则的步伐同胯骨、臀部的摆动结合起来，体现一种原始的野性和很强的发泄性。

　　伴随着打击乐的敲击，跳桑巴舞会使人联想到在急风暴雨中剧烈摇动的癫狂的树叶。它充分展现了民族大融合下的巴西人民酷爱生活、热烈奔放的民族个性。有人说，桑巴是融化在巴西人血液中的民族艺术。也有人不无嘲讽地说："什么叫桑巴？它是印度人的笨，黑人的愣，葡萄牙人的疯，添加一点咖啡因，烹制而成的一锅大杂烩。"我们回来之后，听说巴西文化部已经将桑巴舞蹈和音乐向联合国教科文组织申报了世界文化遗产。

探戈是阿根廷的国粹，像我国的京剧那样，它可以说是舞蹈世界一道独特的风景。阿根廷是个移民的国度，也是世界上时尚艺术和高雅艺术汇集的中心。这里的人们充满活力，充满激情，心中也壅塞着矛盾、迷惘与困惑。有人认为，探戈舞和博尔赫斯的小说都是阿根廷国民性的集中体现。

他们的舞剧《探戈女郎》在北京演出过，它把激情的探戈舞和好莱坞式的叙事手法结合起来，用肢体语言讲述了一个法国女子在战乱时期的悲惨命运。阿根廷人以其拥有两双国脚而引以为自豪，一双用来踢足球，踢出了马拉多纳这样的足坛巨星；另一双用来跳探戈，也跳出了《探戈女郎》这样的艺术精品。

探戈被认为是南美洲最具性感、最富感官刺激的舞蹈艺术。自产生之日起，即为男女对舞，四目相对，星眼迷离，充分体现了两性之间的爱恋与诱惑，生活的痛苦与欢乐。它是生命之花的蓄积与绽放，是上流社会的色情面具、下层人群的欲望释放。

在这里，男士的粗犷、奔放，昂首阔步的雄风，女士的妖韶艳冶，风情万种，形成了极大的张力。探戈舞最强调的是激情，它让发自内心的情感，带动肢体的快速舞步和大幅度的旋转、踢腿、跳跃、劈叉，显得洒脱、奔放，让人浮想联翩。它融汇了多国风格，集音乐、舞蹈于一体，曲调深沉、徐缓，往往带有浓重的忧伤、惆怅情绪，因而有"移民者的乡愁"之说。

在现代人的印象中，探戈是一种高尚文雅的舞蹈文化，其实，它起源于一个世纪之前布宜诺斯艾利斯的贫民窟。当时，那里汇聚着各地的移民，绝大多数都是男性，他们为了表现思念女人的苦闷和男女相依相恋的情感，混合各地的歌舞，创造出这种舞蹈来：一个男子扮演卖弄风情的女子，另一个男子则扮成求爱者，舞步快捷，臀部摆动，肢体缠绕，动作幅度很大，看上去像旋风似的。

在布宜诺斯艾利斯的五月大街尽头，有一间咖啡厅，据主人介绍，20世纪20年代，博尔赫斯等一批著名作家，经常在这里喝下午茶，一边品味咖啡因的感觉，一边观赏着探戈舞。咖啡间里的红色皮椅、镜子和枝形吊灯，都是当年的旧物。

　　应该说，在南美洲，最能体现生命活力，也最具野性、最肆无忌惮的，还是复活节岛的羽裙舞。不经意间，一队无比健壮的男女演员，就突然跳到观众圈子里。一个个裸身赤脚，胯部围着一圈羽状的短裙，油黑的肤色发着亮光。后边有三四个人伴奏，乐器也都是很特别的。

　　男演员手里拿着刻有奇形怪状文字符号的木板，蹦得很高很高，落地时，咚——咚——咚，简直就像擂鼓一般，水泥地面都被震动了，表现的主要是力度，是豪放，是蛮勇；女性表演者则往复扭动着柔软的腰肢，前倾后仰，婀娜多姿，反映着内在的力与形体的美。两相配合，穿插进退，持续十几分钟后，再变换新的姿势。他们同时欢快地吼着一种富有节奏感的"呜嗬，呜嗬"，听起来更像是远古初民的呼唤与呐喊。

　　一个个气喘吁吁，热汗淋漓，真是"及其得意，忽忘形骸"，一时间竟忘掉了疲倦，忘掉了自我，也忘掉了纷纭万端的外部世界，全副身心都投入舞蹈里。他们像一群孩子那样天真烂漫，没有东方人的斯文，更谈不上什么封建礼教的束缚和纲常禁忌。

　　此时，我的脑际突然浮现出南宋诗人陆游的那首《读易》诗：

揖逊干戈两不知，巢居穴处各熙熙。
无端凿破乾坤秘，祸始羲皇一画时。

　　素称"礼仪之邦"的泱泱华夏，原是后世演进的产物；原始的初民其实同这里并没有什么两样。正如陆老诗翁所说的，他们巢居穴处，整天欢蹦乱跳，熙熙攘攘，既不懂得干戈扰攘，也不知道什么礼让雍容。偏偏是伏羲皇爷多事，他要仰观天象，俯察大地，近取诸身，远取诸物，制作出那神奇的"八卦"——在浑圆、混沌中划出了"阴阳鱼"，从而凿破了乾坤的秘密，设置下"男女之大防"。这样一来，确是开启了千秋万代的"文明之窗"，不过，自此也惹出了无穷的"麻烦"。

南美的音乐与舞蹈是文化的混血儿，由印第安土著、欧洲移民和非洲黑人多种文化成分，经过长期的同化、杂交、融合、演变而成，里面既保存着本土固有的文化元素，又广泛吸收外来的艺术营养；既有鲜明的地域特征，又有南美大陆相通性的特点。节目更多地体现着非洲与当地土著人的特色，音响激扬、浓烈，舞蹈动作洒脱、快捷，舞步粗犷、豪放，坚定有力，造型灵动自如。

　　这是一种乐观的艺术，里面不掺杂着病态的、颓废的情绪。因而被看作是降压阀、缓冲器，是对紧张、烦闷生活的消解，对严酷的现实压力的缓冲，对处于压抑状态的情感的释放，也是一种不带任何功利的美的诉求。

香港《大公报》2006年8月16日

画中赏诗

接到包立民《百美图》赠书之后，翻检一过，爱不释手，遂顺笔在扉页上题写了一首七绝："谐趣千般《百美图》，诗书配画妙相符。人生底蕴多如许，岂止葫芦笑矣乎！"

这里说了《百美图》三个特点，一是亦庄亦谐妙趣横生；二是诗书画三位一体，相映生辉；三是蕴意丰富，寄慨遥深，令人在忍俊不禁之余，产生诸多联想。作为一部思维与视觉两种美学形态的结合体，此书具有无限的可言说性。而我则更着意于它的画里诗情，亦即那些题画诗的奇思妙蕴。

诗书画"三绝"是中华民族美学高度发展的重要标志之一，也是我国绘画艺术所独具的特色。诗与画在意蕴上相连，境界上同构；书与画在位置上相应，形态上协调，使中国画实际上形成了以画为主体，诗、书共为辅翼的综合性艺术形式。诗为画魂，书为画骨，绘画与诗词、书法的关系愈加密切，可说是同源同根，若合符契。加之艺术家们题诗、写字、作画使用着同一种性能的毛笔，这就为他们启运一颗灵心、凭借一管毛锥，自在自如地徜徉于诗、书、画之间，提供了现实的可能。

长期以来，诗、书、画在文人现实生活中的结合，已成为艺术圈里屡见不鲜的现象。它们紧密联系社会人生实际，于生活各个方面多所涉猎，不独抒怀寄兴，写意达情，广泛渗入友朋交往、节庆礼仪之中，直接参与滋润人际关系，而且，有大量作品关乎国运兴衰、人间疾苦，在政治、文化生活中也都发挥着不容忽视的作用。当然，这一切，过去多见于传统的中国绘画艺术；而漫画艺术是有其独特的艺术质素和美学特征的。敢于大胆创新，把这种传统艺术形式运用到漫画，而且是自画像上来，确实是"筚路蓝缕，以启山林"，称得上是一项开创性的事业。况且，篇幅如此之多，规模如此之大，搜罗如此之广，实在令人叹为观止。

把诗书画结合应用于漫画艺术，其间有一个前提条件，就是笑的艺术中应该涵盖着一切美的形态，具有很高的美的层次。有人曾把漫画喻为绘画、哲学和文学的集合体、混血儿，说它既有绘画特征，又具有哲学和文学理念，是涉及绘画、哲学和文学的"边缘"艺术。我认为，这种论说是合乎实际的，它在肯定了漫画艺术的独特功能的同时，更突出地展现了它的无限广阔的艺术天地。这在《百美图》中，随处都能得到充分的印证。

书中有一幅"戏剧家偶事丹青"的陈仁鉴的自画像，诗人陈朗在上面题写了一首《西江月》："且展眉端半月，应添颊上三毫。自家面目许新描。一例秋花春草。也作翩跹蛱蝶，相随扑跌狸猫。偏从氍毹见勤劳，不比南腔北调。"蕴意丰富，画外有音，堪称题画诗的绝唱。这里体现出此一漫画集的不同凡俗之处，即它十分关注于自身生活和感觉的体验，以人为本，具有鲜明的人性化特征，从本我的精神世界发掘出更为个性化的表现形式。

许多题像诗不仅情感浓郁，幽默风趣，而且具有深度意识，富含哲思理趣，使人在开怀一笑的同时，进而沉思、联想，收到启迪心智、涵养性灵、增长智慧的效果。工艺美术家傅周海在自画像上题诗曰："入无我境出天然，接我心源活水泉。身处是非皆不管，一舟飘出碧溪湾。"还有王颂余的题自画像诗："千里来书感挚情，报君有句借飞卿；味无味处求吾乐，材不材间过此生。"（后两句出自辛弃疾《鹧鸪天·博山寺作》，借句"飞卿"〔温庭筠〕恐属笔误。但此七绝仍不失意蕴深沉、诗咏浓郁之佳作。）都是意在言外，别有寄托的。女书法家陈秀卿自号"无位真人"，她在自画像上题诗道："毫端腾浪为谁狂？火树银花刹那光。礁岛青松空俯仰，几人终古抱浑茫。"把她在书画之余潜心研习佛法的体会融入诗情画意之中。

诗作饱含禅味，直彻水源自性，证入菩提境界。

有些自画像运用逆向思维，出乎常人意料，奇崛、新颖，甚至荒诞不经，却能直抵事物的精神实质；有的艺术家在对形貌主体进行加工、刻画时，出之以丑的形态，而终极于美，达到对美的肯定与追求。而题像诗也紧相配合，"如响斯应"，从而相映成趣。著名画家张仃运用减法作自画像，脸部造型，寥寥数笔，除了眉和头发，不见其他。夸张、变形，能事毕矣。尽管五官不全，面貌简古，但形神兼备，栩栩如生，一望即知非他莫属。画旁配有自题六言诗："人生七十古稀，匆匆已过无奇。朝夕笔砚为伍，尚未天人合一。"最后一句颇妙，十分耐人寻索。有"画苑全才"之誉的林锴的自画像，更是令人拍案叫绝：光身裸臂，手拈破笔，犹自硁硁矻矻，作画不辍。黄苗子为之戏题一绝："倒爷一刹盈千赚，歌女频年税万金。何苦光身拈破笔，嶙峋瘦骨作书淫！"还有诗人陈朗的自画像，长长的"马脸"，一双小而机警的"马眼"快要搁上额头，那弯弯高耸的鼻子，也像穿过缰绳的"马鼻"。红学家周汝昌为之题诗也极具风趣："牛头马面各风流，牛鬼蛇神占一筹。好句夫人夸外子，言他老气太横秋。"

赋志咏怀的诗，在书中占有多数，许多都是异常精彩的。像忆明珠自画像的题诗："放却青山不独往，偏向红尘惹梦长。平生不吃后悔药，自刮病骨疗金疮。"版画家李桦的题自画像："重听老人心坦荡，无声世界我自珍。毁誉由他身外事，艺坛角逐久不闻。"这类诗词作品，无论是画家本人自题抑或是他人题写的，都既具诗词的共性，又有其自身的特点。既曰题画，内容自然不能与画面脱节，但又不完全拘泥于画面。附上去，跳出来，应是这些题画诗的突出特点。许多题画诗并不满足于单纯地解读绘画，成为绘画的一种点睛与补缀；还能另辟蹊径，别有寄托，善于借助书画的艺术平台，给出画面未能表达的深刻内涵。单是读诗，就是一番难得的艺术享受，何况，还有奔腾飞舞的法书和逸趣千般、别开生面的自画像呢！

香港《大公报》2008年1月15日

邯郸说赵

河北省邯郸市有一处著名的古迹丛台，是2300多年前由赵武灵王建筑的，其作用一是阅兵观阵，习武宣威，一是征歌选舞，寻欢享乐。当时的丛台上面，设有天桥、雪洞、花苑、妆阁诸景，结构奇特，装饰华美，连聚非一，各极其妙。古人用"天桥接汉若长虹，雪洞迷离如银海"的诗句来状写它的巍峨、壮观。历史上许多文人骚客，像唐朝的李白、杜甫、白居易，宋代的贺铸、范成大等，都曾多次登台赋诗。当然，现在呈现在我们眼前的已非旧观，直到清朝末年，丛台还曾重新修葺过。

公元前453年，韩、赵、魏三家分晋，过了50年，周天子正式册封他们为诸侯，分头就国。开始，赵国建都晋阳，公元前386年迁都邯郸。其后历经八代君主，计158年。赵国的极盛时期为武灵王当政时代。这是一个很有作为的君主。《东周列国志》上描绘赵武灵王的形象："面黑有光，胸开三尺，气雄万夫，志吞四海"；著名史学家翦伯赞甚至说他"无愧于英雄的称号"。他曾亲自率师攻城略地，北至中山、燕、代，西出云中、九原，拓地千里，使赵国成为东方六国中唯一能与强秦争雄角胜的国家。

后来，赵武灵王让他的儿子主持国事，自己率领官员们到西北勘察地形，想从云中、九原直接向南出兵，偷袭秦国。于是，他乔装成使者，潜入秦都咸阳，进行实地测察，并顺便了解、考察了秦昭王的为人。昭王开始没有发觉，过了一阵，觉得这个人状貌奇伟，不像是普通臣下，便派人追赶，可是，"使者"已经大摇大摆地出关了。秦人弄清底细后，颇为惊怖。

赵国在西破林胡、楼烦之后，由武灵王主持，傍阴山修筑了一条长城，以防备北部的强敌入侵。据史料记载和实地考察，这段长城东起今河北宣化附近，向西北方向延伸，经张家口进入内蒙古，然后沿阴山西去，直抵乌拉山与狼山之间的高阙。《水经注》描写它："长城之际，连山刺天"，"两岸双阙，峨然云举"。在当时的物质条件下，以一个小小的赵国，竟能完成这样规模巨大的国防工程，而且没有像秦始皇那样，受到世人的责骂，不能不令人惊叹。

不仅此也，武灵王还敢于同最顽固的传统习惯和保守思想做斗争，锐意改革，运筹强兵富国之策。他考虑到，赵国的处境十分险恶，中山紧靠腹心，胡、燕分据东、北，强秦与楼烦陈兵于西，虎视眈眈，旦夕都有倾覆的危险。为了提高战斗力，他带头穿上紧身窄袖的衣服，腰束革带，足蹬皮靴，废车乘马，日逐射猎。他斩钉截铁地批驳了一些贵族反对更改先王旧制的责难，说，衣服是为了穿用方便，礼法是为了行事方便。情事不同，服饰、礼法都要随之变化。夏、商、周三代都是随时制定法规，依事确定礼俗的，法度、制令各顺其宜，衣服、器械各便其用。所以，治世不必采用一种方式，利国不必完全效法古代。况且，先王的礼俗并不一样，那要我们效法哪一个"古"呢？

赵武灵王通过率先倡导，变车战为骑战，全面推行"胡服骑射"，带动了整个赵国军队作战能力的增强，促进了华夏农业文化与草原游牧文化的融合。这对赵文化的多元构成，对北方中国古代社会的发展和文化的濡染、升华，都产生了深远的影响。

但是，这样一位勇于改革创新的历史人物，由于"交班"问题没有解决好，最后落得一个悲剧下场。武灵王在位 27 年，当初曾立长子章为太子，后来娶了宠姬吴娃，生下了少子何，便把太子章废掉，进而又把王位让给了少子何，是为赵惠文王，自己做了太上皇，住在沙丘的行宫。

少子何即位之后，心怀怨怼的长子章不甘心北面称臣，便起兵发动叛乱，兵败之后，逃到沙丘宫他的父亲这里来避难。太上皇很同情他的处境，不忍心看着他惨遭屠戮，便开门加以接纳，把他保护了起来。不料，追兵闯进宫室，穷搜不舍，到底还是把他抓住、杀掉了。他们害怕日后受到追究，索性一不做二不休，把太上皇也就地囚禁起来，不供给任何食物。太上皇饿到极处，只好在园林中探寻鸟巢，取卵、捉雏充饥，终致饿死宫中。

接班的赵惠文王本身，似乎没有多少显赫的政绩可言，在他当政时期，出了个蔺相如，却是大名鼎鼎，令后人仰慕不已的。

事情是由和氏璧引发的。秦昭王听说赵国得到了这件稀世珍宝，提出要以15座城来交换。赵惠文王慑于秦国的声威，既不敢断然拒绝，又害怕答应下来上当受骗。正当无计可施之时，蔺相如过来了，赵惠文王便征求了他的意见。蔺相如说，鉴于秦强赵弱的这种态势，我们拒不答应是不够明智的。但是，这里面也带有一定的风险。我愿意出使秦国，奉璧取城。万一他们背信弃义，不肯割十五城给我们，我也会设法"完璧归赵"的。于是，蔺相如便带着和氏璧来到了秦都咸阳。

秦昭王得到和氏璧之后，自是万分快意，但看得出他并没有交城、割地的意思。蔺相如便走上前去，说，这块璧上有一处瑕疵，请让我指给大王看。他接过璧来便一步步后退，怒发冲冠，声色俱厉地说，你们没有割地的诚意，休想得到和氏璧。倘若逼急了，我就把脑袋和璧玉同时撞碎在柱子上。秦昭王怕他真的撞碎了璧，便连声道歉，并答应割十五城给赵国。蔺相如识破了这又是诡诈，便以"必须斋戒五日方敢献璧"为辞，抓紧派亲信秘密抄小道，将和氏璧送回赵国，自己留下来用智谋对付秦昭王。秦昭王当然十分恼火，但又想到，即使把他杀掉，也得不到和氏璧了，徒然破坏了两国关系，莫如放他回去，从长计议。这样，蔺相如便胜利地返回了邯郸。

4年后，秦昭王邀请赵惠文王在渑池举行友好的会见。宴饮中，秦昭王突然提出要求，让赵惠文王弹瑟，赵王不敢拒绝，只好弹奏一曲。秦国的御史马上记上一笔："某年月日，秦王与赵王会饮，令赵王鼓瑟。"这显然带有污辱性质。当时，蔺相如在侧，便针锋相对地说，赵王听说秦王善为秦声，请秦王敲击瓦缶，以相助乐。秦昭王不悦，断然加以拒绝。蔺相如怒不可遏地高声叫道：五步之内，我要以颈血溅大王！秦宫的侍从见蔺相如怒目圆睁，现出一副决战姿态，都不敢动手。秦昭王不得已，只好随手敲了一下瓦缶。蔺相如立即招呼随行的赵国御史执笔为记："某年月日，秦王为赵王击缶。"就这样，直到会见结束，秦方始终没有占得上风。蔺相如以一介布衣，凭着他的侠肝义胆，为国家争得了地位，维护了尊严。

　　渑池之会结束，赵惠文王回到邯郸，以为此行蔺相如功劳最大，便拜他为上卿，位居大将廉颇之上。廉颇很不服气，愤然地说：我有攻城野战之大功，而蔺相如徒以口舌为劳，以一个低贱之人，却位居我上，令我感到耻辱。扬言如果碰到蔺相如，一定要羞辱他一下。蔺相如听说了，就有意地加以回避。周围一些人不理解，蔺相如解释说，强秦之所以不敢加兵于赵，就是因为有我们两个人在。我们二人如果失和，就会像两虎相斗，其中必有一伤。从大局出发，我也应该退让。从此，每逢朝会，他都称病不出，避免和廉颇争列次。一次上街，远远地望见廉颇过来，蔺相如便掉转车头避开，终于感动了廉颇。廉颇主动登门，负荆请罪。邯郸城内有一处著名古迹，名叫"回车巷"，是后人为了纪念蔺相如主动谦退、终于实现了"将相和"而保存了遗迹的。

香港《大公报》2007年8月28日

津门赏艺

趁南开讲学间隙,由张、王两位教授陪同,原想驱车去杨柳青看画,不料,一场遮天的雾霾扳了道岔儿,只能改在市区内观光。这样,我们便走进了广东会馆。

原来,这里是一处"国宝级"文物古迹。当年,孙中山先生曾两度莅临会馆,并发表重要演讲;邓颖超同志也曾利用会馆舞台开展爱国募捐义演活动。1985年开始,在这里创办了"天津戏剧博物馆",从而大大地丰富了它的文化蕴意。我们这次过访,适值会馆的百年华诞,与有荣焉。说来可谓"失之东隅,收之桑榆"。

进得门来,映入眼帘的是一座古朴有致、独具岭南风格的传统建筑,由门厅、正房、配房、跨院和套房组成,而以戏楼为主体建筑。我们首先走进了正堂,此间原为会馆拜神、议事之所,现已辟为国内首家"梨园拜师堂"。正面悬置一方刚劲有力的大幅"师"字,下设神龛、香火、八仙桌椅等拜师设施。关汉卿、汤显祖、李笠翁、梅兰芳四位古今戏曲大师的画像分挂在两旁。此外,两侧粉壁上还列有京、评、粤、越、豫、吕、蒲、淮、黄梅戏、梆子腔、二人转等366种戏曲品类的名录及其发源地的一览表,彰显了中国戏曲艺术的源远流长,多彩多姿。

作为一座专题性的戏剧博物馆,这里藏品十分丰富,包括早期戏剧艺人的演出手抄本,著名京剧大师的书画珍品、演出服装,清宫升平署戏装及道具等数千件文物,还有87个剧种的音像资料。我们参观过《中国戏曲发展简史》《中国京剧发展简史》《中国京剧人物艺术造型艺术》展览之后，就登上了古戏楼。过去只听说有"京班规则"，这次实地见之于后台墙上，诸如"未开锣前，舞台上一切响器不准敲碰"，"未开锣前，台上鼓吏坐，他人不许落座"，"伶人上装后，上楼撩前襟，下楼提后袂，不得有误"，"扎扮登场，必须由左边进退"，"后台不准拍掌及喝彩"，"后台伶人不准掀帘私窥台下"，多达33条，既强调了戏剧演出的严谨性，也体现了演艺人员对观众的尊重。

戏台是整个戏楼的中心。当年，国内著名戏剧表演艺术家孙菊仙、杨小楼、梅兰芳、尚小云、荀慧生、谭富英、龚云甫、红线女等都曾在这里登台献艺。戏楼空间跨度大、结构巧妙、装饰精美。戏台为伸出式，无立柱支撑，观众可以从三面观看演出。整体看去，剧场有如一座二层楼的四合院，东西南北四面建筑围合成为天井，天井之上构筑为巨大的罩棚，形成一个完整的剧场空间。而最引人注目的还是高悬在戏台上方的藻井，这个直径为5米、外方内圆、形似鸡笼的庞然大物，由上千块的小型木雕变形斗拱咬合接榫而成。由于借助了力学与声学原理，它将舞台上的声响吸进，再由不同的角度折射到场内各个角落，保证戏台上的演员可以不借助任何扩音设备，将原汁原味的音声传送出去。

正在我们悉心鉴赏精美的藻井艺术的当儿，负责接待的张女士笑着说："今天很凑巧，'戏博票友俱乐部'的几位'票友'在这里，各位可以欣赏一番她们的表演艺术。"我们立即报以热烈的掌声。李女士的京剧《贵妃醉酒》深得梅派真传，开场的韵味十足的"四平调"立刻把听众引入剧情中去。她通过载歌载舞的优美表演，细致入微地揭示出杨玉环期盼、失望、寂寥、幽怨的复杂心情，颇见艺术功力。在黄梅戏《打猪草·对花》中，赵女士一身而扮男女双角，"郎对花姐对花，一对对到田埂下，丢下一粒籽，发了一棵芽"的大小嗓的甜暖唱腔，以及灵巧的舞蹈动作、传神的表情，博得了全场喝彩。苗女士的时调演唱同样悠扬悦耳，留给人们深刻的印象。

她们在表演中充分展示了自己的"原生态"歌喉，绝不同于目前各种舞台上必须借助麦克风扩音，否则就根本无法演唱。这既反映出她们的深厚功力，同时也现场印证了舞台藻井的神奇效应。我即兴咏赋了一首七律，以纪其盛：

　　　　　文华艺彩逐时新，十月津门别有春。
　　　　　醉酒清淳邀俊赏，对花灵妙寄情真。
　　　　　俨然专业夸名票，如此全能托慧因。
　　　　　摄得戏魂经百载，鸡笼藻井已通神。

　　在盛赞了一番几位"名票"的高品位的表演艺术之后，我们又继续欣赏、议论着这里的建筑艺术，从雕花、藻饰工艺之精巧说到戏楼、剧场设计之奇特，从南北方建筑风格结合之完美说到整座古典建筑的浓郁的文化韵味。这样，自然就联系到每副楹联、匾额的妙蕴理趣。首先接触的是舞台上"薰风南来"的匾额。我说，据《吕氏春秋》讲，"薰风"指东南风。用在这里很切合广东的方位特征。再者，明人李东阳《天津八景》诗之四，有"层轩南向坐薰风，极目平畴远近同"之句，这又照应了会馆的所在地。而且，它与吟唱有直接关系，相传虞舜咏唱《南风歌》，即有"南风之薰兮"句。

　　接着，大家又议及厅前楹柱上的贺联，剧场黑漆金字的抱柱联，特别是"拜师堂"的一副联语，更是引发了人们的兴致：

　　　　　几回舞遍霓裳　桃花扇底风犹软；
　　　　　一曲歌残玉树　杨柳楼头月未低。

　　这确是一副妙对，它隐含了四个与戏曲相关的典故：《霓裳羽衣曲》传说为戏曲的开山祖师唐明皇所作，实际是由他制作了歌词；而"霓裳羽衣舞"则始于开元，盛于天宝年间，都与唐明皇有关，很切合戏剧这个主题；《玉树后庭花》是陈后主的诗，他以艳美的辞藻描画其嫔妃妖娆媚丽的歌音舞态。两联的下半句，均源于宋代词人晏几道的《鹧鸪天》词："舞低杨柳楼心月，歌尽桃花扇底风"；而《桃花扇》更是清代有名的剧作。

　　作为历史的见证者，会馆目睹了津门的百年沧桑，其间所发生的一切，于今已成为永难消逝的记忆。它所留给后人的不仅仅是一座精美的建筑，更汇集了弥足珍贵的建筑艺术、戏曲艺术和联匾艺术，展现出丰厚的历史文化底蕴，作为一份宝贵的精神财富，永远润泽着现代人群匆遽而焦渴的心灵。

香港《大公报》2007年12月14日

来往亭前踏落花

这次参加"中国作家滁州行"的采风活动,在饱游饫看了醉翁亭之后,我还利用早饭前的空闲时间,由当地一位"州官"陪同,游览了坐落在丰山脚下的丰乐亭。正是落花时节,东风一夜,花木葱茏的亭前,铺上了一层红粉相间的花片,蛮富有诗意的。"滁之有醉翁、丰乐二亭,如人之有眉目。剔目曜眉,而其人不全。"此言出自曾以十载之功分别主持重修这两座名亭的清人薛时雨,可谓恰中肯綮。亭以文传,它们的闻名遐迩,源于北宋著名文学家欧阳修在三年多的谪滁生涯中写下的《醉翁亭记》与《丰乐亭记》。两篇"亭记"作于同一年、同一地,又于清代前期同时被选入传世散文选本《古文观止》,成为不可分离的姊妹名篇。

不过,在当代人的心目中,无论以亭论还是以文论,二者的地位与影响都有所不同,醉翁亭及其亭记,似乎传播得更广。只要来到滁州,可说是无人不看醉翁亭的。却很少有人光顾相隔不过数里、同样负有盛名的丰乐亭。结果是,一个花团锦簇,游人如织;一个却闲庭冷落,封闭在空山幽谷之中。士之遭际,有遇与不遇之别;景观也大抵如此。其间由多种因素促成,有的因素其实十分偶然,说来也是堪资感叹的。

再说两篇亭记:《醉翁亭记》的创造性特色,尤其是那统贯全篇的21个"也"字和25个"而"字,令人拍案叫绝,成为家喻户晓的名篇。醉翁亭这一景观的"叫座",这当是一个重要原因。其实,只要我们认真研读《丰乐亭记》,同样会为它的生花妙笔所深深折服。两篇亭记俱有特色,各臻其妙。前者重在状写景色的优美和作者陶然自适的心情，带有浓重的出世色彩；后者着意于书写人事，深沉厚重，寓意深远，通过对社会安定、风俗淳厚、岁物丰成的赞美，书写了北宋初年推行休养生息政策的成功，作者入世的情怀昭然可见。

早饭后，当把我的观感说给文友时，有的讲，丰乐亭如何说不清楚，因为未曾到场；至于那篇带有"颂圣"意味的亭记，怕是没有什么看头。但问题绝非如此简单。位居"唐宋八大家"之首的韩愈有言："和平之音淡薄"，"欢愉之辞难工"。因难而见巧，更能显出作者的功力。《丰乐亭记》全文只有433字，却能层开跌宕，屡起波澜，一波三折，处处呈现动感与张力；其俯仰今昔，感慨系之，又增添无限烟波。"滁于五代干戈之际，用武之地也。……修尝考其山川，按其图记，升高以望清流之关，欲求（皇甫）晖、（姚）凤就擒之所，而故老皆无在者，盖天下之平久矣！"对这一段，清代评论家给予了高度评价，许之以"一往情深，是龙门得意之笔"；"数行文字，横空而来，兴象超远，气势淋漓，极瞻高眺远之概"。而"使民知所以安此丰年之乐者，幸生无事之时也"，为通篇文眼之所在，寄寓着作者安定得来不易，应须倍加珍惜的深意。

与醉翁亭为山僧智仙所建不同，丰乐亭是欧公亲手创建的。亭记中做了交代，他到滁州的第二年，因见"其上则丰山，耸然而特立；下则幽谷，窈然而深藏；中有清泉，滃然而仰出。俯仰左右，顾而乐之。于是疏泉凿石，辟地以为亭"。当地还有这样一个传说：宋仁宗庆历六年，盛夏的一个午后，欧公邀来几位文友在家中闲谈，吩咐仆人去酿泉汲水烹茶。在归途上，仆人不慎跌倒，泉水流失，因为怕主人等得着急，遂于丰山下就近汲幽谷泉水以代之。烹出茶来，欧公品尝一过，觉得味道更好。追问之下，仆人据实以告。这样就发现了幽谷泉，遂就地建起了丰乐亭。亭在丰山东北麓，峰峦屏列，涧水潺湲，古木参天，山花遍地，风景十分佳丽。

修建了丰乐亭之后，欧公又在东南数百米之外的山坡上，建了一座醒心亭，取自韩愈"应留醒心处，准拟醉时来"的诗句；并请同是散文大家的曾巩为之作记。记中谈道："凡公（指欧阳修）与州宾客者游焉，则必即丰乐以饮。或醉且劳矣，则必即醒心而望，以见夫群山相环，云烟之相滋，旷野之无穷，草树众而泉石嘉，使目新乎其所睹，耳新乎其所闻，则其心洒然而醒，更欲久而忘归也。"在丰乐亭下的幽谷种花，也是欧公的一桩雅事。据南宋王象之《舆地纪胜》载，欧公请幕客谢判官种花于幽谷，以修饰亭院。谢氏询及种花的要求，欧公以诗作答："浅深红白宜相间，先后仍须次第栽。我欲四时携酒去，莫教一日不花开。"3年后，他离滁改任扬州知州，还常常忆起种花往事，有诗曰："滁南幽谷抱千峰，高下山花远近红。当日辛勤皆手植，而今开落任春风。"怀想之殷，溢于言表，后来又从扬州移知颖州，仍然系念着种花的前尘往事。这时，谢判官已晋升为中书了，欧公有《送谢中舍》诗："滁南幽谷抱山斜，我凿清泉子种花。故事已传遗老说，世人今作画图夸。"欧公另有《幽谷泉》五古一首。泉至今犹存，在亭东数十米外。

对于丰乐亭本身，欧公更是情有独钟。作记之后，到了第二年春天又曾题诗三首，名为《丰乐亭游春》。"其一，绿树交加山鸟啼，晴风荡漾落花飞。鸟歌花舞太守醉，明日酒醒春已归。"其二："春云淡淡日辉辉，草惹行襟絮拂衣。行到亭西逢太守，篮舆酩酊插花归。"其三："红树青山日欲斜，长郊草色绿无涯。游人不管春将老，来往亭前踏落花。"分别抒写了诗人的惜春之意、醉春之态和恋春之情。缠绵而酣畅，具一唱三叹之致，与亭记相映成趣。

我们那天所见的丰乐亭，已经多次重修；但绿荫掩映中，檐牙飞翘，古色古香，依然别有韵致。亭后有保丰堂、九贤祠两座建筑，共同组成一个长方形的三进院落，统一圈在围墙里。正门匾额"丰乐亭"三字，为明代南京右京都御史萧崇业所书。亭内原有两块碑刻，三面为"欧文苏（轼）字"的《丰乐亭记》，美文、美书、美景，三美兼备，允称文坛瑰宝，碑的另一面为吴道子绘"观自在菩萨"石刻像，现移出亭外。院墙外面，有银杏、龙柏、黄杨等名贵古树多株，其中的古银杏，树龄在900年以上，传为欧公手植。

　　往事近千年。"长郊草色""红树（花树）青山"依然，只是"不管春将老""亭前踏落花"的游人不见了。由于一家公司的油库建在它的旁边，为安全起见，一直没有对外开放，致使一处驰名中外的景点长期地冷对空山，与世隔绝，说来也是一桩憾事。回应我的感慨，"州官"笑说，相信问题会得到解决的。否则，不仅对不住游客，也无法向前辈的"州官"交代。

香港《大公报》2008年5月10日

奥运是个大学校

北京奥运会已落下帷幕。在这短短的十多天里，我们每一个中国人都卷入了情感的旋涡，经受着翻腾起伏的激情变化，可说是五味杂陈，七情毕现。此中有狂喜，有震撼，有满足，有遗憾，有欣慰，有惋惜，有期待，有牵挂，而主题曲还是强烈的自豪感。

"世界给我16天，我还世界100年。"我们终于圆了百年梦想，以令世人骇然目眩的体育实力与骄人盛绩，现身于这个世界上规模最大、层次最高的竞技赛场上，体育已成为中国文化的一大亮点。整个赛会的组织工作和安保、环境，后勤保障和媒体服务，以及精彩绝伦的艺术表演、令人叹为观止的文化创意，都赢得了国际的同声赞誉。甚至连少数习惯于对中国挑刺的外国朋友，也开始赞扬北京奥运的巨大成功。应该说，这是一次中华文化的复兴，是5000年悠久历史的全景式演绎，更是现代化进程中的软实力的展现，是30年改革开放的宏大庆典，也是对奥运精神的完美阐释和成功践履。

当然，除了情感上的自豪与欣慰之外，从这次体育盛会中所获得的教益，尤其值得珍视。我们从中看到了中国人民最可宝贵的精神力量，看到了包括各国运动员在内的全体参赛者勇于进取、无所畏惧、冲决一切的拼搏精神。媒体上形容赛事的精彩，尤其是那些奖牌得主的出色表现，惯用崛起、超越、神奇、创造奇迹、不可思议等充满感情色彩的顶级字眼，而这些出色表现的背后，是伟大的精神力量的支撑。这样，才会出现作为东方民族积蓄了百年之久的澎湃激情，"井喷"一般从国家体育场中迸发而出；才会出现"场上三分钟，场下十年功"的长期持久的刻苦磨炼，才会激发运动员"一切皆有可能"的进取意志，带来异乎寻常的生命体验。邓小平曾经说过："没有一股气呀、劲呀，就走不出一条好路，走不出一条新路"。我们正是靠着这一股子气呀，劲呀，才使更快、更高、更强的奥林匹克精神得以付诸实现。

奥运是一座国际化、现代化的大学校。我们的耳边响彻了"我和你，心连心，同住地球村。为梦想，千里行，相会在北京"的歌声。在这里，我们有幸获得一次同国际接轨、与世界全方位地接触、交流，构建新风貌、新语境的机遇。也正是在这里，我们在完成硬件条件上的现代化的同时，也实践了民族心理、历史理性、开放意识上的现代化。从雪"东亚病夫"之耻、扬体育大国之威，进展到树立泱泱大国风范、展现国民文明素质与良好精神风貌。这是一次质的升华，精神上的洗礼。

既然世界已经成为"地球村"，每一个中国公民，都在不可避免地面对经济全球化、文化多元化、社会现代化、价值观念差异化的现实环境，我们就应主动捕捉这种十分难得的机会，进行一次国际化的有效磨合，经受一次全方位的人生历练。这有助于我们获致一种全球视野和崭新的视角，学会以"海纳百川"的大国心态和平常心理、宽容态度，对待一些"不虞之誉，求全之毁"，接受许多现代化的公关手段，掌握一种与对抗完全不同的解决矛盾冲突的方法。

诸如，如何应对某些不和谐的杂音，如何看待"海外兵团"，面对中国运动员、教练员走出去，如何做到赢得起也输得起，如何体现东道国的礼貌、礼遇、礼仪，保证与会的每一个选手都有获得理解、赢得尊重的权利，把比赛中的每一次突破，都看作是人类挑战自我、战胜困难、达到更高境界的标志，这样不管胜利者为谁，都会报以热烈掌声，等等，从而体现善良、机智、宽厚、包容的民族性格。这里有两点至关重要：一是对自身的高度自信；二是对个体的尊重、对他人的宽容。

通过观摩体育盛会，我们也懂得了一系列的常常被人忽视的道理：作为一种竞技体育，奥运比赛比的是什么？自然是竞技水平，是技能、体能；但心理承受能力与心理素质同样不可忽视。尤其是对于那类技能、体能高超的运动员，对于胜负决于一瞬的射击之类的比赛来说，临场时的心理状态往往决定着比赛的最终结果。应该承认，去掉心理压力，保持平静心态，放低位置，想象自己从零开始（有人形容为处于"空杯心态"），说来容易，实际上是有一定难度的。且不说有些压力来源于客观环境，个人往往难以摆脱。单就参赛者主观来说，他们总要考虑到：在奥运会这一非同寻常的竞技舞台上，所获成绩终竟是与国家形象、国家软实力相联系的。所以，要解开这一羁绊，亦需从组织者、现场观众和参赛者三方面入手，共同认识到展现力与美、欣赏竞争与挑战，这原是奥林匹克的本质，也是它的魅力所在。奥运精神本身已经跳出了简单的体育运动的模式，成为体质、意志和精神全面均衡发展的一种生活哲学。为此，就应记起"现代奥林匹克之父"顾拜旦100多年前在《体育颂》中所写下的，"体育是天神的欢娱，生命的动力"，从而摆脱狭隘的胜负观，卸去过多的精神负载，多一分轻松，少一分沉重，升华到享受奥运、欣赏奥运的快乐境界。

奖牌是流动的，胜负具有一次性，而对于"和平、友谊、进步"的奥运精神的追求，则是万古长青的。

香港《大公报》2008年8月29日

戏鉴人生

人生如戏。进入社会就如同一场大幕拉开，各自扮演着不同的角色，活着在舞台上奔波，死了等于从舞台上退下。只是，人生这场大戏是没有彩排的，每时每刻进行的都是现场直播；而且是一次性的、不可逆的。不像戏剧那样，可以反复修改、反复排练，不断地重复上演。但也正是为此，不可重复的生命便有了向戏剧借鉴的需要与可能，亦即通过戏剧来解悟人生、历练人生、体验人生。从这个意义上说，一切舞台、剧场都应该是灵魂拷问、人性张扬、生命跃动的人生实验场。

以我有限的阅读经验，觉得莎士比亚和易卜生的剧作是最有益于"戏鉴人生"的。莎士比亚的剧作是一座永世开掘不完的人生富矿，里面蕴含了渊博的学识和源源不竭的深邃思想，充满了人生智慧、生命的甘醇。记得王元化在一篇文章中谈过，20世纪50年代下半叶，他的头脑里充满了各种矛盾的思虑，孰是孰非，何去何从，深感困惑与惶恐。这时，他读到了《奥赛罗》，产生了强烈的共鸣，内心激动不已。当奥赛罗被重重苦恼击倒之后，曾发出一番叹息："要是上天的意思，让我受尽种种的折磨；要是他用诸般的痛苦和耻辱降在我的毫无防卫的头上，把我浸没在贫困的泥沼里，剥夺我的一切自由和希望，我也可以在我灵魂的一隅之中，找到一滴忍耐的甘露。可是，唉！在这尖酸刻薄的世上，做一个被人戳指笑骂的目标，我还可以容忍，可是我的心灵失去了归宿，我的生命失去了寄托，我的活力的源泉变成了蛤蟆繁育生息的污地！……"由于理想的破灭，奥赛罗的绝望竟是那样激荡灵魂，撕裂人心。王元化先生正是从这部不朽的剧作中，感受到了强大的生命震撼力与感召力。

而我在读莎氏的这部名著时，在另外一种情境下获得同样深刻的悟解：忌妒作为一种欲望，它的杀伤力是非同小可的。《奥赛罗》中有个叫伊阿古的小人物，不过是个旗官，却有一套翻云覆雨、兴风鼓浪的惊人本领。作为恶的现实的物质承担者，他靠的就是忌妒这一杀人不见血的法宝，而他造作事端的根由，也是出于忌妒心理。他这种人属于心理极端阴暗、精神上有缺陷的类型，忍受不了他人的纯洁、幸福的爱情，根本不可能成人之美。当他看到奥赛罗和苔丝狄蒙娜这对真诚相爱的情侣终成眷属，陶醉在燕尔新婚的甜蜜生活之中时，感到受了极大的刺激，发誓定要把它毁掉。有了靶心，还须有箭镞啊，结果选中了他的顶头上司凯西奥。在他看来，这真是一件"一箭双雕"的精美设计：一方面，可以破坏奥赛罗的美满婚姻，一方面又能剪除他的直接的对手。于是，他就巧施诡计，诬陷栽赃，使奥赛罗相信凯西奥与苔丝狄蒙娜通奸，从而引发出狂热的仇恨，以致丧失了理智，亲手杀害了爱妻，最后自己也自尽了，酿成了一场凄绝千古的人间惨剧。

按照黑格尔老人的说法，罪恶生于自觉，这是一个深刻的真理。两面派的可怕之处，在于他们是在高度自觉、极端清醒的状态下策划种种罪恶活动的。明明用的就是点燃妒火的撒手锏，可是，伊阿古却偏偏煞有介事地提醒奥赛罗："您要当心忌妒啊，那是一个绿眼的妖魔，谁做了它的牺牲品，就要受它的玩弄。"完全是一副"正人君子"的姿态，一副悲天悯人的菩萨心肠，难怪奥赛罗会将他引为知己，深信不疑，上当受骗。看到这里，真有毛骨悚然的感觉，这类极端诡诈、口蜜腹剑的角色实在是太凶险了。禁不住想：善良的人群如果都能够从中汲取教训，提高警觉，增强识别能力，不使那些"人样的东西"得逞，那该能免除多少悲剧性的结局啊！

歌德有言，精神有一种特性，就是永远对精神起着推动作用。正是根据这一规律，他得出莎士比亚研究是没有穷尽的结论，并且撰写了《说不尽的莎士比亚》。同样的道理，对于欧洲另一位杰出的戏剧大师易卜生及其剧作的探讨，也是没有止境的。

　　7年前去了一趟挪威，感到最大的收获是接触到亨利克·易卜生的生命原版，掌握了这位伟大剧作家比较全面、真实的面貌。中学时代，读了鲁迅先生的《娜拉走后怎样》《文化偏至论》，才知道了他的名字（当时译为伊孛生），后来又阅读了《玩偶之家》《群鬼》等几部剧作，对于他的思想倾向和艺术追求有了初步了解，认为这是一位十分关注社会问题、道德问题的现实主义剧作家，他善于通过所谓"时政戏剧"，充分暴露社会上隐蔽着的矛盾，揭橥资本主义美丽面纱后面的种种丑恶与虚伪。及至这次在奥斯陆参观了他的纪念馆，系统地探究了他的行藏、身世，进而通读了他的全部剧作，才晓得过去所认识的不过是一个侧面，他的文学成就中最为闪光之点，则是揭示人类普遍存在的生存困境和精神困境，以及由此引发的人性纠葛、心理冲突。他说："我的主要目的，一向是描写人，人们在一定社会环境和思想观念支配下的情绪，他们的命运。"他认为，他的大多数作品都是关于"能力与期望之间以及意愿和可能之间的矛盾"，"呈现在我们面前的不是思想冲突，也不是现实生活的环境，我们看到的是人性的冲突"。这无疑地揭示了他的戏剧艺术所具有的一些本质性东西，即人性剖析、哲学意蕴和社会意义。

　　我很喜欢他晚年写的《当我们死而复苏时》，剧作家自己称它为"戏剧收场白"，标志着他的一系列剧作的结束。剧中男主角雕塑家鲁贝克教授崇拜唯美主义艺术。他年轻时，创作了一座象征着世界上最崇高、最纯洁、最理想的女人觉醒的大理石雕像，题为"复活日"。模特儿由美丽的少女爱吕尼担任。3年多的时间里，爱吕尼把可贵的灵感和真挚的爱情奉献给他，帮助他出色地完成了艺术杰作。可是，他为了全身心投入艺术事业，"不亵渎自己的灵魂"，拒绝接受爱吕尼的爱情，致使她愤然出走，逐渐变得放荡不羁，处境十分凄凉。而雕塑家鲁贝克成名之后，娶了一个爱好打扮、精神空虚的女人做妻子。婚后，夫妻之间共同感到厌倦，过得很不自在，雕塑家再也创造不出来真正有价值的作品。后来，他从国外归来，在海滨浴场上与爱吕尼不期而遇，她那仿佛从坟墓中出来的苍白面色，迟滞、迷茫而充满怨恨的神情，使鲁贝克深深为之震撼。爱吕尼向他倾诉了自己的不幸遭遇，并批评了他过去奉行的"第一是艺术作品，其次才是人生"，实质是以自我为中心的生活准则，并在这生命途程中的关键时刻告诉他一个真理：只有当我们死而复苏时，我们才明白什么是无可弥补的损失，并会发现，我们其实从未真正生活过。也正是在此刻，鲁贝克真正觉悟到：爱是生命的养料、艺术的灵魂，生活中不能没有爱，有了爱还要懂得珍惜它。他们都为过去轻易放弃了幸福生活而惋惜，期望能重温旧梦，最后，二人手挽手向高山走去，穿过雪地、迷雾，一直走上"朝阳照耀的塔尖"，决心让"两个死去的人复苏，把生活的滋味彻底尝个痛快"。遗憾的是一切都太晚了，结局竟是一场悲剧——他们双双被埋葬在一场突发的雪崩里。

在这部悲剧里，艺术的冷酷和生活中的温暖形成鲜明的对照，艺术最后竟成为艺术家的牢笼。鲁贝克能够创造出自己想象中的完美的艺术杰作，却无视，也无力回归与艺术攸关的人性。他不得不承认，他是通过损害别人的生活来从事艺术的。为了艺术他抛弃了一切，抛弃了青春、爱情和早年的理想主义。实际上，他在牺牲了所有这些必不可少的东西的同时，也就背叛了艺术。

通过这部戏剧，我们看出成功者的悲憾，以及人类普遍存在的生存困境和精神困境。尽管这并非作者的一部自传，但似乎也能从中领悟到剧作家为自己呕心沥血劳作一生，全力投身于戏剧创作而无暇领略与享受种种人生幸福流露出的深深的遗憾。总之，对于我们体悟人生、历练人生还是有深切的借鉴意义的。

香港《大公报》2008年10月25日

山庄里的两对祖孙

说到塞外承德避暑山庄，它的旖旎风光，人们无不交口称赞，叹为观止。而其灿烂、丰厚的文化蕴意，尤其令世人倾倒。可以说，这里浓缩了一部多姿多彩的清史，而且，随处都能感受到当日创建者的深谋远虑，良苦用心。

徜徉其间，人们首先会想到康熙大帝。当时，处于内忧外患频仍之时，特别是沙皇俄国侵略扩张的触角已经伸向了黑龙江地区，这引起了康熙帝高度的警觉和深重的忧虑。于是，在平定了"三藩之乱"后，及时地把主要精力转向了北方，着手策划反击沙俄的侵略和统一厄鲁特部蒙古。而这一切，都有赖于整军经武，弘扬民族的尚武传统，保持八旗军固有的勇悍的战斗力。为此，他坚持了由顺治皇帝始创的北出口外、围场射猎的制度，并圈建了总面积约10000平方公里的木兰围场，以身作则，倡导娴习骑射，演练兵马。

康熙四十二年，在热河的承德建避暑山庄，这里"左通辽沈，右引回部，北压蒙古，南制天下"，地理位置十分优越，是沟通中原与东北，直达黑龙江、尼布楚，接连内、外蒙古的必经通道。而且，此间北面紧靠着木兰围场，南面离京师也比较近，驿差驰马传递文书，往返只需两天时间。如果用"五百里加急"方式传送皇帝诏谕，甚至可以朝发夕至，确实是个理想的所在。

纵观历代园林之营造，一般都着眼于创造理想的栖居环境。尤其是皇家园林，几乎无一例外，都是为皇帝提供游幸、憩居、享乐、赏玩的生活空间。而康熙帝营造避暑山庄，则有意突破这一局限，更多的还是出于巩固政权的考虑，带有浓重的政治色彩。西方哲人黑格尔也敏锐地发现了这一点，他从避暑山庄这座园林诸多与众不同之处，特别是从"周围那些规格高贵的寺庙"，看出了"亚洲大皇帝的用心"。

原来，康熙大帝把维护国家统一、实现民族团结作为营造避暑山庄的落脚点。在山庄周围敕建一批豪华的寺庙，营造一种浓重的神秘的宗教气氛，用以象征边疆各民族心向朝廷，如众星之拱月。在这16座寺庙中，笼括了藏传佛教、中土佛教、各地民俗多神信仰、伊斯兰教和尊孔崇儒等多方面供奉的内涵，以及各具特色的建筑格局，形制华美、壮观，格调威严、肃穆，成为北部、西北部和西南边疆各个民族礼佛、朝觐向往之所在。其用意是既深且远的。

当然，康熙皇帝更深层的考虑，还是通过辟建围场开展习武、射猎活动，保持与发扬本民族的尚武精神。满族原本是一个在严酷的自然环境下成长起来，以骑射宰制天下的勇猛精进的民族。可是，八旗军进关之后，数十年间，承平日久，渐远干戈，昔日那种勇武剽悍的传统已日渐式微。表现在平定吴三桂叛乱的战斗中，许多当关的将帅已无攻城拔寨之志，而个别久战沙场的名将，一听说要提兵打仗，竟然托病请求免征，有的甚至丢开队伍，临阵脱逃。这一危险的兆头，使康熙帝深感忧虑。于是，下决心对八旗将士严加整饬，首先由皇子皇孙、宗室子弟带头，先行严格训练。规定从康熙二十年开始，每年都要定期北巡，组织骑兵、射手去木兰围场习武射猎。他把这里看作训练军队的战场、磨炼皇子皇孙意志和体力的熔炉。

就是说，康熙帝创建避暑山庄的初衷，原是弘扬祖上尚武传统和中华大一统精神，开展多种有利于巩固边疆的活动；而几十年过后，到了他的孙子乾隆帝手里，这里的主要功用，便逐渐转化为赏赐封爵，召见各民族首领，开展各种外事活动。一以迎宾宴集，歌舞承欢；一以笼络各方，强化统治；一以宣扬中华大国的天威。从山庄中满布着一些赏景、饮宴与观戏之设施，即可以充分地看到这种变化。乾隆皇帝的寿辰为农历八月十三，正处于山庄避暑季节。因此，除了"逢旬"大庆要返回京师庆贺，平时每年的祝寿活动都要在山庄内举行。与康熙时代"马作的卢飞快，弓如霹雳弦惊，沙场秋点兵"的刀剑争辉的场景相对应，此际的笙歌彻夜、舞影蹁跹的承平气象，成了山庄的另一类风景线。

继康熙、乾隆帝这对祖孙之后，山庄又迎来了嘉庆、咸丰帝这一对祖孙。嘉庆帝的一生，可以说是忧患重重，动乱不宁。甫一登上帝座，就遇到湖北、四川的白莲教徒武装起义；接着，又发生了刺客闯入宫廷，天理教突袭禁门的险情，使他梦寐不宁。在位25年，他先后跑到避暑山庄来十七八次，主要目的已经不同于先祖的尚武、筹边，甚至连乾隆时期那种歌舞升平、强化统治、宣扬国威的气象也不见了。虽然也曾举行过秋猎活动，但实质是找个清静地方躲避了起来。最后，他在山庄的寝宫"一命呜呼"了。

40年后，他的嫡孙咸丰皇帝遭遇到比他更为惨淡的结局。英法联军进攻北京，咸丰皇帝仓皇逃遁到热河行宫，变"避暑"为"避难"，屈辱含愤，"御批"几个丧权失地的卖国条约，其他没有任何堪足称道的作为，最后也是在这里悄然辞世。

比起康熙帝的雄才大略，乾隆帝已经差逊一筹，但这对祖孙毕竟还是有所作为的。而嘉庆、咸丰帝这一对祖孙，窝囊晦气之外，在避暑山庄简直是无足称道。这真可说是"一代不如一代"了。

香港《大公报》2009年5月7日

您说的"什么"是什么?

孔老夫子有一句话:"不曰'如之何,如之何'者,吾末如之何也已矣。"(《论语·卫灵公篇第十五》)这句话颇像"绕口令",大意是:对于不明确说"怎么办,怎么办"的人,我也不晓得怎么办了。我这篇短文的题目,倒和它有些相似。

先说说文章构思的缘起。

一年新春时节,我出差到一个地级市,那里正在举行某系统的年初工作动员大会,在主管领导的报告中,听到了这样一番妙论:

新的一年各项工作都安排得很紧,任务十分繁重。我们必须掌握主动权,不能打乱仗。这就要学会分析矛盾,抓住事物的本质,弄清楚什么是主要矛盾,什么是次要矛盾,什么是矛盾的主要方面,什么是矛盾的次要方面,不要"眉毛胡子一把抓",不能平均使用力量。主要矛盾找出来了,就要下大力气,集中力量打硬仗,动真格的。一句话,就是要做到:什么是问题的关键所在,你就要突破什么;什么是工作的薄弱环节,你就要加强什么,缺什么补什么。

显然,这里不是在谈论学习哲学的心得体会,也不是专门讲述工作方法,而是向所属基层干部和广大职工部署工作。应该是越明确越好,有任务,有指标,有标准,有措施,有完成的时限,有应该注意的事项,这样,才具有可操作性，才容易检查落实。可是，这个动员报告只是讲述了一番空泛的道理，罗列了一些让人难以把握的抽象概念，可以说满篇都是正确的废话。主讲人绕了那么大的圈子，最终也没有告诉人家究竟要解决什么问题，说了等于没说，自然是听了也等于没听——除了脑子里留下一大堆"什么""什么"之外，其他任何有价值的东西都没有得到，甚至如堕五里雾中，令人"丈二和尚——摸不着头脑"。那真是应了那句老话："你不说我还明白，你一说我反倒糊涂了。"

当时，我真想站起来向主讲人发问一句："你说的'什么'究竟是什么？"

望云斋主听过我讲这个故事，曾写诗以议之："空听讲人烦空对空，车轮话语捕无踪；不知能指何方在，深陷迷津嗟路穷。"

"空对空"，"无影踪"，这种令人懊恼的现象，无以名之，只能借用诸葛亮《前出师表》中结末一句——"不知所云"来表述了。

这类空话连篇、言之无物的讲话（也包括文章），有三种特征，或曰通病：一是浮泛。放在任何场合都合适，因而放在任何场合都不解决实际问题。漫空里吹喇叭，不看对象，不着边际，不切实际。二是空洞。罗列概念，通篇没有实际内容。听这类讲话，像是吸吮干瘪的乳头，又像吃皮厚馅少的包子，半晌捞不到实惠。《颜氏家训》中记载的"博士买驴，书券三纸，未有'驴'字"与此如出一辙。三是凑泊。套话连篇，生拼硬凑。对此，鲁迅先生一语破的："抄一通公式往一切事实上乱凑，这也是一种八股。"

产生这种现象的根本原因，在于缺乏周密、系统的调查研究，不了解实际情况。对于事物的内在规律和本质问题若明若暗，甚至一无所知，因而提不出恰中肯綮、鞭辟入里的见解，胸中没有一个成型的方案。既然如此，那么，不讲也罢；可是，碍于面子，又觉得作为一局之长，出席会议了总不能当"没嘴的葫芦"。而且会议又多得难以应付，时时处处都要出场，都要讲话；要讲嘛，就必须拉开架势，堂堂皇皇地论说一番，这样才显得本领导口才好、水平高、有魄力。具体的东西讲不出来，于是，就采用《孙子兵法》中"避实而击虚"的策略，空空如也，大而化之。结果，就苦了那些听讲的基层干部和职工群众——"不曰'如之何，如之何'者，吾末如之何也已矣。"

　　话风体现文风，会风反映作风。空言之弊，不仅仅是不解决实际问题，空耗他人的时间与精力，长此下去，还会助长一种逞空言、竞浮夸、崇尚虚华、不务实际的风气，败坏党风、学风与文风。所以，早在60多年前，毛泽东主席就把"空话连篇，言之无物"列为党八股的头条罪状痛加挞伐，告诫我们要"禁绝一切空话"，"洋八股必须废止，空洞抽象的调头必须少唱，教条主义必须休息，而代之以新鲜活泼的、为中国老百姓所喜闻乐见的中国作风和中国气派"。今天看来，仍然觉得有着强烈的针对性和深刻的现实指导意义。

香港《大公报》2009年8月30日

也说"尽信书，不如无书"

读过《大公园》副刊上林楚平的《尽信书，不如无书》一文，颇有同感。他是从资讯的角度来谈的，我想就文史作品的写作阐述一些体会与看法。

如何处理好历史真实与艺术真实的关系，这是我在历史文化散文写作中经常碰到的一个问题。散文必须真实，这是散文的本质性特征，一向被我们奉为金科玉律；而散文是艺术，唯其是艺术，作者构思时必然要借助于栩栩如生的形象和张开想象的翅膀；必然要进行素材的典型化处理，做必要的艺术加工。两者似乎存在着矛盾。尤其是，历史是一次性的，它是所有一切存在中独一以"当下不再"为条件的存在。当历史成其为历史，它作为"曾在"，即意味着不复存在，包括特定的环境、当事人及历史情事在整体上已经永远消逝了。在这种情况下，"不在场"的后人要想恢复原态，只能根据事件发展规律和人物性格逻辑，想象出某些能够突出人物形象的细节，进行必要的心理刻画以及环境、气氛的渲染。因此，海德格尔说，历史的真意应是对"曾在的本真可能性"的重演。史学家选择、整理史料，其实就是一种文本化，其间存在着主观性的深度介入。古今中外，不存在没有经过处理的史料。这里也包括阅读，由于文本是开放的，人们每一次阅读它，都是重新加以理解。

文学作品需要细节描写，因为它最能反映人物的情感与个性。《史记》中写汉初名相"万石君"父子三人一门恭谨，就采用了大量细节。石奋的少子石庆，一次驾车出行，皇帝在车上问有几匹马拉车，他原本很清楚，但还是用马鞭子一一数过，然后举起手说："六匹。"小心翼翼，跃然纸上。太史公通过这些细节，写出了当时官场的政治风气。

明代思想家李贽讲到艺术创造时说，一个是"画"，另一个是"化"。画，就是要有形象；而化，就是要把客观的、物质的东西化作心灵的东西，并设法把这种"心象"化为诗性的文字，化蛹成蝶，振翅飞翔。这就触及散文写作中想象与虚构这一颇富争议的话题。历史散文创作讲求真实，关于史事的来龙去脉、真实场景，包括历史人物的音容笑貌、举止行为，都应该据实描绘，不可臆造；可是，实际上难以做到。国外"新历史主义"的"文学与历史已不存在不可逾越的鸿沟""历史还原，真相本身也是一种虚拟"的论点，我们且不去说；这里只就史书之撰作实践而言。钱锺书先生在《管锥编》中有过一段著名的论述："《左传》记言而实乃拟言、代言"，"如后世小说、剧本中之对话、独白也。左氏设身处地，依傍性格身份，假之喉舌，想当然耳"，"上古既无录音之具，又乏速记之方，驷不及舌，而何其口角亲切，如聆謦欬欤？或为密勿之谈，或乃心口相语，属垣烛隐，何所据依？"原来，"史家追叙真人实事，每须遥体人情，悬想事势，设身局中，潜心腔内，忖之度之，以揣以摩，庶几入情合理。盖与小说、院本之臆造人物，虚构境地，不尽同而可相通；记言特其一端"。也正是为此，当学生问到"《左传》可信否"时，宋代著名理学家程颐回答说："不可全信，信其可信者耳。"

再如《史记》，《项羽本纪》中记录了"鸿门宴"的座次：项羽和他的叔叔项伯坐在西面，刘邦坐在南面，张良坐在东面，范增坐在北面。之所以如此交代，是因为有范增向项羽递眼色、举玉玦，示意要杀掉刘邦的情节，他们应该靠得很近；还有"项庄舞剑，意在沛公"，而项伯用自己的身体掩蔽刘邦，如果他们离得很远，就无法办到了。司马迁写作《项羽本纪》距"鸿门宴"110多年，当时既没有录像设备，也不大可能有关于会谈纪要之类的实录，即使有，也不会记载座次。显然，靠的是想象。

中国文学史上还有一个典型事例。《古文观止》中有一篇《象祠记》，作者为明代著名思想家王阳明。当时，贵州灵博山有一座年代久远的象祠，是祀奉古代圣贤舜帝的弟弟象侯的。当地彝民、苗民世世代代都非常虔诚地祀奉着。这次应民众的请求，宣慰使重修了象祠，并请放逐、谪居此间的王阳明写一篇祠记。对于这位文学大家来说，写一篇祠记，确实立马可就；可是，他大大地踌躇了。原来，据《史记》记载，象为人狂傲骄纵，有恶行种种。他老想谋害哥哥舜，舜却始终以善意相待。现在，要为象来写祠记，实在难以落笔：歌颂他吧，等于扬恶抑善，会产生负面效应；若是一口回绝，或者据史直书，又不利于民族团结。反复思考之后，他找到了解决办法：判断象的一生分前后两个阶段，前段是个恶人，而后段由于哥哥舜的教诲、感化，使其在封地成为泽被生民的贤者，因此死后，当地民众缅怀遗泽，建祠供奉。《象祠记》就是这样写成的。其中显然有想象成分，但又不是凭空虚构。因为《史记·五帝本纪》中，有舜"爱弟弥谨""封帝象为诸侯"的记载。据此，作者加以想象、推理，既生面别开，又入情入理，用心可谓良苦。

这在西方也早有先例。古希腊史家修昔底德《伯罗奔尼撒战争史》中，演说辞占有四分之一篇幅。修氏自己承认："我亲自听到的演说辞中的确实词句，我很难记得了，从各种来源告诉我的人，也觉得有同样的困难，所以我的方法是这样的：一方面尽量保持接近实际所讲的话的大意，同时使演说者说出我认为每个场合所要求他们说出的话语来。"

顾颉刚在《古史辨》中说："我以为一种故事的真相究竟如何，当世的人也未必能知道真确，何况我们这些晚辈。"这话不假。我们都看过《罗生门》这部影片，对于事件的真相，在场亲历者言人人殊。所以，有人说，"史，就是人们口上的一撇一捺"。看来，坚持历史事件包括细节的绝对真实，"非不为也，实不能也"。

当然，文史作品中的经验性整合与合理的艺术加工，必须建立在尊重客观真实的基础之上，不能像小说那样自由虚构。尤其是关于现实中的亲人、友人、名人以及回忆性、纪念性文章，属于作者同时代的亲历亲见亲闻之事，与事涉远古或万里暌隔迥然不同，必须一就是一，二就是二，绝不能随意地想象、虚构。须知，这类文字的美学效应，是凭借其丰富而特殊的客观意蕴而实现的，真实与否，关系至大。

香港《大公报》2009年9月12日

且与时人话短长

清代诗人陈皋写了一首题为《马耕田》的寓意诗。小序中说：作者在葛沽道中看到一匹带夹板拉犁杖的马，骨立形销，神情沮丧，简直像一条狗（韩卢），无从偿其万里攒行、追风逐电之志。道旁忽有骏骥联骑而过，这匹马立刻昂首振鬣，两目发光，似乎要跟着去驰骋一番。可是，驭手一面控住缰绳、铁勒，一面鞭棰频加。马受刑不过，长啸一声，踢翻了农具。看到这种情况，诗人不禁慨然悲叹，写下了一首长歌：

  燕郊二月兴农工，有马服轭行田中。
  踠转局促似不进，夕阳影瘦如山崇。
  回毛在膺已无取，神骏沮丧韩卢同。
  万里有志不得骋，四蹄空说能追风。
  道旁侧闻联骑过，昂首振鬣明双瞳。
  谁知牧者不释手，控羁收勒鞭无穷。
  长啸一声蹶耒耜，平生宿志畴能庸？
  噫吁嚱，悲哉！吾闻锦不作帢稻不齑，
  以凤司晨不若鸡。世无通才胡能全，
  用违所长适足怜。——君不见马耕田！

说的是马，着眼在人。作者列出以锦做帢、用稻为齑、扭凤报晓、役马耕田等种种不合事物常理的乖舛的做法，意在抨击社会上不能量才器使以致贻误人才的现象。诗作采用夹叙夹议方法，形象鲜明，论析透辟。

"用违所长适足怜"为一篇主旨。作者认为，世间堪怜之事，在于有用之才的糟蹋与浪费，而用违所长，弃长取短，乃其最重要之一端。管理科学中有句颇为警策的名言："废物，是放错了位置的有用之材。"反转过来，也可以说，有用之才如果放错了位置，有时也会成为无所可用的废物。

人固然可以发挥主观能动性，可以改变不适宜的环境，创造一些必要的条件。但这总须凭借一定的基础，而且，任何举措都会受到客观环境和条件的制约，就是说，不可能为所欲为、随心所欲。有些人怀瑾握瑜，确有某个方面的真本事，但由于放错了位置，用非其才，结果，连普通人的作用也发挥不出来。所谓"万里有志不得骋""以凤司晨不若鸡"，说的正是这种情况。反之，一些表现平平的人，经过适当调整岗位和环境，却能做出优异的成绩。这正反两方面的事例揭示了一条规律，"世无通才胡能全"，关键在于适材适所，用其所长。

明代理学家吕柟所著《泾野子·内篇》中，讲述一则寓言故事，说西邻共有五个儿子，"一子朴，一子敏，一子矇、一子偻，一子跛。乃使朴者农，敏者贾，矇者卜，偻者绩，跛者纺，五子者皆不患于衣食焉"。你看这位西邻老人多么明智啊，他把五个儿子中质朴老实的安排去务农，让那个聪颖伶俐的去经商，这叫用其所长。那么，那三个残疾在身的孩子怎么办呢？西邻老人认为，"天生我材必有用"，关键在于扬长避短。失明者，记忆力强，于是让他去学算卦；驼背者，分派他去绩麻，搓麻绳；跛足者，叫他去纺线。这样，五个儿子各得其所，均无冻馁之虞。就此，张锋题诗予以称赞：

    自古完人何处寻？用才尽可效西邻。
    劝君参透短长理，自有人才涌似云。

知人始能善任。要做到择能而使，首先必须知人长短。昏庸的领导者，不谙下情，偏听独信，到头来，必然演出凤司晨、马耕田之类"乱点鸳鸯谱"的笑剧。而高明的领导者，对下属既深知其长，又洞悉其短，因而能够做到因材器使，合理安排。

史载，清初施世纶曾任泰州知州、顺天府尹，素有操守。后湖南按察使出缺，大学士伊桑阿等保举施世纶去充任。康熙帝却不同意，说：这个人我很了解，律己甚严，但有偏执的毛病。鉴于他操守清廉，最好是委以钱谷之事。按察使乃执掌一省刑名、按劾之大员，倘性情偏执，则易出纰漏。这样，就委派施世纶当了漕运总督，在任期间，革羡金，斥贪吏，漕船及时得到解运，政声很好。

要做到知人善任，因材器使，还须坚持一条重要的原则，就是对已有专长的人，要让他的才能继续发展下去，不轻易地改行。在这方面，列宁给我们做出了榜样。

一次，列宁同高尔基谈起发明家亚历山大·伊格纳切夫。列宁说："一定不要让他担任别的工作啊，如果我们能把所有这些技术家都安排在理想的工作环境里，那么，二十五年以后，俄国一定会成为世界上的先进国家。"

还有一次，列宁听说要安排杰出诗人杰米扬·别德内依当官，而诗人不愿意干。列宁说：不要去打搅他吧！如果说，革命前他在担任行政工作，那只能说是他的不幸，环境迫使他这么做的。可是，现在他最主要的是要用自己的笔来为苏维埃政权和政党做更多的工作。瞧，他发表在《真理报》上的诗，写得多么美！杰米扬·别德内依是作家，是诗人，在他发挥自己创作才能的时候，不要去妨碍他。

对专门家，一个是"一定不要让他担任别的工作"，一个是"不要去打搅他、妨碍他"。这既充分体现了革命导师爱惜人才的光辉思想和善用人才的领导艺术，同时也给我们各级党委和组织部门提出了一个严肃的课题：硬拉某些专家去当官做长，让他们舍长就短，效果究竟如何？

香港《大公报》2010年1月13日

海陵王自毁都城

　　黑龙江省阿城市的白城，为金代前期都城上京会宁府。它与黑龙江宁安县的渤海国上京龙泉府、内蒙古巴林左旗的辽代上京临潢府、辽宁新宾的后金第一都城赫图阿拉，同为我国东北地区由少数民族建立的、均未发展为现代化大城市的"四大古都"。

　　上京会宁府经过初建、扩建、毁坏、重建四个阶段，前后近半个世纪。

　　金太祖完颜阿骨打称帝建国当时，正处在紧张的对辽作战之中，强敌在侧，无暇顾及京师的营建，所谓，"皇帝寨"不过是用木栅栏隔一下。金太宗吴乞买即位之后，始建宫殿。到了第三代皇帝金熙宗完颜亶手中，进行两次大规模扩建。海陵王完颜亮迁都燕京，此间宫殿、城池被彻底毁弃。金世宗完颜雍世袭登基后，又对故都上京进行恢复、重建。

　　像金上京这样历经沧桑变化，修了又毁，毁了又修，在我国历代古都中并非特例。有人统计过，中国历史上做过大小王朝和割据政权都城的不下数百处。由于年深日久，其中绝大多数已经变为残墟废垒，甚至踪迹无存。就中，因为风雨剥蚀、河流淹没、沙漠吞噬等自然因素致毁的不算，纯粹毁于人祸的，要占很大的比重。公元前206年，西楚霸王火烧秦宫，烈焰升腾，3月不息。东汉末年，权奸董卓挟持汉献帝西迁长安，临行前纵火焚烧了洛阳宫殿，200里内荡然无存。至于在战争中因遭受兵燹炮火而沦为废墟的，更是难以计数。但是，不管出于怎样的考虑，像金王朝第四代皇帝海陵王完颜亮那样，亲自下令彻底捣毁自己的都城，这在历史上绝无仅有。

公元1149年，完颜亮联合各种反叛势力，谋杀了金熙宗，登上皇位。3年后，确定迁都南下，修建燕京都城，营建宫室。这是他酝酿已久的一项重要决策。我国古代，一些悄然崛起的少数民族政权，开始时都曾把都城建于当日肇兴之地。如鲜卑拓跋氏早期建都于漠北的盛乐（今内蒙古呼和浩特西南），后金最初建都于辽东的赫图阿拉（在今辽宁新宾境内），这是当时的基础条件决定的，原非长久之计。后来都选择适当时机，分别迁都到平城（今山西大同）、洛阳和辽阳、沈阳等城市，以适应形势进一步发展的需要。这一点带有规律性，金朝自不例外。

随着军事、政治活动的重心逐渐南移，以及疆域的不断扩展，上京会宁府越来越显得偏僻和闭塞。而燕京地处华北平原与蒙古高原及松辽平原的交会点，人文荟萃，物产丰饶，经济发达，水陆交通方便，而且三面环山，有险可守，形势雄胜，地位重要。以燕京为首都，背靠女真的兴王故地，把山海关外作为巩固的大后方，可谓退可以守；而面向华北平原，非常有利于控制黄河以北广大地区，则是进可以攻——这一点，尤其与完颜亮南下灭宋、统一全国的勃勃雄心合拍。为此，他于1153年3月亲率满朝文武大臣及中央全套机构，在响入云天的"銮舆顺动，嘉气满中京，辇路宿尘清"的乐曲、歌声中，浩浩荡荡地进入了燕京城。随即定为中都，府号大兴。

历朝历代，迁都、建都都是一件牵涉全局、震动全国的大事，这次完颜亮毅然播迁，所遇到的争议、经受的震动尤为剧烈。但是，这个刚愎自用的独裁君主说一不二，志在必成，全然不顾一些宗室贵族或明或暗的抵制与反对，更不理会种种非难、指责之声。为了确保迁都后的局势稳定，狠狠地打击并摧毁上京地区守旧的宗室贵族和豪强势力，他亮出一副政治铁腕，任命亲信完颜昂为上京留守，授予他金牌一块、银牌两块，让他全权处置弹压事宜。迁都之前，完颜亮即已对离心势力中的太宗子孙大开杀戒，此次，又强令久居上京路的太祖子孙以及元老重臣完颜宗干、完颜宗翰的后代放弃世袭封地，连同几个宗室大族全部迁离故地，移居燕京。

考虑到祖茔、皇陵都在上京地区，尔后必然为女真人所追怀与向往，完颜亮又及时把太祖、太宗的陵寝迁出，在京郊大房山云峰寺营造新的墓园。紧接着又撤销了上京的名号，以消除女真人的留恋情绪，打击守旧的宗室势力，使金源故都几十年的熠熠荣光黯然失色。并采取断然措施，彻底捣毁了具有象征和纪念意义的皇城宫殿、宗庙，连同宗室诸王、国公、元勋旧臣、世戚贵胄的宅第和皇家佛庙，一并夷平旧址，改为耕地。这样，由其祖父、金朝开国皇帝完颜阿骨打奠基，经过几代人40余年惨淡经营的龙兴故地，不到一个月时间，便沦为一片废墟。据说，"白城"之名源于"败城"。"败城"者，招致败毁之城也。

《金史·海陵本纪》称："海陵智足以拒谏，言足以饰非。欲为君则弑其君，欲伐国则弑其母，欲夺人之妻则使之杀其夫。"其为人也，雄猜果断，野心勃勃，自命不凡，傲睨一切。

他是金源一代诗词大家，所作锋芒毕露，豪放不羁，铲尽浮华，尽出本色。有《鹊桥仙·待月》一词："停杯不举，停歌不发，等候银蟾出海。不知何处片云来，做许大、通天障碍。虹髯捻断，星眸睁裂，唯恨剑锋不快。一挥截断紫云腰，仔细看、嫦娥体态。"逼真地再现了焦灼待月的情态和由此引发的内心活动，一种剽急强悍、不可一世的蛮野之气跃然纸上。为藩王时，他曾为人书写扇面，诗中有"大柄若在手，清风满天下"之句。《书壁述怀》的七绝，也是托物言志："蛟龙潜匿隐苍波，且与虾蟆作混和。等待一朝头角就，撼摇霹雳震山河。"在向南宋大举进攻之前，他曾派遣画师随同使臣前往临安，嘱其秘密绘出湖山、城郭图。回来后，做成画屏，他在上面题诗一首："万里车书一混同，江南岂有别疆封？提兵百万西湖侧，立马吴山第一峰。"所有这些诗词，都是这一代枭雄急于位登九五、横扫六合的心态的展现，露骨地揭示了他的政治野心。当然，从中也可以看出封建文化在他身上的深重影响，以及他对汉文化掌握的熟练程度。

至于他的果断播迁，悍然自毁都城，固然同其剽急强悍的个性有一定关系，但更主要的还是出于政治方面的考虑，就是说其间有着深厚的动因在，否则就失之于简单化与表层化。应该看到，金上京的兴废，同女真族接受中原文化（通称"汉化"）的程度，以及女真族改变故俗、决裂旧制的深度，存在着直接的对应关系。

完颜亮掌政之后，在女真"汉化"方面迈出了更大的步子。一是通过迁都燕京，更直接、主动地融入汉文化；二是加速推进改革，强化中央集权；三是与汉族地主、官僚进一步结合，消除民族间的对立，铲除氏族贵族的特权，走中原封建制的道路。在改革旧俗、推行"汉化"方面，海陵王与熙宗是一致的，当然，他们之间也有某些差异。熙宗与南宋两次议和，眼光由对外转向对内，致力于社会改革、特别是礼俗、官制的改革。而海陵王在中原封建专制主义的思想影响下，加上女真奴隶主贵族固有的猛悍、凶残的性格特征，自幼便把统一全国、"天下一家"、当秦始皇式的中华正统皇帝作为最高的奋斗目标。

但是，完颜亮的政治狂想并没有实现，最后以自身的毁灭而告终。公元1161年9月，他亲率三十二总管，挥师南下，抵达长江北岸的扬州瓜洲渡，被部将射杀于帐中。完颜雍在辽阳即皇帝位，取而代之，是为金世宗。

香港《大公报》2010年2月8日

诗话金刚山

难怪唐代诗人有"愿生高丽国，一见金刚山"的诗句，金刚山，九月的金刚山，实在是秀美极了。

初秋的太阳刚刚爬上山顶，就把明媚的曦光闪射在峰峦、飞瀑、丛林之上。这里那里，到处展现着熠熠的光环。露珠滴在脖子上，清凉凉的。远处，鸟啭青山，蝉鸣高树，和着促织娘的吟唱，组成一曲悠扬悦耳的交响乐，伴送着游人穿林越谷，跨涧登山。

金刚山为朝鲜四大名山之一，景色佳丽，以奇峰怪岩、飞瀑流泉、密林奇洞、松涛云海驰名于世。随着四季气候的转换，金刚山也变幻着不同的景色，获得不同的名称。这在世界名山中当是独一无二的。初春，明媚的阳光照射着山上的层峦叠嶂，看去很像闪闪发光的金刚石，所以叫"金刚山"；盛夏，丛林四合，浓荫翳日，赛似蓬莱仙境，因而叫"蓬莱山"；晚秋，红叶烧山，层林尽染，名为"枫岳山"；深冬，落叶飘萧，铁干凌空，林寒山瘦，故称"皆骨山"。

金刚山号称一万二千峰，以主峰毗卢峰为界，分为内金刚、外金刚、海金刚三大部分。我们这次主要是游览外金刚与海金刚。大家谈笑着来到一处峰奇岩秀、松古涧深，颇似地处辽宁、我的故乡医巫闾山的景点，游览一过，当即口占两首七绝：

金刚风物豁吟眸，荟萃奇观世罕俦。

最爱层恋青万叠，十峰过处九停留。

策杖清游入画间，穿林越涧路弯环。
他乡莫便萦离绪，是处晴峦似故山！

一条径直的小道把我们引到了金刚山的另一著名景区九龙渊和九龙瀑。瀑布从70多米的高处奔泻而下，宛如一匹银绢雪练凌空垂挂，落入状如石臼、险深莫测的九龙渊中，轰然作响，声震山谷。岩壁上刻有1200多年前古人的汉字题词："千丈白练，万斛真珠。"四周石壁峭拔，峡谷幽深。听导游员介绍，遇有暴雨倾盆，百条瀑布怒泻狂奔，气势极为雄浑壮伟。

九龙瀑的上面是九龙台，登临俯瞰，可见前方有8个水潭，像念珠一样穿在一起。秋阳映照下，波澄如镜，闪闪发光。相传天上的仙女曾到此沐浴，"金刚山八仙女"的传说即由此而来。附近还有玉流洞，有颇像两颗硕大无朋的翠珠连缀起来的连珠潭，以及向它泻入飞泉的连珠瀑。面对金刚盛景，不可无诗，因成七律一首：

无负名山赫赫声，千般石相竞峥嵘。
松繁不掩层峦秀，蝉闹偏增羁旅情。
九瀑练裙饶客兴，八潭美目向人青。
何当肋插凌霄翅，万二峰巅取次登。

途中，遇到一处仙女泉。传说，饮此泉水，可以返老还童。游人列队牵葛攀岩，争相酌饮，其中大多是青年人。泉流出处颇高，隐于林荫雾霭之中，迷蒙莫测其所由来，更增添了几分神秘色彩。饮罢仙泉，我遂戏占一律，博得同行者粲然一笑：

> 健步攀岩尽妙龄，羞将华发对山青。
> 蓬壶日月谁亲历，尘世烟波我惯经。
> 胜地传奇终有意，神泉祛老恐无灵。
> 仙姬怕管人间事，迷雾空蒙匿影形。

中午就餐于木兰馆。主人安排了富有当地特色和高丽风味的丰盛宴席招待我们，饭后在木兰馆参观。这是一处历史遗迹。战争年代，金日成将军与夫人金正淑在这一带率领游击队伍作战，当地流传许多关于他们夫妇携手并肩克敌制胜的佳话。

金正淑于1949年9月病殁，安葬于平壤大成山烈士陵园。临风悼惜，谨题七律一首，以志怀念之情：

> 仰止高风盖有年，木兰馆内久盘桓。
> 将军伟绩开宏业，女杰深情济世艰。
> 亮节长光新日月，英魂永莫大成山。
> 金刚处处传佳话，万树丹枫展笑颜。

午后，沿东海岸游览海金刚。首先映入眼帘的是松岛，这是一个高出海面50米左右的岩石岛，一棵棵松树从岩石缝中长出，铁干虬枝，傲然挺立，显出一副坚强不屈的英雄气概。然后进入由3块巨石组成的金刚门，观赏浮现在碧波之上的"海上众生相"。在约1000米长的地段，罗聚了各种形象的石景：童子岩和书籍岩构成了一组学童在书卷前垂首深思的画面；丛石亭，具象龙宫；天香岩，酷似盛开的牡丹；还有卧牛岩、狮子岩、猫儿岩，都是惟妙惟肖，各臻其妙。

告别石景园，我们乘车来到闻名遐迩的海东胜景三日浦四周有36峰环绕的淡水湖。

这里原为海景，为海金刚的组成部分，后来由于地壳变迁，形成与东海隔离的一个内陆湖泊。湖中点缀着几个有苍松覆盖的小岛，湖边有梦川、蓬莱台诸景。登上蓬莱台，可一览三日浦全景。三日浦得名于一个著名的历史传说。相传古代一个国王到此游观，原拟只住一宿，因沉湎于湖山之胜而流连三日，以致贻误了军国大事。我当即口占一绝：

怪石奇松掩画楼，澄波也解钓王侯。
非唯女色能倾国，忍弃朝纲恋远游。

写到这里，我想起了《后汉书》中襄楷的话："或言老子入夷狄为浮屠。浮屠不三宿桑下，不欲久生恩爱，精之至也。"章怀太子注云："言浮屠之人寄桑下者，不经三宿便即移去，示无爱恋之心也。"后来的苏东坡、元好问、姚姬传都曾写诗加以评说，煞有介事，俨乎其然。

研究比较文学的专家不妨把这些史实与三日浦的传说放在一起来考究，但我的短文可要就此打住了。

香港《大公报》2010年6月6日

佛都里的仙山

缅甸的蒲甘号称"万塔之城"。作为世界著名的佛都，它已经享誉千余年了，影响及于整个亚洲，四方朝拜者终年络绎不绝。出人意料的是，它身边的博巴山，竟然生面别开地展现一个神灵世界，成为一座名副其实的仙山。

在这里，当地居民供奉着37路神仙，而且都聚居在一座神庙里。每座神灵都有两米左右高的塑像，并排而立，令人想起中国的"封神榜"和蓬莱过海的八仙。众仙服饰随性别、身份而异。除个别的黑面恶煞般的凶神而外，大多眉清目秀，神采飞扬。塑像前有一长条香案，摆着各种鲜花、供果。

当地比较一致的说法，早在佛教传入之前，这些神仙就出现了，只不过当时并没有这么多，形象与身份也没有定型。显然带有民间宗教的性质，属于原始初民的一种信仰。关于这些神祇的文化生成，经考察发现，大部分都与尘世间的最高统治者的滥杀无辜有直接关系。从这个意义上说，它又是正义的象征，是民众愿望与理想的产物。

有一则神话故事说，蒲甘王朝时期，博巴山盛产名贵的鲜花，管理花园的是一位聪明美丽的妙龄女子，名叫梅瓦娜。这一天她结识了京城里来的勇士骠大。这位勇士因为武艺超群，屡建功勋，深得国王的信任，于是，被安排每天到博巴山取花，然后飞马送进皇宫，供给皇帝与后妃观赏。英雄、美人一见钟情，由互相仰慕发展到痴情爱恋，结果生下了两个孩子。

国王得知后，盛怒之下把勇士斩首了。女郎闻讯后，痛不欲生，跳进博巴山下深不见底的火山湖里殉情。从此，花树枝头总有两只同命鸟相向哀啼，昼夜不止。当地民众认定这是两位痴情男女的魂魄化成的精灵。出于同情与敬重，便把他们作为忠实于爱情的神仙供奉起来。

庙里还供奉了两兄妹的神灵。传说当年山上住着兄妹二人，哥哥是一个铁匠，身怀绝技，力大无比，在国内多次比武中都夺得魁首，深受山民的爱戴。国王觉得他对于江山的巩固是一个致命的威胁，便想找个借口把他除掉。铁匠察觉到这个阴谋，就悄悄地找个地方藏匿起来。国王派人抓走了他的妹妹，让她交代哥哥的下落，答应只要他自动回来，就不再追究，兄妹二人可以继续过着平安日子。妹妹觉得这也很好，便把哥哥找了回来。谁知，这是国王的一个骗局，铁匠回来第二天，就被暗地里处死了。妹妹悔恨自己过于轻信，使哥哥上了当，也自刎而死。

这次我们看到，他们四位都作为神祇被祀奉着，而且居于众神中间最显赫的位置。

民众按照人世间的规矩，赋予这些神祇以人格化、人性化。这里有正神，包括那些忠于爱情、心灵美好、正直无私的英雄人物和有功于世的公伯王侯；也有兴风作浪的鬼魅式的邪神。祀奉前者是出于景仰、出于爱戴；而给予后者以香火，以礼遇，则是为了笼络与讨好，心存畏惧，不得不然。传说中还有这样的情况：有的穿戴着朝廷命官服饰的神仙，在为民众降祥赐福的同时，也常常接受一些请托，收受钱财与礼品的贿赂，在向天神汇报民间的是非时，有意隐瞒一些私情——这和中国的灶王爷在"小年"时被用糖瓜糊上嘴巴，只能"上天言好事"，大体上是相同的。

这些神祇都是凡人死去之后才修成正果的。他们因为中断了生命的延续而获得了超自然的力量。凭借着那种超自然的力量，他们成为生者的崇拜对象，成为外在于生者又主宰着生者命运的神灵。神灵原是由人们造出来的，而一经造出来，又会反过来成为人们自身的范式与束缚。人们相信这些神祇的灵验，自觉自愿地接受他们的管束、监督与惩处。（在拉丁语中，宗教即意为"约束"。）一当认识到自己的所作所为违反了神祇的意旨，会从心灵深处产生一种负罪感。在博巴山当地的传说中，就有许多种民众自造的神祇转过来惩处民众悖俗违礼的事例。

作为非官方、非主流、非正统的文化体系和意识形态，民间宗教更多地强调人间情怀，往往与传统的观念、官方的立场、主流的宗教意识形成微妙的冲突。如爱情与金钱，在原始的民间宗教中都是颇受推崇的。相对而言，民间宗教更加务实，更与世俗接近，也显得通情达理一些。至于同当地正宗、正统的宗教——佛教的关系，就更加微妙了。本来，作为宗教信仰，它同佛教一样，都是人类精神文化的一种形式，都是对超自然的崇拜，都和个人的信仰有直接关系，所反映的都是个人与一种比他巨大、比他神秘的对象的关系。但是，它们之间又有显著的差异，首先，它们的文化前提与文化背景截然不同。佛教重智慧，尚实证，以明心见性为教义之精髓；而这里的民间宗教或原始信仰，则普遍强调实用性，更多地体现人间的情怀、山民的愿望，更明确地讲求世道人心、伦理道德，说明它更加世俗化、平民化、功利化了。

同佛祖相反，这里的神仙都有灵魂存在。当地传说，蒲甘王朝时，有一对战功卓著的兄弟，奉国王之命负责督建京城的宫殿。国王对于工程质量和进度要求十分苛刻，而他们尽管在战场上是叱咤风云的英豪，却于建筑、管理业务一窍不通，结果工程质量很差，两人均以渎职罪被处以死刑。他们倍感委屈，死后冤魂不散，日夜在宫廷里转悠。一次，国王出游都城外的伊洛瓦底江，突然遭遇卷地狂风，波涛骤起，游船险些翻沉。经过巫师占卜，知道是两位将领的阴魂作祟。国王只好答应封神拜祭，把他们送到博巴山上供奉起来，风涛才逐渐平息。

佛祖否认死了之后还有灵魂存在，否认人有永恒的自我；承认彼岸世界，承认转世。在佛陀看来，转世之后，就不再是原有的那个人、那个灵魂。好比两支蜡烛的薪火相传，一支把火焰传递给另一支，虽然后者因前者而存在，但它并非前者。

作为历史文化的积淀，民间宗教有其深厚的根基和旺盛的适应能力，而且具有强大的包容性。对于域外传过来的佛教，它既不排斥，也不依附。这里靠近曾经辉煌数百年的佛教圣地蒲甘，居然保留着完整而鲜明的初民信仰的象征；后来佛教盛行于全国，成为缅甸的国教，它也仍能继续传承下去，而未受其同化；直到佛教式微之后，它仍然活跃在当地的民众中，享受着更为旺盛的香火。

当然，由于二者长期地糅合在一起，也不可能一点不受影响。比如，拜神方式，在中土，或跪拜，或作揖，没有统一要求，尤其是无须赤脚；可是，在博巴山，由于受佛教的影响，进入诸神殿堂，也要像进入佛教寺院一样，必须赤足，而且也要伏地叩拜。也许这里面存在着攀比的成分——为什么见了佛祖要赤足、跪拜，而见了我这个大罗神仙（级别并不比他低呀），你竟然大模大样地穿鞋、作揖呢？

香港《大公报》2010年7月12日

乾隆帝御制《盛京赋》散谈

近日，沈阳出版社出版发行了267年前乾隆帝的御制《盛京赋》，引起了广大读者的关注。

公元1625年，清太祖努尔哈赤把都城从辽阳迁到沈阳，并在沈阳城内着手修建皇宫。1634年清太宗皇太极改称沈阳为盛京。1644年（顺治元年）清军入关，定都北京，盛京改为留都（陪都）。乾隆八年（公元1743年）七月初八日，乾隆帝奉皇太后从京师畅春园启驾东巡，前往盛京；九月十六日至二十四日，恭谒永陵、福陵、昭陵祭祖，驻跸盛京；十月初一日，御制《盛京赋》；次日回銮。

说到《盛京赋》，人们自然会想到赋（尤其是汉赋）这一古代重要文体的发展源流。赋是以《诗经》为代表的黄河文化和以《楚辞》为代表的长江文化长期交流、渗透、融合的产物。自从战国后期诞生以来，特别是汉代大赋的出现，有一个重要功能，就是"直陈今世之政治得失"。号称"赋圣"的司马相如确立了汉大赋"劝百讽一"的体例：通篇大肆铺陈辞藻，极尽夸饰、赞美之能事，最后带上几笔，略显讽谏之意。典型的赋，一般包括三大部分，即序、正文和被称作"乱"的结尾。它的"丰辞缛藻，穷极声貌"，非常适合对盛世的歌功颂德，能够迎合封建帝王的豪华追求与骄奢心理。因而与政治结合得比较紧密，常常受到最高统治者的关注。

这种汉大赋，有一些是咏诵名都胜邑的——主要是中央政府所在地的皇都，以彰显帝京文化，盛赞政治体制、礼仪制度。内容多是渲染城池形胜，描写帝王游猎，罗列宫观物产，杂谈禽兽草木，等等。最早的有扬雄的《蜀都赋》，傅毅的《洛都赋》，而以班固的《两都赋》、张衡的《二京赋》为最著名。到了魏晋南北朝时期，又有徐干的《齐都赋》、刘桢的《鲁都赋》、左思的《三都赋》，而声名最为显赫的是左思的《三都赋》。迨至唐宋时代，赋这一文体出现了诗性化、散文化、抒情化的趋向，那种大赋形制的京都赋就相对稀少了。

乾隆帝这篇以陪都为题材、三四千字的大赋，具备了一般赋体文学的基本特征，诸如用韵、对偶、讲求文采，铺张扬厉，以咏物、言志为旨归，以意象、形象为表现手段，等等；同时，可以明显地看出，无论其内容与形式，都深深刻上了汉大赋的烙印；而且囊括了前代多数京都赋的内涵。像班固的《两都赋》，主要状写东西二都山川形胜、物产丰饶、宫室之美、田猎之乐，并且包孕了抑奢崇俭的内涵；而左思的《三都赋》，是写三国时期三个京都的壮美形势，刻画封畿的环境，市井的繁荣，宫室的瑰丽，游乐的盛况。三篇既是一个整体，又各自有所侧重，蜀都写其险阻，吴都写其富饶，魏都写其壮伟和典章制度。《盛京赋》集其大成，既陈述此次恭谒祖陵的宗旨、感受与经过，更写出盛京的地理位置、山川形胜、地域广阔、物产丰饶，又追怀开国时期文武功臣；再由彰显军威的围猎，延及耕桑衣事，国富民殷，宫室富丽，内容十分繁富，显现出意在雄视百代的帝王文学的气魄，具有一定的历史价值和文献价值。当然，不足之处也很明显，有些句子袭用前人辞赋名篇；堆砌、凑泊、杂沓、烦琐；而且使用一些生字僻字，晦涩难懂。应该说，有些缺陷也是此一文体本身带来的，不独此赋为然。

在文学史上，这篇《盛京赋》创造了"三个唯一"：

一是在历代帝王中，唯一留下了大赋杰作。历代帝王中雅擅诗古文辞的数不在少，但写赋者寥寥无几；而作赋的人群中，除了大批的文人学士，公侯将相、帝子王孙也有很多，但皇帝作京都大赋的，可能只有乾隆一个人。当然，也不能完全排除由文臣捉刀代笔的可能性。但考虑到，既以"御制"标出，且又入选本人的诗文集，列入《四库全书》以及《盛京通志》，而且据有关专家考证，还有手迹真本存在。综合这些因素，似又足以说明属于本人著作。

二是以塞外名城为题材作赋，在赋史上乾隆是唯一的。不用说都城赋了，即使描写塞外山川风物的，历代文人中也十分罕见。大概只有汉末的张升，写过一篇《医巫闾山赋》；再就是清代吴兆骞有一篇《长白山赋》，仅此而已。

三是成为中国历代京都赋中，唯一流传在海外，并产生了一定影响的作品。乾隆八年《盛京赋》问世之后，于乾隆十三年曾以武英殿刻三十二体篆文印制。到了乾隆三十五年（公元1770年），法国汉学家德经教授以长诗形式，在巴黎出版了中国乾隆皇帝御制《盛京赋》。法国启蒙思想家、文学家、哲学家，被誉为"法兰西思想之王""欧洲的良心"的伏尔泰看到之后，兴奋异常。当时他已经70多岁，说："我很爱乾隆的诗，柔美与慈和到处表现出来。我禁不住追问：像乾隆这样忙的人，统治着那么大的帝国，如何还有时间来写诗呢？"他当即写了一首诗《致中国皇帝》，说："接受我的敬意吧，可爱的中国皇帝。"遗憾的是，他如此热情的颂赞，乾隆皇帝却根本没有见到。伏尔泰无奈之中，便在致瑞典皇帝的书简中道出了心中怅惘："我曾投书中国皇帝，但直到而今，他没有给我一点回声。"他还把这封书简寄送给所有与他保持联系的外国王室、贵族朋友。这里固然存在着这位著名思想家，由于地域的隔绝，对于中国帝制与皇帝的误读，但不容置疑的是，他的景仰与向往，确是发自内心的。

应该说，赋是最具中国特色的文体之一，有人甚至目之为"真正的国粹"。在各种文体中，它除了共有的思想价值、应用价值之外，其美学价值更是不容忽视。其修辞技巧、表现方法、结构形式，为中国古代文学的发展拓展了一方新的天地。骊白妃黄，摛文铺采，使事用典，配韵调声表现出对艺术形式美的多方面追求。对偶带来视觉之美，叶韵带来听觉之美，用典带来含蓄之美，藻饰带来和谐之美。而众美齐具，难亦随之，一般的文学功力，恐怕是难以驾驭的。

其实，正如王国维所说，"一代有一代之文学"，汉赋、唐诗、宋词、元曲，各种文体都有其发生、发展、兴盛与衰颓的必然历程。近年，国内掀起一阵作赋热潮，"名城赋"之类的作品经常载诸报端。但实事求是地说，除了部分具备赋体特征、文学性较强者外，许多作品有其名而无其实。有一些敷衍成篇，无非像那类既不合乎格律又缺乏文采的所谓"传统诗"，是不具备传诵价值的。

香港《大公报》2010年8月25日

客子光阴诗卷里

江南三月，丽景迷人。这里那里，氤氲着薄薄淡淡的轻烟浅霭，有时竟令人产生一种错觉，仿佛座座村镇就浮游在波光潋滟之中。繁花使水乡景色灵虚中透出几分烂漫，更加风情万种。层楼掩映间，紫玉兰秀色可餐，小桃红与黄金缕争鲜斗艳，那粉白透绿的几树繁英，分辨不清是李花还是梨蕊。参加作家采风团客游常熟古里，首先就被这绚丽的春光迷乱了双眸。

我想，如果可以把浏览景观比作展读诗卷的话，那么，此间，地地道道，堪称是一轴传统元素与现代理念相融合的诗卷。早年读宋诗，记得一句"客子光阴诗卷里"的佳句，常常苦于那种情境无从体验，不意竟然于此得之。

书香，是古里的灵魂，是这座千年古镇的主题词；而诗卷则是它的展现方式。借用古代画卷分为引首、卷本、拖尾的说法，不妨把眼前的清代四大藏书楼之一——铁琴铜剑楼看作是诗卷的"引首"。这里是古典美学的凝缩之地，到处散发着令人脱尘忘俗的浓郁的文化气息；这里幽深玄眇，古旧得仿佛同外间失去了联系。踏在润滑的苔痕上，似乎走进了时间深处，生发出一种时空错位的神秘感觉，说不定哪扇门吱呀一开，迎面会碰上一个状元、进士。粉墙黛瓦中，一种以书为主体的竹简、雕版、抄本这些中国数千年文明史进程中的文化符号，让他乡客子亲炙了瞿家五代在藏书、读书、护书、刻书、献书中所辉映的高贵的精神追求与文化守望，体味到高华、隽永的书香文脉。难怪晚清的两朝帝师、状元宰相翁同龢当日登楼时曾慨乎其言："假我二十年目力，当老于君家书库矣！"

如同农作物的栽培需要土沃水足、阳光充沛，读书种子的发扬光大，知识、智慧的传承，端赖于良好的社会环境与文化氛围。此间经济发达，士民富庶，交通方便，特别是文化底蕴至为丰厚，为典籍的积累、传播，读书世家的养成，提供了理想的条件。明乎此，我们就容易理解，苏锡常一带，上下千年，何以擢巍科、登高第者极多，而现当代又涌现出那么多的学人、院士。

堪资欣慰的是，这种文脉、书香，在今天得到了有效的弘扬，实现了华丽的转身。如果说，铁琴铜剑楼这个"引首"是一篇阳春白雪的古体格律诗，那么，作为"卷本"的文化公园，则是一首充分体现大众化、人性化的现代自由体诗篇，同样昭示着文化的高怀雅致，只是变换了一种形式。

文化公园凸显了历史名镇、江南水乡、时代文明三大主题和以人为本、关注民生的科学发展理念，紧密切合群众的精神需求，建造了评弹馆、文明馆、图书馆、电子阅览室等系列设施，集休闲、娱乐、学习、观赏、活动、展示等功能于一体。在这寸土寸金的江南小镇，不惜划拨出大量土地，建成如此宏阔的文化主题公园，足见当政者的胸襟博大、眼光久远。采风的作家们对此啧啧称赞。

这天正值双休日，广场上各种文化设施吸引来众多的村民。伴着《春江花月夜》的悠扬乐曲，有的老人悠然闲步，有几位妇女在练习太极拳。更多的青少年集聚在阅览室，安静地读书、上网，他们听说著名小说家蒋子龙、叶辛、苏童、范小青等到场，一个个悄悄地离开座位，跑过来请求签名。而在评弹馆里，已经座无虚席，村民们正饶有兴致地听唱苏州评弹。经过细细品味，原来演唱的是凄绝千古的《孟姜女过关》。

最为动听的还是白茆山歌馆村民的自演自唱。年轻、健美的男女演唱者，不凭借任何音响，展放洪亮、婉转的歌喉，或对唱，或合唱，或独唱，举凡婚恋、劳作、生活、节庆、时政、民俗等人间万事、百姓心声，都涵盖无遗，展现了劳动人民的聪明智慧、审美情趣和生存活力，开启了江南农耕文化的情感源泉。那种烟雨溟蒙、农歌四野，"东村群唱西村和，南陇余音北陇闻"的动人场景，宛然如见。他们曾十上北京城、两进中南海，多次走出国门，为古里赢得了文化部命名的"中国民间艺术之乡"的荣誉。

作为吴歌的杰出代表，白茆山歌不同于历代文人创作的诗词歌赋，它是劳动人民以集体智慧创造出的口头文学遗产，依靠民众口耳相传，代代承袭，带有浓厚的地方俗文化色彩。鉴于白茆山歌赖以生存的农耕文化正随着工业化的飞速发展而逐渐消解，面临着失传的危险，镇政府有计划地建起山歌馆，创办艺术节，物色、培育接班人，以保护这一宝贵的历史文化遗产。

作家采风团在古里的最后一站，是参观波司登羽绒服工业园。通过展馆接近实际的亮丽的风景线，形象地了解到这一世界著名品牌的奋斗历程和辉煌业绩，感受到融现代化工业色彩与文化韵味于一体的时尚旅游的真髓。徽商祖训"读书好经营好效好便好，创业难守成难知难不难"在这里得以发扬光大。书香古镇孕育、滋养了万千读书种子，而这些读书种子，又以其超人才智和非凡业绩，反转过来为古镇跨越式发展创造出不竭资源。

换一种思路，即换一片风景。他们由过去靠推销人员"千山万水、千言万语"，跑遍全国各地去卖产品，转换为靠名牌的影响力和厚重的文化底蕴，吸引世界客商走进来；企业从过去的单纯生产型转换为创意服务型，形成富有诗性的全新生态和源源不竭的动力，从而达到最高发展目标，称雄世界，独执亚洲羽绒服生产之牛耳。

这是一首面向世界、面向未来的现代崭新诗篇，它相当于整幅诗卷的"拖尾"。

既云诗卷，岂可无诗？最后，以《古里吟》四首七绝做结：

  书香五代总痴情，独对芸编有至诚。
  不事杯觞不聚敛，一琴一剑证平生。
    ——铁琴铜剑楼

浮世烟波已惯经，苍苍阅尽古今情。
酬偿钱柳相思债，还向人间说废兴。
　　　　　　　　——红豆树

白茆山庄载笔行，花光云影映波清。
千年古调翻新谱，琬妙吴歌画里听。
　　　　　　　　——白茆山歌

虽非姝丽亦倾城，举世传扬波司登。
名款名牌饶创意，吴衣吴带总当风。
　　　　　　　　——波司登世界名牌

香港《大公报》2011年4月10日

古镇灵光

人生不相见，有时交臂失之，地域、景观也是一样。苏州的古镇震泽，我曾几次从它身边擦肩而过，但都错失了会面机会。1984 年，我在东北某城市工作，曾到苏锡常一带学习改革开放、经济发展的经验，到过震泽所在的吴江；后来，两次去周庄、同里，还到过和震泽紧相毗邻的南浔，却偏偏错过了这一古镇。也许人生真的存在缘分，这次机缘到了，参加作家采风团，出了浦东机场，乘车直奔震泽。相逢一笑，契阔平生，深抱相见恨晚之憾。

一踏上这片土地，脑际便跳出来两句古诗："输他震泽名偏古，禹迹犹传底定桥。"此间地处吴头越尾，唐开埠，宋设镇，清置县，确实有足够的资格，当得起"古镇"这个称号。至于同周边一些地方较量水乡风光、自然景色，总是各有所长，难为轩轾。我这里想着重从历史积淀、人文景观角度，谈谈她的特色，说说我的观感。

采风中，我反复思考这样一个问题：现代著名诗人柳亚子，足迹遍神州，一向"眼空四海"，从不肯轻易以令誉许人；而他又是吴江的乡党，就是说，对于此地是深知深解的。那么，他何所据而称震泽为"灵区"呢？

"灵"，关乎精神世界。心灵、性灵、灵气、灵光，都属于深层蕴意，触及现象背后的本质。为此，作为采风者，我理应透过波光塔影、旖旎风光，透过市井繁华、纷繁万象，探索出、发掘出它据以发展、当作底气、奉为支柱的精神蕴意。

全镇景观中最具代表性的当是师俭堂。这次采风,东道主又恰恰把它安排为第一站。在我心目中,其之所以拔得头筹,不仅仅因为它楼阁重重,庭院深深,备极恢宏壮丽,属于"国宝"级重点文物保护单位,更主要的还在于它的特殊的象征意义。作为苏嘉湖平原上的一颗璀璨明珠,震泽一向以工商重镇驰名海内。因此,剖析震泽,自应从亦官亦商这道特殊的风景线入手。清同治年间,礼部郎中徐寅阶所建的师俭堂,正是官商一体的产物。面阔五楹,六埭进深,集河埠、行栈、店铺、街道、厅堂、内宅、花园于一体,堪称"美哉轮焉,美哉奂焉";但究其亮点,乃在于"师俭"二字。

关于宅主当日以此二字命名的初衷,可从浅深两个层次加以读解。"俭以养德","与其奢也宁俭"。节俭,代表了儒家的传统美德和修身齐家的行为规范。从字义上看,"师俭"可以理解为崇尚俭德。这完全切合大户人家,特别是实业经营者的宗旨。不过,深入一步考究,就会发现意义并不只此,"师俭"还有更深的蕴意。《史记》中记载,萧何"置田宅必居穷处(选择偏远僻静的地方),为家不治垣屋(不建高大的围墙)"。他说:"后世贤,师吾俭;不贤,毋为势家所夺。""俭"的古义是,行为约束而有节制。《说文》:"俭,约也。""师吾俭",也就是效法我的俭约,学会韬晦、低调。联系到萧何一生精忠报国却屡遭高祖疑忌,就很容易理解:他以俭约相嘱,预先为子孙留下地步的深心,凸现出他深刻的人生智慧。

另外还有一层,震泽离周庄很近,徐氏不会不记取那里的富商沈万三由于铺张浪费而致蹈覆辙的教训。明初,沈万三资财巨万,田产遍于四方,富可敌国。但他不知收敛,同所有的暴发户一样,一味四处招摇,不肯安分守常。为了拍皇上的马屁,先是承建部分南京城墙,尔后,还要去犒赏三军。结果,触怒了朱元璋,说他"匹夫犒天子之军,乱民也。宜诛之"。经过马皇后说情,念他毕竟为皇家出过财力,才免遭刑戮,发配到云南充军,最后客死他乡。徐家当日以"师俭"二字为堂名,足见其目光深远,虑久谋深！至于讲解员所说的"师法汉代的张俭"，就有些牵强附会了。诚然，在"党锢之祸"中，张俭曾以高风亮节著称于世，确有堪资师法之处；但在这里，我们要追问一句：这和一个富商，有什么直接干系？

附近还有另一户徐家富商的致德堂，同样为六进豪宅，与师俭堂一衣带水，隔河相望。一俭、一德，既是商家成功的路径，更是他们经营、发展的理念。把这些看作市井繁华后面的"灵光"，不为过也。

接下来，采风团一行参观了明清之际著名天文学家王锡阐的故居与墓园，以及它们所在的江苏名校震泽中学，领略了古镇的另一束带有根性的"灵光"——重科教、尚文化。

早在宋代，此间即振兴儒学，立明教堂，建震泽书屋，祠奉三位名贤，一时学风蔚然。明清两代，尚文重教之风尤为鼎盛，书院、义塾、私塾，遍布全镇。清人徐丙华的诗句"书楼遥望遍桑麻，比户相连耕读家"，正是当时的真实写照。因此，这里历代人文荟萃，才俊辈出。区区一镇，出过15名进士、22名举人、38名贡生。迨至清末民初，这里又首开创办新式教育之先河。光绪年间，即有女校出现；20世纪20年代，镇里就办起了中学，独占全县鳌头。

此间奇才俊杰，当以天文学家王锡阐为巨擘。王锡阐字寅旭，号晓庵，素以治学严谨、观测勤勉著称。不仅博览群书，潜心钻研天文历法，而且，"每届晴夜，必仰卧屋顶，通宵观测星象，寒暑不辍"。其科学成就，与清代著名天文学家梅文鼎齐名。清初著名学者顾炎武，在《广师篇》中列出10位自叹不如的当世师表，王锡阐列在首位。他说："学究天人，确乎不拔，吾不如王寅旭。"王氏所著《晓庵新法》收入《四库全书》；英国人李约瑟赞之以"熔中西学说于一炉"。

采风的最后一站，是始建于元代的荻塘河上的思范桥。"范"即春秋时识机在先、功成身退的范蠡。镇上关于范蠡的遗迹，还有蠡泽湖、范蠡祠和范蠡故居、范蠡钓台遗址。这里咏赞他的诗甚多，清人程礼有句云："会稽霸业十年成，鸟尽弓藏意独行。"这使人联想到震泽在人文方面的另一个特征——盛产逸民、隐士。在清人辑集的"震泽八景"中，除了"范蠡钓台"，还有隐居江湖、自号"烟波钓徒"的唐人张志和的"张墩怀古"，宋代震泽三贤的"复古桃源"，明代不合于时、解组归田的吴秀的"康庄别墅"，整整占去了一半。王锡阐本身就是一位明末遗民。他穿古装衣服，写时人不易辨识的篆字，生活中不使用清朝钱币，著作中不标识大清年号。故国之思、亡国之痛，伴随着他的一生。从其晚年所赋《绝粮》诗中可以看出他的气节和抱负："尽道寒灰不更然，闭关岂复望人怜！平时空慕荣公乐，此后方知漂母贤。何必残形仍苟活，但伤绝学已无传。存亡不用占天意，矢志安贫久更坚。"

隐逸之风，在当地士人中表现为，一是看重名节，义有所不为，于进退去取不苟且行事；二是淡化官本位，热心实业。而它之所以在震泽盛行，不外乎三种因素：其一，自古以来，此地即安定、富庶，而且风光秀美，民风敦厚，文化底蕴丰富，又兼自古即有范蠡归隐的佳话流传，遂使后世遁迹江湖、疏离政治者择为首选；其二，清初著名文字狱"庄氏史案"发生于近在咫尺的南浔，本镇也有几位名士身被其祸，其腥风血雨犹彰彰在人耳目，遂使大批士子绝意功名仕进，纷纷遁入民间，或隐居不仕，或投入陶朱事业，走当年范蠡的路子；其三，此地盛产蚕桑，商业经济发达，官本位观念相对薄弱，热心实业以及文教、科技者甚多，这更是观念更新、社会进步的实际体现。

师俭、重德，显现出一种人生智慧与文明根性；尚文重教、热心实业而淡化官本位，代表一种道路抉择；看重名节，不轻忽于去取出处，则体现一种生命价值。这些都属于精神蕴意，深层次的理念，都是纷纭万象后面的本质呈现；特别是在重实用轻理想、重金钱轻道德的消费时代，更有其针对性很强的现实意义。誉之为"古镇灵光"，不亦宜乎？

香港《大公报》2011年5月18日

《解放日报》篇

"文在兹" "载鬼一车"

兴酣把笔，蓦地记起了两句古书上的话。先说第一句，"文在兹"，出自儒家经典《论语》。它昭示着一种巨大的存在。用它来概括有关文士、文苑的内容，起码可以标示一种观点，一种态度，一种文化情怀，类似"买珠宝，请上楼"之类的指示牌。

如同现代世界上存在着"文学将会消亡"与"文学绝不会消亡"的辩论，古代中国亦有关于"文在兹"与"文不在兹"，"天之将丧斯文也"与"天之未丧斯文也"的言说。本书中所描述的属于"过去时"，未必有助于昭示现在，展望将来；但是，有一点可说是确切无疑，即作为文化、文明的承载者，知识阶层——古代称为士子，他们的地位、作用是不容忽视的。

古时候，有"文人无行"和"一为文人，便无足观"的说法。其实，这些话是应该加以分析的。首先，古人眼中的文人，同我们这里讲的不尽相同；其次，"行"的标准，"观"的内涵，原无定解，往往是言人人殊——立足点不同，看法必然产生歧义。我敢说，那些真正"无足观"或"无行"的人，根本入不了鄙人的法眼。窃以为，对于文人的公允的态度，应该是既不能无限度地肆意贬低，说什么"百无一用是书生"，也不能肆意夸大他们的作用，像雪莱所说的"诗人是世界的立法者"。文人就是文人，就是靠"立言"，亦即靠诗文安身立命的人，却又并非登车揽辔、言出法随的"话语英雄"。"立功"也许谈不上，"立德"，倒是许多人能够沾边的。人的德行的高超，固然不即等同于诗文的高超；但人的完美的生命形态、精神内涵，肯定有助于诗文的创作。

我之所以肯于在他们身上耗费笔墨，既没有收过他们的红包，也没有任何人打招呼、递条子，更不是为了赚银子、评职称，全凭一己浓烈的兴致、深切的同情，甚至崇高的敬意。当然，对于一些有争议、有阙失的人，也不无针砭之辞、讽喻之笔。他们中没有那类芦苇、竹笋式的"头重脚轻、嘴尖皮厚"的货色，每人都有一技之长，大部分都有真功夫、真本事、真学问，有的甚至是世界一流的顶尖级的诗圣文豪，以其光华夺目的创绩，江河万古。哪怕是生命短促得像流星划破夜空，却都在历史上留下坚实的脚印。他们成功的实例证明，人可以通过任何生活来创造自己，完成自己。

他们往往兼备三方面特点：一是有气节，有风骨，有社会责任感；二是人生道路曲折、复杂，生命历程存在着戏剧性、偶然性，带有鲜明的传奇色彩和较多的因变参数；三是个性突出，特点、长处鲜明，也有明显的人性弱点，从而具备更多的可言说性。

他们各自有各自的活法，但遭逢不偶，命途多舛，带有普遍性，有的终其一生都是在蛮荒、困境中度过。这里，社会性的原因是主导的——在2000多年漫长的封建社会中，文士是一个特殊的阶层。他们是文化传统的继承者和道义的承担者，肩负着阐释世界、指导人生的庄严使命。但是，封建社会并没有先天地为他们提供应有的地位和实际政治权力，若要获取一定的权势来推行自己的主张，就必须解褐入仕，并取得君王的信任和倚重。而这种获得，却是以丧失一己的独立性、消除心灵的自由度为其惨重代价的。否则，就必然蹉跌蹭蹬，困顿终生。同时，也有个人性格上的因素。由于文人的习性，喜欢特立独行，不肯屈身俯就，随俗俯仰，也就注定了他们的命运是孤独的，不能行时，不能吐气扬眉，不能见容于世。

他们中的许多人，既脚踏实地，又超越此在；他们既生活在这里，在现实之中，也生活在彼岸，在他处。他们因献身文明、文化、文艺而苦难重重，他们也因为献身文明、文化、文艺而流芳百世。

再说第二句，"载鬼一车"，这是《易经》上的话。在我的散文创作中，以历史人物为题材的占了很大的比例。对这种起死人于地下，同鬼魂打交道的做法，文雅一点说，叫作生者对于逝者的叩问。逝者也好，鬼魂也好，往往葆有一种独特的魅力。他们不仅没有因为岁月的汰洗湮沉到忘川中去，反而由于历史的积淀，踵事增华，头上还会罩上一层神秘的光环，从而获得很高的知名度。诚如美学家朱光潜所言："年代久远常常使最寻常的物体也具有一种美，'从前'这两个字可以立即把我们带到诗和传奇的童话世界"。

蒲留仙写鬼，是"料应厌作人间语，爱听秋坟鬼唱诗"。我和他不同，我之所以在这里搬出一些古代文士来，不过是一种呼唤，一种寄托。古代文士的那种风范，那种气节，那种追求，现世中再也难以找到了。商业社会里盛行的是消费主义文化，生活领域中呈现的是美的泛化，在艺术领域中表现为美的消解，最后导致了作为审美主体的人的异化，人们看重的是物品的外观，追求的是感官的享受，而缺乏一个精神超越的维度。既然现实中踪迹难寻了，那么，就只好乞灵于优秀的文化传统及其载体。现在缺乏的不是文人，缺乏的是文人应有的气质、志趣、情操、节慨。写他们，本身也是一种精神的靠拢，审美艺术的回归。在精神境域里相知相重的重逢，无疑也是一种大欣赏、大欢慰。

（本文为作者近著《读文人》序言）

《解放日报》2012年7月25日

郭沫若问廖冰兄

你好烦！算了，水就可以啦！

从网上看到文豪李敖和他的儿子李戡的一段对话：

父：你去买瓶汽水。

子：是可乐还是雪碧？

父：可乐。

子：铁罐的还是瓶装的？

父：瓶装的。

子：没糖的还是普通的？

父：普通的。

子：500 毫升的还是 1000 毫升的？

父：你好烦！算了，水就可以啦！

子：矿泉水还是过滤水？

父：矿泉水。

子：冰的还是不冰的？

父（生气了）：你再啰唆，看我拿扫帚打你！

子：是拿塑胶的，还是竹子的？

父：你这个畜生！

子：像猪还是像牛？

父（气喘）：我……我会被你……你气得吐血……血啦！

子：要拿垃圾桶，还是扶你到厕所？

父：我死了算了。

子：你要土葬，还是火葬？

父：他妈的！你是存心气死老爹了……

原本是十分简单的事，由于一味地寻根究底，最后竟闹出了一场笑话。

就叫小素子吧

和这种过度索解相类似的，还有这样一件事：

这是我亲身经历的，完全不带戏说性质。一年，在辽宁电视台文艺晚会上，作为嘉宾，省内的知名人士纷纷到会，堪称"名流荟萃，冠盖如云"，正在沈阳演出的全国著名京剧表演艺术家李胜素女士也应邀出席了。节目进行过程中，主持人一时雅兴大发，出人意料地即兴提出一个有趣的问题，请到场观众解答："请各位嘉宾分析、解答：李胜素女士的名字——'胜素'二字，有什么含义？"

主持人话音一落，坐在前两排的几位名流，当即举手响应。

一位从事艺术教学的老师说："素"者，质朴、素雅之谓也，不施粉黛，明慧天成，达到了美的极致；"胜素"，就是取胜之道，在于抱朴守素。

一位专门从事国学研究的学者站起来讲：这个"素"可大有讲究。一是纯白，纯白的质地上施以彩绘，叫作"素以为绚"，这是见诸《论语》的。二是属于根本性质的事物，比如质素、元素。三是安于现在，《中庸》里说："君子素其位而行。"朱熹解释说，安于现在所居之位，为其所当为。"胜素"则表明，不能安于现状，必须积极进取。

一位年轻的女作家，以颇快的语速讲：素，可以理解为"朴素的底子"。张爱玲说："唯美的缺点不在于它的美，而在于它的美没有底子。""以人生的安稳做底子来描写人生的飞扬。没有这底子，飞扬只能是浮沫。""胜素"就是崇尚这种"素朴的底子"，体现了一种生命哲学、人生的追求。

台下仍然有人举手，但主持人却做了一个停止的手势，他可能觉得分析的深度够了，便恭敬地走到李胜素女士面前，说："请您自己谈谈对名字的认识，是哪一位艺术大家给您起出这么一个高深、儒雅的名字？"

只见李女士站起身来，谦虚而娴雅地给观众们鞠个躬，说："感谢各位对我的高看。其实，我的名字没有那么多的讲究。我是河北柏乡人，在我们老家那里，女孩小名都带个"小"字。我出生之后，奶奶抱起来看看，说：'长得很素气，就叫小素子吧！'我奶奶一个大字不识，她哪里懂得那么多学问。"

一番话，闹得全场哗然，接下来是热烈的掌声。而最感难堪的，倒是那几位"考据家"和"名师"。

闹出笑话

此癖非独今日有，遥遥古步已先行。

陶渊明有一篇文章，叫《与子俨等疏》，子俨是他的长子，下面还有四个弟弟。疏是一种文体，通常用于训诫、告谕或者说明情况。钱锺书先生引述这篇文章中的一句话"然汝等虽不同生，当思四海皆兄弟之义"，说明由于被人过度穿凿、随意阐解，结果，不仅背离了原意，而且闹出了笑话。这句话本意是说，他的几个儿子虽然不是同时出生，但要团结友爱，因为"四海之内皆兄弟"，何况是同胞骨肉呢！不料，后世的学究们却穿凿附会，猜测陶渊明有妻有妾，或者说他的妻子死后又续娶了一房，或者说他有两个孪生的儿子。这样将无做有，节外生枝，岂不可笑！

上述几则事例引出了一个道理：凡事，应该顺应自然，不宜穿凿过度，无限吹求。在人们的心目中，过于简单的事物，或者一看就懂的事，体现不出来高深的学问；因而习惯于把本来十分简单的问题特意复杂化，于是，层层追索，步步深挖，最后竟然闹出了令人哭笑不得的趣闻。

"过度解读"

近日，看到刊载于新华日报的贾梦雨的一篇文章，其中谈到了中小学考试中常见的"过度解读"问题：

"过度解读"往往意味着钻牛角尖，一些考题拼命"臆想"文章背后的微言大义，到了挖地三尺乃至歇斯底里的地步。比如说，一个考题中，作者写自己"抓耳挠腮"，题目要求学生"写出作者当时的五个心理活动"。还有一道考题开篇引述了一句诗，"花开的声音"，要求学生指出其中"常识性错误在哪里"。翻开现在的各类中小学语文试题，这样的考题层出不穷。一位学生家长说，他上小学的孩子，经常拿这些考题向自己请教，让自己很"无助"，很"无语"。其实，这些微言大义，往往带有出题者自己的局限、偏见乃至错误，不但与作者无关，更与文本无关，尤其是一些文学性表达，完全变成"分数点"后，人文意境和审美意义已被忽略了。很显然，"过度解读"割裂了文章意蕴，伤害了文化审美；牵强附会的解读，没有把学生的思想和审美引向深入，反而让学生陷入了机械化与枯燥化之中，文字与语言的美感消失了，在为难学生的同时，也让语文教学走向了歧途。

过度解读、过度索解、过度阐释，也会影响到学生的思维习惯。一次，老师给学生出题："一个人面向东，一个人面向西，他们中间至少要放几面镜子才能相互看到对方的脸？"学生听了，认真进行思考，又反复演练、测算。于是，有的学生答说两面；有的答说，至少要四面。最后，老师亮出了答案：根本用不着镜子，一面也不需要。是啊，两个人，一人向东，一人向西，不正好是面对面吗？还用什么镜子！学生说，没想到，老师会出这么简单的题。

物无美恶，过则为灾

走笔至此，我又想起了过去的一则趣闻：1945年，著名漫画家廖冰兄的漫画《猫国春秋》在重庆展出，郭沫若先生应邀参加首展剪彩仪式。郭沫若问廖冰兄："你的名字为什么取得这么古怪，要自称为兄呢？"版画家王琦代为解释："他有个妹妹名字叫冰，兄妹二人相依为命，所以他就取名为冰兄。"郭沫若听了哈哈大笑，说："噢，我明白了，郁达夫的妻子一定叫郁达；邵力子的父亲一定叫邵力。"引得在座宾客捧腹大笑。

其实，郁达夫也好，邵力子也好，郭沫若都是十分熟悉的，他不会不知道他们的亲情、家世。他这样说，不过是开个玩笑罢了。

凡事都有个"度"，度是一定的质所能容纳的量的活动范围的最高与最低界限。生活常识也好，生存智慧也好，无不告诉人们，在实践过程中，必须掌握适度的原则，也就是把握好分寸。辛弃疾词中"物无美恶，过则为灾"一语，有深意存焉。

《解放日报》2014年3月27日

有歌有酒春常在

把两颗心织作一颗心

彝族人民能歌善舞，有着悠久的历史传统。早在西汉时期，司马相如就在《子虚赋》中记载了彝族先民的"颠歌"。唐人樊绰所著《蛮书》中，也有关于彝族男女吹笙、跳歌的描述。古籍记载，这里的男女老少皆擅弦歌，转喉开口，一唱百和，举凡爱恋、婚嫁、喜庆、悲戚、放牧、农作、狩猎、行役，无不以歌讴抒怀达意。他们把弦歌看作是彝家心声自然流露的情感通道，又当成反映人情世态、时代生活的一面镜子。他们自豪地说，彝家的史书，记在弦歌之中。

今天，任谁来到这素以"歌的海洋"艳称中外的八百里凉山，都不能不为遍地的山歌、情歌、酒歌、舞歌、婚嫁歌、祭祀歌、丧礼歌、节庆歌而忘情倾倒。彝族民歌中数量最大的是情歌。其次，酒歌占有相当重要的位置，"人生酒歌"一般以敦勉、教诲为目的；还有一种"塘酒歌"，老人们坐在一起，通过歌唱，谈古论今，展示才智，这种酒歌多为鸿篇巨制，内容淹博，素有"歌母"之称。据熟谙声乐艺术的朋友讲，彝家唱歌发声的方法很科学，很考究。他们善于使口腔、喉腔、胸腔和鼻腔巧妙、自然地加以配合，达到音距大、吐气长、音量宽阔，即使数十拍的长乐句也能一气呵成。

有人说，到了凉山，忘了吃，忘了喝，忘不了彝家姑娘一曲歌。彝家女儿长成大姑娘了，一般都随身携带一种用竹片或钢片制成的口弦，演奏时，将口弦置于唇间，左手握住弦柄，右手轻轻地拨动篾尖，或吹或吸，发出柔和、婉转的清音，借以表达复杂、细腻的情感。这美妙的音乐所洋溢的万种柔情，会使热恋中的小伙子如登春台，如饮醇醪。有一首民歌是这样描述的："假如阿妹子的脸皮薄如纸／悠悠的响篾能替你递话传情／它是采集爱情鲜花的蜜蜂／从这颗心钻进另一颗心／假如阿妹子被苦闷缠住了身／悠悠响篾能吹散胸中的阴云／它是寻求友谊的金丝银线／把两颗心织作一颗心。"

彝家儿女历来有以歌传情代言的习尚，触事为歌，随口而唱。赛歌会上，男女青年初识乍见，交浅言深，有些耐口，往往以歌声投石探路，曲折传情。小伙子唱道："唱支山歌给妹听／看妹格是痴情人／点灯还要双灯草／有情小妹来接音。"有时，姑娘看不中对方，便用歌声加以婉言谢绝："妹是一杯酒／苦荞子酿成／闻着味不香／喝着味不醇／阿哥是上品／另找可心人。"

朋友，你去哪里

凉山彝家以真诚质朴、热情好客闻名于世。每当我们踏入彝寨，都会遇到人们主动地问询："曲博，卡波？"意思是：朋友，你去哪里？你只要说出准备拜访的人家，他们便会热情地前趋指路，甚至一直陪送到那一家。有时，我们没经事先联系，随意走进哪个彝家，男女主人也总是很有礼貌地迎迓接待，绝不会冷落了这种不速之客。里巷徜徉，随时都能听到彝家的暖人情怀的祝酒歌。

客人登门，酒是必备的，往往客人一就座，主人便立即递过来一杯酒，然后边叙边饮，以酒代茶，一直喝到客人起身告辞。彝家待客慷慨大方，他们有句俗话："一斗米不吃十天，难以度年；十斗米不做一顿，无法待客。"

著名的民族学家林耀华先生40年间三上凉山，对于彝家的这种盛情待客有更深的体会。一次，他到昭觉县的甲甲阿吉家串门，因为这里地处平坝，为了让家中的羊避暑，主人事先把羊寄放到山上的亲戚家里。现在来了客人，一时无羊可捉，没有肉食款待，主人感到很难堪，便一连气杀了4只鸡来下酒，还再三地表示过意不去。还有一次在尔吉久布家，见客人来到，主人当场就花200元钱买下1头牛来准备宰杀。林先生一看这种情势，赶忙登车告别，如同逃跑一般。虽然心知这样做会使主人不悦，但无论如何也不忍心让他无端做如此大的破费。

彝家认为，善是立身处世的根本。他们说，步子直才能走得快，心肠好才能交朋友。存善心，行善事，既可以造福自己，又可以荫庇子孙。广泛流传在民间的大量故事传说，都宣扬了这类思想。长期的生产力低下，从自然界获取物质生活资料艰难，加上天灾人祸频仍，使他们养成了合群互助、团结齐心、扶弱抑强的风尚。

那次，我们来到凉山彝寨，热情好客的主人更是早早地欢聚村头，置酒接风。一队靓装丽服、美目流盼的彝族姑娘，手里擎着酒杯，高歌侑酒。我以素无饮酒习惯为辞，姑娘们便齐声唱着："大表哥／你要喝／你能喝也得喝／不能喝也得喝……"在这种情殷意切的态势下，别说是浓香四溢的美酒，即使是椒汁胆液，苦药酸汤，也不能不倾杯而尽。

世界上，哪个民族没有诗呢？维柯说过，在所有民族的历史上，诗是最初的或最原始的表态方式。海德格尔也说："诗是人类历史上最早的语言，因此，诗是人类对宇宙和自身之悟解的最早开端。"但我敢说，要找一个像彝家那样全民族都迷恋诗歌，沉浸在写诗、诵诗、用诗的巨大热忱里，形成一种独特而鲜明的民族特征，走遍天涯也不容易找到。

心头充满了无尽的温馨

早在1600多年前，晋常璩在《华阳国志》中就记述了彝族"论议好比喻物"，喜欢以诗的手法和格言、谣谚来表述社会生活，抒发思想感情。

凉山有着丰厚的文学积淀，到处都是诗的沃土。古老的历史，绚烂的文明，美妙的大自然，以及那些难剪难理的爱爱仇仇，统统以诗的形式载诸彝文古籍，流布于人们的口头。广泛流传于大小凉山的著名史诗《勒俄特依》、训世诗《玛木特依》、叙事长诗《阿莫尼惹》、抒情长诗《阿冉妞》，与云南的《梅葛》《阿诗玛》、贵州的《恩布散额》，构筑成彝族民间文学的宏大殿堂。

在凉山，与诗歌合称文学"双璧"的是遮天盖地的神话、传说。不管是历史的、传奇的神话，还是诠释某种现象、事件、名称的起源的解释性、推源性神话，都是通过"遗传"方式从远古保存下来，都体现了彝族文化传统的底蕴，反映着民族的经验与愿望。这些神话、传说既是古代彝族文化艺术的重要组成部分，又可以说是它的丰厚的土壤。尽管这些神话、传说反映着原始人思维的前逻辑的、主客体不分的稚拙的特点，如同《山海经》《淮南子》中所保存的神话一样，情节简单、象征性单一，尚未形成一个种族的完整体系，但是，它们确曾启发了彝家各个时代无数画家、雕塑家、诗人的灵感。

如同希腊神话中反映了群婚制、母权制、血亲复仇、父权同母权的斗争等许多人类遗迹一样，彝族神话中也保存了大量神话化了的亦虚亦实的史迹。它们当然不即等于历史，但往往在虚构的外衣下包藏着真实的内容。正如高尔基所指出的："在神话和传说中，我们可以听到从事驯服动物、发现药草、发明劳动工具这些远古的回声。"

其形式大量表现为口述流传。中文的"古"字，就是十口相传之意。通过这些口头流传的神话、传说，可以向远古追溯传统的源流，探索其更悠久、更超自然的原始形态，读出人类生活史的第一页。这对于文字历史记载较少，也不甚完整的民族来说，尤其重要。

像渴望着一切文明、幸福一样，早在远古时代，人类的先民就幻想着有朝一日能够腾身天界，遨游太空。域外的关于法厄同的神话，关于罗达斯及其儿子伊卡洛斯的神话，中国的嫦娥奔月的传说，都反映了这一点。

几千年的想望，今天终于变成了现实。中国，这个火箭的故乡，经过无尽沧桑，今天终于面对崭新的世界，高扬起火箭的旗帜，在空间高科技领域实现了辉煌的跨越。西昌卫星发射中心已成功地发射了几十颗实用地球同步卫星，使西昌成为人类飞向太空的港口，成为蜚声宇内的中国航天城。

如同成年人常常喜欢回顾童年时期的梦幻追寻，尽管这种梦寻是极为幼稚与虚幻的，心头却依然不免充满了无尽的温馨与眷恋；人们在以满腔热情欢呼着、切盼着这些神话消逝的同时，对于远古先民那种粗糙而幼稚的神话梦寻，又总会充溢着崇敬与向往之情。当然，那种神话与传统杂陈，不见科学真面，蒙蒙然处于扑朔迷离的雾霭之中的混沌状态，毕竟已经一去不复返了。凉山，这块风物宜人却又深藏固闭，资源富集却又相对贫穷落后的地方，如今正在发生神奇的变化，面临着一场大规模的生活方式和价值观念的调整。

显然，现代文化科技事业和市场经济的迅速发展，定会与固有的民族传统发生激烈的撞击。摆在彝家儿女面前的一个刻不容缓的任务，是以足够的思想准备，主动地调适自己的社会文化系统，以防止可能产生的某些消极后果。我们欣慰地看到彝族诗人倮伍拉且的诗句："沉重地滚动／挤压我们身躯／坚硬如铁／粉碎灵魂的硬壳／飘逝的时光／一页页翻开／从以往翻到现在／我们拥有足够的经验／接纳必然的明天。"

《解放日报》2014年5月7日

《牡丹亭》中说澳门

汤显祖游览了澳门

年轻时赏读明代大戏剧家汤显祖的《牡丹亭》（《还魂记》），看到第二十一出《谒遇》处，僧人唱道："一领破袈裟，香山嶴里巴。多生多宝多菩萨，多多照证光光乍。"接着道白："小僧广州府香山嶴多宝寺一个住持。"觉得"香山嶴里巴"五个字有些费解。后来，看了徐朔方、杨笑梅先生的《〈牡丹亭〉校注》（人民文学出版社1984年版），得知原来说的是香山嶴耶稣会的教堂三巴寺。"巴"指寺庙，"这里当是为押韵而勉强用这个字。" 3年后，费成康先生在《读书》杂志上撰文指出，上述解释似是而非，"巴"系葡萄牙文音译，词义是"神父"。开头两句话，是僧人上场"自报家门"——古代戏剧中人物首次登场时，例需进行自我介绍。这样，就更容易理解了。

这是关于"巴"字的解释。那么，作为地名的"香山嶴"又在哪里呢？此词在《牡丹亭》中凡三见，另两处分别是：第六出《怅眺》中韩秀才说道："有个钦差识宝中郎苗老先生，倒是个知趣人。今秋任满，例于香山嶴多宝寺中赛宝，那时一往何如？"第二十二出《旅寄》中柳梦梅念道："香山嶴里打包（指打点行装）来，三水（地在广州西，当西江、北江汇合处）船儿到岸开。要寄乡心值寒岁，岭南南上半枝梅。"《牡丹亭》校注中说，香山嶴在"今广东省中山县境内"，并引明人沈德符的《万历野获编》：

举人"卢廷龙请尽逐香山辟夷,仍归濠境故地"。"濠境"即今澳门。显然,这里把"香山岙"与澳门看作两个地方。实际上,"香山岙"指的就是澳门。

澳门自古就是中国领土,旧称"濠镜(境)",归属于广东省香山县(今中山市),位于珠江口西岸,面临南海,与香港、广州鼎足而立,互成掎角之势。史志记载,明嘉靖三十二年(公元1553年),葡萄牙殖民者初入其地,借口"舟触涛缝裂,水湿贡物,愿借地晾晒",强行上岸租占澳门,"久之遂专为所据"。后来,又不断扩大范围,使之逐渐扩展成国际通航的港口。289年后,香港开埠。

现在的问题是,生长于内地的汤显祖何以在剧作中会写到澳门呢?这就要联系到他的一场特殊遭遇了。汤显祖,江西临川(今抚州市)人,生于明嘉靖二十九年(1550年),14岁补了县诸生,21岁中举。后来由于朝政腐败,上层统治集团通过科举考试肥己营私;而他为人耿介拔俗,洁身自好,不肯屈服于权势,先后两次拒绝权臣的网罗、招致,致使几次投考进士都铩羽而归,直到34岁才勉强中了进士。在留都南京,先后任太常博士、詹事府主簿、礼部祠祭司主事。《明史》本传中,有"意气慷慨","蹭蹬穷老"的评语,足以概括其个性与命运。

万历十九年(1591年),他上了一道长达两千余言的《论辅臣科臣疏》,越职批评朝政的腐败,弹劾宰辅张居正、申时行和科臣杨文举、胡汝宁等窃盗威柄,专权误国,势利小人颠倒煽弄其间,营私舞弊,贿赂公行。不仅指出当时言官之所以噤若寒蝉,唯唯诺诺,就因为宰辅专权擅政,而且对皇帝本人登位20年来的施政也予以批评。万历皇帝看到他的奏本之后,怒不可遏,当即以"假借国事攻击元辅"罪名,把他贬到广东雷州半岛南端的偏僻荒凉的徐闻县做典史。

他先是从南京沿江南下,返回家乡临川,然后再从临川继续南行,前往贬谪场所。途经广州时,顺便乘船出珠江口,游览了澳门,其时大约在1591年圣诞节前后。

见闻写入《牡丹亭》

当时的澳门属香山县管辖，租借给葡萄牙殖民者已届40年。在这座与中国内陆风格迥异的欧洲式的小城，大批葡萄牙等外国居民纷纷入住。这样，汤显祖平生所未曾寓目的"碧眼愁胡"的外国商人，"花面蛮姬"的葡萄牙女郎，还有市场上精美无比的宝石、香料、珍珠、象牙制品、丝织品等宝物，以及市声喧哗、人头攒动的展宝、赛宝、购宝场景，便一一闯入了他的眼帘，特别是有机会亲眼看到不同于内地的香山耶稣会的教堂三巴寺，以及身上披着袈裟、口中念念有词的僧人（神父）。这一切，都使他大开了眼界，增广了见闻，在脑子里刻下深深的烙印。汤显祖在澳门的时间不长，尔后，便经由开平、阳江，登舟入海，再赶到徐闻县履职。

需要说明的是，汤显祖当日所见的"三巴寺"与后来人们常说的"三巴寺"并非一码事。现在，澳门的大三巴牌坊所在的"三巴寺"，奠基于1602年（万历三十年），全部完工还要更晚。而汤显祖见到的"三巴寺"，实际上应为圣保禄教堂（但也不是位于今日大三巴牌坊处的圣保禄教堂）。据说，那是一座"以木板和砖盖成的仓房形式"的建筑，其地在澳门城中心，与后建的大三巴牌坊处的圣保禄教堂并不在一个地方。

这次不平凡的旅行，使汤显祖成为中国古代著名文学家中即便不是唯一、起码也是最早到过澳门的人，而且，留下了四首纪游七言绝句，并把有关见闻写入了传世名著《牡丹亭》中，使之成为直接反映晚明万历年间澳门历史及社会生活的生动的史料。

记游诗描述了从译者口中得知的居住在澳门的葡萄牙商人乘船出海，到南洋诸国从事贸易经营、购买香料的场景；描写娇媚如花、15岁上下的葡国女郎，鲜艳的衣裳上喷洒着蔷薇露水，娇丽的面容宛如西海上边刚升起来的月亮，口中有香气喷出，使人联想起张开尾羽放出香气的倒挂鸟；状写"香山验香所"前"海龙"蜿蜒，不绝如缕，开舱卸货，宛如"大鱼"

喷吐芙。"香山验香所"应是朝廷设在澳门负责检验香料质地的一个专门机构。他的诗还留下了澳门居留的葡国商人（贾胡）穿着华丽的衣裳，佩戴着贵重的珠宝，不种庄田，不事农桑，专以海上贸易为生。一艘艘云樯高挂的商船，浮荡在波光潋滟的海面上，与闪烁着月色、星辉的白玉、明珠，交辉互映，到处都放射着珠光宝气的当时繁华景象。

汤显祖任徐闻县典史，不过一年时间，但在当地民众中留下了很好的口碑。最为人称道的是，他针对当地民众好勇斗狠、女子忧愤轻生的习俗，捐出俸银，创办了"贵生书院"。敕还内迁之后，他被任命为浙江省遂昌县令。根据作者自称，《牡丹亭》完成于万历二十六年（1598年），这时，距其游历澳门已经过去了7年时间。当年他即弃官归里，一直到万历四十四年（1616年）去世。

看来，《牡丹亭》的取材主要来自三个方面：基本故事情节取自宋人话本《杜丽娘慕色还魂》；同时，还吸纳了流传于江西南安大庾一带的"女魂恋人"的故事；而其《谒遇》《怅眺》《旅寄》等几出戏文中有关香山岙的情节，则是他依据亲身所见所闻有意识地写进去的。

意在言外寄慨遥深

汤显祖生当明朝日益腐朽没落的时期，目睹了嘉靖皇帝服丹求仙、大兴土木，万历皇帝直接派遣亲信宦官开矿、征税，无情搜刮等种种荒淫无度的糜烂生活。通过描写宫廷不惜挖空国库去采购海外珠宝，曲折地揭露了封建帝王穷奢极欲、贪得无厌的行径，赋予这部爱情剧作以深刻的政治内容。

在《谒遇》一出戏中，当钦差接宝官员苗舜宾应柳梦梅的请求，一一介绍过珍奇异宝之后，柳（生）苗（净）二人有如下一段对话：

（生）禀问老大人，这宝来路多远？

（净）有远三万里的，至少也有一万多程。

　　（生）这般远，可是飞来，走来？

　　（净笑介）那有飞走而至之理！都因朝廷重价购求，自来贡献。

　　（生叹介）老大人，这宝物蠢尔无知，三万里之外，尚然无足而至；生员柳梦梅，满胸奇异，到长安三千里之近，倒无一人购取，有脚不能飞！

　　几句问答，把封建朝廷爱"蠢尔无知"的珠玉如性命，却弃"满胸奇异"的人才如敝屣的隐秘，巧妙地彰显出来。"皮里阳秋"，意在言外，语中带刺，寄慨遥深。

《解放日报》2015年3月4日

涅瓦大街上的俄国作家群

涅瓦大街老是在撒谎

自从车尔尼雪夫斯基那句"历史的道路并不是涅瓦大街的人行道"的名言在20世纪20年代初被列宁引用以来,涅瓦大街一下子就飞向了全世界。其实,早在1835年果戈理就曾以《涅瓦大街》为题,创作了中篇小说。

不同的是,车氏与列宁是借用这条笔直、宽阔、平坦的大街来说明事物曲折发展、不可能一帆风顺的哲理;而果戈理则是通过这个车马络绎不绝、行人接踵联袂的煊赫、繁华的"首都之花",揭露它后面掩藏着的上流社会惊人的矛盾。他富有讽刺意味地称涅瓦大街为"人间一切最优秀的作品的展览会",可是在这个展览会上,一切都是欺骗,一切都是幻影,一切都和表面看到的截然不同,"涅瓦大街老是在撒谎"。

涅瓦大街,自18世纪初辟建以来,经过200余年的踵事增华,于今,已经成为世界建筑史上最有特色的街道之一。尽管它所在的列宁格勒市,已经恢复了彼得大帝建城时的名字,但是,时代的飙轮毕竟驰向了21世纪,当年大街上那些花花公子、男女豪商以及"经常在羽毛褥子和枕头上过日子"的贵妇人,穿制服、挂十字章、派头十足的小官吏不见了,果戈理笔下的形象猥琐、姓名逗趣、沉默寡言、"谁也看不起他"的小公务员阿卡基·阿卡基那维奇·巴什马奇金之流也都无影无踪了。

变化不大的是,涅瓦大街留给人们的印象,依旧是那种类似陀思妥耶夫斯基作品的晦暗、沉闷的情调。时当岁杪，气温并不甚低，湿度却比较大，日影匿黯，风色凄迷，天空灰蒙蒙的，是一种典型的酿雪天气。涅瓦大街仍旧弥漫着浓郁的艺术氛围。放眼望去，两旁建筑呈现出极其鲜明的艺术特色，整体上看，属于18世纪的建筑风格。高超的艺术技巧，朴素的表现手法，没有缤纷的色彩，没有奇突的错落，庄重、谨严的俄罗斯古典建筑形式与奢华、隽美的巴洛克式的装饰艺术交相辉映。楼房多为三四层，米黄色，大量使用石料，壮美、古雅的圆柱、回廊、雕塑、高凸浮雕，随处可见。风致、情调、格局达到了高度的和谐统一，而各个建筑又互争奇巧，富于变化，有着丰富的艺术表现力。

回忆带着永不改变的幻想

受这种浓重的艺术氛围所感染，我在街头漫步时，突然产生一种幻觉：仿佛19世纪上半叶活跃在这里的俄国作家群今天又复现在大街上——

看，那位体态发胖、步履蹒跚的老人，不正是大作家克雷洛夫吗？他是从华西里岛上走过来的。他喜欢花岗岩铺就的涅瓦河岸，喜欢笔直的涅瓦大街和开阔的皇宫广场。

在克雷洛夫的后面，著名的浪漫主义诗人茹科夫斯基不紧不慢地踱着方步，仿佛正在吟咏他那把感情和心绪加以人格化的诗章："这里，有着忧郁的回忆／这里，向尘埃低垂着深思的头颅／回忆带着永不改变的幻想／谈论着业已不复存在的往事。"

那个匆匆走过来的穿着军装的青年，该是优秀的年轻诗人莱蒙托夫吧？是的，正是。他出身贵族，担任军职，自幼受过良好的教育，经常出入于上流社会的沙龙和舞场，但他同沙皇、贵族始终格格不入。1840年新年这天，他出席彼得堡的一个有沙皇的女儿、爵爷的贵妇和公主参加的假面跳舞会。在那红红绿绿的人群的包围、追逐下，诗人感到十分疲惫，极度厌恶。他找个借口离开了舞厅，急速地穿过涅瓦大街逃回家去，悲愤中写下了那首题为《常常，我被包围在红红绿绿的人群中》的著名诗篇，以犀利的笔触尖刻地嘲笑了那班昏庸的权贵，把他们讥讽为"没有灵魂的"，"晃来晃去的人样的东西"；对那些胁肩谄笑、假意虚情的女士，同样投以无比的蔑视。

别林斯基也是涅瓦大街上的常客。他个头不高，背显微驼，略带羞涩的面孔上闪着一双浅蓝色的美丽的眼睛，瞳孔深处迸发出金色的光芒。他是君主、教会、农奴制的无情的轰击者，他激情澎湃地为反对社会不平等而奋争。在给友人的一封信中，他写道：当在涅瓦大街上，看到"玩趾骨游戏的赤脚孩子、衣衫褴褛的乞丐、醉酒的马车夫——悲哀，沉痛的悲哀就占有了我"。

当然，最了解"彼得堡角落"里下层民众疾苦的，能够用"阁楼和地下室居住者"的眼睛，用饥饿者的眼睛来观察涅瓦大街的，还要首推革命民主主义诗人涅克拉索夫。他亲身经历过城市贫民的悲惨生活，在寒风凛冽的涅瓦大街上，他穿不上大衣，只在上衣外面围了一条旧围巾。为了不致饿死，他在街头干过各种小工、杂活。1847年，涅克拉索夫写下了描写城市生活的著名诗篇——《夜里，我奔驰在黑暗的大街上》。以一个丈夫沉痛回忆的方式，叙述一个妇女的悲惨遭遇：她在独生子死去、丈夫奄奄一息的困境中，为了给儿子买一口小棺材，给丈夫买药治病，不得不走向涅瓦大街，出卖自己的肉体。诗人满腔悲愤地控诉了农奴制度社会的黑暗，对被损害、被蹂躏的妇女寄予了深切的同情。他的诗具有震撼人心的强大的感染力。

在这些年龄各异、时代不同的作家群中，偶尔也插进一些穿着学生服装和华贵的制服的青年人，只是为了找个机会，向某一位心爱的诗人鞠上一躬，或者掏出记事本来，请作家们签名留念。

在涅瓦大街旁，矗立着一列庞大的建筑，背后却是一个个拥挤不堪的小院落、小客栈。清晨，小公务员、小手艺人、小商贩们鱼贯而出，向涅瓦大街走来。其中有一个20岁开外的青年，脸刮得净光，头发剪得很齐，穿着一件短短的燕尾服，看去颇像一只翘着尾巴的小公鸡。这就是果戈理。

1828年底，他满怀着对于未来的憧憬，从故乡乌克兰来到了彼得堡。但是，不久，他便发现原来的美妙的理想浪花已被现实的礁石撞得粉碎。故乡的森林、原野、河流，阳光耀眼的白昼和温煦晴和的黑夜，经常像图画一样闪现在眼前。而彼得堡经常飘洒着令人烦闷的霏霏雨雪。泥泞的地面和潮湿的空气，特别是大都市中的各种社会矛盾现象，常常使他心绪不宁，抑郁苦闷。他浏览着涅瓦大街的繁华市面，仔细地观察着过往的行人，情绪在不断地变化着，时而消沉，时而忧伤，时而兴奋。而最令他欢愉的，莫过于在涅瓦大街上邂逅普希金了。他们谈得十分投机，有时，竟忽视了饥肠辘辘。

果戈理和普希金

果戈理比普希金整整小了10岁。自1831年相识之后，二人便结成了莫逆之交。他常说，"我的一切优良的东西，都应该归功于普希金。是他帮助我驱散了晦暗，迎来了光明"。普希金对他在《狄康卡近乡夜话》中把现实主义的世态描摹和浪漫主义的神话渲染加以巧妙的结合，给予很高的评价；也很欣赏《伊凡·伊凡诺维奇和伊凡·尼基福罗维奇吵架的故事》语言的清丽、华美，比喻的奇突、恰当。同时，尖锐地提出："难道乌克兰就没有其他更勇敢、更强有力的人吗？难道拥有那么多关于自由、幸福、爱情的奇妙传说的乌克兰民族，就从来也没有为另外一种生活——光明、美好的生活奋斗过吗？难道果戈理就不能讲讲这种人的故事吗？"

果戈理深受触动，开始细心研究乌克兰的民族历史。这些史料把他带回到两个世纪前的查波罗什，那些"高傲、雄壮得像狮子一样的战士，时时从这个光荣的策源地冲出来，勇敢地保卫着自己的土地，抗击外国侵略者"。于是，塔拉斯·布尔巴这个光辉的形象诞生了。普希金创办《现代人》杂志后，果戈理立即把他的小说《马车》寄去，诗人非常高兴，说："《现代人》坐在果戈理的《马车》上，就可以负重致远了。"

果戈理想把彼得堡的对上逢迎、对下鄙吝、营私舞弊、贿赂公行的官场狠狠地曝一下光，但是，苦于凭空结撰，全无依傍，便求助于普希金，说："请给我提供一些题材吧。我将迎合目前的风气，写出一部五幕喜剧，而且，保证写得比什么都更滑稽。"普希金满足了他的要求。

有一次，诗人普希金去奥伦堡，原是为撰写普加乔夫的传记收集素材，却被当地官员误认为彼得堡派来私访的钦差大臣，结果，闹出了很多笑话。果戈理以此为依据，两个月就写成了讽刺剧《钦差大臣》，并于1836年4月正式在亚历山大剧院公演。普希金观看之后，满意地说，任何人都不能像果戈理这样出色地运用他的馈赠。诗人还帮助果戈理构想了《死魂灵》的某些情节，并读过小说的开头几章。过去，他听果戈理诵读新作时，总是面带微笑，从容玩味；这次却神情忧郁地说："天啊，我们的祖国多么可忧虑啊！"

不久，便传来了伟大诗人普希金去世的噩耗。果戈理为失去一位最崇敬、最亲近的良师益友而感到绝望，从此，他进入了一个痛苦的忧伤时期。涅瓦大街的人行道上，再也见不到果戈理的身影了，他离开了祖国，寄身罗马。在那里，他把无尽的哀思写进了《死魂灵》，并在小说中浓重地加以点染："我们的国家被我们自己毁坏了"，应该用艺术力量来拯救它。

我多次漫步在涅瓦大街的人行道上。我为这里留下过优秀作家群的珍贵足迹，为俄罗斯伟大建筑艺术传统的弘扬，感到骄傲，感到兴奋；然而，心情常常是抑郁的。

《解放日报》2015年5月8日

聂鲁达，聂鲁达

普希金、泰戈尔、聂鲁达

在顶尖的世界级大诗人中，我最喜爱的有三位。他们是俄罗斯的普希金，在我们的北面；印度的泰戈尔，在南面；还有一位是智利的聂鲁达，我说不清楚是在东面还是西面，反正都是我比较熟悉的——不仅读过他们的作品，研究过有关的传记，而且有幸访问过他们的祖国、故乡，瞻仰过他们的不止一处的故居，实际感受那种温馨、儒雅的氛围，亲炙他们的遗泽。

对于三位大师级的诗人，自然我都是仰视的，但感觉与印象并不相同：

在我的心目中，那位倜傥风流、多愁善感的普希金，属于"乌衣年少"一流，尽管我特别崇拜他、喜爱他，长诗短诗都能背诵出一些来，但相互间总有一点"隔"的感觉；那位飘动着白发长髯，仿佛给人一种仙风道骨般的感觉的泰戈尔老人，在蔼然可亲之中，常常让人平添几分敬畏，这也在一定程度上拉开了我们之间的距离；唯有那个聂鲁达——也许同早就知道他是一位真正的人民诗人有关——我感到特别亲切，也最容易接近，因而一厢情愿地同他结成了朋友。看到那方方正正的脸庞上，嵌着一双大而圆的眼睛，再衬上两弯浓重的长眉，一张抿着嘴唇的阔嘴，我总是忆起过世多年的长兄，一个出色的建筑工人。

爱是那么短暂，而遗忘又是那么漫长

在智利几天的访问，使我进一步走近了聂鲁达，对于这位优秀的诗人、诺贝尔文学奖获得者有了多方面的实际了解。三四十年前，诗人还在世的时候，我就曾如饥似渴地读过当时所能找到的他的动人的诗篇，感受到诗人的博大胸怀、可贵的正义感和社会担当意识，倾倒于他的超人的智慧与幽默。在那道德、观念、习惯和阶级、法律、政策等一切都同爱意柔情大相径庭的年月，我在繁重的体力劳动之余，常常躺在农村冰冷的土炕上，就着微弱的灯光，一遍又一遍地默读着聂鲁达20岁时写下的《二十首情诗和一首绝望的歌》。

通过这部青春恋情的杰作，我仿佛看到现实中的诗人愁肠百结、坐立不安的焦灼心态，里面有忧伤的记忆，有真情的呐喊，有情感的剖析，也有深沉的哀叹。同诗人一道沉浸在孤独、自省，为情所扰、所困、所苦的茫茫隐痛之中，体味着那种对人性对心灵的终极关怀。那组动人心魄的《漫歌集》，尤其是其中著名的《伐木者，醒来吧！》，读着读着就抑制不住心头涌动的狂潮，常常是感同身受，也让我为自己祖国富饶的大地、往昔的荣光而自豪，为祖国人民所遭受的苦难与未来的命运而忧思，有时竟披衣起立，绕室彷徨。

诗人以满腹赤诚热爱着自己的祖国。可是，由于他宣扬革命，主张社会正义，生前却几度被他的国家宣布为不受欢迎的人。群众中盛传着，夺走他生命的并非癌症，而是悲伤。在他死后的17年间，其作品几乎完全为智利右翼军人组成的独裁政府所封禁。它使人记起了聂鲁达的广为世人传诵的诗句："爱是那么短暂，而遗忘又是那么漫长。"所幸这一切终于结束了。在他百年诞辰之际，他的祖国和人民通过开展一系列纪念活动，给予他以无尽的哀荣和褒扬，用以补偿对他的长期不公与歉疚。智利政府以国家英雄之名，将他请入了先贤祠。

诗人宽阔的胸怀有如浩瀚无垠的大海，他把视野敞向全球，以其人性的伟力拥抱着整个世界，让盈盈爱意在诗中涌流，于是，世界爱好和平的人民，同样也把盈盈爱意回报给诗人。看过意大利影片《邮差》的观众，大概都记得这个情节吧：20世纪40年代末，聂鲁达由于宣扬革命被流放到意大利一个孤岛上。这里虽然狭小、偏僻，但并未与世隔绝，世界各地的广大读者，其中尤以女性居多，仍然惦记着诗人，与他声息相通，因而信件源源不绝地向小岛涌来，这使专门给他送信的邮差——当地一个粗通文字的青年马利奥感到惊异，从而产生了进一步与诗人交往的浓烈兴趣。

比照美国的同行杰克·伦敦，航海这方面他可差远了

真的，聂鲁达确有迷人的魅力。这种"追星"的情景，这次在智利访问中，我也实际接触到了，当我自北而南漫游这个狭长得有些怪诞的国家，像举起头来随处可见有"南美大地的脊梁"之称的安第斯山的皑皑白雪一样，无论走到哪里，海滨、山村、平原，随处都能听见巴勃罗·聂鲁达的名字，人们为祖国拥有这样一位可爱的诗人而感到自豪。尤其是在他的几处故居我见到了来自世界各地的热心观众，顶着炎炎烈日，纷至沓来，络绎不绝。

已经辟为聂鲁达博物馆的故居，坐落在圣地亚哥圣母山下，这是一组依山就势、造型奇特的欧式建筑。一般的山居，都是在山坡上削出个平面，或者分出层次逐级攀升，像画图一样次第展开。而聂鲁达的住宅是纯然依照山势的错落，蜿蜒上下，凹进凸出，似断实连，散落在浓荫密布的林峦深处。清幽、别致，充满了艺术情趣，体现了主人的匠心独运，是诗人的艺术心灵的外现。凡是到过这里的观众，大概都会有一个突出的印象，那就是诗人极富艺术感觉，极富生活情趣，极富人情味。我想，这大概就是诗人的恒久魅力所在吧。整座住宅，包括会客室、卧室、书房、餐厅、酒吧间，壁橱里陈列的，案几上、窗台上放置的，挂在墙上，摆在地下的，都是大大小小的艺术品。除了珍稀的古玩、世界的名画、彩色的玩具、多

彩的瓷盘，最多的是千姿百态的海螺。

诗人自己说过："我平生所收集的最精美的东西，实际上就是海螺，它们的奇妙结构——月光般皎洁、像细瓷一样美妙的内在质地，加上有厚实质感的、哥特式的、多姿多彩的外壳——令我心旷神怡。"这里有南极的通明海螺、古巴的杂色螺、加勒比海的彩绘海螺、北美的彩线榧螺、中国的宽肩螺……据说总数超过15000个，其中大部分已经捐赠给智利大学。

故居里有大小三个酒吧间，主人喜欢和客人一边谈天，一边饮酒。他还常常用酒来激发灵感，他说，喝了酒以后晃晃悠悠的，有如坐在船上。他的书房在小楼的一角，就设计成船的形状，他说自己整天都坐在指挥舱里。许是由于诗人一生总是靠近大海，而且终年漂泊，除了海螺，对于船舶，诗人终生有着特殊的爱好。他的几处住宅里，不是摆放着船的模型，就是挂着船舶的绘画，有一处房舍外面的山头竟然放置一艘实用的船只。但是，据说，他从来也没亲自驾驶过航船，甚至根本不懂得航海的技术，比照美国的同行杰克·伦敦，这方面他可差远了。

与故居隔着一道铁丝网，外面是一座动物园，聂鲁达喜欢这种生机盎然的环境，尤其是愿意谛听嘤嘤鸟鸣和咆哮山林的狮吼。故居庭院里种植一些果树，有时活泼的小猕猴偷偷跳进来摘葡萄，诗人便乐颠颠地瞅着它们跳上跳下，直到饱腹而去。

一个耳朵放在前额上，可以倾听未来

聂鲁达对于中国怀有深厚的感情，一向关注中国革命的进程。早在1927年，当他出任驻缅甸仰光的荣誉领事时，就曾访问过中国，时年23岁；后来在1951年、1955年又两次访问中国，回去后写了《向中国致敬》和《中国大地之歌》等诗篇。他同我国的著名诗人艾青、萧三等结成亲密的朋友。

1954年聂鲁达五十诞辰，艾青、萧三等中国诗人曾带着景泰蓝的名瓷、湘绣和象牙雕刻，专程前往智利为他祝寿，使聂鲁达无限感激。他深情无限地对艾青说："中国是从梦想变成现实的一个国家。"他一直记怀着愉快的中国之行，一次游览颐和园，陪同他的艾青戏问他："你姓聂，按汉字的写法，'聂'字是由三个'耳'字构成，而你只有两只耳朵，多了的那只耳朵放在哪里？"聂鲁达随口作答："一个耳朵放在前额上，可以倾听未来！"大家都叹服他的机敏与智慧。

他非常注重友情，多少年过去了，还不断地想念着好朋友艾青。据艾青去世前在一篇回忆文章中所记：有人告诉他，聂鲁达曾经对着大海呼唤艾青的名字，他们之间结下了深厚情谊，互相都十分珍惜。

艾青从南美归来，写过几篇赞颂与忆念聂鲁达的诗章，在《告别》这首长诗中有这样的感人诗句："浅灰色的早晨／我离开你／离开你动人的声音／离开你温热的手掌／离开你宽阔的胸膛／离开你的拥抱／说了一声'再见'／不可能许下重聚的日期／就这样地，我离开你／离开我的兄弟／离开智利。"

聂鲁达对于中国的艺术情有独钟。在这所故居里，陈列着两幅中国画，一幅画面是一戎装少年骑在马上，手里牵着一只梅花鹿；另一幅画的是野花啼鸟。记得参观他的另一处住宅时，曾看到一幅中国古代的仕女图，上面有清代著名书法家王文治的题诗，这是一件十分名贵的珍品。王文治，字孟楼，乾隆朝进士，殿试第三名，被擢拔为翰林院侍读，能诗工书，名重当时，与著名书法家、宰相刘墉齐名，时人称之为"浓墨宰相，淡墨探花"。海内外人士都以藏有他们的书法作品为荣耀。

智利归来，很多时日过去了。脑子里还不时地闪现出聂鲁达的身影，似乎诗人已经随我来到了中国；而我又同时发现，我的心留在了智利，留在了诗人的身边。

《解放日报》2016年2月25日

说轻道重

李谢诗魂

从宣城到当涂，有一条千古文脉。南齐的著名诗人谢朓，年轻时生活在建康，那里的山川丽景、人文积淀予他以良好的熏陶，后来他又广泛接触了三江与荆楚的社会、自然文化。32岁出守宣城，由于仕途险恶，出处仕隐的矛盾横亘于心，更加有意识地恣情山水。而宣城恰是山水名都，为他的山水诗的创作提供了富饶资源，因而这个时期的诗作，成就巨大。以他的五言诗为旗帜的"永明体"的出现，为诗歌由古体转变为近体架设了一座桥梁，对于盛唐王维、李白、杜甫的诗歌创作产生了积极影响。

两个世纪之后，诗人李白曾经七到宣城，对于谢朓倾心追慕，写下了"谁念北楼上，临风怀谢公"，"我家敬亭下，辄继谢公作。相去数百年，风期宛如昨"等许多抒发其景仰之情的诗篇。清代诗人王士禛有诗云："青莲才笔九州横，六代淫哇总废声。白纻青山魂魄在，一生低首谢宣城。"

李白对谢朓的追慕，固然着眼于他在诗歌艺术方面的高度成就；但也和两人在政治抱负、仕途遭际、思想基础、生活阅历方面存在许多相似之处有一定关系。里面有悲慨，有同情，也有知己相托，惺惺相惜。同李白类似，谢朓始终期望着在政治上有所建树，但他既缺乏政治家的胆识和气质，又没有适应宦海惊涛的经验与韬略，只是一个才情洋溢的诗人，被卷进激烈斗争的政治旋涡，推涌到郡守、尚书吏部郎的官位上，最后被诬下狱而死,年仅36岁。

李白殁后6年,著名文学家韩愈诞生。他特别崇拜李白。由于深情怀念,"夜梦多见之",晚年,他跋山涉水,专门到宣城来筑室而居,以体认高怀,亲近遗泽。尔后,相继又有白居易、杜牧、欧阳修、梅圣俞、苏轼、黄庭坚、文天祥、李东阳、文徵明等无数文化名人接踵而至,在宣城写下了许多凭吊李白、谢朓的诗文。元帅诗人陈毅在抗日战争戎马倥偬之际,还曾在宣城题咏:"敬亭山下橹声柔,雨洒江天似梦游。李谢诗魂今在否?湖光照破万年愁。"足见谢、李二公诗文影响入人之深。

当涂城南15里,有座名叫"青山"的小山,林壑幽深,风光秀美。谢朓出守宣城时,尝筑室于青山之阳,与客遨游吟咏,双旌五马往来于湖山杳霭之间。李白爱屋及乌,对青山怀有特殊的感情,曾多次前来凭吊谢公宅、谢公井,寻访谢朓的遗迹。太白既殁,原殡于龙山东麓,50年后,友人之子范传正根据太白"悦谢家青山"和"宅近青山邻谢罳"的夙愿,迁葬于青山西北麓,李、谢终于结为异代之芳邻。

文人相重

1200年之后,有"诗书画三绝"和"当代草圣"之誉的书法艺术大师林散之先生,心仪李白,先后十余次驻足采石,放歌横江,泪洒青山,立誓"归宿之期定与李白为邻"。杜甫没有到过皖南,但当在皖南说到文人相重时,我首先想到的就是李白和杜甫的真挚友情。闻一多先生曾把李杜相逢比作两曜遇合,认为意义极为重大,"我们该当品三通画角,发三通擂鼓,然后提起笔来蘸饱了金墨,大书而特书"。我则更加欣赏两颗诗星无比纯真的本性与至情。

公元744年,二人在洛阳首次相会,情意相投,备极欢洽。次岁,他们又在山东的齐州、兖州重逢,相偕游览,亲如兄弟。"醉眠秋共被,携手日同行。"(杜甫)凄然话别时,李白写诗相送:"飞蓬各自远,且尽手中杯。"别离日久,怀想殊深,李白又有"思君若汶水,浩荡寄南征"之句。杜甫回到长安后,也写了《春日忆李白》的名篇:"白也诗无敌,飘然思不群。"可惜两位诗坛巨擘此后再未重逢。公元757年,李白因受永王事件牵连,被捕入浔阳狱,翌年流放夜郎。杜甫万分悬念,结想成梦,写成《梦李白》二首和《天末怀李白》,感情至为真挚。

"感人心者,莫先乎情",这是白居易与元稹论诗时提出的观点。公元809年,元稹奉命入蜀复查刑事案件。白居易时在长安,饮酒中忆起元稹来,写道:"忽忆故人天际去,计程今日到梁州。"与此同时,元稹在梁州驿舍中做了一个梦,梦见他和白居易同游曲江和慈恩寺,就写诗相寄:"梦君同绕曲江头,也向慈恩院院游。亭吏呼人排去马,忽惊身在古梁州。"表面上看,似乎有一点神秘色彩,实际上,恰恰说明二人真挚友情是何等之深!

6年之后,元、白先后被贬谪到通州和江州。元稹听到白居易亦遭贬谪的消息,不顾自身的困难处境,拖着病弱之躯,写了一首七绝:"残灯无焰影幢幢,此夕闻君谪九江。垂死病中惊坐起,暗风吹雨入寒窗。"

白居易见到这首诗之后,在给元稹的信中说:"此句他人尚不可闻,况仆心哉!至今每吟,犹恻恻耳。"稍晚一些时日,元稹又写了一首《得乐天书》,诗人手持远信,流着泪走回内室,引起了妻儿的惊疑。因为诗人已经伤心得说不出话来,她们只有猜测:是谁一封信竟引他如此悲伤,看来肯定是白乐天了。

凡传世名篇无不文自情生,贯穿着一根真情灼灼的红线。曹丕当过皇帝,但政治上并没有什么突出的建树,倒是在文学方面成就为一个建安时代的重要诗人,而且也是文学批评史上早期的一位重要人物。建安二十二年,疫病流行。曹丕在给文友吴质的信中,深情悼念几位死去的朋友,同时也满带感情地表现出对过去友朋相聚、觞酌诗咏的生活的怀念。感情悲怆恳挚,文笔哀婉动人。

文人相轻

在当涂，我问东道主：唐宋时期，除了李白，当地还有哪些人颇著文名？他们说，恐怕要推北宋时的郭祥正和李之仪了。郭、李二人大体上生活在同一时期。郭祥正，当涂人，熙宁进士。他特别喜欢李白的诗，写的古风有类似李白之处。但其为人，当时与后世颇有一些非议。

李之仪，赵郡人，以才学名世，后卜居当涂。一次，他为郡人罗某作墓志，开头就说，"姑孰之溪，其流有二，一清而一浊。"清谓罗公；浊即指郭祥正。郭以此怨深刺骨，"文人相轻，遂成仇敌"。之仪丧偶无嗣，曾将郡中娼妓杨姝养在家里。祥正乃怂恿豪民上讼于朝，之仪被削籍，杨姝斩首。祥正快之，作俚语曰："七十余岁老朝郎，曾向元祐说文章。如今白首归田后，却与杨姝洗杖疮。"

郭、李交恶式的"文人相轻"，与曹丕当日讲的"文人相轻，自古而然"，不属于一种类型。在《典论·论文》中，曹丕认为，出现文人相轻，一是由于"善于自见"，各以所长，相轻所短；一是由于"暗于自见，谓己为贤"。钱锺书先生评论说，数行之内，语若刺背，理实圆成。又兼文学产品的评价，常常是从欣赏者的个人角度出发，各有轩轾，不易统一。所以有"文无第一，武无第二"的说法。

还有一种情况，就是文学上分宗列派，党同伐异，也常常表现为文人相轻。

清代雍正、乾隆时期，诗坛上以袁枚为首的性灵派同以沈德潜为首的格调派尖锐对立。沈氏强调温柔敦厚，正格调，主唐音；而袁枚则主张，"诗之为道，标举性灵，发舒怀抱"，最后，在反封建纲常、反形式主义、反纯功利观念上，压倒了"格调说"。再如，他对在考证学风弥漫下产生的以翁方纲为首的"肌理说"也进行了猛烈的抨击，批评它是"满纸死气，自矜淹博"。但是，除了这类正当的文学批评之外，袁枚有时也明显地表现出宗派性质的文人相轻。比如，他批评摹拟名家是"权门托足"，讥讽神韵派为"贫贱骄人"，嘲骂浙派是"乞儿搬家"，哂笑以诗唱和者为"村姑絮谈"，指责作诗加注是"古董开店"，评说写肤浅之诗是"矢口而道，自夸真率"，讽刺讲声调、格律者是"栩栩然矜独得之秘"。可以说，骂尽了当世诗人。

实际上，他自己的诗亦有不少酬唱征逐、内容无聊的敷衍之作，甚至有人讥之为"伪体"和"野狐禅"。尤其是在《随园诗话》中对达官显宦的记述过多，对资助他刻书的更是求则必应，常有"徇一己之交情，听他人之求请"的私货被录进诗话。对袁枚这样的诗坛巨擘来说，当然这只是"白圭之玷"，瑕不掩瑜。

《解放日报》2016年11月9日

自荐与要官

一

翻阅古籍，偶然看到这样一则故事。宋代贫士胡清才冠当时，只因无人赏识，落拓山中。他不甘寂寞，借着咏叹轩旁小柏，写了一首述志抒怀的诗：

栽傍岩隈未足看，谓言斤斧莫无端。
他时直入抡材手，不独青青保岁寒。

本来是要说自己如何才华出众，但第一句欲扬先抑，说我像这棵"栽傍岩隈"的小柏一样，本无足观；第二句切入主题，意谓后生可畏，不可等闲视之，采樵者（象征豪强之辈）切莫无端地加以摧折；三、四句接着讲，日后如能被"抡材手"选为栋梁之材，那就不独善保寒操，坚贞自守了，言外之意是一定能够经邦济世，大有一番作为。这首自荐诗，后来被一位文人出身的惜士怜才的浙江漕运使看到，当即加以遴选，厚礼相待，还赠予他一份官田。胡清由此得以致身富贵。

自荐，古人也叫"自举"，就是自我推荐。形式多种多样，有的对面直陈，像平原君的门客毛遂那样自告奋勇；有的通过给当政者写信，或向皇帝、大臣飞章、献表、上疏、进奏，李白写信给韩荆州，韩愈连番进书宰相，即属此类；有的呈递诗文作品，以求赏识，像白居易写了一首《赋得古原草送别》的诗，使名士顾况击节称赏。这在古代，是屡见不鲜的。

清代文人邓嘉缉工诗、善书、能文，但半生沦落，抑居下僚，只捞得一个"候选训导"的闲职，他借着咏平原君，抒写其郁积的情愫，这里就包含着上干王侯自荐求售的意思。

古代有些帝王为了罗致人才，主动颁发诏书鼓励人才自荐。李世民、武则天都曾号召文武高才"诣阙自举"，"以求进用"。汉高帝《求贤诏》、汉武帝《求茂材异等诏》，除了要求地方官吏举荐贤才，自然也包括了贤才自荐的内容。纵观历史，一些贤达之士，对自荐、自举的做法，一般都是持同情与肯定态度的。

二

在现代人才学上，有的把这种自荐活动称为"人才的自我表现"。它以充分发挥自己的才智，献身社会为目的，以公开、主动地展现自己的抱负，彰显自己的才能，借以引起当政者的赏识与注意为其行为特征。

今天看来，自荐确有其显著的积极作用。为现代化建设和改革、发展的浪潮所推涌，无数立志成才的青年，怀着振兴中华、建设祖国、发展自己的责任感和自信心，不甘落后，勇于进取，渴望得到信用，接受重托。他们不隐瞒自己的感情，勇于表达个人对社会变革的基本态度，冲破传统观念的束缚，从自我举荐中获得一种动力：这里包括为实现自己诺言而奋力拼搏的献身精神，不达目的决不罢休的坚强意志和不安于现状的强烈的进取心。因而，这种行动是积极的、有益的，在多数场合也得到了各级组织和干部、群众的支持。

当然，由于传统观念和封建意识的束缚，也有人把它视为异端，认为自荐是显示自己，妄自尊大，是利己主义，甚至看成怀有个人野心，而把安于平庸、得过且过的精神状态当作美德加以提倡。面对这种情况，作为自荐者应该进行不懈的努力，通过一定量的优势积累，来冲破种种障碍，达到脱颖而出的目的。这里的关键一环，是能够拿出自己的真本事，让具有保守思想的人在事实面前受到教育，纠正过去的错误看法。

德国古典哲学家费希特，年轻时拜访哲学界的泰斗康德，希望得到他的提携与支持，不料康德未加理睬。费希特知道这是因为自己年少才薄，身价太轻；于是，废寝忘食，发愤学习，刻苦工作，经过一个时期的努力，写出了题为《一切天启的批判》的哲学论文。他把这份文稿寄给康德，并说明这篇论文就是他的自荐信。康德看后，大加赞许，当夜写信给费希特，祝贺他的成就，并邀请他前来一道工作。这个事例说明了，当自荐活动未能达到预期效果时，不应该怨天尤人，灰心气馁，而要"反求诸己"，努力争取用创造性的成果来赢得伯乐们的青睐。

三

客观事物是错综复杂的。在谈到自荐的积极效果的同时，我们也不应该否认，确确实实有那么一些人打着"自荐"的旗号，在那里钻营奔竞，伸手要官，直至跑官、买官。这种现象是存在的，一些人以实用主义态度来对待上面的方针政策，任何纯正的东西，到了他们手里，都会走样，变味。改革开放伊始，上级强调解放思想，放开搞活，他们就搞"上有政策下有对策"；同样，组织上提倡自荐，有些人就"理直气壮"地为自己要官，而把抵制这种歪风邪气的斥之为观念保守、思想僵化、压制人才。

当然，他们"要官"时也并非赤裸裸地伸手，总还要包装一下。比如，在给上级领导写信或面谈时，一般都是首先表白一番自己"过关斩将"的劳绩；进而说明眼前的处境，官卑职小，难堪舆论的压力；最后，总要说一些"趁着年纪尚轻，身体还好，愿意更多地为改革发展出些力，担些担子"之类的话，从而扣住主题。说到这里，我倒想起了古人曹翰的一首诗。

据《宋朝事实类苑》记载：宋初名将曹翰平定江南有功，后归环卫，数年未得升迁。一日，皇帝举行御宴，饮酒赋诗，许多文人躬逢其盛；而曹翰因是武人未得参与，于是，写了一首七律，亲呈太宗以自陈其志。诗曰：

  三十年前学六韬，英名常得预时髦。曾因国难披金甲，不为家贫卖宝刀。
  臂健尚嫌弓力软，眼明犹识阵云高。庭前昨夜秋风起，羞睹盘花旧战袍。

诗写得比较含蓄，较之今日之要官者算是委琬得多了，但意旨还是十分明确的。概言之，一曰夸功，二是诉穷，三说发展潜力很大，还可以担任更高的官职。

《宋史》中说他"多智数，好夸诞，贪冒货赂"。看来，官声并不太好，但战功卓著是事实，因而，太宗看了诗句之后，怦然心动，"骤迁数级"。

引古可以鉴今。从曹翰这面土花斑驳、铜绿茸生的古镜里，约略地能够映出今天的一些官欲甚炽之人的路径和手法。当然，情况不同，气质有异，表达的方式也会存在差别。有的对计较职位、待遇还有些羞于启齿，未免"足欲进而趑趄，口将言而嗫嚅"；也有些人却是惊人地"坦率"，丝毫不加掩饰，甚至理直气壮地质问组织："我也没有什么错误，为什么老当副职？""某能力平平，为什么他能提拔，我就不能？"当组织上指出"这样伸手要官不好"时，他还会振振有词地辩解说："这不是要官，而是勇于自荐。"

表面上看，要官与自荐有些相似，实际上，二者是有原则的分野的。自荐者出于公心，以尽展才能、献身社会为归皈。他们为形势所鼓荡，怀着振兴中华、建设祖国、奉献一己的责任感与自信心，不甘埋没，勇于进取，渴望得到信用、接受重任；而伸手要官者萦心注目的无非是一己的升迁，满足个人的权欲，而很少考虑社会的责任。

自荐，是把竞争机制引进到人才选拔制度中来，是一种社会性的选择，立足于公开的、民主的、平等的竞争，像体育竞赛一样，完全建立在自己实力的基础之上。千里马在赛场上公开亮相，优胜劣汰，毫不马虎，可以避开择人者个人感情、认识、利害关系等主观因素所造成的弊端。而伸手要官者靠的是奔走权门,夤缘求进,馈遗往还,私相授受。一公一私,泾渭分明。

《解放日报》2016年11月9日

古镇闲翻无字书

抬脚走进历史

说到历史，人们一般都会想到古老的语言、悠远的年限和深奥的密码，认为它离开现实生活很远，既深邃，又神秘，只有走进博物馆、文物保护单位，或者钻到故纸堆里，才能有机会和它打个照面。其实，历史老人和时间少女一样，都是人类自觉地存在的基本方式，是随处可见、无所不在的。比如，我在苏州的同里和周庄，就曾经和几位历史人物不期而遇，觉得这两个千年古镇都有说不尽的历史话题。

一个烟雨江南的晴和春日，我徜徉于古香古色的里弄间，踏在已经磨得光滑的石板路上，指点着枕河漱流、历经沧桑的老宅深院、古巷长街。据统计，两座古镇现有的民居，明清时代的约占四成。这就是说，那些倒映在溪流中的蠡窗照壁，那些苔藓斑驳的岁月留痕，至少已经阅过了二三十万次太湖的潮涨潮落，照临过四五千次月圆月缺了。

整个古镇，宛如一座随处都在震荡着历史回声的博物馆。可以说，每一座宅院，每一个里巷，每一架石桥，每一条河道，都叠叠层层地沉积着古老的灿烂文明，演绎着数不清的令人动心动容的故事。穿行其间，空间并没有走出多远，时间却觉得仿佛已经跨越了百年、千年，人们会情不自禁地生发出一种"抬脚走进历史，转眼如对古人"的感慨。

沈万三的发迹史及最后的可悲下场

我们在日光斜射、林影斑驳之下，船头散坐，畅游周庄，一一指认着早已定为文物保护单位的历代名人宅第。这是江南首富沈万三的后人建于乾隆初年的敬业堂，现在习称"沈厅"。走进这处七进五门楼，100多间房屋，占地2000多平方米的豪宅，人们不禁感慨系之地谈论一番沈万三的发迹史及最后的可悲下场。

沈万三的祖上以躬耕垦殖为业，到了他这一辈，就借助此间的水网条件，进行海外贸易，从而获利什百，资财巨万，田产遍于四方，富可敌国。无奈，搞生意，他虽然堪称高手，可是，玩政治，是一个十足的笨伯。他同所有的暴发户一样，见识浅短，器小易盈，不懂得封建政治起码的"游戏规则"，一味四处招摇，不肯安分守常。孔方兄不仅胀满了他的左右库房，也烧得他头昏脑涨，忘乎所以。结果，接二连三干下了种种蠢事，最后几乎招致杀身惨祸。性格便是命运，信然。

为了拍皇上的马屁，他竟然心血来潮，晋京去奉献什么"龙角"，还有黄金、白金、甲士、甲马，并斥资建筑了南京廊庑、酒楼。这下可爆出了名声，显露了富相。恰似"欲渡河而船来"，朱元璋修建都城正愁着银根吃紧呢，这回可算抓住了一只呆鸟，当即责令他包下从洪武门到水西门大约占南京城墙三分之一的建筑工程。得到的报酬是两个儿子被封了官职。修城嘛，毕竟还是一桩善举，说得好听些，是无偿赞助，说得露骨一些，便是向皇帝"钓鱼"。头一回总算是得逞了；可是，他"抓了个棒槌就当针"，竟然胆大妄为，异想天开，还要拿出一大笔资财去犒赏三军。修东建西，收买民心，已经犯了大忌，现在还要收买军心，这还得了？一下子惹翻了那个杀人成瘾的皇帝老儿，朱元璋怒气冲冲地说："匹夫犒天子之军，乱民也。宜诛之！"这时的沈万三，已经年过70了。马皇后看着有些不忍，便婉转地为他说情，这样才免遭刑戮，发配到云南瘴疠之地充军，最后客死他乡，闹得个人财两空。正是："秦淮水榭花开早，谁知道容易冰消。眼看他起朱楼，眼看他宴宾客，眼看他楼塌了"。朝荣夕悴，转瞬成灰。

"万三蹄"和"莼菜脍鲈羹"

不过，据研究昆曲的专家发现：云南纳西古乐中融有昆曲曲风，这种文化的融合与沈万三有一定的关联。沈氏起家于昆曲诞生地苏州，明初，举家迁到南京，其家中容或有谙习昆曲之人。沈万三发配云南之后，连带着也把昆曲带了过去，使得昆曲同本地的纳西古乐相互融合，这是极有可能的。云南丽江现有沈家村，村中人皆姓沈，传说都是发配云南的沈氏后代。

至于在当地，如果说这个堪笑又堪怜的悲剧角色还留得一点历史痕迹的话，那就是周庄街头随处可见的名为"万三蹄"的红烧猪蹄髈。这是当年沈万三大摆宴席的当家菜。据说，有一天，朱元璋带着亲信到他家里来做客，他受宠若惊，一时竟不知用什么珍馐美味招待是好。恰巧，这时膳房里飘出来一股浓烈的肉香味，皇帝问他是什么佳肴，他便让厨师把炖得皮鲜肉嫩、汤色酱红，肥嘟嘟、软颤颤的猪蹄髈端了上来，然后从容地从蹄髈下侧抽出一根刀样的细骨，轻盈地划了几下，皮肉便自然剖开。朱皇帝见了馋涎欲滴，一面大快朵颐，一面连声称赞：这"万三蹄"真是好。从此，这道沈家名菜便誉满了江南。

无独有偶。"万三蹄"之外，周庄还有一种列入江南三大名菜的"莼菜脍鲈羹"，它也同样联结着一位著名的历史人物。

西晋文学家张翰（字季鹰），尽管和异代乡邻"沈大腕儿"生长在一块土上，喝的是同一太湖的水，但他是典型的潇洒出尘、任情适性的魏晋风度，两人恰似两股道上跑的车，互不搭界。史载，张季鹰这天正在河边闲步，忽然听到行船里有人弹琴，便立即登船拜访，结果，两人谈得非常投机，"大相钦悦"。许是像伯牙与子期那样，以旷世知音相许吧。反正是已经到了难舍难分的程度，最后，他竟随船而去，而未告家人。到了洛阳，他当上了大司马东曹掾这样一个不大不小的官。后来，因见朝政腐败，天下大乱，遂在秋风乍起之时，托言思念家乡的菰菜、莼羹、鲈鱼脍而买棹东归。朝廷因其擅离职守，予以除名，他也并不在乎。他说，人生贵在遂意适志，怎能羁身数千里外，以贪求名位、迷恋爵禄呢？后人因以"莼鲈之思"来表述思乡怀土之情。

作为隐逸文学的高手，张季鹰写过许多诗词歌赋，可惜流传下来的不多。有一首《思吴江歌》，传说是他归乡之前的作品："秋风起兮佳景时，吴江水兮鲈鱼肥。三千里兮家未归，恨难得兮仰天悲。"他的"黄花如散金"的名句，曾得到诗仙李白的激赏。乡里人怀念他的遗泽，把他当年寄情游钓的南湖称为张矢鱼湖。作为一个真正的逸士，他在摆脱了爵禄的羁縻和王命国事之累，实现了人格独立，重新获得身心自由以后，"不闻世上风波险，但见壶中日月长"，完全以一种艺术化、审美化的取向来填补人生维度上的虚空，寄情诗书，放怀山水，在参与创造隐逸文化的进程中，实现了生命价值的转换。尼采有言，诗人在某些方面必须是面孔朝后的生灵，艺术正是休息者的活动。在张季鹰身上，可说是得到了充分的印证。

隐逸文化发展到一定阶段，出现了园林艺术。一些隐逸之士不满足于从前豪门望族庭院中有限的花园绿地，把返璞归真、回归自然的哲学观念，引入自成系统的古典园林的营造与鉴赏之中。他们追求一种形迹之外的悠闲、淡雅的情调，或者说，通过一定的景观形象，建构一种弥漫着耐人寻味的玄想氛围和精神环境，在有限的空间感受无限丰富的意趣。这种传情达意的时空综合艺术与心理活动空间的创造，在一定程度上弥补了归隐者摆脱政治操作后的人生实践的缺憾。

取什么视角来做当代阐释

这里一个典型实例，便是晚清人士任兰生的退思园。如果说，沈万三是周庄的热门话题，那么，在同里则是言必称退思园了。任氏曾外任武职多年，官场失意后，作为一种心灵寄托，回乡建造了一处豪华园林，取名"退思"，以示补过，兼有养晦韬光之意。园中荟萃了江南园林的亭台楼阁、廊坊厅堂、舫桥轩榭、花木泉石，各类建筑参差错落，疏密有致，一一紧贴水面，如凌波而立。设计、施工者以慧心巧手，赋予有限天地以难于想象的包容量，使方圆不足10亩的庭园蕴藏着至为丰厚的文化内涵，被誉为江南园林里的一颗璀璨的明珠。

然而，也正是这座精美的园林及其早已化为尘埃的主人，却引发出后世无尽的话题。在我见到的涉及退思园的近百篇文学作品和研究论文中，关于园主任兰生的功过是非的叙述，竟然迥不相同，甚至完全对立。有的说他搜刮了无数民脂民膏，回乡来肆意挥霍，不然的话，建园耗银10万两，从何而来？有的则引述史籍：任氏"去官之日，士民顾念旧恩，遮道攀辕，数万人无不泣下"；至于贪贿问题，当时就有人举报，经过京师大员查办，结论却是"查无其事"，这是见诸光绪十一年《清实录》的，也可说是凿凿有据。再比如，退思园的结构是西宅东园，成"一"字形横向排列，而没有像同时期多数园林那样，纵深布局，气势轩昂，庭院深深。有的文章解释为，它体现了"退思补过"的深意，不愿过分铺张，引人侧目；有的说，这是一种勇于打破陈规的创新，也是出于充分采光和避免东西日照的考虑；而另一种意见认为，问题并没有那么复杂，只是实地环境使然，无非因地制宜、顺其自然而已——因为私家园主缺乏皇家园林那样的绝对权威，在土地和房屋所有权已经长期稳定的社会条件下，他只能按照实地环境来安排设计，没有条件像一些官家园林那样讲究排场。

之所以会出现这种歧见重重、言人人殊的现象，一言以蔽之，这里有一个对于历史如何叙述，亦即取什么视角来做当代阐释的问题。原来，历史包括客观过程和对客观过程的反映、叙述这样两个界面。一切历史话题也都存在着历史活动者意向与历史解释者意向两个界面。前者通称史实，后者属于史学、史观的范畴。由于历史的叙述是一种追溯性认识，是从事后着手，从发展过程完成的结果开始的，因而人们不能回避也无法拒绝对于历史的当代阐释。这种当代阐释必然要印上叙述者思考的轨迹，留下记述主体、研究主体剪裁、选择、判断的凿痕。有些历史话题就是说不清楚，那么，不说也罢。好在一些特定的历史单元，有如海天深处的艨艟巨舰，人们所最关注的，原是它的浮沉兴废、进退往还的整体情境，至于舱中某一角落、某一个体现悲欢离合的细节，对他人与后人来说，终究不像"当下"置身其间那样关怀痛切。

看来，还是放翁老人说得透彻："斜阳古柳赵家庄，负鼓盲翁正作场。死后是非谁管得，满村听说蔡中郎。"身后是非，既然前辈古人自己都管不得，我又煞有介事地管它做甚？

《解放日报》2016年11月9日

耶律家族与医巫闾山

他向往着回归到那里退隐

读《湛然居士文集》，发现元朝宰相耶律楚材在他的700多首诗作中，忆及辽西医巫闾山的竟有近20首，这引起了我深入探究的兴趣。

楚材字晋卿，号湛然居士，为辽太祖耶律阿保机的九世孙，公元1190年出生于北京。其祖籍在医巫闾山西麓，那里是他的父亲及两位兄长的庐墓所在。十几岁时，他曾回到闾山读过几年书。后来辅佐元太祖万里西征，而闾山故里仍然时萦梦寐，有诗可证："十载残躯游瀚海，积年归梦绕闾山。""闾山旧隐天涯远，梦里思归梦亦难。"回到大都之后，久居宸翰，日理万机，但闾山依然刻刻在念。他向往着回归到那里退隐："北阙欲辞新凤阁，东州元有旧闾山。""何时致政闾山去，三径依然松菊寒。"

但是，他的这个愿望最终并未能实现。直到54岁生命终结的时候，他还在宵衣旰食，勤劳王室。这有些类似当年的卧龙先生。离开隆中时，诸葛亮还嘱托弟弟："汝可躬耕于此，勿得荒芜田亩。待我功成之日，即当归隐"。谁知，命运之神搬了个道岔儿，出师未捷身先死，星殒秋风五丈原。时间在他身上停止时，正好也是54岁。两个人的相业、德行堪可比拼，他们都是中华民族史册上的伟大政治家。

竟有五位皇帝多次朝觐过闾山

早在先秦典籍《周礼》中，即有关于全国名山"五岳五镇"的记载：东北为幽州，其山镇为医巫闾。"医巫闾"系东胡语音译，意为"大山"，在东北三大名山中尤负盛誉，风景绝佳，历代文人骚客登临寄兴，述志抒怀，留下了大量脍炙人口的诗文。

山峦，较之于水，更为切近禅关，远于人境，望之辄有潇洒出尘之想。而此间瘦劲的奇松，幽峭的危岩，以及恍惚迷离、颠倒众生的神话传说，更饶有一种清寒入骨的丰神和超然远引的意蕴。

山在人类生活中，是不可分割的一部分。无论是石器时代、青铜时代还是铁器时代，先民们每前进一步，都会感到山是和人一道存活着的。特别是在那类开天神话中，山，更被赋予了新的精魂，具有一种人格化的、超自然的蕴意。说到不周山，人们会联想起那个天崩地坼中的英雄共工；而庄周笔下的藐姑射山，则是超然世外、无己无功的哲学的物化。

由于大山高插云霄，上接穹宇，常被认为上达天神的最佳阶梯；而从它的巨大体量和坚劲的线条中，则能读出对于人的渺小与软弱的嘲弄。因此，自古即有"大山崇拜"的习俗。在神州大地上，最具典型性的当数东岳泰山；而在关外，自然就是医巫闾了。隋唐以降，历代帝王对它都有封爵，唐代封为广宁公，金代、元代晋封王位，明、清两代诏封神号。自北魏文成帝开始，历朝凡遇大典，都要由皇帝亲临或委派官员登山致祭。单是清代，包括康熙、乾隆在内，竟有5位皇帝多次朝觐过闾山。

当我们翻检史册时一定会注意到，历朝历代中，同医巫闾山关系最密切的应该算是辽王朝了。对于这座名山，契丹人似乎葆有一种先验的特殊的情感。公元10世纪之初，医巫闾山即已显现其鲜明的区位优势，它是经略东北、联结漠边、沟通海外、雄视中原的战略要地。加之物产丰富，文化发达，辽王朝视之为挥师南进、与北宋王朝争衡的可靠后方和理想跳板。至今，在闾山上下方圆几十公里的范围内，仍然遍布着许多辽王朝的历史文化遗存。就中以埋葬耶律倍的显陵最为重要。

耶律倍是辽朝开国皇帝耶律阿保机的长子。公元916年，阿保机立国称帝，册封耶律倍为太子，确立了阿保机一族世袭皇权的统治。公元925年，辽太祖率兵亲征渤海国，皇后、太子随驾东征。次年攻占王城上京，国王投降，渤海国改为东丹国。耶律倍被封为东丹王，主其国事。所有制度，悉用汉法。

耶律倍回到闾山过起了隐居生活

耶律倍自幼聪颖好学，向往汉族封建文明，对于汉文化有很高的修养。他曾将万卷图书，藏于医巫闾绝顶的望海楼，朝夕诵读。一次，辽太祖征求臣下意见：事天敬神，应以何为先？侍臣"皆以佛对"。耶律倍力排众议，说："孔子大圣，万世所尊，宜先。"太祖大悦，诏建孔庙。耶律倍还在闾山纳汉族医师高洁行之女云云为王妃（俗称高美人）。由于平生十分景慕唐代大诗人白居易，每通名刺，辄拟名"乡贡进士黄居难字乐地"，以自比于白居易字乐天。

公元926年，辽太祖死于征服渤海的回军途中，述律皇后宣布由她亲自当国，总摄军国大事。《新五代史》记载："述律为人多智而忍。阿保机死，悉召从行大将等妻，曰：'我今为寡妇矣，汝等岂宜有夫！'乃杀其大将百余人，曰：'可往从先帝。'"其实，是要以此为借口，铲除朝中的异己势力，以便为所欲为。紧接着，她就置先帝遗命于不顾，硬性干预，由手握重兵的次子耶律德光继承皇位，是为辽太宗。

德光即位后，担心其兄耶律倍联合渤海遗民起来反抗他，便对其严加控制，采取了一系列的防范措施，最后把他安置在东平郡（今辽阳市）。耶律倍为了全身远祸，将王妃萧氏和长子耶律阮留在东平，只带爱妃高美人，回到闾山过起了隐居生活。他选择桃花洞这块地方修建了一所宅院，并在闾山绝顶构筑读书堂，日夕攻书作画，吟诗抚琴，游览山水，还翻译了《阴符经》。他所画的《骑射图》《猎雪骑》《千鹿图》等画卷，都为宋朝秘府所收藏。在我国绘画史上，耶律倍对于辽、汉文化艺术的交流发挥了积极作用。

《骑射图》现藏于台北"故宫博物院"，是一幅契丹贵族射猎者的肖像。在一匹装饰得很华丽的骏马前面，站立着一位"鬓发左衽"的中年契丹贵族。他腰挎虎皮箭筒，手持雕弓，陷入沉思之中。画风细腻、典雅，与契丹墓室壁画粗犷的风格迥然不同，表明画家受中原汉文化的影响颇深。作为有代表性的北方草原民族画家，耶律倍师法唐时的韩干，特别擅长画马。画中之马为蒙古种，身躯低矮，长胴短脚，十分硕健。宋人黄休复评论其作品："骨法劲快，不良不驽，自得穷荒步骤之态。"

但是，树欲静而风不止，耶律德光对他的监视日益严紧。为了避祸，也为了更好地接受汉文化的熏陶，耶律倍应后唐明宗之召，于公元930年，偕同高美人于辽东半岛南端渡海逃遁，迳至汴梁。在离开故国时，曾立木刻诗，抒写其孤危境遇和凄苦的怀抱："小山压大山，大山全无力。羞见故乡人，从此投外国。"后唐明宗很器重他，用天子仪卫迎接，委任他为节度使，赐姓李，名慕华，后改赞华。6年后，为末帝李从珂所杀害，时年38岁。公元947年，其长子耶律阮继辽太宗即皇帝位，将其灵柩运回辽朝，以天子礼葬于闾山脚下，谥为"让国皇帝"。

耶律倍一支，与医巫闾山胶葛重重

说到耶律倍的惨痛遭遇，使人想起印度著名史诗《罗摩衍那》中的古代十车王的太子罗摩。十车王听了一位王妃的挑拨，改立次子婆罗多为太子，反把罗摩流放到大森林里去。但婆罗多不像耶律德光那样狠毒，非常仁爱，想方设法要追回哥哥，把王位交还；实在找不到了，就拿哥哥的一双靴子放在宝座之上，自己算是临时摄政。后来，罗摩终于回来了，弟弟便把王位交回。

辽代帝王的陵墓群，位于闾山脚下、距北镇县城十公里的龙岗村。以显陵和乾陵为主陵，另有十三座附陵。显陵为耶律倍终古长眠之地；附于显陵的有耶律倍的长子、辽朝第三代皇帝辽世宗，及其三弟平王耶律隆先、四弟晋王耶律道隐的陵墓。乾陵葬有耶律倍的孙子景宗皇帝及其妻子萧绰——摄政27年，卓有建树，在中国历史上具有重大影响的杰出的女政治家"承天皇太后"。附于乾陵的有景宗的子孙耶律隆庆、耶律宗政、耶律宗允等多人。辽代著名政治家、宰相耶律隆运（汉名韩德让）和后来做了金人俘虏的辽朝末代皇帝耶律延禧，也都葬身于此。

就这样，自创国之初以迄呼唤改革的中叶，直至晚岁播迁，契丹皇族特别是耶律倍一支，与医巫闾山胶葛重重，历时长达200年之久。

闾山自东北逶迤西南，绵延百里。其地为塞外草原文明与农耕文明，游牧民族文化同汉族封建文化交融互汇的结合带，也是儒学与佛、道、萨满各教激荡、糅合的角斗场。如果说，"整个内蒙古是古代游牧民族的历史舞台"，呼伦贝尔草原"是他们的武库、粮仓和练兵场"（著名历史学家翦伯赞语），那么，医巫闾山一线则是他们研习中原文化、接受华风洗礼的大课堂。

辽朝以来，此间文风夙盛，耶律倍及其八世孙耶律楚材先后在闾山佳胜处建立了读书堂，殿宇岿然，书香袅绕，千载以还，旧貌一直保持完好。当然，东丹王的弃国流亡、中原避祸，也确切地揭示了在武化面前文化的无奈与无为。这在历史上大概也不是特例吧。

《解放日报》2017年6月22日

《文汇报》篇

淹城纪闻

一

最早知道淹城的信息,缘于《文汇报》的一则简要的报道。报载,在素有"八邑名都"之誉的常州市南九公里的武进县湖塘乡,有一处重要文物古迹,是大约3000年前的商朝淹国都城遗址,三城三河,环环相绕,为我国以至世界所独有,而且在现存的地面城池中最古老,保存得也最完整。

关于淹城的文字记载,最早见于东汉袁康的《越绝书·吴地传》:"毗陵(常州古称)县南故城,古淹君地也。东南大冢,淹君子女冢也,去县十八里,吴所葬。"这一带,春秋时期称为延陵,为吴王寿梦第四子季札的封邑。《公羊传》有"季子去之延陵"的记载。《史记·吴泰伯世家》云:"季札封于延陵,故号曰延陵季子。"古代类书之祖、三国魏时编辑的《皇览》记载:"延陵季子冢在毗陵县暨阳乡,至今吏民皆祀之。"正是依据上述古代典籍,史学界对于淹城遗址的来历,做出如下两个方面的推测:

一说,淹城曾是商末周初奄国的国都。商周时期,在今山东曲阜、泗水一带曾有一个诸侯国奄国。商周递嬗,它曾联合徐、淮和东方其他邦国进行抵抗。《越绝书》中提到的淹君,乃是奄被平服之后流窜东南的残部的首领。他们凿河为堑,堆土做城,仍然沿用"奄"字为其国名。古代"淹""奄"

二字通用（甲骨文中，有"弇"而无"淹"、"奄"二字），其临时国都遂以"淹城"名之。

二说，春秋时期，吴国公子季札三让王位，被吴王诸樊封于延陵（即今常州），吴语中"延""淹"谐音，因而认定淹君即季札公子，淹城为季札所筑。也有的说，公子季札因不满阖闾刺杀王僚攫取王位，遂毅然脱离他的统治，于封地延陵筑垒修城，以示淹留之决心。"淹城"之名本此。

上述两种推测，我认为各有所据，都说得通，一时难于判断其是非。实际上，还有一种说法，它来自当地的民间传说。作为远古记忆的口头传承，我觉得其可信度同样很高，不应忽视。

关于淹城遗址的第三说，我是在1984年实地访察武进县湖塘乡时直接听到的。

二

诗文中有"神游""卧游"之说。我就是身尚未到淹城，心却早已向它敞开了。脑子里带着一大堆问题，坐上了市文化局备好的轿车，南出市区，径直上了武（进）宜（兴）公路。正是收获时节，两旁稻海连天，推涌着起伏的金浪，展现出锦绣江南的丰年胜景。向导小章是一位健谈而博雅的姑娘，沿途做着有关故实的解说。过了湖塘桥，在西向拐弯处，小章指着一个村落说："这里距淹城五里，是古代留城的遗址。"接着，她讲述了一个有趣的古老的传说：

商朝末年，淹、留都是诸侯小国。邻国相望，鸡犬之声相闻，两国君主常相过从，还做了儿女亲家。后来，留君听说淹君得到两只白色灵龟，属于稀世之珍，便一而再再而三地要借回去与妃嫔传观，但始终未获准诺，于是起了并吞淹国之心。察知了留君的用心，淹君一怒之下，把归家省亲的女儿扣住，不许她再返留城。同时筑设三城三河，严加防守。城外烽墩罗列，用以登高瞭望和升烟报警。城墙外侧种满倒钩、蒺藜、唐球、弯角毛树等带刺的灌木丛，形成了防御敌军偷袭的天然屏障。留军几次强攻，都没有得手……

说话间，淹城到了。轿车开进了外城，停在三座高墩前面的广场上。由小章导引，我们顺着传说是淹君的跑马岗往里走去。原来，城凡三重，均为泥土堆砌。外城略呈圆形，周长五里，城郭约为七里；内城呈方形，周长三里。恰和《孟子》中"三里之城，七里之郭"的说法相符。宫城，俗称紫罗城，周长一里。每道城只开一门，外城门朝西北，内城门向西南，宫城门对正南，这也符合中国古代统治者对自己权力的传统表示方式。

三城外侧均有护城河，宽五六十米不等，互不通流。宫城河已湮为农田，内河、外河静水无波，作蛙绿色。宫城地势高耸，内城、外城渐低，远望之形似螺旋。城墙虽已倾圮，但基址仍高出水面10米左右。

小章念了一首民谣，基本上勾勒出淹城当日的胜概：

里罗城，外罗城，中间方形紫罗城，三套环河四套城；
内高墩，外高墩，周围林立百高墩，城中兀立王女墩；
内河坝，外河坝，通道唯有河西坝，独木舟渡古无坝。

现在，除墩台有所减少外，余者大体如是。

《武进县志》记载了明代诗人陈常道的两首淹城记游诗。其一曰：

谁叱冯夷去巨兵，凿开湖埠壮南营？
山藏孤岛围千嶂，堑挟重汤控一坪。
盘谷蛇形森踞虎，昆池迭影浩翻鲸。
可怜王气今蒿莽，落日群鸥空自盟！

于兹可见，在数百年前，虽然城池早已笼罩在荒烟蔓草之间，但气魄还是十分壮伟的。

三

我们踏看了城墙上下，共同赞叹古昔工程的浩巨。遥想淹国当年，深沟高垒，负险固守。三道城门不在一个方向，该是考虑了城堡防御的要求；而唯独东面无门，又似乎标示出当时主要敌人的方位。"但是，偏偏没有守住。"说着，小章续讲了前面剩下的半截故事：

单说留国的军队围困淹城一个来月，也没有攻下。正在无计可施之时，留国的军师给太子出了个主意，让他以过去惯用的方式（飞箭传书），与年轻貌美的妻子（淹君之女）相约在城外会面，面诉两地相思、缠绵悱恻之情，说明照此死守下去，夫妻永无团圆之日；进而诱使她提供破城之策。

淹君女对父王早有腹诽，此刻为了一己的情爱，便将社稷存亡置诸脑后，当即答复了丈夫的请求，在城外会面中偷偷泄露了淹国的机密。她说："冬令祭腊之时，父亲将带兵出巡，城里兵力空虚。届时可在城外放火，烧掉墙上的棘刺，然后你们偷偷地架桥设梯，攀上城头，我在里面按时接应。"

留君太子按计行事，结果，五百精兵一夜之间尽数涌进宫城，劫走了白龟和大量财宝。淹君归来，知是女儿里通外国，勾引敌兵所致，未容分说，便手挥青铜剑将女儿碎尸三段，分别埋葬三处，上筑高墩，以警臣民。后人称它们为头墩、肚墩、脚墩。

尽管这只是传说，未必实有其事，但经当地多少代民众的口耳相传，淹君女便成了不见诸史传的千古罪人。

"揖让征伐几废兴，陈年史影费猜评。"隔着历史的重重帷幕，有些史疑一时很难廓清，还是请历史学家去论证吧。我想的是，这个古老的传说留给后人的深刻教训。

中国古代城堡的形制，多数比较简单。沪南奉贤县的柘林古城，不过是个土围子。即使春秋战国时期的郑、韩故城和赵邯郸、齐临淄等古代名城，也只有两重方城，有的部分还互相重合。像淹城这样内外三层，层层相套，高达数丈，实属少见。但因隐患未除，"变生肘腋"，堡垒被从内部攻破，高垒深池，统归于尘土。

归途上，感谢小章为我上了一堂生动的教育课。小章却摇了摇头，嫣然一笑说："功不在我。历史本身就是一部生活的教科书。"

后来，我陆续看到报道，这里先后出土了独木舟和多种青铜器具、原始青瓷和几何印纹陶器。被称为"开天辟地第一舟"的独木船，全国现今只发现十几只，而淹城一处就出土了5只。最大的长11米，口宽0.9米，系用整段楠木刳空而成。科学鉴定证明，这只船公元前1000多年即已投入使用，现陈列于中国历史博物馆。而淹城遗址已经被列入国家级文物保护单位。

《文汇报》1984年5月

一探静中消息

出桓仁县城北行五公里许,便是最近被列入《世界遗产名录》的五女山高句丽王城。

这里地处长白山山林地带的小块盆地上,四围有群山环绕,巍峨的天女峰、玉女峰、参女峰、春女峰、秀女峰,有如五扇屏风耸峙于身后;而迎面则有澄澈的浑江蜿蜒地流淌着,银练般地闪射着清光。2000多年前,我国东北部的高句丽族在高约百米、易守难攻的五女山上首建都城,宣告高句丽王国诞生,从此开创了长达705年的宏基伟业。

王城险峻异常,南面与西面借助陡峭的悬崖绝壁,依山列势;东、北两面以条石砌做城墙。这种筑城形制,反映了高句丽人依山而居的民风和尚武知兵、能征惯战的民族特性,同时,也可以看出他们当时所面临的局势的严峻、处境的险恶。

今天望去,尽管昔日的云旗委蛇、戈戟交辉之势早已隐没在苍茫的历史帷幕的后面,但在斜阳的映照下,陡峭的山崖和残存的雉堞依然透露着几许悲壮与苍凉,丝毫未减当年巍峨、奇崛的气象。

一个晓露犹凝的清晨,我们穿过利用山崖罅隙辟出的西门,顺着斜坡石路登上了山城。上面十分开阔,城垣略呈长方形,南北长约1000米,东西宽300米左右。在考古工作者指引下,我们穿行于丛林、榛莽之中,一一指认着宫殿、库房、兵营、水井的旧址,测定各种废墟的方位、范围,想象着当日王城壮丽的景象,透过静中消息,叩问着终古的沧桑。

早在公元前 108 年，汉武帝即在东北松辽平原和朝鲜半岛设立四郡，由中央直接管辖，其中的玄菟郡首县高句丽县，为高句丽人聚居之地。到了汉元帝建昭二年（公元前 37 年），扶余国的王子朱蒙为了逃避宫廷内部的血腥斗争，全身远害，逃离扶余国南下，历经艰难险阻，终于选定了这座五女山作为山寨，始建城郭（初名纥升骨城）。

立国伊始，尚称卒本扶余，经过十余年的杀伐征战，并吞了沸流等小国，逐渐确立了盟主地位，使国家不断地强盛；到了他的儿子类利嗣位，于公元 14 年占领了高句丽故地之后，才易名为高句丽国。为颂扬父王建国的丰功伟烈，晋封朱蒙为始祖东明圣王。随着形势的发展变化，40 年后，高句丽将都城迁往吉林集安。

古代历史上各个民族和国家的创始人，往往都被罩上神明圣武的光环，涂上一层神秘的色彩，赋予其一种非同凡响的出处。如同神话传说中的黄帝之母"感大电绕北斗枢星"而生黄帝，姜嫄履巨人迹而生周祖弃，仙女吞朱果而生满族始祖布库里雍顺一样，高句丽族的始祖朱蒙的诞育传说，也充满了神奇的色彩。公元 414 年雕镌的好太王碑，对朱蒙的出生、发迹的神话做了生动的记载："惟昔始祖邹牟（朱蒙）王之创基也，出自北夫余，天帝之子，母河伯女郎，剖卵降出，生而有圣德。"此前 300 多年，汉代著名思想家王充在《论衡·吉验》篇中，也曾记有类似的传说。

2000 年倏忽飞逝，28 代高句丽政权早已湮没于历史的烟尘之中；但是，他们所创造的辉煌的文化遗迹，至今仍闪烁着璀璨的光芒。那高耸于荒烟蔓草中的碑碣石刻，深埋于地下的古墓和千年毫不褪色的壁画，尤其是星罗棋布般散落于各地的古代山城，都集中体现了高句丽人民的智慧、勇气与体能、技艺，成了关东大地一道绚丽的风景线。

仅辽宁、吉林境内就有高句丽山城 130 多座。险恶、严峻的生存环境，使这一民族具有很强的防御意识和作战能力。他们极为重视对于自然地理条件的选择，绝大多数山城都建筑在山势峭拔，有水源保证，并能控制交通要冲的地势上；座座山城之间各抱地势，相互照应，形成集团性的整体功能。这一特点已经引起军事学家的浓厚兴趣，认为这种卫城设置应该正式纳入古代军事史中。

　一些考古学家对于五女山城尤其重视，他们在对照了世界几座著名的卫城之后，认为中国的这座古代山城，堪与建于公元前的希腊迈锡尼卫城和雅典卫城媲美，因而誉之为"东方第一卫城"。这些建筑在陡峭的山崖或高台之上的卫城，共同之点是都以防守为主要功能，城内都有王宫、兵营、仓廪、水源；差别在于五女山城没有神庙，专家认为，这可能和我国政权发展过程中较早与神权脱离有直接关系。

作为史册的残页，五女山城已在岁月的风霜中滤除了当日的建造过程，它的实际功能也像飞鸟离巢一样脱开了残躯败体。但是，古代劳动人民的伟大创造力却并未随之而消失，20个世纪过去了，它的伟岸、恢宏，仍然令人赞叹不止。

至于这些故垒荒城中所昭示的偈语、禅画般的无尽机锋，更能触发作家、诗人心灵的机杼，使忙碌、浮躁的现代人群借此获得片刻消闲，从有限想到无限，从存在认知虚无，从瞬时悟出永恒。

一个"思想者"，其躯体会随着岁月的迁流而衰颓、腐朽，可是，他在精神方面的建树和转化为物质成果的实绩，将凭借着一定的载体而永世长存。同样，一座山城也好，一条古道也好，一处几千年前的建筑废墟也好，在它残存的构架后面，也都深藏着无尽的因缘证果，遗存着丰富的文化内涵。雷峰塔倒掉之后，它后面的白蛇、许仙故事仍然鲜活地留存在千百代人的心里。

同埃及、巴比伦等古国不同，我们中国的古代典籍浩如烟海，五千年的灿烂文明煌煌地记载在上面。比较起来，我们更看重文字记载的历史，对于废墟文化则不像西方国家那样格外地重视。其实，历史的生命力是潜在的，暗伏的。废墟以其丰厚的文化积存，载记着成功后的泯灭，颓败里的辉煌，以及没有载诸史册的千般兴废、百代沧桑。就这个意义来说，同样是历史的读本。

我以为，一些废墟之所以令人辗转流连，盖由于通过它可以检视岁月的车轮留下的征尘辙迹，从它身上我们似乎听到了穿越时空的回响，感受到历史的鲜活存在；由于它历经过无尽沧桑，能够以其特有的魅力唤起后人的深沉的鸿泥之感，吸引人们循着荒台野径、断壁残垣，去体悟建筑艺术中抽象的情感，赏鉴朦胧的艺术意境，追踪昔日的辉煌。

　　人情贱近而贵远，越是可望而不可即的事物，越是奇绝险阻之地，人们出于好奇心，越是要亲往登临，探其堂奥。正如普希金在《叶甫盖尼·奥涅金》中所写的："呵，世俗的人！你们就像原始的妈妈——夏娃，凡是到手的，你们就不喜欢；只有蛇的遥远的呼唤和神秘的树，使你们向往。"

　　应该承认，同希腊迈锡尼卫城和雅典卫城相比，五女山高句丽王城无论就其时代的悠久、内涵的丰厚来说，都是毫无逊色的。而在祖国东北广大民众的心目中，它更是"奥林匹斯山上的宙斯"。法国作家辛涅科尔说过："对于宇宙，我微不足道；可是，对于我自己，我就是一切。"如同现实中的每个人一样，任何一处古迹也都有它的自我。这个自我，具有唯一性，是不能复制、不可重复的，因为历史与自然这伟大的母亲在塑造了它之后，随手就把模子敲碎了。何况，远处地中海沿岸的卫城即使再伟大，毕竟远哉遥遥，乡间民众无缘涉足其间，甚至连它们的名字都没有听到过，自然无从认知其实际价值。

《文汇报》2000年2月7日

黄裳先生与学者散文

黄裳先生兼作家、学者、记者于一身，他的建树是多方面的；作为中国现当代文学发展史上的散文大家，在散文方面的成就尤其卓著。先生出生于1919年，从年龄来看，在中国新文学史上应该算是小字辈；但是，就其独立不羁的精神，腹笥丰厚、博古通今的学养，以及传统文人雅士所独具的那份情调、趣味，那种大家风范、名士风流、才子情怀，又应被视为"五四"一辈学人，或者一代传人。

他在散文创作中是得大自在者。多年以前，唐弢先生就称赞他"实在是一个文体家"。这从他的几百万字的散文著作中可以得到有力的印证。中外文学史告诉我们，凡是有成就的文学批评家首先都是文体理论家；而在不断地实现突破与超越的散文大家来说，必然也是一位文体作家。古人对此是极为重视的，产生于公元5世纪末、6世纪初的文学理论专著《文心雕龙》，就以大量篇幅对文体问题做了系统的论述。

依我理解，所谓"文体意识"，是指作家、读者在创作与欣赏过程中，在长期的文化熏陶中形成的对于不同文体模式的一种自觉理解、独特感受和熟练的心理把握。体现在具体创作中，往往自觉不自觉地形成一种系统性的"文学工程"。黄裳的《锦帆集》《珠还记幸》《旧戏新谈》《笔祸史谈丛》《榆下说书》《银鱼集》，等等，这方面表现得尤为突出。文体是长期积淀的产物，它是一个历史的概念，是内容和形式的统一，历史和现实的统一，稳定和不稳定的统一——它相对稳定，实际上是不断变化的。

正如黄裳自己说的："回顾过去写作的经历，一个明显的特征是风格的嬗变。"在论及《旧戏新谈》时，他说："笔调更是纵横驰骤，逸出了规范。写时真能感到一种任情挥洒之乐。""任情挥洒"一语真是特别恰当。这使我想到著名作家、学者李辉对黄裳的评论："显然，文体对于他并不一定是必须考虑的前提，更不是限制手脚的束缚。在这方面，他相当放松，显得潇洒自如。"任情挥洒，收纵自如，正是熟练把握、炉火纯青的标志。

我们这一代人，由于多方面的局限，即使年龄也不小了，终究无法同他比并。"夫子之墙数仞"，不要说对等交流，就是做出客观剖断，也常常觉得"不得其门而入"。因此，我在这里只能说说个人向他学写散文的体会。

先生是写作文化散文的高手，又是开路先锋。"文化散文"的提法未必确切，为了表述方便，姑且这么说吧。大体上讲，其文体特征，应是文化蕴意丰富，能够把哲思、史眼、诗性很好地结合在一起，书卷气、艺术美与思想锋芒相互融合。如果这一看法得到认定，那么，我说，文化散文实质上就是学者散文。作为一种文体正式提出来，确是为时不久；但其出现并非始于今日。起码可以追溯到20世纪二三十年代，鲁迅先生的《魏晋风度及文章与药及酒之关系》《题未定草》等，用黄裳的话说，"是学者散文的典范作品"。到了黄裳笔下，就成批地、集束地出现了，包括结集于1945年、1947年的《锦帆集》《锦帆集外》和1980年、1981年、1983年的《花步集》《金陵杂记》《晚春的行旅》等许多散文作品，都可以说是今天定义的文化散文或学者散文。

1980年，黄裳在散文集《山川·历史·人物》的后记中说：

我还时时不能忘记过去，经常会感到"历史的重载"的沉重分量。……不论怎样美妙的自然景物，如果离开了人类的活动，也将是没有生命的。我好像从来就不曾读到过纯粹的写景文，用照相机拍下的风景画片那样的东西，在文字中是并不存在的。也许这是我的一种可笑的偏见。看画时爱读题跋，游园时留心匾对。

面对湖山，也总是时时记着一些赶也赶不开的历史人物与故事。美丽河山，不只是对自然面貌的客观描述，其中也包含了对世世代代在这里劳动、生息、歌唱的人民的热情的赞颂。

正由于这类散文的文化蕴意主要以历史事件和人物行藏为载体，所以也有称之为历史文化散文的，似也言之成理。

其实，文史融合的传统在我国古代文化长河中是源远流长的。上乘史学著作都是最佳的文学作品；而作家的最初文化角色常常就是史家。比如，先秦百家诸子都是出色当行的作家，但同时又多是够格的史家。所谓"文章之材，国史之任也"（三国时刘劭语）。文与史的自觉分家，表现为文重辞而史重事，大约是在两汉以后。南朝著名文学理论批评家刘勰在《文心雕龙》中专门设了《史传》一篇来讲历史散文，从文章的角度对历史著作提出了要求。其中有这样的话："观夫左氏缀事，附经间出，于文为约，而氏族难明。及史迁各传，人始区详而易览，述者宗焉。"翻译成现在的语言，就是：《左传》记事，附在《春秋》经后面，跟经文交错，文辞简约，可是，人物的姓氏、宗族不清楚。到了司马迁写列传，人物开始分别叙述，这样就很容易阅读了，后来继承的人便都仿效他的做法了。

晚近的西方史学界，许多人致力于历史叙述与文学叙述关系的研究。据说，"历史"这个词儿，在希腊语中原初的意义就是叙述。对往事的叙述构成了历史话语。文学是最富有历史感的艺术类型，甚至可以说，文学本身就是一种历史，是一个民族的精神追寻史。对于历史的反思永远是走向未来的人们的自觉追求。在人生内外两界的萍踪浪迹中，在现实的床笫上，文史可以和谐地结合在一起。因为作家与史家都是通过精神世界介入社会、人生冲突，从而激起无限波澜来破解理性，抵达生命本原的，都是借助搜索历史与现实碰撞的心音，表现其关注人生命运，体味人在旅途中的独特感悟。

我们从黄裳散文中看到，文史嫁接之树结出了奇异的果实——文学的青春笑靥为冷峻、庄严的历史老人带来了生机与美感，想象力与激情；而阅尽沧桑的史眼,又使文学倩女获取了晨钟暮鼓般的启示,在美学价值之上平添一种沧桑感,体现出哲学意境、文化积累和巨大的心灵撞击力,引发人们通过凝重而略带几许苍凉的反思与叩问,加深对社会、人生的认识和理解。黄裳的作品也使我们体会到,散文中如能结合作家的人生感悟,投射进史家穿透力很强的冷峻眼光,实现对意味世界的深入探究,对现实生活的独特理解,寻求一种面向社会、面向人生的意蕴深度,就会把读者带进悠悠不尽的历史时空里,从较深层面上增强对现实风物的鉴赏力与审美感,使其思维的张力延伸到文本之外。

从前,孔夫子曾经指出:"质胜文则野,文胜质则史。"说的是:朴实多于文采,则流于粗野;文采多于朴实,又未免虚浮。这使人联想到人们关于写作文化散文的两种忧虑:一是担心写作者把文学作品当成学术著作来写,只是停留在史料的复述上,而不能触及历史烟尘背后的人性、人生的真谛,弄得质实而无文采;再就是担心放言纵笔,夸夸其谈,而影响到作品的科学性。从当前散文发展的态势上看,这两种担心并不是无谓的。可以说,两种倾向都存在。可喜的是,黄裳早在五六十年前就已经有了成功的实践——在运用史料、组织素材的过程中,能够以现实的关怀和当下的期望视野,以个人的、民族的主体意识,通过对历史的阐释展现更加开阔的精神视野和思维空间。

1946年,作者在南京采访国共和谈间隙中写下的一组《金陵杂记》,作为这方面代表性作品,被视为"抗日战争前后最漂亮的文字",久为世人传诵。他在谈创作体会时,说:其实"学者散文"的特征并不在于抄书,重要的是思想指挥着材料。没有深厚的学养,没有深刻独到的见解是不行的。

他发现,"有许多古代诗人的名篇常常具有一种神奇的力量",其中的奥秘,是"挑动读者的心弦,打开记忆的窗门,调动民族的、历史的感情力量来帮助增强诗的感染力"。在这些散文中,他以学人兼才人的厚重的文史积累、深邃的识见、开阔的视界、丰富的联想,发挥记者敏感、迅捷的职业优势,写得既有思想深度,又见学识,而且情趣盎然。这些散文都洋溢着作家灵魂跃动的真情,通过形象生动的语言,力求在情感和理智两方面感染读者,征服读者。他说:"重要的是老实人说真话还是巧伪人的花言巧语。几千年的文学史可以作证,谎话没有哪怕只是短暂的生命力,只有真话才有可能存留下来。"

黄裳散文坚守精神的向度,闪现理性的光辉,在对历史的描述中,总是进行灵魂烛照、文化反思。历史就是人生,人生必有思索,必有感悟。散文是发现与开掘的艺术,最关紧要的是在叩问沧桑中撷取独到的精神发现。缺乏深沉的历史感与哲思,缺乏独特的精神见解,就无法获得广阔的精神视界和深邃的心灵空间、进入更深层次的文化反省,就无所谓深刻,也不可能撄攫人心。黄裳特别看重思想的厚重与深刻。他说:思想的空虚、浅弱是文学作品的致命伤。好像一个人没有强健的骨骼就站不起来一样,没有思想,只剩下华丽但空虚的辞藻,那将是毫无价值的。

先生有一篇名文——《夜访"大观园"》,写于1980年。不过2000多字,可是写得摇曳多姿,洋溢着理性光彩。作家高扬主体意识,让自我充分渗入对象领域,通过质疑、探问,阐扬了个性化的批判精神。从中我也受到深刻的启示:学者散文中的思想与情感,一如历史老人本身,是深沉而恒久的积蓄与自然流溢。它既不同于诗歌中的激情迸射,论说中的踔厉风发,也不是少男少女般的情怀的直露与挥洒。情与理,相生相克,有个如何统一、如何整合的问题。我想,它们应是弥散式、复合式的交融,而不能各张旗鼓,互分畛域。

写作这类散文,可说是一只脚站在往事如烟的历史埃尘上,另一只脚又牢牢地立足于现在。作家同历史的对话,既是今人对于古人的叩访与审视,反过来也是逝者对于现今还活着的人的灵魂的拷问,拉着他们站在历史这面镜子前照鉴各自的面目。作家通过对史学视野的重新厘定,通过对历史的解读与叙说,揭示其内在意义以及对现实的影响,为不断发展变化着的现实生活提供一种丰富的精神滋养和科学的价值参照。同样,在阅读这类散文时,读者也是从现在的语境去追踪过去,从其"前理解"或自身文化的参照系出发去把握过去,而且在现实的深度介入中,沟通昨天、今天与明天。由于文本中对象的描绘,往往印证着作家的价值判断,折射其自我需求的一种满足,因此可以说,在阐释历史的过程中,作家本人也在被阐释——读者通过作品中的独特感悟来发现和剖析阐释者。

黄裳散文的另一鲜明特征,是其独特的文学性。文学性是散文之所以成为文学的一种标志、一种根据。散文必须有"文",如同戏剧要有"戏",诗歌要有"诗",小说可以"说"一样,这是它的内在的本质规定性,当然也是中国散文的固有传统。作为文学性,文化蕴意是极其重要的,它占有核心的、带有巨大辐射性的地位。对散文创作来讲,这种文化蕴意主要体现于内容;同时也应成为散文的一种语言材料,它本身就是一种语言模式,无论其属于知识性、哲理性,还是审美性。黄裳有一篇谈"知识产权"的文章,这是个专业性很强的题目,在他人那里,我不知道怎样才能写得文采斐然,弄得不好就会枯燥无味。可是,先生却有本事,旁征博引,酌古量今,洋洋洒洒地写成一篇妙趣横生的文章。这端赖于他的渊博的学识和漂亮的文笔。

高尔基说,文学的第一要素是语言。语言是一切事实和思想的外衣。尤其是散文,有人说它是裸体的东西。语言是散文的标志性"构件",没有像样的语言就什么都没有了,像意境、意象,等等,都是靠语言来表达的。散文语言和日常交流性的语言有着显著的区别。日常语言进入散文创作中必须升华,必须提炼;高明的作者往往通过对日常语言的变形、凝聚、强化、形象化、陌生化,来更新读者的习惯反应,唤起新鲜的感知。先生有一篇散文叫作《闲》,里面有这样的语句:

焦急的心情碰上了悠闲的姿态,就正像用足了力气的一拳结果却打在一大团棉花絮上,垮了。

在《孟心史》一文的最后,作者谈到周作人悼念孟森先生的挽联:

挽联写得并不坏。不过自古以来对文人品评，有一条重要的经验，不能只听他的宣言，还要看实际行动。事实证明，挽联虽佳，也只不过是做出来的，如此而已。

妙在这个"做"字。真是下笔如刀！

前面提到的那篇《夜访"大观园"》中有这样的描写：

我想，这种奇特的夜访，可能比大白天来游要好得多。一切的不协调都被夜幕遮去了，使我们看不见任何煞风景的迹象。一切缺陷都是可以用想象来补足的。我觉得眼前的一切，正是《红楼梦》所特有的一种典型环境和气氛。

尤其是结末一句，可谓逸韵悠然，给人留下了巨大的读解空间。就写作手法来说，诸如驱遣意象、描绘细节、凸显个性、运用想象、营造意境、发挥联想，等等，运用得如何，都直接影响着文学性的盈虚、消长。在黄裳散文中，这些手法都有充分的展现。限于篇幅，这里只就发挥联想这一点展开说一下，因为在我看来，这是先生作品中最常见也运用得最娴熟的一种艺术表现手法。

坐落在南京牛首山下的"南唐二主陵"，我也去过，也曾经想要写点东西。可是，拿起笔来之后，才发觉可写的物事实在不多，结果中道就夭折了。后来看到黄裳的《南唐二陵》，写得那么丰满、充实，那么曲折有致，真是由衷地佩服。他主要是借助联想，套用苏州园林的技法，叫作善于借景。文章是这样开头的："这一篇本来应该紧接在《献花岩》后面的，可是一直拖到现在才来动笔，想想牛首山上应该已是一片浓绿了。"接着，点出两个墓主，写到古墓的沧桑，写到明代也有要人选葬于此，大约是受堪舆学影响，"却实在看不出这里的风水好在哪里"。这也不在赘笔，妙在引出墓前的小水塘。站在水塘前面，迎着虎虎的西风，作家"不禁想起了中主的两句词：'菡萏香销翠叶残，西风愁起绿波间。'同时又想起了王国维对这两句的评赞"。然后就进了墓室，从大青石的棺座又联想到同是割据一方的远在成都的前蜀王建的陵寝，并进行一番比较。真是视通万里，思接千载。下面，自然地又由词人中主想到他的儿子、更大的词人后主；再由二陵的发现，说到主持发掘工作的南京博物院院长，及其在"文革"中惨痛的遭遇。就这样，接二连三地想象，畅情随意地发挥，把一篇文章做得花团锦簇，文采斑斓。

  我们这次研讨的主题，是"黄裳散文与中国文化"，探讨他的散文创作的艺术成就，特别是对于中国传统文化的继承，以及对于当代散文发展所产生的影响。我以为，这是有着强烈的现实针对性的。当前，散文创作存在着文学失落的危机。散文及其写作队伍正在泛化，什么都叫散文，什么人都写散文，审美的失落，或者叫文学性的遗失、淡化，十分突出。一是相当一部分文学创作已经由个人独创转向规模生产、批量销售，向文化工业转化，个别的甚至雇用写手来写作；二是大众化、图像化、直观性成为文学艺术的主要趋向，加之畅销书的炒作，文学对影视的献媚，都使文本意识、文学意识日渐淡化；三是在商品大潮推涌下，情感化、软化、细化趋向和所谓的"散文消费性格"充斥散文领域。20世纪80年代，散文创作还很强调文学意识，提倡审美价值；1990年以后，随着各种西方思潮蜂拥而入，随着现代科学技术和大众文化的蓬勃发展，消费大众偏爱直接的感官快乐，日常生活、私人经验和花花绿绿的世俗场景充斥于屏幕之上，文学性受到强烈的冲击，渐渐成为可有可无的物事。为此，许多作家、学人和读者，大声疾呼提高作品的文化品位，实现一定程度的深向追求，期待着通过写作与阅读，增长智慧，解悟人生，饱享超越性感悟的乐趣。我们这次活动，正好顺应了文坛上的这种时代潮流和社会的审美期待。

《文汇报》2006年7月2日

人难再得始为佳

"人难再得始为佳",这是清代著名思想家、文学家龚自珍《己亥杂诗》中的一个警句。诗中强调了存在的唯一性和独特性。它的源头是"佳人难再得",出自《汉书·外戚传》:

武帝时,著名音乐家、歌唱家李延年"起舞歌曰:'北方有佳人,绝世而独立。一顾倾人城,再顾倾人国。宁不知倾城与倾国?佳人难再得!'上(指汉武帝)叹息曰:'善!世岂有此人乎?'平阳主(武帝胞姐)因言:延年有女弟。上乃召见之,实妙丽善舞,由是得幸",李夫人死后,武帝思念不已。

一般都把这个典故用于佳姝美女。龚自珍的诗:"捋心消息过江淮,红泪淋浪避客揩。千古知言汉武帝,人难再得始为佳。"也是用于女性的。诗人在前面有个交代:"杭州有所追悼而作。"经学者考证,此诗之作,是为了悼念他所深爱的表妹。

当然,也不一定都要用于女性。1961年,冰心女士就曾以《人难再得始为佳》为题,悼念梅兰芳先生。她在文章中追忆早年欣赏梅先生演出《汾河湾》的情景:"流水般的踱步,送出一个光彩夺目的人儿,端严的妙目,左右一扫,霎时间四座无声。也许是童年的印象最为深刻吧,这几十年来许许多多男女演员之中,我还没有看见过像梅先生在那时那地所给我的端庄流丽,仪态万方的体态与风神!"这也可以称作"人难再得"吧。看来,"人难再得",既可用于女郎,也可用于男士,既可用于古人,也可用于今人,关键在于把握它的唯一性、独特性。

我在《逍遥游——庄子传》一书中，曾经写道："天才不会重复，更没有可能'如法炮制'。庄子就是庄子，作为天才中的天才，只能有一，不能有二。就是说，庄子在世间已经成了绝版——从他辞世那天起，原版就毁掉了，永远也无法复制。"其实，何止庄子本人，包括他所创造的一些典型人物，比如《让王》篇所记的那个楚国以宰羊为业的高人——屠羊说，也是如此。

当年伍子胥为了报杀父之仇，帮助吴国攻打楚国，楚国一败涂地，昭王弃国奔逃，到了随国。屠羊说便也跟随着楚昭王出走，并在逃亡途中，帮助昭王解决了一些实际困难。待到楚国复国，昭王论功行赏时，想到了他，便派大臣去问他希望做个什么官。可是，屠羊说说："皇上丧失了国土，我失去了屠羊的活计；皇上回国复位了，我也跟着回来，继续干着屠羊的事。我的爵位利禄已经收回来了，还有什么可奖赏的！"可是，昭王还是坚持要给他以报偿。屠羊说坚持不接受，说："皇上失去国家，不是我的罪过，所以，我不必承受惩罚；皇上回国复位，也并非我的功劳，所以，我也不能接受奖赏。"

昭王听过大臣汇报，便要亲自接见他。屠羊说仍是予以拒绝，说："楚国的法令规定，一定要是受过重赏、立过大功的人，才能受到皇上接见。现在，我的智力不足以保存国家，勇敢不足以消灭敌人，当时吴国军队攻入郢都，我害怕危险而逃避敌人，并不是有心追随皇上、护卫皇上的。现在，皇上却要废法违规来接见我，这可不是我所愿意传闻天下的事。"

闻听此言，昭王认为，屠羊说守本分，不贪功，不邀赏，而且，虽然身处卑贱却能陈述高明的道理，越发觉得人才难得，便让大臣司马子綦亲自出面奉劝，一定要他接受三公之位。屠羊说坚决推辞，说："三公的职位，我知道它比屠羊的铺子尊贵得多；万钟的俸禄，我知道它比屠羊的收入豪富得多。但是，我怎么可以贪图爵位利禄，而让国君背上滥行封赏的恶名呢！我不敢接受，只希望回到自己屠羊的铺子。"最后，还是没有接受。

一个普通的体力劳动者，能够有这样的见识、这样的操守，确属难得。

作为庄子笔下创造的一个典型人物，屠羊说可说是庄子思想的化身，是其价值取向、人生追求、精神境界、处世准则的形象体现。为了达到以自我为主体的逍遥境界，庄子强调，必须超越"人为物役""以身殉物"的"异化"现实。他自甘清苦，不慕荣利，摒弃世间种种浮华虚誉，尤其拒绝参与政治活动，不同达官显宦交往，即便偶涉官场，也要尽早抽身，辞官却聘；他强调知足知止，对于不属于自己的东西，对于身外之物，决不贪求，以免让功名利禄盘踞在心头，遮蔽了双眼，导致身败名裂的悲剧下场。像屠羊说这种类型，莫说当时是唯一的，后世恐怕也很难重见。

差堪比拟的，是汉代的卜式，但结果颇不一样。《史记·平准书》中记载，河南郡人卜式，在山中牧羊10多年，后来羊群发展到1000多头，他就买了田宅。那时，朝廷屡次征讨匈奴，卜式上书，说愿将家产一半捐赠给政府，以助边防。武帝听说后，就派使者前去询问："你这么做，是不是想当官？"卜式回答说："我从小只知放羊，不懂得做官规矩，所以，不愿当官。"使者又问："那你是不是家有沉冤，要向皇上申诉？"卜式说："我生来跟别人都是和平相处，没有闹过纠纷。贫苦人家，我接济他们；为非作歹的人，我耐心教育他们。乡里人民，都尊重我的意见，谁会来冤枉我？没有什么话要禀告皇上。"使者说："那么，你捐赠那么多财产，究竟是为了什么？"卜式说："国家跟匈奴作战，是一种抵抗侵略的义举。我认为，贤能的人应该战死边疆，有钱的人应该捐输粮食。这样，才能将匈奴消灭。"使者将他的话原原本本地奏报给皇帝，皇帝听了很感兴趣，便把这事说给了丞相公孙弘。不料，公孙弘却说："这不是人情之常。恐怕他另有所图，不可以因为权变而乱了法纪。"

这是"以小人之心度君子之腹"。和前面提到的楚国大臣司马子綦比较起来，这个丞相可就差了一等。公孙弘这个人口碑很差，史书上说他"曲学阿世"，又说他工于毒计、工于谄媚。

不过，卜式后来还是当了大官。武帝认为他既贤且能，想要尊崇他，表彰他，重用他，用以激励全国人民。

表面上看，卜式与屠羊说有其相似之处，实际上存在着本质的差异。屠羊说匿身草泽，远离魏阙，像《周易》中所讲的："不事王侯，高尚其事。"而卜式所走的是另一条道路。开始时，皇帝让他当郎官，卜式不愿意干。皇帝说："皇家的羊都在上林，那你就去管理它们吧。"这样，卜式就穿着麻衣和草鞋去牧羊。过了一年多，羊群肥壮又加速繁殖，皇帝颇为赞赏。卜式说："不只是牧羊，对老百姓的治理也是这样，按时让他们休息，有不良分子就赶开，别让他妨害了大家。"这个说法，倒是与老子的思想有暗合之处。从前的读书士子，"穷则独善其身，达则兼济天下"，有隐于市者，有隐于野者，卜式应该算作隐于牧者。

卜式属于"内儒外道"者流。武帝觉得他说得很深刻，就任命他为缑氏县令，结果四境大治，百姓安居乐业；又改任成皋县令，同样是考绩优良。皇帝就提拔他为齐王太傅。时值南越反叛，他上书说："主忧臣辱，我希望父子和齐国习船者一同前往死战。"皇帝许之以忠义，赐爵关内侯，并黄金60斤，田10顷。后来又做了御史大夫，由于反对盐铁官营，又兼不善文辞，贬为太子太傅，以寿终。

"伴君如伴虎"啊！"以寿终"，应该说，这就是很好的结局了。宋人孔平仲《珩璜新论》中有一段话，大意是：宰相，是人人都想当的。汉武帝接连诛杀了几位宰相以后，又命令公孙贺去当宰相。闻讯后，公孙贺哭了，他实在是不想赴任，因为他想到了几位前任的悲惨下场。但是，君命不可违啊！后来还是被迫当上了宰相。结果呢，不只自己送上了一条老命，还闹个满门抄斩。屠羊说算是彻底的超脱，因而也不会遇到这个问题。不过，这种逍遥游世、既明且哲的人生取向，在儒家学说占统治地位的旧时中国社会，实在是凤毛麟角，少之又少了。绝大多数人是"明知山有虎，偏向虎山行"。所以，精明盖世的晚清名臣曾国藩对屠羊说予以激赏，在给胞弟曾国荃的生日赠诗中，他写道：

左列钟鸣右谤书，人间随处有乘除。低头一拜屠羊说，万事浮云过太虚。他从自己的切身体验出发，感慨祸福无常，升沉难料，认为最高明的还是那个屠羊说，所以应该低头礼拜，奉他为师。

《文汇报》2015年10月26日